1954—2024

循化撒拉族自治县成立70周年

The 70th anniversary of Xunhua Sala Autonomous County

特别鸣谢：中国投资有限责任公司　中国再保险（集团）股份有限公司

这是一碗面的故事

令人鼓舞

也发人深思

一碗拉面的故事

循化撒拉族自治县拉面经济
成就纪实

循化县地方品牌产业服务局　编

中国文史出版社

图书在版编目（CIP）数据

一碗拉面的故事：循化撒拉族自治县拉面经济成就纪实／循化县地方品牌产业服务局编. -- 北京：中国文史出版社，2024.8. -- ISBN 978 - 7 - 5205 - 4805 - 2

Ⅰ. I25

中国国家版本馆 CIP 数据核字第 2024G5L288 号

责任编辑：李晓薇　　　封面设计：程　悦

出版发行：**中国文史出版社**

社　　址：北京市海淀区西八里庄路 69 号　　邮编：100142

电　　话：010 - 81136606　81136602　81136603　81136605（发行部）

传　　真：010 - 81136655

印　　装：北京地大彩印有限公司

经　　销：全国新华书店

开　　本：710mm × 1000mm　1/16

印　　张：29.75

字　　数：392 千字

版　　次：2024 年 8 月北京第 1 版

印　　次：2024 年 8 月第 1 次印刷

定　　价：128.00 元

编委会

前 言

PREFACE

一

　　说起拉面，就不得不提起青海省海东市民和县喇家遗址考古发现的那一碗面——在地下埋藏了4000多年，却依旧保持着面条的形状。这碗面，可以说是青海拉面的始祖。

　　这是一碗既普通又不普通的拉面。说它普通，是因为它的世界就在一口碗里；说它不普通，是因为它不仅走出海东，走出青海，还走向了马来西亚、俄罗斯、韩国、土耳其等国家。

　　公元前1920年，积石峡发生了一场大地震，一场洪水席卷黄河流域，此时鲧和大禹父子二人经过20年的努力，终于治水成功。公元前1900年，大禹之子启建立了夏朝。《山海经·禹公》中记载，大禹治水"始于积石，止于龙门"。积石，就是从循化境内黄河北岸绵延至甘肃省积石山县的小积石山。

　　大约在700年前，撒拉族先民牵一峰白骆驼，驮着故乡的水土和一部手抄本《古兰经》，从中亚地区出发，跋山涉水，辗转万里，来到循化地区，就此繁衍生息。

在长期的发展进程中，由于受到青藏高原地理环境、周边兄弟民族生活习俗等因素影响，撒拉族逐渐发展成为一个信仰伊斯兰教、兼容周边其他民族诸多风俗的少数民族，1954年成立循化撒拉族自治县。在岁月河流的淘洗中，撒拉族以面食为主的饮食文化近乎完整地保留了下来。

1987年，著名社会学家费孝通教授在循化县考察时，对传统撒拉宴情有独钟，曾撰写《撒拉餐单》，饶有兴致地介绍了这种"亦农亦牧"民族的饮食风格。

撒拉族面食多为用小麦、青稞面做成的馒头、饼子、面条、面片、馓子，也有用豌豆面和荞麦面做成的搅团。撒拉族的饮食方式是中国化伊斯兰生活方式的独特呈现，无论饭菜花样怎样变化，都恪守"清真"底线。

撒拉族先民为了在当地生存，有的与藏族结成了婚姻关系，彼此间有着广泛的交流，藏区的糌粑、酥油、牛肉、羊肉等成了撒拉人喜爱的食物。回族以菜肴为主的婚礼宴席，对撒拉人的影响也较大。随着生活水平的提高，如今的撒拉宴除了传统的面食和肉食，回族"八盘"也成了不可缺少的菜肴，同时吸收了川菜、鲁菜等菜系的烹制风格。

二

距今8000年以前的新石器时代早期，黄河流域就有了粟、黍等栽培作物。小麦种植不仅在中国出现的时间较晚，而且长期被忽视，是边缘农作物。几千年后，小麦才逐渐在北方地区，尤其在黄河流域得以普及，粟、黍等旱作农业条件下的农作物逐渐退场。小麦最终成为我国仅次于水稻的第二大粮食作物。

考古发现的碳化小麦籽粒以及喇家遗址中制作的面条和盛放面条的碗具证明，新石器时代已经开始制作面条。据敦煌有关文献记载，许多人爱吃的酸汤挂面，最早出现在1200年前的隋唐时期。

喇家遗址位于青海省海东市民和回族土族自治县官亭镇喇家村。在喇家遗址考古过程中，发现了许多珍贵的文物，其中名气最大的是一碗面条。

过去有人说，马可·波罗把面条从中国带到意大利，而意大利人却说，在马可·波罗之前他们就有面条。喇家村出土的这碗保存了 4000 年的面条，以确凿证据证明，面条起源于中国。

中国人吃面条的历史悠久，但许多人并不知道"面条"一词是宋代以后才有的。在魏晋南北朝时期，面条已基本成型。北魏贾思勰的《齐民要术》中所载的"水引饼"，形状已与现代面条非常相近。

关于拉面的前世今生，也有许多说法。

一种说法认为，拉面为唐代回民创制，距今已有 1000 多年的历史。但由于制面过程复杂、用料考究，未能成为大众食品。另一种说法认为，牛肉拉面为公元 1799 年（清嘉庆四年）东乡族马六七从河南省怀庆府清化镇苏寨村（今河南省博爱县境内）陈位林的父亲陈维精处学习"小车牛肉老汤面"制作工艺后，带入兰州演变而成的。

清末年间，甘肃人马保子创制兰州拉面，由他儿子马杰三继承，渐渐流传开来，成为西北一道名吃。海东市化隆、循化拉面人在具有百年历史的兰州拉面基础上，经过"三遍水、三遍灰、九九八十一道揉"和揉、抻、拉等工序，做出了"一清、二白、三红、四绿"的牛肉拉面。

地处青海省东部的海东市作为国家战略储备意义上的重要地区，生态环境脆弱，能源资源匮乏，人均耕地面积少，广大群众依靠自然资源脱贫致富难度大。为了摆脱贫困，海东人民进行了艰难的求索，不少人走出山门，到经济发达地区寻找出路，投资少、见效快、技术门槛低的拉面便成为众多农民跻身城市的首选行当。

循化县年均降雨量在 200 毫米以下，山大沟深，人多地少，经济社会发展水平低，曾经是国务院确定的国家级贫困县。"铁锨把蹭手着浑身儿酸，手心里的血泡着全磨烂……一路上的寒苦哈说不完，沙娃们的眼泪淌呀不干。"这首民歌道尽了撒拉人曾经的艰辛生活。

改革开放以后，循化人先后搞运输，办皮革厂、绒毛厂，在青藏线上修路、承包工程……商海沉浮，体现出"黄河浪尖上的撒拉人"吃苦耐劳、坚韧不拔的精神。

20世纪八九十年代，不甘贫穷的撒拉族群众离开故土，到北京、上海、广州等大城市，开始了以经营拉面馆为主的创业生涯，在政府的大力扶持下，着力打造品牌、提档升级，走出了一条"亲帮亲，邻帮邻"的创业之路。短短30年，几千家拉面馆遍布全国200多个大中城市，几万拉面人每年创收十几亿元，创造了惠及更多普通家庭的新业态——拉面经济，成为循化县最具活力的民生产业。

三

循化县委、县政府把拉面产业作为脱贫攻坚的支柱产业，成立拉面产业研发团队，研究、制定具有青海拉面特色的技术标准，规范经营活动，注重品牌建设，创建具有地域民族特色的"撒拉人家"。

循化县地方品牌产业服务局狠抓拉面技能培训，把成千上万青壮年农民从"跑堂"实训成"拉面匠"，掌握一技之长后，再扶持为"拉面老板"，带动更多人脱贫致富。这种模式在一定程度上加速了循化拉面的转型升级，向品牌化、特色化、连锁化发展。

遵照习近平总书记考察青海时作出的"积极发展青海拉面"的重要指示，循化县贯彻落实《关于进一步推动青海拉面产业发展促进就业创业的实施意见》，拉面产业在品牌化、特色化、连锁化经营之路上迈出了一大步，改变了以往"只见星星，不见月亮"的局面，呈现出"既有'铺天盖地'的小店，也有'顶天立地'的大店"的大好形势！数千农户依靠拉面产业一举实现了"五子登科"的梦想——闯了路子、换了脑子、挣了票子、育了孩子、创了牌子。

循化拉面产业的发展，也为本地特色农作物"两椒一核"的销售拓宽了市场，催生了拉面系列调味品生产企业，推动了"西繁东育"型农区畜牧业发展，扩大了牛羊肉市场销量。一句话，拉面产业不仅夯实了脱贫攻坚基础，也产生了联动效应，促进了三大产业融合。

四

县委、县政府坚持以市场先导，制定拉面产业长远发展战略，从统一Vi识别系统、统一店面主题文化形象、统一着装管理、统一原材料采购等方面入手，实施品牌化战略。在做大做强拉面产业的同时，沿着新丝绸之路，将拉面产业推向世界，从而实现走出山门、迈入城门、跨出国门的战略目标。

随着多元经营战略的实施，拉面产业在深度市场化的过程中，通过吸纳兼容其他产业要素，逐渐成为具有较强联动性的区域产业。利用拉面经营场所，设特产专柜，复合经营循化辣椒、花椒、核桃、牛羊肉，以及海东地区的富硒系列产品和青海黑枸杞、昆仑雪菊等土特产品。

拉面产业主题文化店成为循化、海东、青海文化旅游宣传平台。循化拉面文化产业研究会成立后，根据市场要求，研发新的调料品种和美食产品，以满足不断变化的市场需求。通过拉面产业这个属于自己的平台，把研发出来的新产品投放市场，引导市场消费，放大拉面产业投射效应。

如今的"撒拉人家"品牌影响力日益提升，经过几十年市场磨炼的循化拉面人不断积蓄能量，自信地走向"一带一路"国际市场，中亚、南亚、中东、中非等地都有了循化人开的面馆。

几代拉面人之所以能够在时代大潮中激流勇进、脱颖而出，除了撒拉族特有的敢闯敢拼精神，离不开党和政府对少数民族地区注入的源源不断的政策动力，离不开中华民族大家庭的温暖。循化拉面人饮水思源，感恩奋进，在新冠疫情、积石山地震等重大灾害面前挺身而出，用一碗碗拉面给需要帮助的人送去爱心，以实际行动回报这个伟大时代。

循化县通过发展拉面产业，大幅度增加了广大群众收入，为摆脱贫困、全面建成小康社会注入了强大动力，使自然资源贫乏、区位优势不明显、教育文化相对落后的欠发达地区走出了一条依靠党的富民政策、充分激发内生动力的可持续发展之路，书写了循化建政以来又一个创业奇迹。数万拉面人勇闯天下的创业历程，已转化为谱写中国式现代化青海篇章的宝贵精神财富。

本书编委会

2024 年 7 月

目 录
CONTENTS

人物风采

文化传承

产业发展

石榴花开

放飞梦想

韩新明的拉面人生

尹春花

　　"爸、妈，我退学了！我要外出挣钱，和你们一起共同撑起这个家！"2005年5月的一天，16岁的韩新明提着书包站在父母面前，用坚定的语气说道。父母看着年幼瘦小的儿子，环顾空荡荡的家，鼻子一酸，眼里噙满泪水，一句话也说不出来。

　　——题记

被迫辍学

　　韩新明，1987年出生于青海省循化撒拉族自治县查汗都斯乡新村一个普通农家。父亲依靠承揽一些小工程养家，生活算不得富足，但也衣食无忧，一家人其乐融融。韩新明就在这样一个祥和之家无忧无虑地成长。

　　天有不测风云。2000年，因工程发包方不验收工程并拒付父亲的工程款，导致这个温暖的小家一夜返贫、债台高筑。生活的窘迫逼得小新明一夜间长大了。他不愿见到络绎不绝的讨债人，不愿父母再为自己的学费发愁，看着被生活压得喘不过气来的父母，他的心好痛！他暗下决心：一定要尽自己的努力，让父母过上富裕的生活！思虑再三，他做出了辍学的决

定——这将会付出昂贵的青春代价，但他别无选择。2005 年 5 月 3 日，他离开了心爱的校园，背起行囊，告别熟悉的故土，在父母依依不舍的目光中踏上了北漂之路。

打工之艰

走出大山，广阔的世界展现在眼前。几经辗转，韩新明来到首都北京。大都市的繁华让这个来自大西北国家级贫困县的小小少年感到震撼、新奇、迷茫与不知所措。人流如潮的京城不会在意他的到来，他这样一个流浪者，很快被淹没在大城市的繁华与喧嚣中。但北京城并没有嫌弃像他那样投奔而来的无数淘金者，而是任他们在它的街巷间穿梭。白天他拎着铺盖卷行走在大街小巷找工作，夜幕降临时，走到哪儿算哪儿，找一个桥洞，就地展开铺盖，倒头就睡。

年龄尚小的他身材矮小，很难被商家挑剔的眼光瞧上，被无数店铺拒之门外。一周过去了，身上本就不多的盘缠花光了，可工作依然没着落。一个雨天，饿着肚子的他在万般无奈中走进东直门一家名为"西域新疆美食"的小饭馆，饭馆老板娘上下打量着他，问："想吃点啥？"韩新明用羞涩的目光望着老板娘，轻声说了句"我饿"，便低下了头。善良的老板娘立刻明白了，什么也没说，转身走进了厨房。不一会儿，她端上来一大碗热气腾腾的新疆特色美食——炒拉面，爱怜地说："孩子，吃吧！"韩新明感激地望了老板娘一眼，泪水在眼眶里打转。为了掩饰自己的情绪，他低下头，和着泪水狼吞虎咽地吃起来。

那一碗面，是韩新明长这么大吃过的最美味的面！吃罢，他给老板夫妇深深鞠了一躬，说："我给你们打工可以吗？我不要工钱，请你们收下我吧！"夫妇俩看着眼前这个无依无靠的孩子，说："这条街偏僻，我们生意也不景气，你要没地方去，就留下来吧，工资照着别的门店标准给你结，每月 300 元。"

流浪街头的日子就此结束，韩新明拥有了第一份工作。

他怀着一颗感恩之心，起早贪黑，在小饭馆里忙碌着。每天天不亮就起床，和老板韩舍已布一起去菜市场买食材。回到店里，他立刻开始擦桌子、扫地、招呼客人，刷盘子、洗碗、择菜、洗菜，一样也不落下。除了做饭，小饭馆里所有活计他都抢着干，不在乎工资多少。

饭馆面积狭小，小到没有搁一张床板的地方，韩新明就睡在地上。第二天一早起床，就把铺盖卷起来，放到房顶上。有一天，狂风暴雨突然而至，将铺盖淋得精湿，到晚上睡觉时，韩新明只好将被褥里的水拧了又拧，将湿漉漉的被褥铺一半在身下，另一半盖在身上，那种被逼到绝境的难受无法言说。但一想起家里日夜操劳、愁容满面的父母，他的内心燃起一股热腾腾的力量！

三个月后，老板因回老家处理一些事情，需要闭店一段时间。走之前给韩新明 1000 元工资，让他自谋生路。

这是韩新明有生以来通过自己的努力得到的"第一桶金"。

创业之难

韩新明又回到了睡露天桥洞的日子。和以往不同的是，现在的他身上有了一笔小小的创业"启动资金"，还怀揣一门谋生技能——学会了怎样选肉、怎样串串、怎样烤串。虽说还没能摆脱流浪生涯，但他的处境已经今非昔比了。他盘算着怎样才能让这 1000 元钱活起来！一个大胆的设想在露天桥洞诞生了——卖羊肉串！

生活有了目标，人生就有了方向。那一晚，韩新明觉得月亮分外的美，风儿格外的轻，就连虫儿的鸣叫都那么动听。当东方现出鱼肚白时，韩新明已经打点好行装，迎着清晨的第一缕阳光，走向人生的下一站，去追寻自己心中的梦！

很快，他在丰台区丽泽桥附近租到了住处。那是一间 5 个人合租的只

有6平方米的小屋。虽然房间逼仄狭小，但只要有栖息之地，就能放飞心中的梦想。从这个房间里，韩新明迈出了自主创业、改变人生的第一步！

每天清晨6点左右，韩新明就到菜市场去选羊肉，然后把自己关在屋子里，切块、腌制、串串，下午5点出摊，一直干到第二天凌晨4点才收摊。他有的是青春的激情和力量，只要生意好，就不知道什么叫累。回到出租屋，稍稍眯一会儿，又马上起来，揉一揉惺忪的眼睛，去菜市场买肉，紧张忙碌的一天又开始了。

日子像单曲循环播放般周而复始，虽然每天都累得浑身散了架，但看着日渐鼓起来的钱包，希望像喷薄而出的朝阳在他心中冉冉升起，所有的苦累都烟消云散了。

然而，意外像山外飘过来的不测风云，在平静的日子里投下一片阴霾。邻居们不习惯闻到羊肉膻味，时不时要找点碴。一天，当韩新明拖着疲惫的身躯回到出租屋时，见房东把他的行李扔到了院中，锁了房门，合租的同伴也被房东驱逐，不知去向。

韩新明又一次回到桥洞下。

天亮了，韩新明又去寻找住处。当他走到路边一处树林里时，一座破旧的废弃石板房在树荫下若隐若现，这引起了他的注意。他走过去，围着房子转了一圈，房子虽然破旧，但尚能遮风避雨。他喜出望外，立马动手简单收拾一番，当晚就住了进去。房子里没有水，嗡嗡叫的蚊子叮得他浑身起了疙瘩，奇痒难耐，加上屋里蒸笼般闷热，让他饱受煎熬。但他想不到的是，这样一间破房子也不能白住，"地头蛇"发现里面有人，找上门来，每月强行收取300元"租金"。韩新明只得乖乖交上，谁让自己是外乡人呢，强龙难压地头蛇啊！

一天，韩新明照样傍晚5点出摊，当他第二天凌晨4点回到住所时，发现这里已是一片废墟，房屋已被拆除，自己所有的家当都无影无踪。他茫然地站在废墟里，仰天长叹，欲哭无泪。

这种居无定所的日子更能磨炼人的意志，韩新明在风雨飘摇的环境中渐渐成熟起来。经过两年的摸爬滚打，换来了 6 万元积蓄。从白手起家到 1000 元，再到 6 万元，无疑是个重大跨越。有了这笔资金，韩新明的目标变得清晰起来——自己当老板！

2007 年 5 月，韩新明离开北京，转战涿州。

开店之困

2002 年 2 月，毗邻循化的民和县喇家遗址出土了一碗距今约 4000 年的面条，比此前早有定论的源自意大利的人类最早面条的年代还要久远。每个青海人都骄傲地说："世界上的第一碗面条，来自我的家乡——青海！"为了让更多人了解青海，韩新明决定开一家拉面馆，让南来北往的客人尝一尝来自大西北青海家乡的味道。

没费多少工夫，他就在涿州市桃园附近租下了一处门面，怀着满腔的热情与憧憬，步入拉面人行列。

装修，保洁，购置桌椅、灶具、锅碗瓢盆……虽然每天都忙得像个陀螺，但他浑身有使不完的劲，心中满是对未来的期待，如同看到了顾客盈门、生意兴隆的美好景象，少年老成的韩新明累并快乐着。

2007 年 6 月，韩新明终于将"兰州拉面"的匾额挂上了门头，属于自己的第一家拉面馆如愿开业了。

然而，尚未从开业的喜悦中缓过神来，无情的现实给了他沉重一击。

由于他拉面技术还不够精湛，拉出的面条粗细不均、口感欠佳，与那些经验丰富的拉面师傅拉出的面条相差甚远。汤底的调配也不尽如人意，任他百般努力，也调制不出能让食客沉迷的风味。日子久了，来吃饭的顾客越来越稀少，直至门可罗雀。他想方设法改进，但技术是硬头活，是开拉面馆的"金刚钻"，短期内弥补这个短板，实在太难。

面对日渐冷清的面馆，韩新明一筹莫展。

一次，有位顾客吃完面走出门，又回过头冲着店里说道："这么难吃的面还好意思叫兰州拉面！"说罢，扬长而去。这句话深深刺痛了韩新明，是啊，技术是立业之本，是成功之基石。自己技术不过关，还开什么拉面馆？

到今天这般境地，韩新明没有回天之力，关门是唯一的选择。关门那一刻，他心中五味杂陈，有自责，有遗憾，有悔恨，有茫然……

回想起来，至今开业整整一年！365 天的付出，没能换来相应的回报，反倒贴进去 6 万元血汗钱。奋斗了三年，又成了一贫如洗的流浪汉。

学艺之苦

拉面馆倒闭了，他那颗炽热的心连同未来的希望之门也一同关闭了。

在灰暗与迷茫的日子里，曾经的梦想破灭，未来的道路仿佛被浓浓的迷雾笼罩，他陷入了深深的困境之中，不知该何去何从。每天都在自我怀疑与沮丧中度过，责怪自己没能将拉面馆经营好。

身无分文，经济上的压力如潮水般涌来。衣服破了，鞋子露出了脚指头，手机也欠费停机了。整天饥一顿饱一顿，无异于流浪街头的乞丐。

就在他感觉自己快要被黑暗吞噬的时候，父母来到他身边。他们没有半句责备，只是默默地陪伴着他，宽慰他失败只是暂时的，一切都可以重新开始。

父母情真意切的鼓励和慈祥目光里的信任，让韩新明渐渐有了重新站起来的勇气。

从小对他关爱有加的韩学峰伯伯来了，面对困境中的韩新明，韩伯伯说："别太难过，这次因为技术原因拉面馆倒闭了，这恰恰给了你提升技术的动力和方向，别让技术问题把你打倒，这只是个小小的坎坷。你有热情和决心，只要去努力，弥补技术上的短板，我相信，下一次你的拉面馆一定会一鸣惊人！是条汉子，就要从跌倒的地方爬起来！"

　　韩伯伯的话，犹如黑暗中的一束光，驱走了韩新明心中的阴霾。对呀！在哪里跌倒，就从哪里爬起来！技术是可以学的，我要请师傅学技术、练本领，一定能凭借出色的技艺，让我的拉面馆重生。我能，一定能！

　　在这种念头的驱动下，倒闭的拉面馆不再是韩新明人生的羁绊，转而成为一种新的动力。他丢掉幻想，从学习拉面技艺开始，去迎接下一次挑战。

　　常言道，师傅领进门，修行在个人。韩新明从来没有懈怠过。每天清晨，天未亮就起床，做好烧火做饭前的准备。面匠是个体力活，不经过一番历练，要拉出龙飞凤舞的面条是不可能的。和面、揉面这些看似简单的动作，要的是恰到好处的力度和不急不躁的耐力。韩新明的双手常常因为过度用力而酸痛不已，长时间的揉压让两条胳膊像灌了铅一般沉重。为了达到师傅的要求，他不厌其烦地一遍遍重复着枯燥的动作，不敢稍有懈怠。

　　拉面技巧更难掌握。抻面的力度要把握适中，重一点轻一点，会影响面条匀称度和粗细度。无数次的失败，韩新明有过心生沮丧的时候。每当这时，他就会想起父母的关爱和伯伯的鼓励，再看看眼前不成形的面条，便暗暗给自己鼓劲：练下去！练下去！绝不能放弃！

　　为拉出一碗心仪的拉面，他像着了魔一样，连做梦都在挥动着胳膊。工作台前一站，往往就是几个小时，天天如此，即使双脚肿胀，疼痛难耐，他也不肯离开。

　　渐渐地，他摸出一些门道来。要想做出极具风味标识度的拉面，关键在于汤料，而熬制汤料的过程，更是一场神秘莫测的艰苦磨砺。

　　韩新明长时间守在锅边，忍受着高温和蒸汽的熏蒸，汗如泉涌，衣服湿了又干、干了又湿。为了熬出独属于自己拉面馆的风味，他不断调整配料的配比和火候，无数次尝试，无数次失败。长时间弥漫在空气中的香料气味挥之不去，刺鼻难耐，他的嗅觉也逐渐变得麻木了。

通宵达旦守汤锅是常有的事，疲惫如影随形。虽然眼睛酸涩，脑袋昏沉，却不敢有丝毫懈怠，生怕错过了汤底熬制的最佳时刻。一有困意袭来，他就用冷水浇头，强行让自己重新打起精神来。

功夫不负有心人。四个月后，韩新明终于将一碗碗宽薄、大宽、细条的拉面逐一端到师傅面前。看着清亮的肉汤、翠绿的"浮萍"、雪白的萝卜、深褐色的牛肉掩盖着的醇香的面条，师傅会心地笑了！

韩新明苦尽甘来！

成功之喜

2008 年，金秋十月，青藏高原东南角下的积石川遍地金黄，身怀拉面绝技的韩新明无心留恋故乡美景，满怀信心地来到河北省高碑店市。他想在这个小城里大干一番，让青海拉面遍地开花，十里飘香。

刚好，高碑店南大街祥和鑫园一家饭店正在转让，韩新明一眼就看中了。朋友们也及时伸出援助之手，帮他凑齐了 6000 元转让费。

他又一次将"兰州拉面"的牌子挂了上去。

小拉面馆开张之后，生意异常火爆。清晨一开门，顾客就陆续不断地走进来，每张桌子前都围满了食客。

韩新明熟练地舞动着手中的面团，一抻、一拉、一甩，一根根粗细均匀的面条在他手臂间舞动，滚烫的大锅中捞出一碗碗清香扑鼻的面条，让人口舌生津，垂涎三尺。

食客有的是上班族，有的是周边居民，还有不少是慕名而来的远方食客，店外经常有许多人在排队等待。尽管有时候等餐时间并不短，但大家都愿意等，因为他们已经习惯了这一碗拉面的味道。

韩新明热情招待着每一位顾客，脸上始终洋溢着真诚的笑容。很多消费者到这里一饱口福的同时，也享受到温馨的用餐氛围，体验青海美食文化的独特风情。小小拉面馆成了高碑店城一道亮丽的美食风景线。

2016 年，韩新明对店面进行提档升级。他把纯正的青海风味新菜品引进店里，并成功注册了自己的商标——伊味牛霸！从此，"兰州拉面"的牌子摘了下来，"伊味牛霸"的牌子高挂门头。韩新明注视着门头上蓝底白字的"伊味牛霸"匾额，暗暗对自己说：我要让拉面馆的辉煌一直延续下去，让伊味牛霸成为人们心中难以忘却的美食地标！

连锁之盛

韩新明的成功吸引了家乡父老乡亲们羡慕的目光，他们三五成群地走出家门，千里迢迢投奔韩新明。韩新明热情接待家乡父老，力所能及地安排他们在自己的店里工作。他牢记自己当年创业失败的痛楚，不想让家乡人再体验一遍。

他把回报家乡的一腔豪情化作帮助更多人脱贫致富的实际行动，让远道而来的乡亲们一边工作，一边学习拉面技术。他一对一向乡亲们传授技艺，谁学得快、进步快，就重点培养谁；谁技艺成熟、有意愿开店，他就从店面选址、装修到开业给予无私支持。几年下来，他先后安排 100 多名老乡在自己店里就业。在他的培养帮扶下，韩苏力么尼、韩忠德、韩才乙地、韩舍乙布、马成军、韩进良、韩文义、周龙、穆汗麦、韩德军、乙苏福、韩福龙、韩穆汗麦、韩有良 14 位老乡学成出师，"另起炉灶"，成为拉面店老板，走上了致富之路。

2019 年，以韩新明弟弟的拉面馆开业为标志，"伊味牛霸"拉面孵化出第一家连锁店。截至目前，韩新明已拥有 4 家直营店、10 家连锁加盟店，店铺遍布河北高碑店、安新、白沟、霸州、安国、易县、涞水、定州，上海等地。

事业有成的韩新明在高碑店最繁华的地段购置了商品房，娶妻生子，开启了新的人生旅程。

回馈社会

韩新明始终怀着一颗感恩之心，感恩各民族大家庭给了他施展能力的舞台，感恩自己走投无路时向他伸出援助之手的善良的人们，他在创造财富的同时，时刻不忘作为一名"责任公民"的社会担当，以实际行动反哺家乡、回馈社会。

2019 年底，新冠肺炎在武汉肆虐，随之蔓延至全国各地。临近春节，几乎所有人都严格执行封控措施，不出家门。当时防疫物资、生活物资奇缺，大家都处在焦虑之中。韩新明想到日夜坚守在防控一线的人员，再也坐不住了，他想以自己的方式尽一份力量。

说干就干。他和"牛霸"团队日夜不停地炸油香、做拉面，想方设法采购了矿泉水、饮料、水果等 1 万多元的生活物资，送到一个个疫情防控点。他们的行动犹如雪中送炭，一线人员接到这些生活急需品，感动之情难以形容。

2023 年 7 月 29 日，受冷暖空气和台风"杜苏芮"共同影响，河北省涿州市遭遇持续强降雨，加之受上游行洪影响，8 月 1 日晚发生特大洪涝灾情。韩新明万分焦急，立即给在涿州开面馆的老乡们打电话，让他们马上撤到高碑店，他来安排食宿。面对涿州重大灾情，韩新明夜不能寐。想到自己在河北这片热土上打拼了 18 年，是这里的人民成就了他，这里是他心中的第二故乡。如今同胞遭受洪灾，他岂能无动于衷？第二天晚上，他和韩军、韩苏力么尼、韩中国等人商议后决定：涿州有难，我们不能袖手旁观，我们救人不专业，但我们拉面专业，我们要让涿州的受灾同胞吃上一碗热腾腾的免费拉面！

3 日清晨，韩新明带领 16 名拉面师傅，带着食材、锅灶、一次性餐具赶赴涿州市。到达涿州以后，目之所及是遍地狼藉，一片汪洋，成千上万有家难回的受灾群众正在等待救援。看到这一切，他们立马在马路边挂上

"青海拉面支援涿州，洪水无情人有情，吃拉面免费"的横幅，支起锅灶干起来！

骄阳似火，炙烤着潮湿的大地，湿、闷、热的天气简直让人透不过气来。拉面师傅们顶着快把人烤焦的烈日，站在热锅旁不停挥动着胳膊，以最快的速度做出一碗碗拉面。免费供应拉面的消息不胫而走，远处、近处受灾同胞一车接着一车被转运过来，拉面点前排起了长长的队伍。

涿州受灾同胞排队领拉面

从早晨到夜晚，拉面师傅们一刻都不停息。累了，咬牙坚持着；中暑了，喝瓶藿香正气水继续干。他们心中只有一个信念：让更多的受灾同胞吃上一碗热腾腾的拉面！拉面师傅们坚韧不拔的精神让受灾群众大为感动。天黑时分，由于临时的照明灯较为昏黄，居民们担心光线不足，拉面师傅看不清，被锅、开水烫伤，有人不声不响地走到拉面摊前，打开手机电筒为他们照明。一点、两点、三点……不一会儿，光由点连成线，由线连成片，安置点一片光明。这一片光不仅照亮了拉面摊位，更温暖了拉面师傅们的心！那片光，是涿州受灾同胞一颗颗感恩之心啊！拉面师傅们干得更带劲了。

他们不分昼夜超负荷工作，连续干了三天三夜，送出了 8000 碗拉面！按店里的价格算，就是 8 万块！

8 月 6 日，涿州险情有所缓解，高碑店泄洪区又有大面积受灾群众需要救助。韩新明带领他的团队挥别涿州父老，马不停蹄奔赴新的"战场"。涿州乡亲们流着热泪在他们的车后追赶着，动情地大喊着："亲人们，再见！英雄们，再见！"

连续三天的高强度劳作，所有拉面师傅的胳膊都肿胀得厉害，体力严重透支，无法为高碑店的受灾同胞做拉面，真是心有余而力不足！但他们不甘心，换了一种方式，继续奉献爱心。他们采购了 100 个床垫、50 件矿泉水、220 支牙刷、220 管中华牙膏、220 条毛巾、220 瓶海飞丝洗发水、120 瓶花露水、70 个保温壶、10 件蚊不叮，共计价值 8000 元的物资，打着"牛霸拉面　情系同胞救灾物资"的横幅，送到高碑店三中临时安置点，用实际行动展现了普通老百姓的责任与担当。

韩新明在同胞受难之际表现出来的无私奉献精神，不仅感动了涿州受灾群众，也让远在千里之外的家乡人民感到无比自豪！涿州电视台、循化

为高碑店受灾同胞捐献物资（前排右二为韩新明）

电视台、中央电视台新闻频道等都相继报道了他们的事迹。

传递青海之声

2023 年 10 月 23 日，农业农村部、青海省政府以"好产品来自好地方——净土青海　高原臻品"为主题，在北京农展馆共同举办青海绿色有机农畜产品输出地宣传推介暨优质农产品消费促进活动。韩新明也带领 8 人组成的牛霸团队参加推介活动，将技能展示、美食品尝、餐饮文化宣传结合起来，进行了为期 3 天的拉面烧烤全过程现场制作。团队以饱满的热情、娴熟的技艺、周到的服务，将一碗碗色香味俱全的拉面、一串串嗞啦啦响泛着油光的烧烤摆在展示台上，供客人品尝，为展销会增添了光彩！

走向辉煌

2024 年 2 月的一天，青海省拉面协会会长马丽萍女士打来电话：

"喂，韩新明，告诉你一个好消息。"

"会长好！有啥好事？"

"3 月 5 日北京召开全国'两会'，经严格筛选，选定你去北京为'两会'代表做拉面，让来自全国各地的代表们都尝尝咱们大美青海的美食！你可是咱们青海拉面的招牌，要借此机会把咱们家乡的拉面文化宣传出去，把青海的拉面形象展现出来！你肩上的担子可不轻哟！"

去北京？为全国"两会"代表做拉面？韩新明激动得一时说不出话来。这么重要的事，怎能不让人激动呢？要知道，青海拉面协会共有 70 多家成员单位，品牌形象、餐饮品质、消费者口碑都是数一数二的，在这么多优秀企业里脱颖而出，能不让人激动吗？

原来，为了进一步扩大品牌影响力，展示青海特色饮食文化，青海省人大常委会、海东市品牌产业培育促进局、青海省拉面产业行业协会派青

海拉面服务团进驻"北京之家"驻地，在充分考察、反复甄选后，选定由华北地区韩新明的"伊味牛霸"、西宁地区的"兰亭安泊"、民和县的"四千年喇家"以品牌联合的方式，组建全国"两会"服务团，代表青海20多万拉面人，为参会代表、委员们献上来自高原的暖心面。

2月26日，韩新明关闭了自家门店，怀着无比兴奋的心情来到北京，到全国总工会中国"职工之家"报到。

"两会"期间，从早晨5点到晚上10点，拉面服务团每天都要为"两会"代表、委员端上600多碗拉面。韩新明和青海拉面服务团始终以饱满的精神状态精心制作、热情接待，代表、委员们尝到家乡风味，都赞不绝口，主动与他们合影留念。服务团还别出心裁，为每位来吃面的代表、委员送上一张印有"大美青海简介"和"青海拉面简介"的小卡片。

在宣传青海的专题片里，韩新明面对着镜头，自信满满地介绍："大家好，我是韩新明，很荣幸代表伊味牛霸来到'两会'现场，提供服务保障工作。感谢青海省人大、海东市品牌局和拉面协会给予我这次机会，我的团队成员都是撒拉族，是青海独有的少数民族。2005年我走出大山，来到河北省开拉面馆。涿州水灾的时候，我们用一碗碗爱心拉面获得了市民点赞。此次来到'两会'现场提供服务，是我们的荣幸，也是青海拉面的荣幸！希望大家爱上青海拉面，大美青海欢迎您！"

韩新明进一步开阔了眼界，开拓了思维，解放了思想，拓宽了思路，也确立了新的奋斗目标：让"伊味牛霸"遍布全国，走向世界！

从走出家门，跨出山门，走进城门，走到人民大会堂，韩新明用了20年。20年弹指一挥间，却又是人生的流金岁月。他不负韶华，挥洒青春热血，在"一碗拉面"里演绎精彩人生，用"一碗拉面"书写了创业者的故事，诠释了不断追求、不断超越的人生价值。

拉面产业有着无限扩展的可能性，作为青海拉面行业的领头雁，韩新明前程似锦，我们祝愿他未来的路越走越宽广，取得更加骄人的业绩！

韩新明（左一）与全国总工会领导（中）合影留念

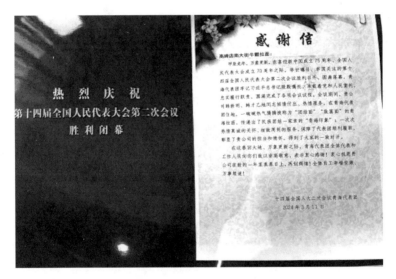

青海代表团写给韩新明的感谢信

（尹春花，女，河北省雄安新区雄县人，自由职业者。）

拉面撑起的一份梦想

马晓来 口述　韩玉梅 整理

我叫马晓来，穆罕麦这个带有吉庆含义的经名是父母为我取的。我来自青海省海东市循化县白庄镇，是一名普通劳动者。许多年前离开故乡，加入拉面经济的热潮，在起起落落中留下了一段难忘的拉面故事。

作为地地道道的西北孩子，我也是吃着拉面长大的。或许是司空见惯的原因，我并没有把这样一种可以随时吃到的家常餐放在心上，直到看到离循化不远的喇家遗址出土了一碗迄今为止世界上最古老面条的新闻后，才对这碗身世不凡的面条肃然起敬。

谋生的方式有很多种，可终其所有，每个人最后所追寻的都是一种有价值和意义的生活。如同拉面的"一清、二白、三红、四绿"，为本来极其平凡的生活渲染了不同的色彩。

我的拉面故事中，也有一些机缘巧合的因素。

改革开放初期，谋生求富方式逐渐多样化，种庄稼不再是农民维持生计的唯一活路。那时候出门务工的农民自诩为"出门人"，男人们纷纷离开家园，到千里之外的荒漠戈壁采挖金子，也跟着时令的脚步到雪域高原挖虫草，可这些纯粹靠运气，得来的收入并不稳定。我想换一种谋生方式，便来到一家乡镇企业上班。本以为靠工资可以过一种旱涝保收的体面生活，可好景不长，那家企业不久就倒闭了。我那时候年轻气盛，身上有一股不服输的精神，又前往山东做生意。但外面的世界并不精彩，汹涌的商海中，几个大浪把我打到岸边，无情的现实使我明白了一个道理——自己不是做生意的料。2000 年我返回家乡，到循化县白庄乡科哇学校任教。人一旦与挣钱的事拉开一段距离，内心就变得安静起来、单纯起来，当时只想着为家乡教育出点力，其他就什么都不想了。

任教三年后，急剧变化的现实又吞噬了理想，焦虑和浮躁让我寝食难安。民办教师微薄的薪资无力支撑越来越庞大的家庭，家庭生活很快陷入窘境，我不得不另谋出路。一番思量之后，凭着"比我没文化的人都行，我也能行"的一股勇气，把改变命运的奋力一搏锁定在拉面行业。

"一口锅、两口子、三张桌"几乎是全国各地小型拉面馆的经典模式。当时，7000 多户近 4 万人离开了自己的故乡，走南闯北，在那些陌生的城市、不知名的角落里，在人潮拥挤的大街小巷里，开起了一家家拉面馆。我也成为那些背起行囊茫然地走向城市的拉面人中的一员。

2004 年下半年，我再次离开故土，来到从未踏足的河南省，与同是白庄乡的一位兄弟在郑州市嵩山路丹尼斯附近开起了第一个拉面馆。

若非无奈，单干是最好的出路。初涉拉面行业的人一来胆小，二来实在凑不齐能开一家面馆的本钱，所以就选择合作经营，但这不是长久之计。我一边和老乡打理拉面店，一边自己找店面，一有空就到新城旧区，走大街穿小巷，几乎跑遍了整个城市。找店的同时，还观察留意顾客口味、消费水平、消费习惯等情况。

2005 年春，我终于下定决心，拿出所有积蓄"另起炉灶"，在河南省新乡市医学院附近，开了一家只有 6 张餐桌的小面馆。店面虽小，却完全属于自己，干多干少由着自己，挣多挣少都是自己的，干活踏实，吃饭踏实，睡觉也踏实。本着诚信为本的经营原则，我摸准市场行情，分析顾客消费心理，确定了每碗拉面的价格。我特别注意四件事：一是用餐环境要干净，二是服务态度要诚恳，三是饭菜数量要足够，四是饭菜味道不走

样。小面馆生意日渐红火起来，一家人看到了发家致富的希望，干劲儿越来越足了。

撒拉族人口少，在外界的知名度非常有限，跟别人介绍起来，往往要费一番周折。没有自己响亮的品牌，很多撒拉族弟兄只能借用"兰州牛肉面"招牌。这是没办法的办法，我常常为此感慨不已。我想改变这个局面，哪怕做一点象征性的努力，我也愿意。我把面馆起名为"撒拉尔牛肉面"，在处处讲求品牌效应的商场，我成了理想主义的逆行者。我期盼着路过这里的父老乡亲进来喝一杯热水，吃一碗面。不过我心里清楚，在这座城市里不会有人在意"撒拉尔"的，那不过是我的一厢情愿而已。

人生在世，当一件事情顺风顺水时，预想不到的困难就在前面等着了。有一天我接到一个通知："因为建设创卫工作，市里禁止燃烧煤火。"对于没有丝毫思想准备的我来说，这无异于晴天霹雳。但我很快又想到，作为一个现代公民，人人都有保护环境的责任。在不舍与无奈中，这间陪伴了我很多年的小面馆还是转让出去了。

人一旦适应了一个地方，就再也不想轻易挪动了。几经辗转后，我打消了去南方淘金的念头。

我外甥也是靠拉面起家的，经营着一家宾馆带餐饮的实体。我找到他，小伙子二话没说，让我搭了伙，他负责客房，我主营餐饮店。一上手，我就增加餐品种类，提升饭菜质量，热火朝天地干了一段时间，直到这个店再一次转让。

创业的天空下总是烟雾弥漫，但日子还得要过下去。我和外甥办完转让手续后，又马不停蹄在郑州市中原区面纺路开了一家新店。理想主义的羽毛正一片片掉落，最后只剩下现实的自己。店名很简单，只有四个字"牛肉拉面"。

几年的波折让我明白了拉面生活的艰辛，更明白一碗好面是不需要过多华丽装饰的，只要力道足、原料真、"一清、二白、三红、四绿"，其他什么都不用说了。8 个月后，外甥退出，我又拥有了属于自己的面馆。

开拉面馆收获的喜悦与庄稼人秋收的喜悦一样，都是在付出无数艰辛之后得到回报。在我的悉心照料下，拉面馆的生意一直在往上走。其间，我有太多的感悟。让我难以忘却的，是对地处中原腹地的郑州这座城市的感动，她的包容与豁达让我时时处处能感受到身在老家的自在。作为少数民族，我们不管走到哪里，总会受到意想不到的优待——办理营业执照等手续，几乎是无障碍过关，各种优惠政策也不会落下我们。在老家时感受不到亲情的温暖，出门在外，原本该有的那份情谊又被焐热了，无论在哪里，大家都互帮互助，共渡难关。我想，这也是越来越多的人加入拉面大军的原因。

这么多年的创业经历也让我深深感受到，拉面馆最实用、最稳定的经营模式依旧是家庭式。因为小店活少，客流量少，一般夫妻二人就能顾得过来，只要不忘民族本性，诚信经营，踏踏实实干好每一件事，实打实做好每一碗面，不敷衍顾客，就有可挣的钱。

时间在一碗碗拉面中飞快流逝。2013 年以后，拉面馆遍地开花，给我们也带来了一些冲击，生意越来越不好做了，但我已经非常知足。想想走过来的路，已经享受了改革开放的时代红利，凭自己的汗水劳动，在远离故乡的土地上改善了生活，做出了一番成绩。

但是，花儿有凋零的那一天，人生也有到站的那一步。从更加长远的发展眼光来看，我还是希望自己有足够的时间去实现另一个理想——回到故乡的热土上，在有限的生命中，让自己在精神上通达另一个驿站。

黄河岸边的家乡，依旧春暖花开，我很享受这种悠闲而充满诗意的乡间生活。回望自己大半生，一直忙碌于挣钱养家，拼尽全力和金钱打交道，该到了更换赛道的时候了。沉下心来，觉得人生的价值和意义绝非只在金钱。在拉面馆打拼的日子里，我阅人无数，见过百态人生，芸芸众生都奔波于滚滚名利，到头来摆脱不了一个"空"字。我不想把自己的下半生虚掷在名利场，而是想尽己所能为家乡和社会做一些贡献。那么，做些

什么好呢?

偶然看到田地间独自去上学的孩子,就会想起那些背井离乡在外打拼的乡亲们,孩子被他们留给年迈的父母,成了留守儿童。因为亲身经历过,我对那些远在异乡的父母在挣钱与顾家之间的心理撕扯感同身受,但短期内谁也无法改变这个现实。我暗下决心,要给这些留守儿童一份关爱,给他们的父母带去一份安心,帮政府减轻一些负担。

当时,学前教育是故乡教育体系中无暇顾及的一个短板,我想弥补这个短板——哪怕补上极其微小的一个缺口也好。经过深思熟虑,我决定办一所幼儿园。怀着这样的初心,我又开始了比开一家面馆要困难得多的行程,一次又一次告诉自己,不管遇到什么难处,一定要办成此事。2015年,我的想法得到家人和父老乡亲们的支持,大家都异口同声说道:"你就放心干吧,有什么困难,还有乡亲们哩!"这一席话,让我的后顾之忧一扫而光。

县委、县政府和教育局也给予了人力、物力支持,这让我信心百倍。我每天早出晚归,动用所有的人际关系,四处奔波,办理各种手续,有时实在顾不过来、身心疲惫到极点时,就去吃一口"拉面",暗暗为自己加油鼓气。

处理解决了很多复杂事情后,2016年底到2017年初,幼儿园开始动工建设。县教育局落实了幼儿园建设项目,这让我在无比欣慰的同时,多了一份责任感。施工时,每个环节我都仔细监督,修建和装修的事亲自过手,丝毫不敢怠慢。乡亲们见我面容憔悴、神态疲惫,叮嘱我别太累了。可我生怕自己稍不用心就会出差错,一点都不敢松懈。

2018年,幼儿园教学楼终于告竣,清水河畔矗立起一座漂亮的三层楼房,我如释重负地松了一口气。

天有不测风云,人有旦夕祸福。2019年底,新冠疫情强势袭来,打"碎"了许多人的梦,幼儿园后续建设也一度处于停滞状态。2021年,我办齐了办学手续，开始招生。开园那天，期盼中的人们纷纷把孩子送来，清水河的涛声中，又多了孩子们的朗朗笑声。触景生情，我不由回忆起在拉面馆打拼的那段艰辛日子……

迄今为止，白庄镇旭日幼儿园已经有两届学生毕业了，送走50多名幼儿，给他们的家庭带来了新的希望。年轻时奋斗积攒下来的财富，如今已化作为万丈高楼奠基的崇高事业，创造着润物细无声的绿色GDP，觉得一切的付出都值了。源于拉面，止于教育，这样的人生正是我所追求的。

其实，人世间的满足也莫过于此了。

说来也惭愧，年轻的时候，我一直认为开拉面馆只是一份不得已而为之的工作，是靠体力换取报酬的营生。可当自己走过拉面之路，在拉面经济中摸爬滚打，与拉面结缘，与拉面一起成长后，才发现开拉面馆所需要的不仅是人手和体力，更需要观测市场风云的头脑、与南来北往的食客打交道的本领，也需要一点与时俱进的创新精神……

时至今日，我深感那些背井离乡的拉面人是黄河浪尖的人梢子，他们用自己的奋斗，改变了一个家庭，使循化这样一个自然禀赋先天贫乏的地区率先摘掉了贫困帽子，踏上全面建成小康社会的幸福大道。我很敬佩每一个为了谋生而努力的人，也会为那些背井离乡被命运选择与拉面经济走在一起的人竖起大拇指。作为曾经的拉面人，我愿意将自己"拉面人生"的余热贡献给家乡幼儿教育。

沉思是最高级的幸福。对我而言，更多的思考依旧是拉面。放眼餐饮市场、拉面行业，未来的拉面经济将为更多人提供实现财富自由、梦想高飞的平台。我们更应该去关注打造一流的拉面企业，完善商标管理，打造大品牌，规范材料，规范价格，积极寻求政府帮扶，让青海人的拉面走出全国，走向世界。

（韩玉梅，女，撒拉族，青海循化人，青海省作家协会会员。）

弟弟的创业史

马永祥

———

在循化人眼里，拉面是希望的存在，象征着创业，象征着致富，象征着美好。"拉面"二字，跟每个家庭每个人或多或少都有牵连。拉面让原本闭塞的循化敞开了大门，很多人走出循化，走向全国，甚至走出国门。很多拉面人的后代在城市接受了良好的教育，从幼儿园到大学，脱胎换骨，一举改变命运。拉面为循化人民带来的好处数不胜数，我也是受益者之一。这一点，我的感受最为直观，因为弟弟踏入拉面行业，生意做得很顺利，腰包鼓起来了，生活富起来了，日子过得风生水起。

弟弟初中毕业后到循化县三绒厂上了几年班。上班期间，因为工作踏实、肯干能干，连年被评为厂优秀员工，也很快从一名稚嫩的中学生成长为一个有为的男子汉。成家后，每个月几百元的薪水很难维持家庭开支，于是他辞掉工作，去考驾照，并买了辆二手大发车，在县城和白庄镇之间跑班线运输。

弟弟很敬业，每天早出晚归，拉着乘客在弯曲的村镇小路上行驶，几年跑下来，积攒了一些钱。他发现那些到内地开拉面馆的同学好友挣钱比他又快又多，几年工夫就盖了新房、买了新车。弟弟心里痒了，他寻思，家门前每天早出晚归辛辛苦苦地跑车，只够勉强维持一家人的基本生计，这样下去简直是对青春的耗费。他再也按捺不住到外面去闯荡的冲动，家人也很支持他。于是弟弟卖掉心爱的车，跟从小玩到大的伙伴韩进一起，迈开了离开土地的脚步。

说起来，他长这么大去过最远的地方就是 20 公里之外的县城，现在去那么远的内地，他心里多少有点伤感。但想到指望他养家糊口的家人，他还是咬着牙，含泪坐上了远去的客车，又坐上了开往上海的列车。

他们此行的目的地是浙江杭州，去投奔在那里开拉面馆的发小马林。

二

坐了两天一夜的火车，弟弟和韩进抵达上海。他们无暇游览这座国际大都市，连上海火车站都没出，又坐上了开往杭州的列车。

马林早已在杭州火车站迎接。

马林拉面馆在杭州商业区的一条街上，一间房里摆着 6 张桌子，厨房和餐厅相连。正值饭点，桌子边坐满了人，厨房里传来烧火做饭的嘈杂声，服务生吆喝着跑来跑去，给客人倒茶端饭。看上去，这里与老家的饭馆相差太大。老家人对就餐环境的要求特别高，吃个面片都要坐在舒适的房间里，餐厅都比较宽敞，且装饰装修豪华，一般都设有包厢雅座。想不到大城市的饭馆竟如此逼仄，他们有点灰心了。

饭馆由马林和他老婆共同打理，雇了一个拉面匠、一个本地服务员，拉面匠是循化人。他们在离饭馆不远处租了两间简陋的小屋，屋内支着两张单人床，有一个公共洗手间，灯光昏暗，空气潮湿。马林安排我弟弟他们睡一间，面匠睡一间，他和老婆睡饭馆的隔板，服务员回家。

第二天，弟弟和韩进跟着马林去找饭馆。找饭馆是个苦差事，由近及远，一个街区、一个街区拉网式地找。天蒙蒙亮，他们用凉水抹一把脸就出发，看到拉面馆就进去问要不要转让，看到空房子就打听要不要出租，大热天满头大汗，筋疲力尽，直到夜幕降临才回来。

第三天，他们几乎转遍了杭州城每一条街道、每一个角落，脚上都磨出了水泡。累了，在街边停下来啃馒头；饿了，在老乡饭馆凑合一顿。老乡们得知他们是来找拉面馆的，都好饭好菜招待，不仅不要钱，还主动给他们提供线索。他们打起精神，又信心满满地找下去。

三

一天，有个老乡跟弟弟说，离杭州不远的金华市有一个拉面馆要转让，不妨过去看看。他们喜出望外，按照老乡提供的地址来到金华市一所学校附近，找到了那家拉面馆。拉面馆老板是甘肃临夏人，因老家父亲病重，急着要转让店面。商量好转让价格后，弟弟和韩进怕其中有猫腻，不敢立马接手。他们在附近租了一间房子住下来，每到饭点，就到饭馆门口蹲守，观察客流量。接连三天，饭馆始终人进人出，顾客络绎不绝，生意特别好。他们暗自庆幸找到好"窝子"了，但也心存疑虑：这条街并不繁华，吃饭的人为啥这么多呢？饭馆生意这么好，老板为啥急着转让？在他们之前难道没人来打听过？但怀疑归怀疑，他们已经等不及了，看看眼前的红火景象，又很快打消了顾虑。

说来也奇怪，自从他们接手经营后，食客就越来越少了，经营额也从原先的每天三四千块降到2000多块。起初他们以为这也许是换了老板的缘故，顾客需要适应一下，只要把饭菜质量、服务质量、环境卫生搞上去，自然会有人来。可是半个月过去了，生意依旧不见好转；一个月过去了，每天也只能卖1000多块。他们着急了，开始找原因，但思来想去不得其解。后来有个知情人士透露说，转让期间到饭馆吃饭的都是左邻右舍和老板的同乡们，老板为了尽快把饭馆转让出去，耍了花招。知道上当了，弟弟他们后悔不已，但为时已晚，白纸黑字的合同在那儿，想反悔是不可能了。

时间一天天过去，转眼过了半年，生意依旧半死不活，每天的营业额只够勉强维持开支，加上两家人合伙经营，根本没有可挣的钱。这样熬下去不是个办法，两人商量饭馆归一方，给另一方退一半转让费，好聚好散。面匠当证人，弟弟和韩进抓阄。结果，饭馆归韩进，弟弟则拿上一半转让费，即刻动身，辗转到上海，在亲戚拉面馆帮忙。

四

上海的亲戚们热心操心弟弟寻找拉面馆的事，通过 QQ 群、老乡会到处打听，四处找寻，不久在浦东新区的一个住宅区找到了一家拉面馆，敲定转让费后，弟弟将这家拉面馆盘了下来。

接手拉面馆那天，弟媳妇也赶到了上海，在亲戚们的帮助下，他们开起了属于自己的面馆……

拉面人从早忙到黑，日子过得特别快，转眼已过去两年。已经小有成就的弟弟请父母去上海浪一趟，于是那一年，我带着父亲、母亲和姐姐，踏上了去上海的旅程。

走出熙熙攘攘的上海站，继续在大街上步行十几分钟，穿过几条街道，就到了弟弟的饭馆门口，"兰州拉面"四个大字跃然眼前。我们心里突然涌起到了自家面馆的温馨，大上海变得亲切起来。

饭馆面积较大，是两间房，为典型的拉面馆装修风格，大厅里灯光明亮，卫生干净，墙上贴着饭菜名目及图案。正值饭点，吃饭的人很多，弟媳妇和面匠忙得不可开交。弟弟说，饭馆生意还可以，一天下来能卖三四千元，除去各样成本，一天净赚 1000 元不成问题。照这样下去，明年在老家县城买套房子是板上钉钉的事了。

因为饭馆在住宅区，会时不时打来订餐电话，他们就骑着电动车配送到家、送饭入户。一天到晚、一年四季连轴转，苦累自不必说。但对弟弟们来说，只要能挣上钱，只要不出意外，再苦再累都不在话下。

二楼是他们的"家"，共有四间房，卫生间、洗澡间应有尽有。在寸

土寸金的大上海，能有这么一处属于自己的栖身地，算是相当不错的了。

我此前来过几次上海，算是比较熟悉，就带着父母去东方明珠、南京路步行街、上海动物园、城隍庙等景点游玩，一连玩了一个星期，每天早出晚归，每个人都很开心。在上海开饭馆的同村老乡、亲戚朋友都请我们去，热情款待，家门前被怠慢了的乡情反倒在异地感受到了。

弟弟不仅饭馆开得很顺利，与左邻右舍相处得也很好。他把撒拉人诚实守信、热情好客、勤奋敬业的信条融入拉面馆经营中，赢得消费者的一致好评，回头客越来越多。

眼见弟弟的拉面馆生意红火，十多天后，我们一家人安心地踏上了返回西宁的旅程。

后来，韩进的生意也渐渐转好，他把媳妇接到杭州，共同打理面馆。每逢节假日，弟弟和韩进两家人或在杭州聚会，或在上海聚会，共同交流拉面经营之道。说起刚出来闯荡的那些苦涩经历，他们哈哈大笑起来，笑声中有辛酸，有收获，有快乐……

五

五年后，弟弟用自己的辛苦钱如愿在循化县城买了一套住房，与更多拉面人一样，在故乡的土地上圆了朝思暮想的那个大梦。大上海是有钱人的天下，他不留恋它霓虹闪烁的繁华，打算回乡创业。

跟家人商量后，弟弟贴出了转让信息。因为饭馆生意好、地段好、客源稳定，不到一个星期，面馆就以较高的价格转让出去了。弟弟满怀丰收的喜悦，踏上了返程的路。

弟弟再也不是几年前兜里空瘪的那个穷小伙，也不再是从前那个跟着别人影子走路的庄稼汉，踩出来的每一步，都在他身上沉淀为沉着从容的人生经验。

在人生大剧谢幕之前，撒拉汉子不会停下行走的脚步，在这个开放的舞台上，他们可以纵横驰骋。

偶然有一次，我在格尔木市看到一家正在转让的餐厅，地段和客流量都不错，就立即给弟弟打电话。刚回到循化没休息几天的弟弟立马来到格尔木。

餐厅在回族聚居地"黑三角"，原名叫"东来顺餐厅"，是当年跑青藏线的众多司机眼里上档次的用餐地。上下两层楼，共有十几个大包间，各种设施一应俱全，还带一个大院子，停车方便，生意一直都不错。我和弟弟都很满意，当即决定盘下来。考虑到经营这么大的餐厅需要不少人手，便给在家赋闲的三弟打电话，拉他一起入伙。

三弟很快来到格尔木。我们弟兄仨将原餐厅更名为"撒拉人家"。一切准备就绪后，选择一个吉日开了张。我们邀请了当地清真寺阿訇满拉，在格尔木的亲戚朋友、同事老乡，摆了十几桌，让大家伙儿分享我们开启新生活的喜庆。

餐厅生意出奇的好，而且很快稳定下来。后来，我们还将撒拉家宴引进来，为食客提供别样的民族风味餐饮。一楼、二楼走廊上挂了撒拉族民俗风情、山水风光图片。闲暇时，我给顾客讲解撒拉族文化，讲述撒拉族的内里外表。外地游客通过"撒拉人家"这个窗口，知道了循化，了解了撒拉族，我们以自己的方式为宣传家乡尽了绵薄之力。

正当我们沉浸在成功的喜悦中时，格尔木市区新开的大型餐厅如雨后春笋般冒了出来，装饰装修一个比一个豪华，软硬件设施一个比一个齐全，我们感受到了前所未有的竞争压力。被誉为世界上面积最大城市的格尔木市本来就人口稀少，消费群体一旦在同行的竞争中被稀释，终究避免不了被"冷落"的境遇，像秋风中的残荷败叶，未能挽回败落的命运。

这次创业经历让我们在感受疼痛的同时，也学到了弥足珍贵的经验，尤其是弟弟，在市场经济的残酷竞争中尝到了刻骨铭心的苦头，同时更加坚定了继续创业的信心。

在家休整半年多后，弟弟把目光收回来，打算在家门前开一家面馆。但家门前餐饮业竞争已趋白热化，找个心仪的门店实在太难。在县城和各乡镇转悠了一个多月，竟没有遇到一家比较满意的店面。

只要心里还燃着希望的火焰，撒拉人的脚步就不会停下。经历过市场竞争洗礼的弟弟更不会在意眼前的困难，他想暂时放弃循化，和同伴一起到西宁、海东六县碰碰运气，但最终还是空手而归。

六

听说黄南藏族自治州同仁县有一家正在转让的饭馆，弟弟和同伴闻风而动，立即前往。

那家饭馆位于热贡广场附近，地段、环境、生意、客源都让他们满意。蹲守观察三天后，他们顺利将饭馆接了过来，全家人喜出望外，再次满怀信心，点火开张。

到店里吃饭的大多数是藏族人，顾客对饭菜数量有要求，一碗面的量要比南方地区多一些。此外，同仁本地不产蔬菜，所需蔬菜都得外运，增加了食材成本。这样一来，赚取的利润就相对低一点。弟弟和同伴将更多功夫用在"饭"外，在饭菜味道、环境卫生、服务质量上"精耕细作"，摸索出在藏区经营拉面馆的"独家秘方"。一时间，食客量大增，一度成为同仁县最好的拉面馆。仅仅两年时间，就把投入的本钱都挣回来了。后因经营理念不同，弟弟和同伴分道扬镳，自寻出路，弟弟再一次回到循化。

七

心心念念在家门口开饭馆的弟弟把目光锁定在县城、街子、白庄三个人口相对稠密的集镇。他牢记前车之鉴，反复观察，小心行事，转来转去还是不敢下手。家人看出了他的顾虑，一直给他鼓劲加油，同学伙伴也从旁出谋划策。就在这时，他最要好的一位初中同学找上门来，说想跟弟弟合伙开面馆。他们把南环路东方宾馆楼下的"小金牛"牛肉面馆接了下来。为了打探虚实，他们还是和从前一样，蹲守三天。这次他们格外细心，不放过任何细节，注意观察食客是不是来"演戏"的。三天下来，看不出什么猫腻，客源比较稳定。到第四天，他们毫不犹豫地签了合同。

这一次，弟弟把毕生积攒的功夫都使出来，丝毫不敢怠慢家门前挑剔有加的顾客，放长盈利目光，薄利多销，在一双双满意的目光中，赢得更多好口碑。

（马永祥，撒拉族。中国少数民族作家学会会员，青海省作家协会会员，中国石油作家协会会员。就职于中国石油青海油田公司，作品见于《诗刊》《散文》《青海湖》《地火》《青海日报》《中国石油报》等刊物，出版散文集《天边的故乡》。）

白克大叔的创业史

马 军

悠悠驼铃声，自古就回响在我们撒拉尔的故居——循化。巍峨积石山下流传着一代代撒拉族人勤劳、朴实、永不服输的故事。如今步入中年的白克大叔是积石镇丁江村人。20世纪90年代初，一大家子捉襟见肘的日子迫使血气方刚的白克大叔走出家门，在陌生的白山黑水间寻找光景。

一

一段时间的四处奔波后，白克大叔领教了生活的艰难，同时也发现了许多机会。在西部大开发的鼓声中，青藏铁路要开工了，戈壁新城格尔木充满了商机。1999年寒冬，白克大叔像众多背井离乡的撒拉汉子一样，背起简单的行囊，踏上闯荡之路，来到传说中遍地黄金的格尔木。

白克大叔是家里的主心骨，看人看事有一双犀利的目光，从不走眼。他"游荡"在格尔木的大街小巷，不急不慌的样子，看起来像是在"混日子"，与那些风风火火的人相比，多了一些沉稳与老练。可谁也不知道，他心里装着一个梦，一个"伟大"的致富梦。

一星期后，经朋友推荐，他找到了第一份工作——大货车司机。

白克大叔很珍惜这份工作，他不想当只握方向盘、到点就撒手不管的

"甩手掌柜"，时时处处替车主着想，爱惜车辆，节约开支，不惹事，不闯祸。每次启程前，他都要仔细检查车辆，不管车辆有没有毛病，都要从头到尾维护一遍。他日日夜夜行驶在渺无人烟的青藏路上，每一次都是满载而行，平安归来。车老板特别满意，夸他不愧是个撒拉汉子。三个月后，由于业绩突出，车老板给白克大叔加了薪，激发了白克大叔的积极性，他愈发努力，出车更勤了。凭着能在毫厘间把方向盘拿捏精准的驾车技术和过人的胆量，去别人不敢去的地方，闯别人闯不了的关口，把漫漫青藏线当作实现理想的舞台……

从西宁到拉萨，如果顺利，来回需要十天。因为昼夜行驶，一辆车最少配备两个司机，一正一副。有一次，白克大叔一个人出车了，像往常一样，昼夜不停地行驶在青藏线上。在极度疲倦下，他睁大眼睛看向远方，两只手无意识地摇动着方向盘，瞌睡的阴霾却早已笼罩了他的心，等他清醒过来，车子已经翻了几个跟头……

青藏线上翻车事故几乎每天都发生，好多撒拉人车毁人亡，命丧荒漠戈壁，也有在一次极端事故中全家老少无一幸免的。青藏线给撒拉人留下了希望和死亡的双重印记，给初出茅庐的第一代撒拉人心里刻下了永不褪色的黑色印记。庆幸的是，白克大叔的伤势并不严重。每每想起这次事故，想到年迈的双亲和妻儿，他心里发颤，后背发凉。他再也承受不起把性命拴在车轱辘上的风险，妥善处理事故后，他辞去了这份工作。

二

辞去货车司机工作的白克大叔来不及洗去青藏线的风尘与疲惫，脑子又像车轱辘一样转动起来。凭借几个月来对格尔木市场的了解，用兜里的积蓄和四处借来的钱，很快开了一家淋浴店。

青藏铁路通车前的格尔木市号称西藏的旱码头，西藏地区一半以上

物资经由格尔木转运，因为道路崎岖，沿途保障欠缺，国营运输公司尚未问鼎青藏线，于是撒拉人组建了"高原""万里"两大客运公司。除此之外，还有民和、循化等地几百辆货车日夜奔跑在青藏线上，格尔木市成了他们的大本营。车主和司机们携家带口，集结在格尔木市，城市人口骤然增加。出车归来的司机们首先要做的，就是痛痛快快洗个澡，然后大睡一场。白克大叔正是看准了这一商机。在他眼里，淋浴淋的是身体，洗的是汗液和污垢，淋走的却是烦闷，洗净的更是敬天畏地的灵魂。

为了给每一位顾客提供贴心服务，白克大叔和家人挤在面积不大的淋浴店里，每天起早贪黑，烧热水、打扫卫生、洗毛巾、递送洗浴用品，迎来送往不同的客人。

开店期间，白克大叔结识了许多志同道合的朋友。他们来自各行各业，有在机关事业单位上班的，有开饭馆、开宾馆的，也有老同行货车司机。大家在一起，聊起各自的经历，交流生意上的成败得失，为彼此提供赚钱机会。白克大叔也有他的苦闷。虽然淋浴店每天都有盈利，但那点"毛毛雨"淋湿不了他渴望尽快改变家庭命运的心，青春的大好时光不能消耗在这里。朋友们知道他的想法后，纷纷出主意，在他面前列出一道选择题：让他改行的、让他开饭馆的、让他开招待所的、让他自己买车跑运输的……

下一步该迈向哪里？白克大叔陷入了沉思。

三

淘过金子、当过小贩、做过货车司机、开过淋浴店的白克大叔再也想不出自己还能干点什么，但又不甘心眼下在别人看来已经"知感不尽"的营生，一时陷入了迷茫。

左思右想之后，白克大叔决定背水一战，并将家里所有的钱全部投到了新的生意上。

手里攥着的血汗钱一股脑儿投进去，盼星星盼月亮，翘首期待半年多，未见任何消息。家里人也坐不住了，开始催他。白克大叔如坐针毡，每天天不亮就去生意场，夜深人静时拖着疲惫的身躯回家，不思茶饭，倒头就睡。终于有一天清晨，从市场传来了消息，不是喜讯，是噩耗。

急火攻心之下，白克大叔倒下了……

在亲戚朋友的宽慰下，白克大叔渐渐从沉重的打击中走出来，但看上去恍恍惚惚，不见了往日的精神。

休养一段时间以后，白克大叔重新振作起来。外面的世界很精彩，却也充满了陷阱。一个受伤的孩子走投无路时，首先想到的是故乡和亲人，他想回到循化。此时他一贫如洗，除了车票钱，什么都没有，但面对故乡，他没有自卑感。几年前他赤手走向他乡，而今又光脚回到故乡，有什么可羞怯的呢？

只要梦想不泯灭，脚下的路永远充满希望。白克大叔向亲戚朋友们借钱，很快凑到一笔钱。他铭记老辈人的教诲：在哪里倒下，在哪里站起来，才是儿子娃娃。他放不下蒸蒸日上的格尔木。格尔木正在西部大开发的风口上，在风口上连羊儿都会飞起来，何况是人呢？

离开故乡前，白克大叔前往骆驼泉，看一眼给过无数撒拉人精神滋养的骆驼泉，像当年先贤尕勒莽和阿合莽双手掬起泉水一饮而尽那样，他也怀着悲壮的心情喝下了从八百年深处流出来的清流。然后在骆驼泉旁吃了一碗家乡的拉面，如同一名出征的将士，踏上了新的征程。

在格尔木，白克大叔开起了第一间拉面馆。

当每天清晨的第一缕阳光洒向大地时，白克大叔已经穿梭在河东市场和屠宰厂，精挑细选当天所需的食材。一碗面，3块钱，只有源源不断的客源，才会有可赚的钱。他对食材极为挑剔，牛羊肉和蔬菜必须是新鲜的，该用的调料一样也不能少，确保每一位顾客吃得称心满意。

生意渐渐往上走，8张桌子的小小拉面馆挤满了客人。他既是老板又是面匠，有时候还充当服务员、收银员，像陀螺一样转个不停。他是个有心人，目光和心思永远不会只停留在一件事上。他一边忙生意，一边研究生意，一心想把面、汤琢磨透，把拉面店搞出个人尽皆知的名堂来。不知不觉中，手底下的面揉得越来越光滑，手臂间的面条拉得越来越有劲道，熬制的汤底越来越浓郁，店面服务也越来越周到……

白克大叔的生意越做越红火，老顾客频频回顾，过路客接连不断，腰包也日渐鼓起来，节节攀升的日子像烟囱里炊烟一样往上蹿。他享受着用劳动汗水换来的甘甜，笑脸盈盈，迎来送往。年底，白克大叔雇请了第二个面匠，他自己腾出时间学习经营管理之道。为了给顾客提供一个舒适、卫生、整洁、温馨的用餐环境，他更新了店内的各种灶具、餐具和桌椅，给食客味觉和视觉的双重体验。

四

2001年6月，举世瞩目的青藏铁路动工了。格尔木街上操着不同口音的人忽然多了起来，彻底打破了这座戈壁小城往日的宁静，同时也带来了巨大的商机。

2002年3月，白克大叔与朋友合伙接手一家集住宿、超市、停车场为一体的综合性饭店，随即把拉面馆转让了出去。这个原本简朴的饭店，通过白克大叔的精心改造，增加了餐厅、干洗店、货物信息部，集吃住行为一体，前卫超群，成为白克大叔尽心尽力打造的"杰作"。

随着格尔木的日渐兴盛，南来北往入住饭店的旅客络绎不绝，生意如火如荼。夏季是青藏高原最美的季节，蒙古语中被誉为"河流密集之地"的格尔木也迎来了八方游客，饭店客流量也达到高峰，门庭若市。得益于饭店的溢出效应，周围原先冷清的饭馆、店铺也旺盛起来。

2006年青藏铁路建设接近尾声，饭店租期届满，被房主收回了。这是正常的生意转场，白克大叔没有留恋，提前交接饭店，举家搬迁到市中心新购的房子。

这么多年的摸爬滚打，让只有初中学历的白克大叔深刻感受到教育的重要性。他知道，教育可能不会给人带来直观的财富，但可以让人明白很多父母亲都不曾教过的道理；唯有教育，才能让一个家族、一个民族生生不息。鉴于这样的深切感悟，2002 年 7 月，白克大叔把五个子女都送进格尔木的学校，了却了一桩心愿。

五

岁月如梭，世殊时异。已是 55 岁的白克大叔忙碌成性，耐不住清闲，又在老家操办起农家院。

2019 年 9 月 20 日，青海撒馨苑餐饮有限公司在三岔集镇开业了。从格尔木到循化，是一次怀揣丰富阅历的人生转场；从饭馆到企业，是一次经营理念的华丽蝶变。这一次，他要在竞争白热化的家乡餐饮市场大显身手。经过几十年市场经济的洗礼，循化的市场结构早已发生变化——食客远不是清一色的循化人；食客口味也早已不是原先的"老三篇"。小饭馆自有小饭馆的优势，船小好掉头；而一家餐饮公司一旦下场，就没有改弦易辙的余地了。最紧要的，是走好第一步棋。对此，白克大叔胸有成竹。他的目光没有停留在本地传统菜系上，而是决定对外地菜系进行适度的清真化改造。

他赴甘肃、宁夏、西宁、成都等地，亲口品尝各路名家菜肴，把适合循化人口味的菜肴的烹饪技艺借鉴过来，与自家的成熟菜品进行"嫁接"，做成打上"撒馨苑"烙印的极具辨识度的菜品。

他还深入农贸市场，寻找食材合作商家，在当地选定食材来源。利用抖音、快手、微信等新型媒体大力宣传民族文化，推广饮食文化。推出会员制，让利客户。

"撒馨苑"这个品牌终于打响了，每天都车满场子客满房间，循化本地的、化隆县的、同仁县的、临夏的顾客都慕名而来。有办宴席的，有会客的，进进出出的人群川流不息，好不热闹。每逢节假日，更是座无虚席。人们发现，即便客人再多，服务工作始终井然有序，既不会怠慢十几桌的大场子，也不会冷落两三个人的小客户。

偌大的厨房内，两个烹饪不同风味的大厨严阵以待，菜单上再多的菜品也难不住他们。20 多个服务生连轴转，点菜、端茶、清场。但他们再忙，也不会忽略"笑脸迎客、热情服务"八个字。

白克大叔明白"千里之堤毁于蚁穴"的道理，商场如战场，哪个环节稍出差错，将会带来无法弥补的遗憾。现在的食客对饭菜味道特别敏感，一丁点儿不入味，就会皱眉蹙眼，多出现几次，牌子就保不住了。搞餐饮业，口碑比金子还重要；口碑倒了，再想扶起来就难了。

对此，白克大叔十二分警惕，他时不时到厨房转一圈，监督每个环节的运行情况，有漏洞及时填补，有缺陷及时改进，绝不让"问题菜"上桌。

2022 年 7 月 15 日，白克大叔投入 300 万元，将青海撒馨苑餐饮有限公司总店开到循化县城，并注册了自己的商标。总店经营面积达 3000 平方米，员工有 60 余人，是真正意义上的"大餐厅"。他秉承"以人为本，真诚服务"经营理念，汇集民族菜、粤菜、川菜等菜系，着力打造"纯正、优质、味美、可口"的民族饮食文化。

白克大叔一如既往抓管理，对食材来源、性质、制作、卫生等各方面严格把关，虚心接受市场监管部门和社会各界监督，很快成为被广大消费者首选的餐饮企业。

曾经那个能上蹿下跳的年轻小伙如今已满头白发。五个孩子中，四个已经大学毕业，都已成家立业，他们当中有农民、公务员、项目经理、医生、警察，在不同的岗位上为社会默默做贡献。

白克大叔从一碗拉面延伸的故事还没有终结，在每天迎来送往的忙碌中，用脚踏实地、诚实守信、坚强乐观的信念继续演绎着拉面人的故事……

（马军，青海循化人，现就职于西宁市公安局城东分局。）

何乙四夫的"撒拉梦"

陈　宽

何乙四夫，男，1977 年 1 月生，撒拉族，中共党员，循化撒拉族自治县白庄镇民主村人，是一名有着近 30 年餐饮经历的"老拉面人"。

不忘初心，埋头创业

何乙四夫从小生活在农村，受家中经济条件限制，初二辍学后进入循化撒拉族自治县（以下均简称循化县）食品加工厂工作，用每月 70～80 元的工资补贴家用。面对每月至少 100 元的开销，还是入不敷出。两年后，食品厂倒闭了，这对于当时勉强维持生活的何乙四夫一家来说无疑是雪上加霜。为了谋求新的生活出路，何乙四夫联系到当时在北京开餐厅的儿时发小，准备去京城闯闯看，谋一条生路。

1996 年 12 月，19 岁的何乙四夫揣着东拼西凑而来的 1000 元，踏上了去北京的路途。从循化到北京将近 1700 公里，他先转车到西宁，再从西宁坐两天两夜硬座火车到了北京西站。初次到大城市的他很茫然，看着站外熙熙攘攘的人群，不知何去何从。初次坐公交车，没想到竟错过站，一头坐到终点站石景山区。后来，在同乡的帮助下，他来到牛街附近，跟着维吾尔族同胞学习烧烤技术。

当时牛街规模并不像现在这么大，就是一个小窄胡同。大概过了半年之久，何乙四夫挣到创业路上的第一笔钱后，便开始自己在街边摆摊。为了节省开支，他租了一间一室一厅的小平房，平日里吃、住、备餐都在这间小平房里。那时候北京的物价并不高，羊肉串每串也就 5 毛钱，一斤肉能赚 5 元。生意渐渐有了起色，他昼伏夜出，在炉火的烟熏中憧憬着自己的未来。

几个月后，发生了意外。

由于初次接触餐饮行业，没有经验的何乙四夫对餐饮行规不是很了解，没有及时办理营业执照和餐饮行业健康证，当城市执法管理局工作人员上门进行检查时，他慌张得不知道该怎么办。他后来回忆说："当时没有办理营业执照，确实不符合规定，让人家派出所和工商管理局的同志一遍一遍跑，给人添了很大麻烦。而且在路边烧烤，烟雾大，影响的确不好。"

"打游击"的日子就这样结束了，何乙四夫一时没了头绪。就在这时，派出所民警为他提供了一条新的运营思路。

1997 年 8 月，何乙四夫拿出在街边摆摊卖烧烤积攒的 2 万元，在陶然亭公园附近和朋友合伙开了一个小餐厅。经营不到一年，眼看着生意就要好起来，他的店铺却在市政建设中拆掉了，他跟合伙人也就此散伙，被迫走上了独立经营餐馆的路。

1998 年 5 月，何乙四夫开始了二次创业，靠手里仅有的几万元积蓄，在陶然亭北面盘下一个店面，年房租费 4 万元。他只付得起半年租金，用仅剩下的 1 万元购买桌椅板凳和装修店面，总算有了属于自己的"根据地"。1998 年到 2001 年，何乙四夫财源滚滚，连自己也想不到生意会如此顺利，一年 365 天，每天都有不菲的进项。站在时代的风口，不飞起来都不行。他在陶然亭又盘下了两家店，紧接着在白纸坊又开了一家。

那时候，他才满 21 周岁。

回忆起创业初期的情景，何乙四夫感慨不已："那时候只要有钱，随便开个饭馆就能挣钱。除了烧烤，我们什么都不会，炒菜什么的，都是后来慢慢学着做的。菜单里面就那么几道菜。不是我们不想做，而是不会做呀。客人一翻菜单，就没有他们想要的，很尴尬。情势逼迫我们跟其他饭馆学。看看人家的菜单那么厚，都是炒菜（那时候菜单没有图片只有菜名），再看看我们的菜单，薄薄几页，心里不是个滋味。但话又说回来，即便这么几道菜，我们也能赚钱。当时我不知道挣钱为啥这么容易，现在明白了——那几个菜品就是我们的品牌。后来饭馆规模大了，我们会做菜了，也有了会炒各种各样菜的厨师，能满足各路顾客的饮食需求。我们菜单也变厚了。"

何乙四夫卖出去无数碗拉面后，积攒了一笔钱，他的内心变得不安分起来，想另辟一条财路，但他不知道把这些闲钱该投向哪里。除了开饭馆，还能做点什么呢？人哪，没钱的时候难怅，有了钱也犯难。想来想去，他决定离开北京。2006 年，他攥着 200 万元，直奔青海，打算在西宁投资酒店。

当时青海的营商环境并不像北京那么好，两年多时间过去了，连投进去的那点成本也没能收回来。这真应了老辈人说的那句话——隔行不挣钱。2009 年，何乙四夫将酒店转让出去，用剩余的钱在西宁买了套房子，算是把家安在了这里。第三次创业失败的何乙四夫不甘心就此沉沦，决定重操旧业，于 2010 年回到北京，在宣武门盘下一个店面。何乙四夫总结自己的成败得失时说："三次创业，每次都撞到了机遇，但我没能把握住。"他又说，"虽然创业过程很辛苦，但我始终相信天道酬勤，苦尽甘来。"正是凭借着这份越挫越勇的韧劲，何乙四夫在北京餐饮行业逐渐站稳了脚跟，并与"拉面"结缘了。

做一碗本色拉面

现在何乙四夫开面馆不再那么单纯，他开始琢磨如何做出有特色的餐饮店，树立自己的品牌。在和同行交谈学习、外出考察后，他越来越认识到打造品牌的重要性。

2013年，他从兰州聘请了两名有五年拉面经验的甘肃广河籍拉面师傅，将拉面作为主打品牌，引入自己旗下的餐厅和门店。何乙四夫带领他的拉面小组成员深入京津冀、青海、甘肃等地的拉面店进行考察，品尝不同餐厅的拉面口味，详细统计面条种类，仔细观察消费者类型，从细、二细、三细、毛细、韭叶、柱子、二柱子、大宽等来判断食客喜好，然后对自家拉面进行对应不同口味的改造。

为保证口味纯正，他坚持用牛肉熬制汤底，经过无数次试验，搭配出有自己特色的调料，做出来的拉面受到食客和同行们的一致认可，来吃拉面的客人络绎不绝。

2016年起，何乙四夫与在北京的同乡"拉面人"开始尝试融资开加盟店，不仅将"拉面"品牌做得响亮，还带动了更多循化人进入拉面行业。2019年2月，何乙四夫在北京成立了西域雅轩餐饮服务管理有限责任公司，注册"西域雅轩"牛肉拉面商标。同时，他主动参加海东市、循化县举办的各类拉面行业从业人员高级培训班。先后参加了海东市政府和上海财经大学、中国地质大学等高校合作举办的"拉面产业高级经营管理人才培训班"、上海财经大学拉面经济高级经验管理人才培训班、北京大学光华学院海东市拉面品牌创新与传播培训班，何乙四夫增长了见识，拓宽了视野，对拉面产业的认识更深刻了。

2019年3月至今，何乙四夫担任北京市青海企业商会拉面分会常务副会长期间，在不断优化自己拉面店铺产品名录的同时，整合利用各种资源，积极协调解决在京青海"拉面人"遇到的困难，组织各会员协商议定

有关事项，带动近 1000 户从事拉面产业，解决了 5000 多人的就业问题。由于工作成效突出，2019 年何乙四夫被推选为北京市青海企业商会副会长，2020 年被授予"海东市民族团结进步先进个人"称号。

一心跟党走

2015 年，何乙四夫被任命为循化撒拉族自治县驻北京劳务办事处主任。也就在这个岗位上，何乙四夫对什么是群众、什么是服务、什么是情怀有了更深刻的认识，思想觉悟有了新的提升，积极向党组织靠拢，2020 年 5 月 6 日正式成为一名光荣的共产党员。

入党以后，何乙四夫工作热情更加饱满，始终以扎实的工作作风，认真履行岗位职责，脚踏实地干好每一项工作，高质量地完成循化办事处和青海企业商会安排的所有工作。切实发挥自身少数民族的优势，积极主动参与民族团结工作，处处发挥共产党员的先锋模范作用。同时，他躬身为桥，积极搭建起商会和政府、商会与企业之间的沟通桥梁，保障商会与政府部门和社会各界保持广泛联系。在疫情期间，何乙四夫组织企业捐款、维护稳定，通过实地走访、网络媒体等多种形式，摸排在京青海籍拉面企业受疫情影响状况，形成了长达 72 页的疫情台账。同时，主动为商会企业提供各类服务，组织文化体育、联谊及其他社会服务，曾自费 85000 元组织在京青海籍务工人员、创业者、工作者及大学生举办了一场篮球友谊赛，目的是促进大家和谐，相互多沟通多联系。他每时每刻都在关心青海籍在京大学生，帮助有困难的大学生，组织联谊活动，为在京各族同胞搭建交往沟通机会，加强民族团结，为铸牢中华民族共同体意识做贡献。看得见实效、看得见成果的工作得到在京青海企业的高度认可和赞扬，被评为北京市异地商会第三联合党委党员示范岗先进个人。

2021 年 7 月 1 日，庆祝中国共产党成立 100 周年大会在北京天安门广场隆重举行。作为 7 万余名代表之一，何乙四夫受邀参加庆祝大会，在天安门广场见证这一历史性时刻。10万羽和平鸽展翅高飞，10万只彩色气球腾空而起，各族各界群众舞动手中的国旗、党旗，朝着天安门城楼方向欢呼致敬，城楼上下打通了一座真情交会的心桥，广场内外汇聚成欢歌笑语的海洋，共同庆祝中国共产党百年华诞，共同祝愿祖国和世界的明天更加美好。

回忆起那激动人心的场面，何乙四夫内心汹涌澎湃，无比激动。他说："作为一名共产党员、一名少数民族代表，我深感骄傲和自豪，彻悟了'没有共产党就没有新中国'的真谛。没有共产党就没有我们民营企业的今天，没有共产党就没有我们少数民族今天的幸福生活！这也激励我积极响应习近平总书记号召，牢记初心使命，坚定理想信念，积极投身实践，推进自身企业高质量发展，为实现下一个百年奋斗目标贡献自己的力量！"

争做榜样，回馈社会

2020年新年伊始，新冠疫情迅速蔓延至全国。2020年1月21日，北京发现第一例感染患者后，何乙四夫紧急召集部分循化籍餐饮企业负责人，以西域雅轩餐厅为根据地，成立了疫情防控领导小组，将北京市划分为东西南北及中心区五区，对循化籍拉面人采取管控措施。中心区（四环内）负责人联系其他四区负责人，每天认真摸排本区群众实际情况和存在的问题。各区负责人每天上午12点前和下午5点前将各区情况汇报给中心区负责人。为确保各区上报数据的准确性，何乙四夫每天驾车巡回抽查，核实各区汇报情况，每天两次汇报至上级主管部门。

在接到北京市民族联谊会发出的《致首都各族人士捐款倡议书》后，何乙四夫和众多循化籍拉面人以北京市青海企业商会拉面分会名义，组织青海省籍拉面企业开展为武汉疫区献爱心捐款活动，募集爱心捐款27770元，委托北京市民族联谊会送往湖北省十堰市阻击疫情一线。事后，他们

收到了北京市民族联谊会发来的感谢信。

得知循化县人民医院医疗队支援武汉的消息后，何乙四夫立刻想到医疗队吃饭问题，第一时间联系了在武汉的化隆籍同学韩索力么乃。韩索力么乃不顾自身安危，决定承担起为循化县医疗队供餐重任，好让医疗队全心投入疫情阻击战。何乙四夫与韩索力么乃的小小善举得到回音，素未谋面的循化县人民医院支援武汉医疗队队长马明姣及其他队员表达了真诚的感谢，并在朋友圈分享了这感人的事迹。

在居家隔离的日子里，每个人都随时面临着被感染的风险，可何乙四夫们的心时刻牵挂着抗疫一线。尽管在武汉抗疫中他们献出了爱心，但他们仍然觉得不够，何乙四夫不顾被感染的风险，又一次站出来，召集在北京的循化籍餐饮企业负责人，自发成立了抗疫爱心捐助小组，将募集到的31684.42元善款送到北京市抗击疫情重症区。

疫情期间餐厅不能正常营业，但何乙四夫的餐厅仍然坚持每天24小时"半开业"，为周边抗疫工作人员提供开水。他还想方设法采购了一批价值3000多元的口罩和常用药品，免费发放给周边需要帮助的群众和一线工作人员。何乙四夫说："尽管能够帮助到的范围有限，但我还是希望在这样的特殊时期，为早日战胜疫情贡献一份力量。"

疫情给包括拉面产业在内的个体户产生了巨大冲击，餐厅不能正常营业，店员居家隔离，库房内食材腐烂过期，即便没有营业收入，但员工工资仍要按月结算，每月房租也需按时交付……一大堆的困难令何乙四夫焦头烂额，但他从未有过放弃的想法，经常勉励拉面同行困难是暂时的，风雨过后一定能看见彩虹。

2023年12月18日甘肃积石山6.2级地震发生后，何乙四夫心急如焚，离震中仅有60公里的老家循化县有没有受灾？情况怎么样？需不需要帮助？这些问题让他彻夜未眠。第二天，与家人取得联系，了解到相关情况后，联系灾区附近的拉面同行，组织人员分批次进入灾区，为受灾群众和一线救援人员免费供应餐食。得知家乡群众急需取暖物资的消息后，他又联系慈善公益界的朋友，经多方筹款，从浙江毛毯生产厂家购买了1000条毛毯，直接发往灾区，以最快的速度为受灾群众送上了温暖。

家乡人眼里的好大哥

在北京从事餐饮期间，何乙四夫努力经营好自己生意的同时，积极回馈家乡人民，热心帮助在京开饭馆的乡亲们。2005年，为了能够"走出去"，家乡政府和人民群众遵循"要想富先修路"的原则开始修建公路，改变以前的泥泞土路。在得知建设资金还有1万元的缺口时，何乙四夫没有任何犹豫全力支持家乡发展建设，即便那时他的餐饮生意刚刚有起色，仍把资金投入最需要的地方，他的这一举动至今被家乡人称赞！这些年，来京同乡遇到难处都会找何乙四夫帮忙，他从不会拒绝，尽己所能给予帮助。跟何乙四夫接触过的人，都称赞他是撒拉族的"儿子娃娃"！

来京就医的都是在当地医疗机构无法医治的病人，到北京后他们会面临挂号难、就医难、交流不畅等诸多问题。病人家属首先会想到在他们眼里"神通广大"的何乙四夫。何乙四夫也是来者不拒，不管属实与否，都会跑前忙后，尽最大努力让患者住进医院。

在市场经济烟火味最浓的地方打拼的拉面人会面临许多自身无法排遣的矛盾纠纷，包括拉面同行之间的恶性竞争、经营者与顾客间的小摩擦、员工与老板间的劳务纠纷、餐厅经营者与门店建筑所有者在租赁方面的纠纷，等等。20年间，何乙四夫作为青海省在京商会和循化县驻北京办事处主要负责人协助北京市公安部门协调处理各类经营纠纷，配合当地主管部门化解由经营引起的各类矛盾，努力保护循化餐饮人的合法权益。

何乙四夫踏实、诚恳的工作态度和处事能力得到北京市民宗委、广安门内街道办事处等多个单位的认可，常被邀请参加有关会议和展览等活动。听得多了，见得多了，心里的感想也多了。在他看来，是改革开放的

好政策、社会主义大家庭给了拉面人闯荡天下的大舞台，由此他深信，在这个温暖的大家庭里，拉面人的道路会越走越宽广。

后来，何乙四夫在北京和平门重新开了餐厅，并取名为"撒拉梦"，他说："在我的心里，撒拉族是中华民族大家庭中的一份子，撒拉梦也是中国梦的一部分。"

（陈宽，回族，甘肃平凉人。民族学硕士，《中国穆斯林》杂志编辑。）

我的追梦之路

韩 辉

我叫韩辉，20世纪80年代末出生在循化县查汗都斯乡苏志村一个撒拉族家庭，家中排行老五，上有两个哥哥和两个姐姐，下有两个弟弟。在那个年代，日子过得很紧巴。我们村有很多像我们一样的家庭，兄弟姐妹多，上学的却不多，初中以上的更少。我的同龄人小学毕业后要么去当筑路人，要么去淘金，要么去采挖冬虫夏草，还有一部分人子承父业上青藏线搞运输，上高中的寥寥无几。我的父母却有点另类，再苦再难，也让我和二哥上完了初中。2007年我初中毕业后，与同龄的男孩子们一样，追随父辈们的脚步，去曲麻莱县的一个工地干活，成为一名筑路人。

在雨雪飘零的三江源腹地，我第一次感受到了出门人的心酸、寒冷和苦楚，凭着一身不服输的毅力，勉强熬了5个月，挣了5000多元。

在循化，除了像我这样的筑路人，还有淘金人和拉运人。他们夏天出去打工，冬天在家里窝着，流水似的日常开销，越变越大的人情往来窟窿，往往挣钱赶不上花钱，来年开春又要踏上打工路，年复一年，苦日子没有尽头。一部分家境优渥且勤劳勇敢的撒拉人，早在20世纪90年代，就已把创业、奋斗的目光投向广阔的内地市场。历经无数次失败和挫折，也没能阻止这些人追梦的脚步。在重重磨难和不断摸索下，撒拉人找到了

开拉面馆这个新出路。拉面馆的兴起让好多人都开启了跟风模式。村里年轻人纷纷扔下原来的工作，一个跟着一个涌入拉面行业。一家家拉面馆像飘飞的蒲公英，向祖国大地飘散开去，在大江南北、长城内外的大街小巷落下一粒粒种子，开枝散叶，蔚然成风。

2008年元月，我刚结完婚没几天，二哥韩文财说要去内地考察拉面市场，寻一条致富之路。他先去了青岛，然后辗转到济南、烟台等地，寻了两个多月愣是没找到一处合适的店面。后来经同村人穆罕麦哥介绍，打听到潍坊市山东交通职业技术学院门口有家拉面店打算转让，二哥当即赶往潍坊市，实地了解具体情况。他蹲点观察了一个星期，看到学院门口拥挤熙攘的人流、中午排队买饭的情景，闻到了一丝商机，心里早已蠢蠢欲动了。

到5月份，我们揣着父亲从亲戚家东拼西凑借来的8万元，盘下了那家拉面店。也就在那一年，地处西部偏远山区的农民纷纷涌向全国各地城市，兴起一股前所未有的拉面潮。只要有几万元本钱和两三个壮劳力，就能开起一家面店。我们正好赶上了这波浪潮，乘着大势，在齐鲁大地"风筝之都"准备大干一场。

自此，我也成了别人眼中的"拉面人"，我的生活和人生与拉面息息相关。

第一次开面馆，我们并不是一帆风顺。首先在交流上，从小说惯了撒拉语的我们，连汉语方言都说不利索，更别说普通话了。地域环境不同，饮食习惯更是南辕北辙。其次，一直生活在大西北，从未经受过炎热的夏天，适应内地酷暑难耐的天气成了最大挑战。

好在我们兄弟各有所长，按照分工，在经营过程中各尽所能，取长补短。二哥韩文财头脑灵敏，自有一套不同于别人的经营管理方法。他在青海雪舟三绒厂上班时曾管理过七八十号人，现在管理一家面馆自然不在话下。老四曾在别人的拉面馆当了好几年面匠，是我们的"顶梁柱"，不管是兑汤、配菜还是进货，他都驾轻就熟。二嫂和妻子凯莉素做饭出众，踏实能干，她俩承包了炒菜、洗菜、捞面等后厨所有活计。而我从头到脚唯一的"优点"是比他们多读了几年书。二哥说我反应灵敏，适合在客厅打杂，就让我负责报饭菜名、端碗、收钱等事宜。

在二哥的精心安排下，面馆正式开业了。

五六月的潍坊，平均气温在30摄氏度以上，加上炒菜的灶台、两个自制的七芯蜂窝煤（煤球）炉子和面锅散发的热气，厨房内温度达到了惊人的40多摄氏度，像是在蒸笼里熏蒸，湿漉漉的衬衣紧贴后背，难受至极，感觉快要窒息了。水龙头里流出来的也是热水。站在门口，偶尔吹过来的风也是暖暖的，没有一丝凉意。

老四艾布系了一件白围裙，从面板下面搬出一袋"五得利"牌面粉，放到面板上，拆封口线。他将一袋面粉全倒在面板一角，中间挖开一个洞，然后用拳头用力敲一下面板。他抓了一撮盐，撒在面粉上，然后舀五瓢水，拌合起来。从和面到揉面，先用手指头，继而用手掌，动作越来越快，浑身的力量通过肩膀传递到手臂，经手臂汇聚于手掌。

艾布挥汗如雨，他用毛巾简单擦拭一下汗水，继续和面。接下来是拉面人称为"碎子"的关键一步。打好碎子后，开始撕面。他先在手掌心抹了点食用油，又在面板上抹一点。撕一次面，打一遍湿灰。反反复复好几次，看拉面差不多成型了，又添加了少许干灰（每个拉面师傅都有自己的和面方法，各不相同）。

到这儿，我才看清拉面是个重体力活，没有强健的体魄和力气，根本干不了。

艾布撕完最后一块面，把面堆到面板上，平摊开来，再往手心和面板上抹上油。他右手按住面团，左手按住右手背，使出浑身力气，一下下按压。反复折叠几次后，眼前的一团面变得光滑细腻。

烦琐的工序都是环环相扣的，和面期间艾布不敢停顿，直到面揉得差

不多了，他才拿起一杯冰镇可乐，咕噜咕噜喝了一大半。

饭点到了，客人都上桌了，我却手忙脚乱，不知道干啥。看着涌进来的学生们，经验老到的艾布一点都不慌，在面板上摆好一排排整齐匀称的剂子。我还在恍惚时，艾布拿起一根剂子，放在面板一角，撒了点面粉，来回滚动几下，然后双手抓住剂子两端，往两边抻拉，擀面杖一样粗的面剂子转眼间变成一根长长的面条。他将面条的右手一端对折，放在左手上，右手食指插在面条中间，拉向另一边。反复对折拉扯几次后，拇指般粗的两根面在他手指间不断变细，变成 4 根、8 根、16 根、32 根……

艾布把拿在左手里的面挂到右手指上，然后把面条掐断，以抛物线的弧度扔进翻滚的面锅中。在翻滚的锅里，漂浮上来的面条像盛开的花朵，漂亮极了。

我以前未曾目睹过做一碗拉面的全过程，这次近距离端详四弟做面的场景，觉得他像个艺术家，无愧于"匠人"这个称号。拉了那么多碗面，不见一根断过，可谓炉火纯青，早已达到了人面合一的境界，非常厉害。

艾布一边给拉面舀汤，一边给我演示放香菜、蒜苗和牛肉片、辣椒油的诀窍。我被他的一举一动深深吸引，内心深处第一次有了学拉面技能的想法。

在潍坊的那段时间，年少轻狂的我们住过最廉价的出租屋，也住过豪华酒店，吃过苦也享过福。我学会了上网，每次一下班，约上几个好友，急匆匆地往网吧跑，将自己的大好青春泡在网吧里。为了一己私欲，丢下身怀六甲的妻子，彻夜不归。白天营业期间，客人一走就趴在桌子上睡觉，也不收拾桌子……

2010 年 4 月，随着学生陆续回到学校，我们的生意也出奇地好起来，平均日营业额都在 5000 元左右，最高的一天竟然达到 6000 多元。那一年，我们还清了所有外债。

但生活总是充满着不确定，顺境中潜藏着危机。我被确诊为脑炎，第一次感受到死亡离自己这么近。弟兄们心很齐，把饭馆挣的钱都拿来给我看病。这场大病把我和全家打回了原形，变得一无所有。

经历生死之后，我看透了很多，开始用心学习拉面技术，从一个吃客变成了拉面郎。

学会拉面技能，为我以后走南闯北奠定了基础，也让我重新变得自信起来。

后来的两年里，我们兄弟几人各司其职，凭着苦干实干，走出了困境。在我们的共同努力下，老四、老五相继结婚生子，让父母更加心安。二哥和我用拉面馆挣来的钱，先后都盖起了自己的房子。2013年初秋，二哥以分家为由，从山东撤回老家，开饭馆的重担一下子落到了我的肩上。尽管我使出浑身解数，但未能挽回饭馆颓势，生意大不如前。

2014年夏天，家里让我们兄弟几个分门立户，各自为安。就这样，我结束了在潍坊七年之久的拉面生活，将饭馆留给两个弟弟，独自坐上回家的列车。

细碎的时光，组成一个个寻常烟火的日子。回到家后，我沉浸在孩子们带来的喜悦中。但老婆孩子热炕头远不是生活的全部，还有没完没了的开销，没有稳定收入的生活再次陷入拮据。思量再三，跟妻子商议，我决定去打工挣钱，她留在家里照顾三个孩子。

就在这时，在浙江台州开拉面馆的哈尼哥（妻子的哥哥）说店里急需一名拉面师傅，而我正好也需要一份工作来维持生计。机缘巧合之下，我又一次踏上了拉面之路。

虽然在山东潍坊拉过很多面，但毕竟都是小打小闹，顶多就是拉一两碗面，更何况我不是拉面师傅，最多也就是个预备人员。即使拉不出一碗精致的牛肉面，仍有三位老面匠在撑着，根本不用担心。

到台州后，我登台亮相，真正意义上的拉面从此开始。由于技术没练

到家，成为"笑料"。站在案板前，我用不到20分钟时间，用看似熟练的动作和了半袋面，品相各方面看上去都不错。原以为自己能轻松胜任，殊不知，我的噩梦才刚刚开始。

城里人早上都赶着上班，早餐都是牛奶、豆浆、油条等快餐类食品，既方便又快捷，很少有人花时间吃牛肉面。到午饭的时候，上班人才腾出一些时间吃正餐，拉面就成为首选。那会儿，客人陆陆续续走进来点餐，我在厨房揉面、甩面、把剂子，手忙脚乱，等抻完二十几个人的面，身上的力气也用尽了。第二轮客人上桌时，不管我怎么用力甩、揉，也拉不出一碗像样的面。无奈之下，只好把之前揉过的面放到一边，拿起没揉过的一团面，凑合着用。

在吃力和紧张中总算度过了中午饭口，案板上堆了好多揉过的面。

下午4点左右，我又和了半袋面，打算把上午揉过的面混在新的面团中，一起用。然而想法很美好，现实很残酷，下午和上午如出一辙，同样出了一些"残次品"。费了九牛二虎之力才做成一个剂子，做一碗面的工夫，客人都看完一面报纸了。有些顾客实在等不及就走了。我心里过意不去，但又无力改变，都不好意思面对老板了。

天气异常炎热，汗水湿透了衣服，像断了线的珍珠滴落在地上。问题根源在哪里？我百思不得其解，心灰意冷，甚至有点绝望。无奈之下，我把同城的两个老乡请来指点，他们也看不出到底哪个环节出了问题。

到第三天，案板上已经堆了一袋面。

这几天我始终回想在潍坊做拉面的过程，心里想，一样的面、一样的做法，为什么换了个地方，味道就如此悬殊呢？

饭馆的生意依旧火爆，而我因为拉不出像样的面，终于失去了耐心。忙完午饭，我鼓起勇气跟哈尼哥说了我的无奈，让他尽快找个好面匠，别耽误了生意。

哈尼哥听完我的话，一口回绝，说相信我能做好。我再次鼓起勇气，尝试手工和面。

我把半袋面粉弧圆形倒到面板一角，中间放入适量的盐，再缓缓倒水，慢慢用手指向前弹，尽量让水渗入面粉中，充分混合。当看到面粉呈颗粒状时，又添少许水，再左揉右撕，加蓬灰。经过四五遍又撕又揉，面逐渐变得光滑细腻，看上去基本和好了。想起以前的失败，我依旧忐忑不安，没有马上去试面，而是先喝了几口茶，缓解一下紧张情绪。等情绪稳定了才起身，准备下一碗面试试。

哈尼哥始终跟在后面，翘首等待。当我用力甩起面剂子的那一刻，久违的感觉忽然涌上来，心头悬着的石头跟着落了地。没甩几下，剂子就成型了，拉出的面顺滑又均匀。我心里涌起胜利的喜悦，把做好的那碗面递给哈尼哥。他吸溜了一口，笑着将皱着的眉头松开。看到这个表情，就算他不说出口，我也明白，暂时不用回家了。

时间一天天过去，我的拉面技术也变得越来越纯熟、细腻。来店里吃饭的人都赞不绝口。又经过半年的提升，我蜕变成了一个名副其实的拉面师傅。

在哈尼哥的饭馆里一待就是三个春夏秋冬。他舍不得放我走。

岁月的年轮中，年龄长了一圈又一圈，凌乱的足迹，写满了生活的坎坎坷坷。行色匆匆的背影里，看不见生活的美好，兜兜转转，又转回梦想初开的地方。

2019 年一次偶然的机会，我来到三江源头的曲麻莱县，这次我不是以筑路人的身份踏足三江源，而是以拉面人的身份开了一家面馆。这么多年来混迹社会，我只学会了拉面这一技之长，除了开面馆，不知道还能做点什么。地处三江源腹地的曲麻莱县尚未经受市场经济大潮的洗礼，在生态环境保护背景下，大量牧民迁居县城，我和妻子隐约间闻到了一丝商机，觉得在这里开饭馆大有可为。于是在"中国石油"对面盘下了一个店。

饭店装修有序进行，一切按照梦想的方向前行。不料天有不测风云，装修不到一半时，儿子韩君瑞夜里突发高烧，我和妻子彻夜未眠，天亮后，带儿子去曲麻莱县医院检查，很快又转往西宁的省儿童医院。

经过40多天治疗，儿子才慢慢康复，出院后便回老家休养。在家的日子总是那么匆忙，我陪儿子待了15天，等儿子恢复正常，我们再上曲麻莱。

回到曲麻莱已是冰天雪地。为儿子看病倾尽所有的我们，又从朋友、亲戚那里借来了十多万元，总算把属于自己的饭馆开起来了。

为了还清债务，我和妻子在雪域高原顶风冒雪，熬过了一个寒冷漫长的冬季。临近春节时，还没还清所有债务，疫情却骤然来临，我的面馆一度陷入窘境。

在曲麻莱的这些日子里，我和妻子慢煮人间烟火，细品生活的酸甜苦辣。随着社会经济的逐步回暖，我也赚得盆满钵满，不到一年时间就还清了所有债务。

曲麻莱县城虽然没有大城市的繁华，也没有一抓一大把的生意，但就是在这里，我焦躁不安的心得到了从未有过的平静。温饱问题解决了，孩子们都上了学，过着舒服的日子，还有一点积蓄。从此不用再过颠沛流离的生活，不用再寄人篱下看人脸色。曾经浪荡不羁的少年，如今已是人夫、人父，是家里的精神支柱，一切尽如自己所想，一切都在朝着美好的方向发展。而最让我有成就感的，是在兄弟几人的努力下，父母亲实现了朝觐夙愿。

凭着一碗拉面，我打造出了自己理想中的生活。在循化，还有许许多多像我一样的拉面人，在全国各地追寻着自己的梦，每个人的背后都有一段几天几夜都说不完的拉面故事，都有一段砥砺奋进、积极拼搏的拉面史。

一碗碗拉面，不只是饱了肠胃的一碗面，更是改变命运的一碗面、造就梦想的一碗面。

未来的日子里，我将继续用"一碗拉面"续写我的人生，拉面有多长，我的梦想就有多远……

（韩辉，网名追梦，青海循化人，面馆经营者。）

一碗面

马兰芳

总有一些人、一些事在不经意间轻轻触动你心底最柔软的地方，让你在一瞬间破防，卸下铠甲，在自己的内心世界下一场滂沱大雨。

一

3月中旬，青藏高原大多数地方还没有褪去冬装。而积石山下黄河岸边的循化县，春风早已吹醒了枝头那一缕缕芬芳，举目远眺，漫山遍野的杏花恣意绽放。行走在这春意盎然的画卷中，惬意中更添几许对美好生活的憧憬。

这是一个很平常日子的周末下午，国祥兴致勃勃地前来找我，一见面就打开手机，让我观看一个短视频。我有些蒙，疑惑地随他一起观看。

这是2023年12月25日筏子客文化传媒发布在抖音上的一个短视频，内容是上海循化籍拉面人代表慰问"12·18"积石山县地震灾区道帏乡张沙村安置点群众接收救灾物资场景。视频中，地上堆着许多面粉袋子，旁边摆满了一桶桶清油，撒拉族青年马苏莱曼正用一口流利的藏语，真诚急切地询问藏族同胞受灾情况，话语当中满含着上海拉面人的牵挂和问候之情。

国祥解释说，2022年4月上海疫情告急之际，循化籍上海务工人员的生活工作牵动了全县各族人民的心。得知县里将组织援沪物资队，为家乡务工人员送去生活物资的消息后，文都藏族乡17个村的群众在乡党委、政府号召下立即行动起来，各家各户你5个、我10个，连夜赶制了1万多个"焜锅馍"，你3斤、我2斤，收集了3000公斤糌粑，送到物资队手中，转带给上海的父老兄弟。当县援沪物资队昼夜兼程、千里奔赴，将一箱箱方便面、一罐罐辣酱以及倾注着藏族同胞深深牵挂的"焜锅馍"、糌粑等65吨物资送达务工人员手中时，这份带着浓浓家乡味道的特殊礼物让在沪拉面兄弟们感动万分，同时也书写了糌粑与拉面的千里情谊。

正如国祥所说，特殊时期的"焜锅馍"和"糌粑"，延续和加深了循化撒藏回汉各民族之间世代传承的"许乎"情谊。积石山县地震波及循化县道帏乡牙木村、张沙村、铁尕楞村。同样，藏族同胞受灾的消息牵动了上海拉面人的心，以上海麦郎（兰甄亭）餐饮公司马舍木麦为首的60多家循化籍民族餐饮店紧急行动起来，募集资金，派出代表连夜赶赴灾区，第一时间把救灾物资送到灾区人民手中。他们在安置点支起锅、开起灶，用一碗碗热气腾腾的拉面感恩回报家乡父老。这些生动鲜活的事迹，不仅仅是循化各民族互帮互助、团结进步的典型，同时也是拉面人在灾难面前大爱与担当的真实写照。

国祥问我："能不能围绕以上故事，给县品牌服务局正在开展的'一碗拉面的故事'征文活动写一篇文稿？"

我委婉地告诉他，自己没有到过现场，也没有感受到真实的现场氛围，仅凭马苏莱曼对藏族群众说的几句话、三两个画面和不足一分钟的视频，无法写出一篇有血有肉的文章，更担心自己写不好。同时我还向他保证，作为县作协的一员，我定会积极动员有能力、有意愿的其他会员踊跃投稿。听我这样解释，国祥看上去有些失望。但是，当我送他到电梯门口的时候，随着一个身影倏地掠过脑海，一段尘封已久的往事瞬间浮现在眼前……

二

2020 年春节之际，大家还沉浸在欢乐祥和的节日氛围中，突如其来的新冠疫情彻底打乱了人们正常的生产生活。受全国疫情形势影响，边远偏僻的循化县也加入这场战"疫"中来。随着县新型冠状病毒感染肺炎疫情防控工作专题会议的召开，全县上下吹响了全面抗疫的号角。从机关到农村，一场声势浩大的全民抗疫阻击战全面打响。许多群众自发组织起来，为抗疫一线医护人员、干警、值守人员送饭送物资，捐款捐物，其中也不乏许多停业在家的拉面人。为了支援当时疫情最为严重的武汉市，循化县同时还组建了援鄂医疗队，奔赴抗疫第一线。

那时，我在县电视台任台长。作为新闻单位，为全县抗疫工作营造良好舆论氛围是职责也是使命。那段时间，全台上下所有人员都是连轴转，大家忙着写稿子、拍摄、制作，忙着出新闻，常常顾不上吃饭、顾不上睡觉，甚至通宵达旦。哪里有疫情，记者的身影就出现在哪里；哪里有新闻，记者们就扛起摄像机扑向哪里。疫情初期，由于防护设备紧缺，记者们到一线采访时没有防护服，也就意味着每一次采访都有感染病毒的风险。固定栏目《循化新闻》也从原来的每周播发三期调成每天播发一期，工作量大幅度增加。

因为要随时对疫情进行跟进报道，记者们始终紧绷着神经，丝毫不敢放松。但大家谁也不喊累、不喊苦、不怕险。困了就在桌子前趴一会儿，饿了就用饼干、零食凑合一顿，记者们都身心俱疲，东倒西歪趴在桌椅上。那时的电视台大楼年久失修，基础设施陈旧，夏天臭烘烘，冬天冷飕飕，办公环境相对其他单位要差得多。演播室没有暖气也没有空调，加上正值寒冬腊月，主持人为了保持新闻节目的专业性，再冷也只穿单薄的正装录制节目。若是遇上录制过程不顺利，往往一待就是一两个小时，冻感冒是常有的事，而其中的艰辛唯有自知。

在这种艰苦的条件下，即便工作再努力、摄制再辛苦，由于人手紧张，新闻工作还是受到了社会批评，大家心里都不是滋味，士气一度低落。这段时间，沮丧、无助、无力和焦虑时刻都要将我击垮，我常常被一股莫名的悲伤笼罩着，最怕情绪会突然失控。

疫情形势一天比一天紧张。有一天临近中午时分，马瑜红告诉我，说今天中午有一位爱心人士到电视台送午餐，大家终于可以吃上一顿热乎的饭菜了，让我也过去和大家一起吃。我感到疑惑，这会是谁呢？为什么要给电视台送饭？他怎么知道我们的困境？这个时候大多数爱心人士都选择去抗疫一线慰问，谁会关注电视台的困难呢？

到午饭时间，当我来到记者室时，看到一位身材壮实、个头不高、戴着白顶帽的中年男子正热心地为记者们盛面。办公桌上摆满了新鲜的油饼，黄灿灿的油饼上撒着一些细碎的香豆粉，让人立刻有了食欲。满满的一大锅旗花面里浇满了肉臊子，红红绿绿的辣椒点缀其中，鲜绿色的芫荽味满屋弥漫，热气腾腾，香气扑鼻。

得知我是台长，他立马热情地递过来一碗面，又麻利细心地浇上香醋和辣椒油："来，快吃，凉了就不香了。我是开面馆的，也没什么可拿得出手的，就给你们做了一锅旗花面，早知道你们吃不上饭，我就应该早点来。"他热情憨厚的话语中带着满满的歉意和内疚，反而让我窘得不知说什么好，只好连声说"谢谢、谢谢"，不再客套，接过他手中的面，顺势坐到记者室那张破旧的沙发上，将碗放在条几上，低头扒拉起来。

男子又继续给其他记者盛饭、递筷子，浇香醋和辣椒油，将一张张油饼掰成小块，让大家泡在面汤里吃。他充满歉意地说："今天也没带什么好吃的，但大家一定要吃饱饭，吃饱了才有精神干工作。""虽然常看电视，却不知道节目是怎么做出来的。今天听了小马介绍，才知道记者的工作一点也不简单，既费脑费力，又要常常加班加点熬夜赶新闻，还不如有些一线值守人员自在。"

"没想到电视台条件这么差，我应该早点过来。今天来得急，也没做其他准备，只给你们做了些面条，实在是对不起大家了。明天我做上满满一锅羊肉烩菜，让大家吃得稍微好一些。"

听着这暖心的话语，看着他忙碌的身影，迎着他温暖的目光，我却找不到一句合适的对白。

看着他贴心地给大家盛饭，我压抑在心底的情绪如潮水一般在心头翻涌，鼻子一酸，眼睛一湿，眼泪不由自主地在眼眶里打转。

我悄悄仰了仰头，睁大眼睛想要把噙在眼眶中的泪水憋回去，可是决堤的洪水又怎能退回去。我生怕大家看到自己"不争气"的样子，在泪水即将要滑落脸颊的时候，我迅速低下头，任由豆大的泪珠像断了线的珠子，掉落到这碗面里。

为了不让大家看出我的异样，我埋着头、和着泪大口大口吞咽着面，也咽下了所有的委屈。等情绪稍稍平复后，我悄悄抽出一张纸巾，佯装擦嘴，偷偷拭去眼角的泪痕。

这时有人戏谑道："马台吃得好用心，头都快埋到碗里了，好像这不是一碗普通的面，而是一碗山珍海味啊！"

我勉强挤了挤笑容，讪讪答道："是的，面好香，比羊肉手抓还香。"

听我这么说，送面的老乡开心地说："再添上一碗，一定要吃饱啊！"

我笑着回应："饱了，已经吃饱了，谢谢你。你也辛苦了，快坐下歇歇，别忙乎了，让大家自个儿盛饭。"

说着我便拉过一把椅子，让他坐到旁边。

他急忙摆摆手，涨红着脸窘迫地说："我不累，你们辛苦，你们累，你们休息，我给大家盛饭。"

看到大家吃得差不多了，他才不自在地坐到我面前。

为了使气氛能够轻松些，我就问起他开面馆的事。

他叫韩辉义，撒拉族，循化街子镇沈家村人。这些年看到许多拉面人外出创业"挣了票子""育了孩子""换了脑子""练了胆子""拓了路子"，日子一天比一天红火起来，韩辉义思来想去，觉得一家人守着家里的两亩地，饿不死也富不了，日子像白开水一样平淡，若要致富，还得想办法走出去。打定主意后，他东拼西凑了 2 万元，又从银行贷了 5 万元，准备到省外去开拉面馆。但他放心不下年迈的母亲，南方太远了，县上的面馆竞争激烈，没有点"金刚钻"怕开不进去。权衡再三，韩辉义和家人就近到黄南州同仁县盘下一个拉面馆，凭着精湛的拉面手艺和一家人的辛勤劳作，仅用了一年时间，就把贷款还清了。经营几年后，手头上也有了些积蓄，他就拿出一部分，翻新装修了房屋，店面也拓宽了些。眼瞅着日子越来越有盼头，不承想疫情突发，面馆只好临时停业，他也借此回到家里和母亲团聚，在床前尽孝。

他憨厚地笑着说："活（拉面）干习惯了，不干活（拉面）反而有些不适应，浑身不自在。"

青海省启动一级响应后，循化县迅速在 9 个乡镇 154 个行政村设置防控点，相关部门在重要交通通道和路口严防死守，对过往车辆逐一排查登记。许多干部、干警、医务人员都在关卡日夜值守检测，全县干部密集下沉，进村入户宣传疫病防护知识，并对所有返乡人员进行地毯式排查。韩辉义从各种渠道得知疫情形势紧张，在得知干部们日夜坚守岗位，常常因工作忙碌而吃不上饭时，决定和家人一起为一线防控人员提供免费"爱心餐"。

每天一大早，他就和妻儿生火做饭，择菜、洗菜、揉面、切肉、炸油饼、蒸馒头……中午 12 点以前准备好所有饭菜，然后仔细装车，认真做好卫生消杀、防疫保护和保温等工作后，亲自开车将饭菜配送到各执勤点、值守点、检查点，好让一线人员能够及时吃上干净热乎的饭菜。道帏、刚察等乡镇，由于离他家较远，加上天气寒冷，饭菜还未送达就凉了，于是韩辉义就自己掏钱买饮料、水果、方便面等物品，上门送到藏族同胞门

口，努力做到不落下一个卡点。在得知县红十字会干部特别忙碌而顾不上吃饭时，他又连忙做了一锅饭送了过去，还拿出2000元现金捐献给了县红十字会。他说，看到许多企业和爱心人士都在积极捐款，自己虽然不富裕，但也想尽些心意。虽然是旗花面、烩菜、油饼、馒头等简单的家常饭，但每天50多人的饭量常常让全家大小忙碌一上午。为了支持儿子，韩辉义75岁的老母亲也加入做饭的行列中。她不顾年迈体弱，亲自炸油饼，变着花样蒸馒头，和儿子一样，尽自己所能温暖着别人的心。从免费"爱心餐"开始配送的那天起，韩辉义每天都奔走在防疫第一线，几乎走遍了全县所有卡点。

就这样，韩辉义一家用一碗饭、一锅菜、一罐饮料、一袋馒头、一篮水果为抗击疫情奉献着自己的爱心。他说，干警、值守人员、医务人员和村干部不分昼夜守护着群众的健康，使自己深受感动。在他看来，送饭是一件小事，他只想表达感恩之情，送出自己的一点心意。他说："在这个特殊时期，每个人都不能置身事外，能尽一份力，就出一份力！"

是的，在一些人眼里，一碗面条、一瓶饮料、一块油饼也许微不足道，但是对于守护在一线的工作人员来说，这不仅仅是一份寒风中的温暖，更是一份来自人民群众的信任与鼓励。

他告诉我："这些天给各卡点和值勤点送饭，好几次见到小马（马瑜红）扛着个摄像机在忙乎，双手冻得通红，饭也顾不得吃。一个女人和男人一样拼劲，实在了不起。"他说他后来才知道她是县电视台的，"记者们要去一线采访新闻，回来还要写稿子，每天把新闻播出后才可以休息，平日里工作又忙又累又苦。"他语气中带着心疼，"听她说台里条件也不好，大家都吃不上饭，所以我就过来了。"

末了，他以诚恳的语气再三说道："虽然我不是大老板，算不得有钱人，但几顿饭还是可以打包票的，以后你们的午饭我全包了，天天给你们送。"

我婉言回绝："你的心意我们领了，饭就不要再送了，单位会想办法保障后勤，谢谢你。"

即便这样，第二天中午12点，韩辉义再一次端着满满一锅羊肉烩菜，拎着一袋馒头准时来到电视台。我一边连声感谢，一边再三叮嘱他不要再送了。

到第三天，韩辉义又来了。我心有不忍却无法阻止他，只好将马瑜红叫过来，让她务必想办法说服他，以后不要再送饭了。

从那以后，韩辉义没有来。马瑜红告诉我，他转头又去给环卫工人送饭了。

和韩辉义的交谈中，他给我讲了鲜为人知的一件事。2018年，他在黄南州开饭馆期间，有一名顾客在面馆落下一个公文包，里面有4万元现金、一张180万元支票和几份文件。他看到后原封不动地保管起来，等待失主上门来找。焦急万分的失主拿到失而复得的公文包后，硬要把包里的4万元现金作为酬金送给韩辉义，韩辉义坚辞不受。当地电视台得知后，专门报道了此事。韩辉义自豪地扬起头，略带羞涩地告诉我，失主还专门给他送来了锦旗。他生怕我不相信，一再让我看他存在手机里的新闻视频和照片。他以一种不容置疑的语气坚定地说："不能平白无故拿别人的钱，我自己也是穷人出身，不能乘人之危。"

4月初，疫情暂缓，他给台里送来了一面大红锦旗，说是表达他对新闻工作者的敬意。同时也告诉我，等可以复工复产，他也要到黄南州继续开他的面馆。

后来，我们通过两次电话，再后来，就再也没有联系过。

如果不是今天国祥前来，我几乎将这些事封存了起来。

韩辉义，一个普通的农民、一个普通的拉面人。灾难面前他既没有请战书，更没有豪言壮语，只是将自己的一份热心和良善化作朴素的情怀，为全民抗疫之战奉献了出来，也在我的职业生涯中留下香气四溢、热气腾

腾的"一碗面"。

三

岂止是"一碗面"！在抗击疫情的日子里，我时常被不同的"一碗面"感动着。

在这场突如其来的疫情防控阻击战中，没有一个人能够置身事外。这里既有冲锋在前的医护人员、人民警察和一线值守干部，同时还有一群人，他们用自己朴素的情怀，用另一种令人感动的坚守激励着我们一往无前。

在抗击疫情的第一线，在飕飕寒风中，随处可见这样一群人。他们系着洁白的围裙，头顶白帽，站在随地摆放的简陋工作台后，熟练地揉面、醒面、切菜、煮面。他们不善言辞，只是不停地挥动双臂，将手中的面条一把一把抖入翻滚的面汤中，利落地煮出一碗又一碗热气腾腾的拉面，迅速撒上芫荽、蒜苗，利索地浇上香醋、辣椒油，一碗碗汤汁浓郁、香气四溢的拉面在寒风中焐热了一颗颗心。

2020年2月，山东省威海市打响疫情阻击战，吾德拉面馆的循化籍拉面人马志华和伙伴们没有半点犹豫，立马置办了厢式小货车，义无反顾地到疫情防控现场，为驻守在那里的工作人员做免费拉面。短短3天时间，他和伙伴们就为驻守卡点的干警和工作人员送出了1200多碗拉面。他说："让他们吃得热乎一点，才能干好工作，疫情不退，送饭不停。"威海市各大媒体不约而同地用《一碗拉面温暖了一座城》的宣传标题对此事进行广泛报道。

在西安抗疫的日子里，循化撒拉族大叔马光英主动请缨，返回个人经营的牛肉面馆，带领一家6口每天为向阳坊等8个社区的100多名防疫人员送上热气腾腾的爱心拉面，同时还开通了线上免费点餐和免费上门送餐服务，更多被疫情所困的人吃上了一碗直抵心间的温暖面。为了尽可能降低感染风险，每次走街串巷送拉面，他们都要穿上臃肿的防护服，全副武装，送出一碗面所用的时间和精力要比平时多很多，但即便这样，他们还是乐此不疲，坚持到了最后。

2020年循化县、化隆县疫情防控关键时期，化隆县拉目村村民马木海买子等一群年轻人将一辆车、一口锅、一个煤气灶、一些锅碗瓢盆、一袋面、一把蔬菜当作他们的抗疫"武器"，身先士卒，开着青年爱心快餐车连续奔波在疫情防控的交通卡点，现场快捷做面，为值守一线的公安民警和值勤人员送上了一碗碗爱心拉面。他们说："我们开拉面馆的，也帮不上什么忙，就给大家做顿饭，换换口味。疫情防控不是你家、我家或一个人、两个人的事，是全国人民的事，大家都行动起来，共渡难关。"

甘都镇东三村的冶湖光、马乙四么尼等6名拉面人直接将拉面大锅支在了"两化"接壤的卡点，随时为需要帮助的人们煮上一碗热气腾腾的拉面，为过往行人提供方便，鼓舞大家的抗疫斗志。

是的，在那个特殊的寒冬，温暖人心的岂止是一碗拉面，还有拉面人用一碗碗拉面筑起的万里"爱心"长城。

当武汉疫情暴发时，在上海的西北拉面人自觉行动起来，纷纷捐款支援灾区。这些小面馆的经营者、服务员、洗菜工纷纷解囊，从几十元到几千元，用点点滴滴、积水成河的大爱彰显着拉面人的家国情怀。短短两天时间里，他们就募集到了7.6万元资金，助力抗疫。当记者问他们，这么多钱需要卖多少碗面才能挣到时，他们真诚地说："我们没算过，大难之下不能算这笔账！"

云南省昆明市的马成虎、广东省惠州市的马胡才尼、上海市的韩哈七麦等循化籍拉面人也积极捐款捐物支援全国抗疫。在他们的影响下，拉面人的爱心行动遍及全国各大城市，上海、广州、深圳、惠州、韶关、郑州、南阳、济南、日照、胶州、南昌、贵阳、昆明、任丘、西安、沭县等地的拉面人纷纷响应，用自己的爱心和善举助力全民抗疫。

2023年7月，河北省涿州市汛情告急，连续的强降雨，致使涿州周边

多条河流水位上涨，造成特大洪涝灾害，无数百姓被困，田园被毁，严重影响到人民的生产生活。在这场特大洪涝灾害中，一支由韩新明等16名循化撒拉族拉面师傅组成的特殊救援队活跃在抗洪第一线，给涿州市民留下深刻难忘的印象。当灾难来临时，他们毅然离开安全地带，将亲戚、店员、朋友组织起来，在灾后安置现场为受灾群众免费端上了一碗碗拉面，成为抗洪救灾的佳话。韩新明说："救人我们不专业，但是，我们可以尽自己的微薄之力，让受灾群众吃上一碗拉面。"

就是这么一句朴实的话语，就是这么一碗普通的拉面，在那一时、那一刻却温暖了无数人的心。短短3天，他们超负荷工作、不停歇拉面，为涿州人民送出了整整8000碗免费拉面。手捧着烫热而清香扑鼻的拉面，受困多日的人们眼含热泪，哽咽着说不出话。当韩新明团队精疲力竭再也拉不动面时，他们便换一种方式，自掏腰包，给"高碑店三中"临时安置点捐助了床垫、矿泉水、牙刷、牙膏、毛巾等价值8000元的物资。粗略估算，在这场抗洪中，仅韩新明他们的面馆就为涿州人民捐助了8.8万元，这几乎是一个小面店大半年的全部收入。

忆往昔峥嵘岁月稠。在那个战火纷飞的年代，许许多多中华儿女抛头颅、洒热血共赴国难，救中华民族于危难之时。看今朝，在一次次大灾大难面前，许许多多的拉面兄弟不甘落后，将满腔爱国之情融进一碗碗滚烫的拉面中，演绎着中华民族一家亲的动人故事，这不正是流淌在中华儿女血脉里生生不息的家国情怀吗？

四

穿梭阴霾，三年疫情结束，带着希望前行的我们终于迎来期盼已久的暖阳，生活转入正常，一切按部就班。如今，循化县融媒体中心顺利建成，电视台喜迁新居，我们搬进了宽敞明亮、冬暖夏凉的办公室，有了摄制新设备，在职工食堂吃上了可口美味的饭菜，大家干劲十足，一切都在朝着美好的方向发展，我也开始了新的工作。

然而，天有不测风云。2023年12月18日深夜，6.2级地震突袭甘肃省积石山县，方圆几十公里之内房屋倒塌、人员伤亡，道路、电力、通信等基础设施受到严重损坏。离震源不远的循化县也未能幸免，刚刚从疫情的阴霾中挺过来的人们又经历了惊心动魄的一幕。

灾难无情人有情。在地震面前，还是这样一群人，一群可敬、可爱、可亲的拉面人，让我们再一次在一碗碗热气腾腾的拉面里"沉沦"和"诚服"。

一方有难，八方支援。家乡受灾的消息牵动着全国各地拉面人的心，怀着深深的牵挂和祝福，在县驻各地办事处和爱心拉面人士的号召下，拉面人迅速行动起来，捐款捐物，有的甚至不远千里奔赴灾区，在路边、在村口支起大锅，给废墟中饥寒交迫的人们送上一碗碗拉面，谱写了一幕幕感人至深的篇章。

积石山县大河家镇一个叫马忠明的拉面小老板，地震发生当夜第一时间关停了自己的几个店面，紧急动员20名拉面师傅，拉上1000斤牛肉和50袋面粉，直奔震中区大河家。第二天清晨，受灾群众还没有完全从地震的惊悸中反应过来，马忠明和他的团队已经为他们端上了一碗碗爱心牛肉面，及时抚慰了他们的心灵。

"不能让受灾乡亲挨饿受冻，要让他们吃上一碗热乎乎的牛肉面。""如果乡亲们需要，我们即刻返乡，为他们做爱心拉面。"这是许许多多拉面人的心愿和心声。为了不让乡亲们挨饿受冻，广州市循化籍拉面人迅速行动起来，大家慷慨解囊，踊跃捐款，用筹措的29800元购买紧缺物资，赶赴清水乡、白庄镇和道帏乡等灾后安置点，第一时间为受灾乡亲们送去生活物资。西安市循化籍拉面人用募捐得来的41548元，为受灾群众送去了过冬急需的38.5吨大煤。重庆市拉面人和爱心人士用捐得的10570元采购生活物资，及时送到了清水乡塔沙坡、白庄镇江布日等村。上海麦郎餐

饮（兰甄亭）筹集价值 12.18 万元物资，专程从上海赶赴灾区，到白庄镇民主村集中安置点开展送爱心拉面活动，为道帏藏族乡支援生活物资。河南省拉面人和爱心人士用募捐到的 2.6 万元购买生活物资及时送到灾区。北京市拉面人及爱心人士筹集了 1000 条毛毯，帮助群众抵御严寒。湖南长沙市拉面人和爱心人士募捐抗震救灾资金 7 万元，及时送到老乡手中。

国祥跟我说，在抗震救灾最紧张的那些日子，仅 5 天时间，循化拉面人就为灾区群众制作了 2 万多碗拉面。他们顾不得自己吃一口、歇一会儿，拼命挥舞着手臂，像个机器人，一刻不停，盛出一碗又一碗面。那些不能亲临现场的拉面人也以捐款捐物的方式，将自己的点滴爱心汇集到灾区，用不同方式表达拳拳之心。

据统计，疫情期间，循化拉面人累计捐款捐物达 600 多万元，为抗震救灾捐款捐物 50 多万元。

这个数字让我很震撼。我在想，这么多钱，得要拉多少碗面才能挣得到？

我曾去过许多拉面店就餐，也有亲友从事拉面行业，知道开拉面店挣钱不易。创业初期，大多数拉面店空间狭小，只能摆放 4～8 张桌子，各种设施因陋就简。尤其是后厨，有的只容两三人转身。为了节省资金，拖家带口外出创业的拉面人舍不得花钱租一间像样的住所，大多在拉面店里打地铺。这些背井离乡的拉面人日复一日年复一年重复着同样的动作，每天择菜、洗菜、和面、揉面，用勤劳和坚韧在他乡艰苦奋斗，白日里忙忙碌碌，夜晚摊开简陋的铺盖倒头就睡，往往顾不得身下的卧榻是否舒适。即便稍有收入，也不敢乱花钱，而是在背街处租一间破旧的小屋，一家大小挤在一起，没有住过一间舒适屋子。

卖出去的每一碗面，除各种成本，剩下的也只有两三元辛苦钱。他们舍不得吃、舍不得穿，把挣到的血汗钱用来赡养老人、养育孩子、维持生计、改善生活、拓展生意，每一分钱都花在刀刃上。他们会遇到资金短缺、市场竞争、人员流失、管理失策、被人欺诈等各种难题。但他们不气馁、不攀比、不放弃、不停歇，日积月累，硬生生撑起了循化经济的半壁江山。尤其在灾难面前，他们用最朴实的话语、用最朴素的行动诠释了拉面人的家国情怀。

2009 年，我去苏州考察学习途中饥肠辘辘，四处找寻后，好不容易在一条不太繁华的街口寻见一家兰州拉面馆，进去点了一碗炮仗面。在等待的间隙里，与一位戴盖头的厨娘搭话聊天。

她好像从我说话的口音中捕捉到一丝循化人的方言，迟疑地用撒拉语问道："你是循化人吗？是撒拉族吗？"我告诉她我是循化人，但不是撒拉族。她很欢喜，看得出来是因为见到同乡而高兴。她说她叫马赛丽麦，是循化县查汗都斯乡人，撒拉族。她和丈夫及小姑子夫妇一起到苏州开饭馆，由于兰州牛肉面牌子亮、名气大，他们也学起别人的样子，挂上了"兰州拉面"招牌。虽然他们的店面只摆了 6 张桌子，生意一般，但总比在家务农要强。

吃完面结账时，她怎么也不肯收钱。一再说，只要是循化乡亲来吃饭，他们向来不收钱。一碗炮仗面 12 元，我执意要给钱，她只收了 10 元，憨厚地说："10 元是本钱，咋说也不能赚乡亲的钱。"

总有一种感动让我们泪流满面，总有一种力量让我们一往无前，总有一束光芒照亮我们前行的道路。大灾面前，当他们风尘仆仆扛来一袋袋面粉、一桶桶清油、一袋袋大米时，我们又该如何去计算这一碗面的价值？当他们冒着凛冽的寒风在简易的工作台上机械地挥动手臂为受灾群众制作拉面时，我们又该如何触摸这一碗面的温度？那千千万万个拉面人的情意又怎能用金钱来衡量？

五

再冷的冬天终要过去，温暖的春天必将如期而至。在党中央、国务

院、省委、省政府，市委、市政府的关怀和全国人民的支持下，2024 年的春天比往年要来得早一些。

为了帮助乡亲们重建家园，在县委、县政府的号召下，拉面兄弟再一次应声而出，用实际行动为渴盼重建家园的乡亲们送来春天的第一缕暖阳。

2024 年 3 月，在循化县驻上海办事处组织下，上海拉面人和上海爱心人士再一次开展募捐活动，他们用募集到的 21300 元购买了 100 袋面粉和 100 桶油，分送到 100 户受灾家庭。

上海麦郎（兰甄亭）餐饮公司经理马舍木麦深情地说："不论我们走得多远，对故土的眷恋和对家乡父老的情感永远不变。"

总有一些人注定会出现在你的生命中，即便是跨越星辰大海，他们也会来到你的身边，成为照亮你心灵的那束亮光。韩辉义、马志华、马光英、马木海买子、冶湖光、马乙四么尼、韩新明、马成虎、马胡才尼、韩哈七麦、马赛丽麦、马忠明、马苏来曼、马舍木麦……一个个拉面人，他们没有豪言壮语，没有惊天伟业，他们仅仅是千千万万拉面人中的一份子，然而他们那种风过无声、水流无痕的行动汇聚成爱的河流，流向广袤大地，滋润着无数人的心田。

夜深人静，点一盏明灯，斟一杯香茗，细细品读这一碗碗面中的温馨故事，在我心里，它不仅仅是一种美食，更是映照人性光辉的一碗面。

一生何其长，一生又何其短！时间可以带走很多东西，但一定会留下最善的心和最真的情，也沉淀下许多冷暖自知。人海茫茫，世事沧桑，在这车水马龙的人间，感谢有你——可敬、可亲、可爱的拉面兄弟。

（马兰芳，女，回族，青海循化人，青海省作家协会会员。）

我的拉面故事

陕平龙

"稚子牵衣问，归来何太迟？"我是一名在外创业多年、而今归乡的循化籍拉面人。时值中年，再忆往事，过去的岁月已然成为故事。

1976年，我出生在美丽且有独特风情的循化县积石镇的一个普通农民家庭。少年时期的美好记忆令我终生难忘，不论走到哪里、不论走多远，对祖辈们世代生活的那片土地的热爱从未改变！

我们这一辈人欣逢盛世，迎着改革开放的春风，离开黄土地，走出大山，去追赶自己的梦想。在时代洪流中，我半推半就，也走上了创业的道路……

起初，因为舍不得离开家，我就在本地开始了创业生涯——开拉面馆。得益于家庭和身边乡亲父老的支持，拉面店生意蒸蒸日上，淘得了第一桶金。最为重要的是，积累了不少实践经验。后来，与外出归来的乡亲沟通后才知道，许多同胞纷纷到北京、深圳开面馆。听到这样的消息，我也觉得南方地广人稠，随便在哪里开个饭馆，要比家门前挣钱容易些。

2003年，我孤身一人前往广东省中山市。

为了解当地拉面店经营模式，最初我在一家拉面馆打工。三个多月后，摸清了一些门道，就有了自己开店的念头。在广东开，还是到别处去？经过一盘筹谋，最终选择了江苏省南通市。

　　南通是长江三角洲中心城市，地处江苏省东南部，南濒长江，东临黄海，与上海市、苏州市灯火相邀，是中国首批 14 个沿海开放城市之一、上海大都市圈门户，是国家历史文化名城，全市有 700 多万常住人口，比青海省还要多。一般来说，在这种人口稠密城市开饭馆，没有开不进去的道理。经过千挑万选，终于找到了一个店面。由于没有足够的资金，就找了一位合作伙伴。

　　开店之初，虽然遇到了很多困难，但年轻气盛的我们干劲十足，从不气馁。我们边学边干，学技术，学经营，学语言，摸行情，在摸索中一点点开窍，一点点积累经验。等到顺风顺水后，我有了信心，也有了资金，把成熟的运营模式移植到各地，在山东威海、安徽等地都开起了拉面店。

　　如今，回想初次南下创业的那段经历，有成功，也有失败。对我个人来说，这一段人生经历异常宝贵。

　　遵循天时地利人和，既是一种人生哲理，也是一种商业智慧。2015年，我在南京大学附近开了一家店，这是我的人生发生转折的标志性事件。

　　在我看来，在一所全国著名高校旁开面馆是一件意义非凡的事。因家庭贫困，我和同龄人大多失去了读书机会，更别说迈入大学门槛。如今，站在这样一所历史悠久、声誉卓著的高等学府门前，看着眼前朝气蓬勃的大学生来往穿梭，我内心里羡慕至极，闲暇之余总要去校园里转转，感受浓郁的"文化味道"。我发现校园里有很多全国各地的少数民族学生，却看不见清真食堂。出于职业敏感，潜意识告诉我，这偌大的校园里应该设个清真食堂。只有解决这些孩子的吃饭问题，让他们吃得饱、吃得好，他们才能安心学习、安心生活。我想方设法找到管后勤的校领导，说出自己的想法。经过多次沟通，如愿在大学食堂开设了一扇清真餐饮窗口。

　　能为即将成为国家建设者的莘莘学子服务，我感到无比欣慰！

　　多年的创业经历告诉我，干餐饮最为重要的是餐饮品质健康卫生、服务周到细致。我始终牢记父辈们教诲,无论到哪儿,无论什么时候都做让人信服的本分买卖,把最好的善意和诚意落实到每一碗饭菜里。我也认准一点:只要物美价廉,什么都不用说。正如我期望的那样,清真餐饮的口碑渐渐传开了,档口排队的学生越来越多,人群中不仅有穆斯林学生,也有许多不同民族的学生。

学生们在网上为我做宣传,一时间,南京大学清真食堂成了网红店,校方对此也大加赞赏。这意外的收获让我感触很深,再次意识到,处处都有赚钱机遇,就看你能不能看得准、抓得住;无论从事什么职业,只要做对社会有益的事,社会终将回馈于你……

2016 年,国家对高校食堂工作有了新要求,我不能继续承包高校食堂了。经过一段时间的休整后,我给多年来单打独斗的经营模式画上句号,成立了南京亚赛尔餐饮管理有限公司,以个人名义揽下了企业的社会责任。这是一种全新的开始,商业理念和模式随之发生变化,但不变的,依旧是最初的念想!

得益于在南京大学建立的良好声誉,公司成立之后,很快与南京大学和其他几所高校建立了合作关系。我明白顺势而为、适者生存的道理,按照国家标准和校方需求,公司组建了专业餐饮团队。按照一校一策原则,制定了有针对性的工作方案,分别在南京交通学院、南京航空航天大学、江苏航空职业技术学院、南京审计大学、南京信息工程学院等高校开设了由亚赛尔公司统一管理、统一运营的清真食堂窗口。

对我来说,高校清真食堂不仅是个提供饭菜的生意场,更是一扇瞭望外部世界的窗口。通过食堂窗口,让更多学生了解青海餐饮文化,我也在与学生们的交流中,了解到很多不曾入脑的新鲜事,感受到知识比金钱更重要……

岁月不待人,及时当勉励。当初一腔热血的少年,如今已是人到中年渐生白发,回想 20 多年的创业历程,有收获的喜悦,也有失去的痛楚,太

多的辛酸无奈，犹如一缕青烟，在满脸皱痕中飘散无影，沉淀下来的，不仅是感慨，还有不变的信念，以及那些弥足珍贵的心得。

2019年归乡之后，我被循化县品牌局聘请为驻南京办事处主任。2020年，因公司业务不断升级，我与同为家乡企业的西北梦电子商务有限公司达成战略合作，有了志同道合的合作伙伴，"亚赛尔"又插上了腾飞的翅膀。这是时代赐予的良机，我们不忘初心，更加努力，有效整合资源，取得了国家餐饮"五大体系"认证。同年，公司在南京农业大学食堂建设竞标中一举中标，同年建成2000多平方米的民族食堂。2023年，在海东市品牌局的引导下，顺利对接"东西协作、江苏援青"青海拉面进高校项目，精准聚焦公司"四进两出"商业规划，相继入驻南京林业大学、南京信息工程大学、南京体育学院、南京科技学院等高校食堂。此外，进一步扩大运营覆盖面，经过协调沟通，"亚赛尔"青海拉面食堂窗口顺利入驻江苏农垦集团等著名企业及中共江苏省委等机关单位。至此，我长舒一口气，心里不禁感叹，我终究没有辜负政府的引导和群众的支持。也暗暗再下决心，今后，"亚塞尔"的种子埋在哪里，就在哪里生根开花，一如既往地为当地社会及家乡的经济文化发展贡献自己的绵薄之力。

这是我创业之初的梦想，也将是我付出了巨大心血的餐饮事业的奋斗目标！

人是时代的产物，生逢伟大时代，是我们的幸运。创业路上，兜兜转转20多年，最初单纯追求物质利益的"小目标"早已满溢到精神世界的无边原野，转化成赏心悦目、芬芳四溢的景致。为社会为家乡做一点力所能及的贡献，成了我余生的最大夙愿。在南京创业期间，我也曾多次到养老院探望慰问那里的老人们；在南京农业大学，为学校体育活动提供资金和物料方面的支持；循化县疫情告急时，第一时间赶回来，与县品牌局一道，做了一系列为受困拉面人帮困解难的事……

"为什么我的眼里常含泪水，因为我对这土地爱得深沉！"如同艾青所写，我也热爱我的家乡，热爱养育我的土地。我成长于改革开放的伟大时代，见证了"一带一路"建设取得的辉煌成果！感谢新时代造就了我、成就了我。作为一个拉面人，我将继续发挥自身的优势特长，为县域拉面经济长足发展贡献余热，让更多贫困家庭脱贫致富奔小康，让各民族餐饮文化更加融合，沟通交流更加全面……

但，心向光明，亦复何求！

（陕平龙，青海循化人，南京亚赛尔餐饮管理有限公司总经理。）

我的拉面人生

韩忠明

人生犹如一碗拉面，简单却充满韵味。面条的柔韧、汤底的醇厚、配料的丰富，每一处细节都承载着一段故事、一段感情。对我而言，拉面不仅仅是一种面食，更是我的这一生，是对一生的回忆，是对人生百味的感悟。

我从小在西北一个小县城长大，拉面是我们一家餐桌上从不凋谢的一道景致。但我不曾想过，我的一生会与长长的拉面缠绕在一起。初中毕业后，我没再继续上学，而是四处求学，学习经文，一直到结婚甚至第二个孩子出生时，我还在漫漫求学路上。那时家庭的负担全压在我父亲和大哥身上，还没有轮到我来承担责任。因而，我不顾家里穷困潦倒，去埃及继续深造。原以为我的人生就此进入与教研、翻译等有关的白领阶层，但世事难料，大哥突然病重，家里的经济重担一下子全压在了父亲身上。当时已是成年的我，再也不能在自己设定的人生轨道上行走，在责任与学业间断然做出选择，即便忍痛割爱，也要屈从于坚硬的现实，踏上了多数同龄人乐此不疲的"拉面之路"。

自此，我与拉面结下了不解之缘。

与众多南下乡亲不同的是，我选择了一条北上之路，把创业的起点确定在遥远的喀什。起初，我和妻子对拉面这个行业一无所知，多像一对胡飞乱窜的鹧鸪鸟。但我们坚信，只要是用心做出的饭菜，就能触动食客的味蕾。盲打莽撞也有可取的一面——向别人躬身学习，在一张白纸上画出自己的创业愿景。到我们店里吃饭的大多是挖矿工人，每当夜幕降临，工地周边便会弥漫着令人垂涎的拉面香气，吸引工人们驻足品尝。看到他们劳累一天，吃上一碗热气腾腾的拉面后满足的笑脸，我觉得自己的辛劳中多了一层赚钱之外的意义。

在新疆开店的最初阶段，当地拉面馆还很少，虽然我们的店面很简陋，但从早到晚都会有一批又一批的新疆人过来品尝，吃完后说一声"阿达西，亚克西"，意思是"朋友，好吃极了"。

第二次开拉面店，我选择了西宁，主要是因为孩子。拉面馆是现实生活的支撑，而孩子是未来的希望。孩子们都在家乡上学，我想离他们近一点，好让他们有个完整的童年。这一次，妻子留在家里照顾孩子们，我跟朋友则合伙开了一家叫"东方宫"的加盟店。因为有了经验，这次不再像无头苍蝇那样乱转乱闯了，从筹备到开店井然有序。经过一番张罗，拉面馆很快就开起来了。

然而天有不测风云，就在我满怀希望地打理饭馆时，全国各地掀起了"拉面热潮"，开拉面馆成了急于摆脱经济窘境的广大农民的致富选项。不到两年，西宁遍地都是拉面馆，我们店的生意在激烈竞争中渐渐衰败下去，让我尝到了市场竞争的残酷性。

不过，阴阳两极的生活总是充满了戏剧性，就像老辈人说的，一扇门关了的同时，另一扇门打开哩。一筹莫展之际，我的护照顺利办下来了，生活再一次向我抛来橄榄枝。我不再留恋家门前的生意，顺势将目光放远，想去国外做拉面。天下拉面同出一源，只有做不出的饭，没有卖不出的面，我深信自己能在异国他乡闯出一片天地。这一次，我独自远涉重洋，把目光锁定在埃及。

在埃及开新店，先得申请各种牌照，流程非常烦琐，加上我十几年没

有接触过阿拉伯语，一开始就碰了很多壁。为了重新站起来，我一边重温阿拉伯语，一边忙着办理各种牌照。一切安排妥当后，我才将妻子和孩子接了过来。

起初，家里人都认为国外教育成本太高，孩子们都跟着过去，压力太大，就我和妻子去就行了。可我想给孩子们提供更好的教育环境，不愿在他们童年的记忆中留下一段没有父母的空白，我们自己也不想成为远飞的孤雁。几经周折，两个孩子终于在埃及入了学。

在国外开一家中餐厅真不是件容易事，好多中餐店需要的食材、调味料当地都买不到，必须去中国超市，成本比国内贵了好几倍。但我依然坚信，只要用心做菜、热情服务、环境干净，顾客肯定愿意买单。渐渐地，餐厅有了一定的名气，从原本只有华人朋友来吃，到后来越来越多的埃及本地人也来光顾。时间长了，我也积累了一些稳定客源。开罗市区有许多拉面馆，但只要提起拉面馆，不少人首先想到的就是我的店。

埃及本地人原来并不喜欢吃面，尤其是牛肉面，与他们的饮食习惯有很大差别。但在华人朋友的强烈推荐下，他们也慢慢喜欢上了独特的大西北风味。看到家乡美食在当地受到追捧，我倍感自豪！

一些老顾客说，这里的每一口面都有家的味道，仿佛穿越了千山万水，回到了温暖的家。原来，我用心做出的一碗拉面在尼罗河畔有了不一样的诠释。我明白，那是一种牵连着青藏大地的味道，熟悉、亲切、浓烈。

在埃及，我们还参加了中国青海拉面演示推介暨投资洽谈会，我欣喜地看到，青海拉面在当地推广后，知名度有了极大的提升，这也使我更加坚定了在这里长期发展的信心。在我看来，开中餐厅不仅是为了一个家庭的生计，从另一方面来说，也是在弘扬中华文化、传播青海拉面文化。

但世事难料，2020 年的疫情，让我们不得不暂停脚步。经过一番权衡，我们回到了家乡。

这次回乡，着实让我眼前一亮，能直观感受到家乡的发展进步，连回家的路都有点陌生了。以前村里全是土房子，条件好一点的也就是水泥房，而现在到处可见小独栋，几乎家家门口或院子里都停着车，家家户户的外墙都统一刷成一个颜色，每两天就有环卫车过来清运垃圾。人们的出行更具便利性且多样化，县城至各乡镇都有公交车来回奔跑。眼下，种田下地的人越来越少，更多的人选择出门赚钱。看到这一切变化，我都有点不敢想象几年前村子里的垃圾是如何处理的。要说缘由是多方面的，其中拉面经济功不可没。乡亲们进了城、长了见识，眼光放远了，也开始重视孩子们的教育，尤其是女孩，早就不是以前远离校门的状况了。

在家待了近一年，安排好孩子们的学业，我又开始寻找做生意的机会。当时内地还在受疫情影响，我和几个朋友去了拉萨。想不到拉萨城里已有很多青海人、甘肃人开的餐厅，餐饮市场竞争特别激烈，房租高得离谱，远远超出我们的预想。无奈之下，我们想豁出去一搏，顶着不可预知的压力，斗胆入驻万达。

万达的高端商业模式对我们是个挑战。餐厅装修将土耳其风格和藏式风格融为一体，既能体现撒拉尔民族特色，也兼顾了当地文化元素。餐品选择上，根据藏族人喜欢吃肉的饮食特点，推出了很多不同味型的肉品……

随着店面生意渐渐好起来，我悬着的心总算放下来了，心想自己这一生的奔波到这儿应该算是到站了。然而造化弄人，谁也没有想到疫情从2020年持续到2023年。受这三年影响，餐厅生意一直没有回暖，我们几个合伙人都没什么收入，甚至入不敷出，每次交完租金，连员工工资都发不出。然而，天无绝人之路，就像前几次峰回路转那样，循化县拉面品牌局及时赶到拉萨，表示从政策和资金上支持我们。这真是雪中送炭，让我又一次看到了云缝中的暖阳。

　　正如之前所说，我的一生是与拉面结缘的一生。回首过去，感慨万千！拉面不仅陪我走过了跌宕起伏的人生路，更成了我人生中不可或缺的一部分。回首自己的拉面人生，使我明白一个道理：只要坚守初心，用心经营，拉面人的明天一定会更加美好！

　　（韩忠明，撒拉族，青海循化人。2016—2020 年在埃及开中餐厅，2021 年至今在拉萨万达开饭店。）

哥哥的拉面故事

韩学龙

提起我的家乡循化，人们会用很多美好的词语来形容它：美丽、温和、热情、避暑胜地……但在我心中，一提到循化，我总会想到一个词：世外桃源。

循化县虽气候温和、日照时间长、水资源丰富，但受限于地理环境，人均耕地面积较少，加之以前交通不便，单纯依靠传统农牧业，当地群众很难摆脱贫困。为改变生活，追求更加美好的未来，勤劳智慧的撒拉人不安于现状，克服了语言、文化、气候等种种困难，怀揣着拉面技艺走南闯北，用勤劳的双手开辟了一条致富之路。

作为一名循化籍大学生，我是循化拉面经济发展的见证者、亲历者。时下，我的家人在外地经营一家拉面馆，更能亲身体会到拉面经济对我们这样一个普通家庭的意义。可以说，我们家脱胎换骨的变化，缘于"一碗拉面"。

白手起家

上小学时，我的家境很贫困，一家人全靠父亲在建筑工地干小工以及哥哥在别人拉面馆干跑堂所得的收入维持生计，就算母亲的疾病需要手术治疗，也因家境窘迫而不得不一拖再拖。哥哥到了结婚的年龄，母亲整日

为凑不够彩礼钱、家中没有几间像样的迎亲房子而发愁。后来，在亲戚朋友的帮助下，家里勉强盖了几间新房，办了哥哥的婚事，同时也背负了沉重的外债。有志向的哥哥不安于现状，想改变靠种庄稼和打短工总也不见起色的落魄光景。

从眼下看，一个家庭摆脱困境最直接的办法是开拉面馆，有人甚至把开拉面馆比喻为脱贫致富的高速公路，真可谓小路小富、大路大富、高速公路快速发展！

这几年，哥哥一直在别人的拉面馆打工，其间逐渐学会了拉面技艺，也把如何经营拉面馆的路数装到了脑子里。2017 年，在全家人的支持下，哥哥凑了 6 万元，独自一人前往河南省周口市沈丘县附近，寻找合适的拉面馆。因为姐姐、姐夫一家在沈丘县开拉面馆，并且收益不错，所以，每天拉面馆的事情一忙完，哥哥就在姐夫的陪同下，骑着一辆老旧的摩托，顶着炎炎烈日，在附近的乡镇寻找适合开拉面馆的店面。

艰难起步

我向来敬佩哥哥，他身上有着撒拉人血脉中那股不服输的闯劲和勇气。拉面人像随波逐流的浮萍，漂到哪里，就在哪里生根发芽。哥哥在拉面行业迈开的第一步，与所有拉面人的起点一样——寻找门店。

那些日子，他顶着 40 摄氏度的高温，每天骑着摩托，穿梭在大街小巷，寻找能用手头本钱租下来、勉强开张的店面。开过饭馆的人都知道，初到陌生城市，在人生地不熟的地方找个落脚点是多么不容易！我能想象没多少文化的哥哥是如何克服不会说汉语和乡下人进城的羞怯与自卑心理障碍，向一个个陌生人问路寻店的。

苦苦找了一个多月，还是没有找到合适的店面，近乎绝望的哥哥打算再找一天试试，如果还是找不到，就此回家，或到别的城市去。就是这瞬间的念头，改变了他的处境。那天，哥哥和姐夫骑着摩托跟着一辆公交车来到了一个叫王明口的小镇，就在这个小镇，哥哥找到了心仪的店面。店面在一个大超市巷道口，人流量较大，门前也有足够的空间停车，并且中原地区的小镇居民也以面食为主。真是踏破铁鞋无觅处，得来全不费功夫！哥哥随即决定在这个小镇上开一家拉面馆。

为了省钱，没有任何装修经验的哥哥亲自动手，凭自己的想象力进行装修。因为资金紧缺，墙面上没有贴瓷砖，而是打上了更有性价比的白灰；饭店内的桌椅也没有大饭店那么豪华。整体的装修算不上精致考究，却也像模像样。在哥哥的精心布置和打理下，店里有了几分简约美。装修完毕，购置齐了开拉面馆所需的所有设备物资，如锅碗瓢盆、蒸煮炉、油烟机等之后，从家里带来的资金也没剩多少。为了留一些钱来维持拉面馆的经营，哥哥在卧室里并没有购置床，而是打上了地铺。

有了自己的根据地，我的父母、哥哥、嫂子加入了拉面大军，开启了发家致富的"第二战场"。

困难重重

第一次开拉面馆，没有经营经验，困难接踵而至。哥哥、嫂子虽然在别人的店里打过工，但都是浮光掠影的印象，轮到自己开店时，需要面对一系列杂七杂八的事情，而且每个环节、每件细小的事情都不敢马虎。端出来的是简单的一碗面，其背后却包含着十几道密不可分的工序。父母亲也是第一次接触拉面，家里填肚子的那碗面和饭馆里将要变成钱的这碗面有云泥之别，他们爱莫能助，只能从旁搭个手。尤其是母亲，她不识字，不会说普通话，也不懂得怎么与人沟通，见一帮客人拥进来，她就无端地紧张起来。

那会儿我正在上学，无暇顾及全家人发力的饭馆，只能在假期到拉面馆帮忙，在短暂的体验中，我深深体会到经营拉面馆的不易。冬天，寒冷的天气不仅会冻伤人的手和耳朵，也会冻住煤气罐里的气体，一家人不得

不早早起床，在夜色中点火生灶，好赶在上班前让店里暖和起来，不影响第一单生意；夏天，后厨里的高温让人难受至极，连电风扇吹出来的都是热气，多数人承受不住令人窒息的热浪，像赶下山的牦牛那样喘着粗气，找阴凉处喘几口气。

哥哥的短袖始终都湿透着，拧一下都会流出水，但他从不叫苦喊累，始终坚守岗位。中午忙完后，他才去冲个凉，顺便换一身衣服。

柳暗花明

在一家人的尽心努力之下，拉面馆的生意在不温不火中渐渐往上走了，一大家子看到了希望。哥哥耐住性子，不指望短期内挣大钱。父亲说，细水长流，总有汇成河流的那一天。母亲的汉语也说得像那么回事了。

在哥哥看来，比挣钱还重要的，是他越来越摸清了经营饭馆的路数，开源节流、干净卫生、笑脸相迎都是取胜之道。也不仅仅是哥哥驾轻就熟，父母亲、嫂子他们心里也都有了行数。一年后，拉面馆生意越来越好，赢得了不错的口碑。家里还清了外债，一家人的生活今非昔比，瘦如干柴的父亲渐渐发福，母亲也做了手术，得到痊愈。

哥哥的两个儿子在拉面馆附近的小学就读。能够让孩子们享受优质教育资源，是我们没有想到的，这无疑是祖国大家庭对我们的眷顾。这期间，我也逐渐适应了高中寄宿生活，学习成绩保持在令自己和家人满意的水平线上。

在之后的经营中，拉面馆的生意一直比较稳定，家庭收入也是逐年稳中有增。为了出行便利，家里购置了一辆车，这在开拉面馆之前是想都不敢想的事。

第一个大学生

高中时期，全家人都在河南经营拉面馆，我被送到西宁一所寄宿制私立高中，除寒暑假之外，一直住在学校。虽然常有孤独感，但这段经历也让我在各方面经受了锻炼，收获了学习之外的人生经验。

作为家族里第一个参加高考的学生，我的高考备受关注。从小父亲就重视我的学习，虽然我并不想让家里为我多花钱，但父亲对我却格外大方，哪怕自己勒紧腰带，也会给我买齐学习用具和资料。开拉面馆后，家里有了稳定收入，我的学习条件更有保障了。

开拉面馆的第四年，我在西宁顺利完成高中学业，迎来了高考。高考前半个月，父亲独自一人驾车从河南赶回来，接我回家。他不断开导我，希望我不要有任何压力，说只要努力了，考不上大学也没有关系。

我不负众望，如愿考上了中央民族大学。这是我们家的高光时刻，家里人比我自己还开心。

我目前就读于中央民族大学法学院，有幸成为2022年北京冬奥会开幕式国旗传递环节的撒拉族代表。在全球观众瞩目下，我和各少数民族同学手擎鲜红的国旗，迈着坚定的步伐，展示了当代大学生的风采。

现在细想，我能获得这样的机会，和循化拉面经济的发展有着千丝万缕的关系。要不是有开拉面馆这条致富门路，我们家现在不知会是什么处境。正是这一碗面，给我铺就了通往中央民族大学的道路。

这就是我和我的家庭与一碗拉面的故事，也是无数循化拉面人家庭走出低谷、走向富裕的缩影。作为拉面人的后代，我要感谢这一碗面，感谢给这碗面提供平台的伟大时代！

喝过黄河水的撒拉孩子终会回到循化！作为一名即将毕业的大学生，我要回到魂牵梦绕的故乡，把自己的聪明才智贡献给积石山下、黄河岸边的那方热土。

（韩学龙，撒拉族。毕业于中央民族大学，北京冬奥会开幕式国旗传递撒拉族代表。）

把面馆开到英国去

袁　戎

韩阿乙草的家在青海省循化县孟达山村。

20世纪90年代，他偕妻子马秀花来到北京，开了一家饺子馆。店里只有他们夫妻俩，妻子负责包饺子，韩阿乙草负责采购。当时的北京还没有太多做餐饮的个体户，韩阿乙草很快就攒下了第一桶金。

韩阿乙草的第一个女儿也在这个时候出生，一家三口就蜗居在甘家口一个一居室里。他们的餐馆也从饺子馆变成了新疆餐厅，面积比原来大了不少。那时候在北京新疆餐厅还不多见，食客主要是附近的北京人。因为老韩是撒拉族，普通话说得又不标准，人们总把他当成新疆人。

随着经济环境的持续向好，老韩的生意也越做越红火，店面越开越多，从最初的一家饺子店，开到三家餐饮店，腰包鼓起来了，日子今非昔比。老韩便回到青海，在省会西宁买了房、开上了宝马，他孝敬父母，接济四邻亲朋，一时间风光无限，成为佳话。老韩的成功让不少人看到了希望，亲戚朋友陆陆续续来到北京，开始经营餐饮企业。直到今天，京城仍有不少有名的青海餐厅老板是老韩的亲友。

韩阿乙草并不满足于现状，他逐渐意识到，当下北京餐饮市场竞争非常激烈，而随着房租和人工成本的上升，餐饮店利润空间缩小将是大势所趋，再也不会有大把挣钱的机会了。

2018 年的一天，一次偶然的机会，韩阿乙草看到有一家牛肉面馆将店面开到了日本，那是日本第一家兰州牛肉面馆，开业即火爆，生意异常红火。这让老韩看到了新的商机，那种急于在新赛道上奔跑的渴望，就像 30 年前初到北京的心情，于是他将目光投向了海外。

说干就干，毫不迟疑，这是撒拉族人刻在骨子里的性格。老韩与妻子马秀花商量后，作出了一个无异于石破天惊的决定：去日本开店。尽管他们两口子都不会说一句日语，那边也没有熟人，但两口子的个性好像是一个模子里倒出来的：胆子大、敢冒险。创业初期，夫妻间相互壮胆比什么都重要！不到三个月时间，他俩就在东京大学赤门对面，以老韩小儿子之名开了一家"穆萨兰州拉面馆"。

开在东京的穆萨兰州拉面馆比预想的还要受欢迎。日本人喜食拉面，拉面作为 10 分钟之内能上桌的快餐，深受日本人的喜欢。日本物价高，一碗拉面竟能卖到 750 日元（约合人民币 60 元），而房租却只有北京的一半，光捡中间省下来的、差价下来的，不赚钱都不行。这店开的、这钱赚的，让老韩找回了事业的第二春。

此后，拉面馆生意一直稳稳当当、顺顺利利。多年后，老韩的两个女儿都去马来西亚上大学，大女儿哈里美毕业后回国，与一名北京小伙结了婚；二女儿索菲娅留学毕业后进了谷歌公司。2022 年，老韩妻子马秀花到马来西亚看望女儿索菲娅期间，看到附近有一间商铺正在转租，价格出奇的便宜。和丈夫共同奋斗多年、有着灵敏商业嗅觉的马秀花发现，这是个不错的机会，便打电话联系房东，迅速沟通，不到一周时间就签下了合同。

很快，吉隆坡双子塔附近，多了一家"穆萨兰州牛肉拉面馆"。

这个店果然不负所望，投入资金极低，却获得了丰厚的回报，开业不到三个月就收回了成本，营业额也日渐趋于稳定。这让他们夫妻二人看到了更大的希望，于是决定把拉面事业的重心转移到吉隆坡，准备将餐厅经

营连锁化。

与日本不同的是，吉隆坡餐厅里的人员用工成本仅为日本的五分之一，加上从国内采购先进的拉面机，以机器面代替手工拉面，不仅降低了用工成本，口感与手工面基本无异，得到了食客的认可。

韩阿乙草在吉隆坡开拉面馆的创举在循化餐饮圈引起了不小的震动，也让很多乡亲萌生了将青海美食推广到海外的想法。韩阿乙草以敢吃"螃蟹"的精神为勇闯天下的撒拉人做出了榜样，踩出了一条通往世界的创业之路。

如今老韩一家已经在吉隆坡站稳了脚跟，二女儿也在吉隆坡举行了婚礼。看着眼前的英国新郎，老韩在新婚宴上笑称：下一步，将穆萨兰州牛肉拉面馆开到英国去。

［袁戎，全球寿险百万圆桌（MDRT）会员；国际品质奖（IQA）金奖获得者；IMA 保险名家；明亚保险经纪资深合伙人、销售经理、培训讲师。曾就职于花旗银行、南京银行、宜信普惠等机构。］

青海拉面让我走上致富路

夏策华

我喜欢吃拉面，我家南边就有一个循化人开的拉面馆。一碗"一清、二白、三红、四绿"的拉面，一泓清汤、半抹红油映衬着新绿的小葱、香菜，料不多，却也显出丰盛和趣味来。

那时我刚下岗，每天早上，拉面馆是我必去的地方。拉面有"三遍水、三遍灰、九九八十一道揉"的说法，我每次都看着拉面师傅将一把面粉撒下去，不一会儿就在手里揉成了团。初成型的面团显得毛毛躁躁，等师傅以十成的腕力揉搓，一条光滑的面团就从掌心蹿了出来，圆鼓鼓的，闪着一层光。师傅又一把把面团拉了回来，甩出去一个 S 回旋，长长的面团在面案上被抻得噼啪作响，有股"时时只见龙蛇走，左盘右蹙如惊电"的气势。我时常被拉面师傅的技艺深深吸引，有了去拉面馆打工的念头。

没承想，拉面馆老板竟然同意了。

万事开头难。在循化拉面馆打工的那段时间，我每天从早上 7 点忙碌到晚上 12 点。来店里吃面的人特别多，我大部分时间都在端茶送饭打下手，实际学习做拉面的时间并不多。为了能早日学到拉面手艺，我就利用中午休息时间。盛夏时节，酷暑难耐。店里没有空调，我顶着 38 摄氏度的高温，在后厨狭小的空间和面、揉面、抻面，弄得满头大汗。一整天下

来，腰酸腿疼，浑身不像是自己的。

一个多月后，我基本掌握了拉面技能，便凑了5万元，开了一家能摆6张餐桌的牛肉面馆，父母和弟弟也都到店里帮忙。

店面虽小，但真真切切是属于自己的天地，是我的全部家当，也是我起步发展的"根据地"。质量是面馆的根本，拉面馆的生命在于端出的每一碗拉面都清爽可口，给食客留下下次还想来的深刻印象。我特别留意两点，一看回头客多不多，这是饭菜好不好的晴雨表；二看碗底，如果食客磨磨唧唧，吃饭动作不利索，而且吃半碗落半碗，说明饭菜不可口。为了让每一位顾客称心满意，我一点也不敢松懈。先从味道入手，采用纯正的青海高原牦牛肉、牦牛骨髓和本地花椒、线辣椒等30多种优质天然原材料，保证拉面的原汁原味。

谈起拉面，很多人把配制调料当作决胜因素，殊不知，如果最基础的和面不过关，断然做不出滑溜可口的拉面。和面是重体力活，要的是耐心和用功。我绝不偷懒，严格做到"三遍水、三遍灰、九九八十一道揉"。我知道"桃李不言，下自成蹊"的道理，把每一碗面都当成吸引顾客的招牌。

此前苦练学到的本事，现在能派上用场了。勤能补拙，熟能生巧，这是最朴素的道理。三尺案板成了我创造性劳动的舞台，其乐无穷。经过反复练习，我还能让面条呈现出各种造型：宽二指的"大宽"，宽一指的"二宽"，形如韭菜叶子的"韭叶"，细如发丝的"一窝丝"，三棱条状的"荞麦棱"，还有"二细""三细""细""毛细"等等，供食客选择。面食品类花样多了，顾客选择余地就多了，来吃面的人日渐增多，有的是经常光顾的熟客，有的是慕名而来的新客。

俗话说，面可补心，汤可补身。面和汤相互衬托，共同成就了一碗面。单从口感上来说，汤底是一碗面的灵魂所在，正所谓"成也汤底，败也汤底"。在我看来，制汤有三个最重要的步骤必须遵循，分别是浸泡、熬制和吊汤。配制汤底原料极为讲究,我选用肉质鲜嫩、高蛋白、低脂肪且营养丰富的当地牦牛肉和牛腿骨,配以姜、草果、桂皮、丁香、花椒、山奈、盐等重量不超过 80 克的调味料,用纱布包裹后入锅。在翻滚的开水中,混合在一起的各种调料相互浸润,熬制出来的一锅汤醇香扑鼻,散发着诱人的味道。

煮好的面捞入碗中,舀上一勺肉汤;用勺子舀起面,放下,让肉汤和面充分融合,放上萝卜片、牛肉丁,再一次添满汤,撒上香菜、蒜苗,淋上辣椒油。端到食客面前的一碗面,吃起来柔韧、滑利、爽口。细细品味,牛肉软烂,汤汁清白,萝卜白净,辣油红艳,香菜翠绿,香气扑鼻。至此,一清(汤清)、二白(萝卜白)、三红(辣椒油红)、四绿(蒜苗、香菜绿)、五黄(拉面微黄),色、香、味俱佳的循化拉面俘获了顾客的心。我的店因为服务好、信誉好、拉面更好而生意火爆。

青海拉面之所以遍布大江南北,是因为它承载着独一无二的风味传奇,见证着文化的交融互通,迎合着经济发展潮流,展现着无限的创新活力。我的面馆里做出来的一碗碗拉面,意犹未尽的那一缕醇香已然成为很多顾客的不舍。对我、对顾客而言,这一碗面不仅是一种食物,更是在快节奏生活中的人们沟通的桥梁、情感的纽带、温馨的港湾。这碗拉面,跨越了地域民族鸿沟,缩短了人们交往、交流、交融的距离,让每个人在短暂的滞留中放松心情,感受生活的美好。

老牛亦解韶光贵,不待扬鞭自奋蹄。如今的我,靠一间青海拉面馆早已经摘掉了贫困"帽子",家里买上了小汽车,盖了新楼房,时常带家人去各地旅游观光,还与朋友合伙投资 16 万元,在江苏南通开了一家青海拉面店。我们家的光景像沸腾的大锅,蒸蒸日上,更加美好的前景抬眼可见。

此生能成为一名拉面人是生活对我的眷顾,我要感恩这个让每个人都发光发亮的伟大时代。我也坚信,只要坚定走下去,明天的日子将会更加

红火，致富的康庄大道上，必将有我的身影。

（夏策华，笔名晓宇。爱好文学，文章发表于《人民日报》《云南日报》《扬子晚报》《南通日报》《江海晚报》等报纸杂志。）

西湖之滨的"撒拉人家"

马媛媛

如果说见证一个人灿烂生命的绽放需要礼物呈现，那么"一碗拉面"肯定会是一种人生的精彩写照。因为这碗拉面里，有无数爱的表达，有无数的礼物馈赠。

如果说评价一个人事业的成就需要能力彰显，那么"一碗拉面"一定会是他事业的真实诉说。因为这碗面的背后，有道不尽的选择，更是胜者的心法呈现。

人生海海，行路漫漫，每个人都会遇见属于自己的机遇，都会经历人生第一次，马麦四都也是如此。在他与拉面的故事中，来时路的栉风沐雨，脚下路的有畏有为，未来路的且歌且行，都是他弥足珍贵的第一次。这一碗拉面的故事，是他不负韶华、不负所盼的追求与梦想。

忆往昔，栉风沐雨来时路

古话说：知来处，方明去处。对于马麦四都而言，过去走过的每一段路，都因他来自青海循化，来自那个祖祖辈辈吃面食的地方。

吃面，是他生命的依托

马麦四都出生于青海省循化撒拉族自治县白庄镇上科哇村的一个贫苦农村家庭，这里，家家户户几乎常年吃面，吃什么样的面，一个家就是怎

样的。小时候，对于马麦四都而言，能吃上面也并非简单轻易的事，因为父母总要再三考量家中的"余粮"后，才能给每个家庭成员"分配"面食。

自小他就知道，人生没有多余的疼，想要在这块欣欣向荣的华夏大地上立足，想要在沉浮变化的世道中活下来，除了能吃苦，拥有一技之长也必不可少。

作为家中的长子，马麦四都虽然成绩好，可是贫穷的家庭需要他分担一份责任。父母殷切期盼着他有朝一日能够带着家中的弟弟妹妹，走出这个小村庄，在更高、更好、更远处兴业立命。于是，2000 年，行囊里带着父母准备的干粮面点，他走出家乡，踏上了沪漂之旅。

年轻的马麦四都在上海务工的第一站是一家经营面馆的餐饮店。

年轻小伙子除了一身力气，其实没有什么特别的技能。为了生存，餐馆里的什么粗活、累活、脏活他都要干，什么样的苦日子都熬过。他是打杂工人，所以连一张像样的床都没有，只好将一张张报纸铺在地上，睡在地板上，没有床单，只能和衣而眠。

"要是我自己也能开一家面馆，每天都吃面，日子就无敌了!"吃面，对于年轻的马麦四都而言，是他仅有的念想和快乐期盼。但也正是这点仅存的梦想，成为他新生命的起点，推动他开始思考自己的事业之路。

拉面，他迂回曲折的创业之路

"刚开始很茫然啊，不太清楚自己能干什么，就什么都干，汗水和泪水夹杂着，都不知道哪个更多。"提起 20 多岁到上海务工的那段日子，马麦四都总是很感慨。

慢慢地，他开始想，既然我的青海老乡可以在上海开面食店，那我怎么就不行? 家乡的拉面有劲道，而且口味独特，这么大的一个城市总应该有和我一样口味的人，愿意为了这一口青海拉面付费吧!

"我也要开一家属于自己的店，做自己真正想要的一碗面，要更好地生活！"

于是，他开始抓紧一切时间与机会学习，从当拉面学徒开始做起，细心用双眼观察师傅擀面、揉面、拉面，用双手感知面的温度、粗细与张力，用唇舌去品味拉面的口感、咸淡和劲道。

日复一日，他的拉面技术越发娴熟。当柔软的面团在他手指间化作无数条银丝，当无数条银丝在汤水中成为鲜美食物，当专属于他的第一碗拉面诞生，他的梦想不再停留在当一名学徒上，他想让更多的食客、更大的餐饮市场来检验自己。

从那以后，每天工作之余，只要稍稍有一点时间，他都要骑车在偌大的上海大街小巷转上个二三十公里。他想找一处租金不高的小店，给自己找个落脚之地，好启动自己的拉面生意。

可是事情并不尽如人意，他花了很长时间了解上海市场，找了很久也没有找到一处"立足之地"。

2002 年的一天，就在他有些灰心的时候，一位吃面的过客在闲聊中建议他去杭州看一看，说杭州有不少人爱吃面，而且相比于上海这个大都市，杭州对没有大"本钱"投入能力的人更为适合一些。

听到这样的建议，马麦四都立马到杭州看拉面市场。因他一心想要节省花销，好将所有的钱用于拉面店的投资和经营，因而对自己的吃住极为吝啬。他舍不得花几十块钱去住旅馆，有时就找个网吧对付一晚上，有时则在桥洞下蜷缩着过一晚上，第二天天一放亮又继续赶路。看到他这么辛苦奔波，就连在杭州经营拉面馆的老乡都看不过去了，非要他在拉面馆住下，就这样，他的临时住宿问题解决了，他也更专注寻

马麦四都在创业之初

找合适的店面了。

"我不仅是被杭州的市场留下，更是因为老乡们的热情和支持，让我坚定地留在杭州干拉面生意！"马麦四都总这样说。终于，他在杭州市老汽车东站看到了商机。站在车水马龙、人流熙攘的街道上，他当即决定就在这个"土坷垃"堆里，立起自己的拉面事业。

峰回路转迎来柳暗花明，仅仅半年的时间，第一次开拉面馆的马麦四都就赚了6万元。他不再是那个一无所有的打工人了。

看今朝，有畏有为脚下路

生命的印记是否足够深刻，源于一个人一举一动的思考，也源自一言一行的鞭策。

马麦四都不只是想做拉面的生意人，他更想做拉面企业家。他深刻明白，踩在脚下的路，必须是一条有所畏惧，进而有所作为的踏实路。

创新，为发展扎稳脚跟

虽然杭州汽车站的拉面店生意火热，可是"土坷垃"店面还是给人留下了没档次、没品位、小而杂的印象。和很多青海人一样，在赚得第一桶金后，他也开始思考今后的拉面店该走一条怎样的路子。

"过去我没得选择，只想要先谋生存，节省成本、多赚点钱才是王道；而今，我已经赚了一些钱，也该想一想怎样让自己的拉面店朝着更高、更有前途的方向走。"

马麦四都是个勤于学习，也善于学习的人，很乐于跟着优秀的人学。在从事拉面生意的几十年时光中，他始终保持"学而时习之"的态度，积极参加海东市、循化县政府拉面相关部门组织的学习培训，也主动多次参加大学举办的校内培训，受益匪浅。

2006年，马麦四都开始规划对自己的拉面店进行提质改造。他看准市场，重新划定消费群体，计划将店面开在集小区、写字楼和商业为一体的繁华地区。这里美食扎堆,食客更为多样化,对餐饮品质要求更为严苛,对于他的经营管理更是一个挑战。

于是,马麦四都开启了一场拉面的创新之举:

食材上,他每天都要亲自到市场挑选牛肉、蔬菜等辅材配菜,以确保食客吃到的每一份菜肴都天然、新鲜;

配方上,他将每一碗面的分量从四两调成二两,牛肉片改刀为牛肉丁,统一调味、统一风味,以确保食客方便进食,后厨简单操作;

服务上,他由点及面,高档的店面装修加上舒适的桌椅、干净卫生的环境与精准贴心的服务水平,以确保每一位食客的期待都能得到满足。

为了让青海拉面在杭州景区扎稳脚跟,马麦四都进一步创新管理方法,不停从书本中学习管理理论知识,不断从实地考察中学习实践管理经验。只要想到新的管理措施,且符合店铺实际,他就会立刻试着在店里尝试实行,在不断创新中不断进步,终于让一碗碗拉面走入杭州食客的心中。

如今,马麦四都已经在杭州开了4家"青拉"直营店,在良好的餐食品质、全新的店面服务和创新的管理理念带动下,他的拉面店实现了更高的收益,从过去忙忙碌碌一整天仅能卖出去600碗面、顶多收益3000元的境况,到如今已然换了新算法,有了新节奏,创了新效益。

敬畏,让品牌壮大势能

都说创新是勇者的游戏,殊不知勇者在前瞻布局时,往往心怀敬畏。依托国家政策与杭州迅猛发展的经济,快餐成了当下越来越多人的选择,其中青海拉面也因味道鲜美、等餐时间短、卫生实惠的优点深受众多消费者的青睐,开始在全国范围内快速发展。"民族的,就是世界的!"马麦四都看到了商机,也开始思考如何从文化层面上延展拉面店的生命力。于是,他着手立项目、跑资金,不断扬长避短,集中优势,推动拉面行业与撒拉人家民族餐饮饮食文化联合起来成立连锁有限公司,并于2015年成立

杭州清然餐饮管理有限公司。此后，他又陆续在杭州开了17家连锁店，每年安置就业岗位达到30个，年盈利达到300万元以上。

马麦四都向参观者介绍他的品牌店面

"走品牌发展道路，注册商标，让法律来保护我们，才能将我们的拉面文化推向更高的天地。"马麦四都始终清楚地知道个人力量的薄弱，也深知自我商业模式并不具备太大的优势，因而保持谦逊之心，不断深入思考拉面品牌与商业模式之间的市场关系，不断优化、提升自我，希望能成立一个集拉面产业开发、拉面原材料一体化配送、拉面文化推广以及青海旅游宣传为一体的多元化现代服务型企业。由此他创办了杭州清然餐饮管理有限公司，并注册了"青拉""牛滋味""味与诗"等多个拉面品牌。

即便有品牌保障，马麦四都还是很敬畏消费者，从不敷衍食客，也从来没有中断过市场调研。根据与食客多年打交道的经验，他深知长三角一带的食客对拉面有着不同于青海人的口味习惯，于是特意研制独特的调味料，对所有连锁店面进行统一配置，不仅让店主节省了配制汤料的时间和精力，从而将更多精力投入店面经营，还因色香味统一化，让拉面品牌更加深入人心，留住一波又一波的食客。

"时代给了我们机遇，我们必须敬畏时代的变革。"在时代的洪流中，马麦四都不断思考品牌发展的道路。如果说过去对于拉面店的升级是店面装潢，那么如今随着互联网时代的发展，意味着拉面的经营管理模式也要升级，以适应数字经济的需求，于是，马麦四都也跟着互联网的发展脚步，对旗下品牌店进行革新。他每天都要在微信上看自己 4 个店铺的经营数据，通过智能分析功能了解消费者的年龄、阶层、消费水平、喜好口味等，并以此为根据，适时调整经营品种。比如，夏天推出酸奶，冬天主打高品质牛肉面，用针对性的运营模式获得了更高的收益。同时，依据大数据量化分析，缩减店铺餐饮品类，节约成本，减少了不必要的食材采购费用，店铺利润不断增加。而在营销上，他采取发放网络优惠券、打折、赠送节日卡等方式，扩展营销渠道，推动形成了更强的品牌势能。

在马麦四都的努力下，青海拉面在杭州已然成了一个有品牌、有品质、有品位的集合体，尤其在助力脱贫攻坚与乡村振兴的道路上绽放着属于它的独特光芒。

引领，做旺家致富的源泉

一个人走得快，一群人走得远。

已经蓄积足够物质财富与产业的马麦四都始终记得父母的叮嘱：带动亲朋好友发家致富。他牢牢记着这个初心，一旦在拉面生意场上取得成功，就鼓励家族中的兄弟姐妹、子侄亲友加入拉面大军之中。

"你们不要害怕，拉面创业路我已经给你们闯了下来，不懂的问我，我帮你们！"他这样说，也这样做。

在他的鼓励和帮助下，20 余年的时间里，他的兄弟姐妹、子侄亲友纷纷来到杭州，看市场、装修门面，做起了拉面生意。其间只要遇到生意上的难题，就向他咨询；碰到生活上的困难，也向他求助。他先后为家乡、

家族中38口人在杭州开拉面馆铺好了路子，也帮助上百个老乡在杭州落脚，解决他们的就业问题，协助解决子女的上学问题。

在他的引领下，故乡父老亲友走出贫困的山区，在繁华的杭州市扎根，成为新一代的拉面人。他也因此成为家乡人眼中不折不扣的拉面引领者！

叹明日，且歌且行未来路

时光未曾停下它的脚步，一碗拉面守住了过去，也抓住了今朝。在机遇与困难并存的现实面前，明日如何发展不得而知，且歌且行。

坚守，将产业支柱钉入心间

2019年至2023年对于全中国乃至全世界而言，都是一段漫长而艰难的时光。很多产业都面临着巨大的挑战，青海拉面也一样受到了极大冲击，全国各地拉面经营者普遍面临收入锐减、租金高昂、人员流失等一系列压力。帮助拉面从业人员尽快走出困境，确保拉面产业平稳健康成为政府部门推动本地经济高质量发展是工作重点。为了鼓励拉面人，推动拉面产业发展，循化县政府也为拉面人量身定制了不少扶持政策，还为滞留在老家的拉面店老板和员工进行就业培训，又在疫情稍稍缓解后联系航空公司购买低价机票，以帮助拉面人复工复产。同时，还通过金融机构发放低息贷款，帮助解决资金困难，给广大拉面人吃了一粒"定心丸"，做到了真正的雪中送炭。

其间，马麦四都一直在拉面店坚守。他一面经营管理自己的拉面连锁店，一面则通过自己的方式宣传国家有关政策方针，希望借此提振老乡信心，让他们能从心理上、情感上提前尽快进入复工复产的车道。

"我对拉面的感情很深，我希望这个产业做得越来越好！"现在，虽然马麦四都不再亲自下厨拉面，可他依旧坚守在拉面的第一线，就是希望拉面事业能够在传承中发展，在发展中砺新。

劝学，让未来的拉面人更有文化素养

虽然说拉面生意其实就是下苦的活，但马麦四都一直都认为拉面人的学历、学识同样也很重要。在他看来，未来的拉面产业竞争将是不一样的，"面二代""面三代"逐步成为拉面产业主力军，大家经营拉面店不再只是为了生存、为了摆脱贫困，更多人是为了追求和谐、幸福、小康的现代生活，甚至是为了传播拉面文化而开启拉面生意。因此，学习是至关重要的。

马麦四都总是劝说子侄：你们在学校里要认真学习，父母不需要你们分担家庭责任，也不用像以前那样为了生活而绞尽脑汁。你们需要用知识武装头脑，就算吃一碗拉面也要吃出读书人的精气神，不要想着要是书读不好了，就当个"拉二代""面三代"，而是应当更有志气。如果学有所成，以后就算以拉面为事业也比别人更有创造力、生命力。

他还给孩子制订了高标准的学习计划。为了能跟上孩子的上学需求，他也跟着学了不少知识。有一段时间因为工作太忙，疏忽了女儿的课业管理，他还自责不已，特意给女儿写了一封信，叮嘱她要认真学习。如今，看着女儿们成绩优异，他也无比自豪。

此外，为了让午间过来吃面的孩子们有一个安静的学习环境，马麦四都还在青拉店里设了学习卡座。学生们吃完拉面，要是还想看会儿书、写会儿作业，马麦四都和店员都不会以任何理由让他们离开，相反还会为他们安排更舒服安静的位置，让他们能不受干扰地学习。

"受教育是人这一辈子最有意义的事情，我曾吃过没文化的亏，我希望我们的拉面人、我们的后代可以不要吃这样的亏，希望我们的拉面人能更有素养，用更高的知识素养创造出更好的拉面未来！"

人生百味，吃一碗拉面，就有拉面的精气神；嚼两片牛肉，就有牛肉的主心骨。对于马麦四都而言，未来的路上，只要坚守在拉面的世界中，不断学习、不停提升，就自然能且歌且行，收获更多的鲜花与掌声。

帮扶，让公益之花在拉面市场绽放

"一个企业家，不只是解决自己家人的生存与发展问题，还要心怀社会、心怀国家、心怀人民。"从贫困山区走出的马麦四都始终在自己能力范围之内，为政府、为社会贡献力量。

他尽自己所能帮助邻里、朋友化解矛盾。几十年如一日，以朋友、邻居这些最亲密的身份和视角调和劝说矛盾，使双方化干戈为玉帛，2022年，他被青海司法部门授予"人民调解员"证书。

脱贫攻坚期，为了让更多父老乡亲能有工作、有收入，他不顾炎热夏天，积极帮助政府部门做审核登记工作。要是自己能安排介绍就业的，就会给双方牵好线搭好桥，大大提高了精准就业帮扶、精准扶贫的力度，解决了许多人的就业问题。

他积极当好公益志愿服务者。疫情防控时期，帮助政府部门、社会开展人口流调等工作，带头捐赠口罩、物资。每年他都会给环卫站、城市指挥中心员工提供免费拉面，让他们从一碗热腾腾的拉面里，慰藉劳累的身心。各地遇到地震灾害，他也会带领员工第一时间抗震救灾，在一线为灾区群众提供力所能及的服务与帮助。

公益事业，已然成为绽放在他的拉面市场中一朵灿烂的花朵，成为他拉面事业不可或缺的一部分。

尾声

一碗拉面，从青海而来，在杭州定居，走向全国各地。这碗面里的故事，是一个人的故事，也是一群人的奋斗历程，是一代人的努力结果，也是一个国家的经济社会发展变化的具象化。

时代赋予了青海拉面特定的历史价值。每一个因为这碗拉面而继续生存的人、家庭与地区心心念念的，就是希望这份价值能更隽永、更欢腾、更炙热，这也是青海拉面最大的价值所在。

百转千回中，你我尝到了这碗拉面，于是，我们相逢在彼此的故事中，看见了时代，也见证了蜕变。

我们都笑了！

（马媛媛，马麦四都的大女儿，2004 年生，撒拉族。从小跟随父母在杭州生活，现就读于华中师范大学。）

撒拉人在江南

马索里么

面对十几年的拉面生涯，马撒俩依旧踌躇满志。因为家境贫寒来到南方谋生，在拉面馆从学徒做起，从学习拉面技巧到自己创业，马撒俩历经波折与艰辛，但"山重水复疑无路，柳暗花明又一村"，凭着对未来生活的美好憧憬，他一次次用自己超常的毅力克服困难，生活为他洒下了难得的阳光。天灾无情，人间有爱，"山竹"肆虐，他联合组织拉面人积极参与救援救灾；冷漠可度，公益无价，他心怀环卫工人的冷暖，给他们送去人间的温暖。

——题记

马撒俩，循化人，18岁离开黄河岸边的家乡，向着梦想中的城市杭州出发。从此他来不及吹吹江南的暖风，看看江南的杨柳，这一切在外人眼中美如天堂的美景，都抵不过马撒俩满身的贫寒，花红柳绿掩盖不住他满眼的沧桑。对于马撒俩来说，这个城市，就是他安身立命的地方，是他改变命运的起点，更确切地说是能让他挣到钱的地方，其他的对他而言并不现实。如果他是一个诗人，他会用优美的诗句赞美这烟雨江南；如果他是一个画家，他会用水墨丹青描绘这青山绿水；如果他是一个歌手，他会用悠扬的歌声歌唱这人间天堂。但是，初来乍到的马撒俩什么都没有。他为了西北某个角落的穷家一头扎进拉面馆的厨房，洗碗、拖地、学习拉面技术。凭着对未来生活的美好憧憬，他一次次用自己超常的毅力克服困难，向着充满阳光的未来走去。

初次离开家乡，来到人生地不熟的南方，这多雨的江南、多风的江南、多水的江南，让这个来自荒芜的大西北的少年心神荡漾，一切对他来说都是那么的不可思议。这座城市对马撒俩展开了博大的胸怀，向他尽情地展示着精致的美。美应该是每个人最高的追求，马撒俩也不例外。杭州在他坚强的内心深处种下了一颗爱美的种子，这是一颗热爱生活的种子、热爱家乡的种子，也是一颗热爱祖国的种子、热爱事业的种子。

不过，这位少年背井离乡、千里迢迢来到杭州，不是来领略"上有天堂，下有苏杭"的，而是因为家境贫寒，为了更好地生存，无奈之下才离乡出来打工的。黄河水阻挡了撒拉人外出的脚步，多少年来撒拉人都是在一条撒拉川里营务生活，就算是一年到头地面朝黄土背朝天，最后还是吃不饱、穿不暖。祖祖辈辈的艰难生活，在马撒俩心中留下了深刻的印象，他决心以后要改变这种活法。但是，不出撒拉川、不出黄河是没有希望的。这时，马撒俩才开始认真思考，最后决心离开撒拉川、离开黄河，走向远方。

一无文化、二无手艺的他，只能在拉面馆里打杂，每天都有繁重的劳动需要他完成，每个月250元的工资。为了让家里过得好一点，他埋头苦干，省吃俭用。虽然每天都要面对大量的劳动，但他从来没有放弃过学习的机会。善于学习的人，永远不会落伍，也永远不会被发展所淘汰。马撒俩显然很清楚这一点。

勤奋好学的他，每天干完活之后，就来到拉面师傅身边，看师傅和面、揉面、抻面，看着师傅手里的面团变成了细细的面条时，他的内心为之一动。他向拉面师傅虚心求教，得到了师傅全面细致的指点，很快就学

会了拉面技艺。要想自己创业开拉面馆，学会拉面技艺是至关重要的，这样既可以节省成本，又可以自己掌握经营方式。因此，创业者基本上都是拉面匠出身。

大西北给了他粗犷的性格，杭州给了他温润的内心。在杭州的几年，他不仅学会了拉面的技艺，还开阔了视野，见过了大世面，这些对他以后的创业具有深远持久的影响。后来，他离开杭州来到大都市深圳，在一家拉面馆当拉面师傅。深圳不同于杭州，杭州有江南的内敛气质，而深圳是经济特区，有着无与伦比的开放包容的气质。

也是在深圳，他有了自己开拉面馆的想法，并将此作为奋斗目标。他在拉面馆大展身手的同时，也在学习其他拉面馆老板的经营和管理模式。终于，经过几年的奋斗后，他有了自己的拉面馆，虽然遇到过这样那样的挫折，但困难是打不倒、吓不倒撒拉汉子的。马撒俩将自己血脉里的坚强淋漓尽致地表现在商场上，犹如那故乡的黄河水，虽然会不断遇到阻碍，但最终还是停不下滚滚向东的脚步。黄河的处世哲学，撒拉人从小就得其三昧，印在脑海之中，渗入骨血之内。

他深知财富来源于社会，也要回报给社会的道理。通过做"爱心拉面"公益、请环卫工人就餐、送水等活动，积极参与创建和谐社会活动，营造相互关爱的社会氛围。在 2018 年 9 月 16 日突发的台风事件中，他第一时间联合组织店员和朋友参与救援救灾，积极组织公益活动，为民众送去了温暖。天灾无情，人间有爱，他们用自己的实际行动证明了拉面人的担当和责任。马撒俩的爱心公益活动得到了广大市民的高度赞扬，也得到了市民们的大力支持。将心比心，其实我们都是生活在同一片蓝天下的人，同呼吸、共命运。中华民族的优秀传统需要一代代传承下去，现在这根接力棒交到我们手里，我们就要奋力向前跑，跑出我们的风景，跑出我们的背影。

生活在继续，他们也在前进的路上。未来可期，就像他面对的大海，广阔无边，深厚博大。未来在前方，只有初心不改，方能驶向成功的彼岸。既然选择了远方，便只顾风雨兼程。不去想身后会不会袭来寒风冷雨，既然目标是地平线，留给世界的只能是背影——汪国真如是说。不错，这也是他和所有拉面人的初衷，为了最初的梦想，在这个伟大的新时代拼搏奋斗，总会有风雨后见彩虹的一刻。到那时，再看峥嵘岁月稠，感慨今生不负韶华。马撒俩选择了这样一条路，他坚持走下来了，将拉面事业当成自己终生奋斗的事业。这种人是幸福的，他们的幸福是奋斗出来的。

最后，以一段总结性的文字结束本文：

飞渡千山万水，向着生活的东方出发，

在用青春换成汗水和泪水后，

丝丝拉面拉出红太阳般的日子；

"山竹"无情，你怀悲悯之心，全力救灾显道义，

一碗面，一杯水，暖的是人心，播的是大爱，

铁肩担道义，拉面传责任。

（马索里么，青海化隆人，撒拉族。青海省作家协会会员，中国诗歌学会会员，现供职于化隆县文联。出版有长篇小说及散文集《西北望》，诗集《出黄河》。）

跟着拉面奔跑

马顺时

"吃得苦中苦，方为人上人。"如果说创业是通向未来无限可能的"成功之门"，那么，勤劳刻苦就是打开这扇"成功之门"的"金钥匙"。"艰难困苦，玉汝于成"，多少创业人将艰辛的泪水咽进肚里，只等有朝一日化茧成蝶，开出成功和希望之花。

拉面的精髓在于面，生命的真谛在于经历与回忆。人生就像拉面，更像汤底，熬过了浑浊，必定会品尝到满满的幸福。

我叫马顺时，出生在青海一个叫循化的小县城。21 世纪以前，我们那里没有高楼大厦，也没有发达的交通工具。我是家里的老大，因而必须承担起"大哥"的责任。初三那年，我选择辍学，踏上了拉面之路，由此也与拉面结下了不解之缘。

我带着妻子，满怀期望地开启了我们的拉面致富路，坚信只要努力，就一定能成功。初到北京，一个多少次向往却又完全陌生的城市，一切都充满了不确定。

不久，我租下了属于我们的第一个铺面。

起初几个月，我们都在摸爬滚打中度过，白天黑夜研究拉面馆经营管理方法，到处学习，不耻下问，整天琢磨着怎样才能真正做出一碗让人满意的拉面。

已经记不清有多少个黑夜伴着我和妻子度过，但我知道，这一切的奋斗都是为了我们的未来。我们在黑暗中寻找光明，在迷茫中坚持，虽然身体疲惫不堪，但内心始终充满了幸福和自豪。

坚持是打开成功之门的钥匙。只要每天随着太阳的升起开门迎客，总有一扇门会为你敞开。

我与北京这座城市亲近的最好方式，就是把饭菜做好，这一点我做到了。拉面馆生意日渐红火，食客们一个个竖起大拇指，让我心中油然升起自豪，知道了自己努力的意义，也找到了未来的方向。

往后的日子里，饭馆生意越来越好，不知不觉中，我这个外来的少数民族站在北京街头，也多了一些从容与自信。每当有人问起我来自哪里，我都会自豪地大声说出"循化"二字。虽然家乡循化在别人眼里非常遥远、非常小，但在我心里故乡比什么都重要！那里有奔腾不息的黄河，是黄河给了我们坚韧不拔的毅力，给了我们闯荡四方的勇气。

后来我意识到，只开店忙生意而不抓孩子们的教育，终究会是一场空，不配在北京待那么长时间。只有让孩子们接受优质教育，来北京的价值才能体现出来。遗憾的是，我们面店附近没有学校，想把孩子送进学校，困难很大。在我的秤盘上，让孩子上学变得比开面馆还重要起来，有时甚至把创业的价值都归结到孩子的学业上。

怀着这样的初心，我们果断结束了北京的拉面生意，一路辗转，来到成都，把拉面馆开在西南财经大学门口。

在这里，有在外求学的孩子们，也有很多社会人士。在大学门口开饭馆，可以说是一举两得，一来让那些在外求学的青海学子们吃上一碗来自家乡的拉面，二来让自家孩子们从小在充满书香的环境里成长。

不久，孩子们如愿在这里入了学。

我的第二段拉面之路开始了。因为有第一次开拉面馆的经历，这一次，我没有遇到什么大的困难。这一脚迈出去，就像钉在这里，一干就是

15个年头，我的两个孩子也在这里接受优质的教育。因为我深知教育对孩子未来的影响，竭尽全力为孩子提供更好的教育资源和机会，让孩子在知识的海洋里茁壮成长。一晃10年过去了，我的大女儿在高考中取得优异的成绩，现就读于西南财经大学，还多次获得国家证书。我的儿子也在中考中取得666分的优异成绩，进入高中重点班学习，还获得了国家作文比赛一等奖以及跆拳道比赛一等奖证书。

最让我感到惊奇和感动的是，我被聘任为循化县驻成都市拉面办事处主任。听到这个消息，我激动万分。我知道这是循化县政府及品牌局对我的信任，对我这么多年来传承青海拉面文化的认可，更是一种无声的鼓励和鞭策。从此以后，我把拉面馆经营得更好了。

循化籍在成都拉面人慰问抗疫一线人员

2019年12月，新冠疫情突袭，武汉人民遇到了困难。我深深明白，在国家民族危难之际，我们得团结起来，尽自己所能做点贡献。我是个普通人，但是我的理想从来都不只是为了自己的一亩三分地，我明白没有国家就没有小家的道理。在遵守疫情防控规定的前提下，我组织了一场线上支援武汉活动，召集在成都的所有循化籍拉面老板，倡导大家捐款，为武汉人民送温暖、献爱心。我们有钱的出钱，没钱的出力，不畏惧困难，大家也毫无怨言。共捐助食品120箱，生活用品72件。至今我还清楚地记得我们的一个同胞说："毛哥，我相信我们国家，也相信我们政府，虽然我们给得不多，但却是我们拉面人最大的诚意。"

在外奋斗多年，我也深深明白，改革开放的好政策给我们提供了到全国各地开拉面馆的广阔舞台，这是时代之恩、国家之恩，拉面人也应以自己的方式回报这份恩情。

有一次，一位循化拉面人联系到我，听他的语气，半分急迫，半分无奈。在我的再三询问下，他说："毛哥，你能不能动员一下，让大家给我捐个钱，我遇到了困难。"我详细打问，原来是他的父亲意外出了车祸，初次创业的他现在手里没有钱。了解到他家里确实遇到了困难，我不能坐视不管，决定为他筹钱，当即联系循化籍拉面人。最后在大家的共同努力下，一共为他筹到两万块"救急钱"，挽救了一个家庭。

那次之后，我告诉自己：作为一个拉面人，不仅要开好拉面馆，过好自己的人生，也要帮助他人，为需要帮助的人伸出援手，这样才是有意义、有价值的人生。

要当好办事处主任，需要眼观六路、耳听八方，整天守在店里，只惦记着数钱是不行的。虽然岁数大了，但我不放过任何提升自己的机会，积极参加成都市、社区、街道组织的会议，了解国家政策，不至于身在闹市当"睁眼瞎"。也会经常出去，听听员工的意见，与其他拉面匠探讨交流。

随着时代的发展以及科技的发展，我的拉面之路也步入快车道，我们店现在全面实行科技化，不再依赖传统手工。我想，不能光我一个人挣钱，我要带着我的家人、我的同村人一起致富，大家一起加油。现在我们还可以贷拉面款，我们青海拉面也已经成为连锁店，让更多的同胞加入我们。拉面人从最初的迷茫到现在的富足，有的甚至走出国门，到更远更大的地方寻求发展。这一切，不是我们个人有多么了不起，而是因为我们背

后有日益强大的祖国，因此，我们要懂得感恩祖国！

唯有确定一个方向，使劲跑起来，这个世界才会给我们让路。拉面这条路，是无数西北人用自己的勤劳开拓出来的一条致富路，我们都深得其益。如果再回到以前，让我再选择一次，我仍会选择这条道路。因为这是一条让我可以奔跑的路；因为拉面之路，这个世界也跟着我奔跑。

敢为人先，勇闯天下。我的拉面之路还在继续，我和我的同行们也会更加努力，因为，我们能行！

（马顺时，1982 年生，撒拉族，青海循化人。现在成都温江区开青海拉面馆，任循化驻成都办事处主任。）

梦启东方　撒拉情深

——马舍木麦的上海创业史

韩仲伯

在繁华与梦想交织的大上海，来自西部高原的撒拉族青年马舍木麦带着对未知世界的好奇和一颗不屈的心，开启了不同凡响的创业征程。这是一段关于坚持、勇气和大爱的故事，它不仅仅是个人奋斗的见证，更是文化融合与人性光辉的展现。

马舍木麦出生于一个撒拉族村落，自小受到淳朴民族文化的熏陶。他的家族以牧羊和耕地为生，祖辈们的生活简单而又充满艰辛。然而，马舍木麦自幼便怀揣着一个异于同龄人的梦想，那就是走出高原，到更广阔的世界去证明自己的价值。

初中毕业后，马舍木麦如愿来到了上海这个国际化大都市。创业之路从不平坦。初期，马舍木麦尝试过开拉面店。他亲自选材，坚持用最传统的方法烹饪，虽然刚开始并不被市场所接受，但他凭着对品质的执着追求，逐渐赢得了食客的认可。此后，在逐渐探索中，他慢慢对产品进行筛选，"兰甄亭牛肉面"品牌雏形就这样诞生了。

经过市场的不断敲打，通过简易 Vi 设计、产品品质的提升，终于，在2021 年成立了上海麦朗餐饮管理有限公司，旗下品牌"兰甄亭"一经诞生，便以高品质的青海鲜牛肉面而闻名于魔都。自成立以来，其直营店、加盟

店和翻牌店迅速扩张，带动了240人的就业队伍。然而，这个品牌的魅力不仅仅体现在商业数字上，当灾难降临时，"兰甄亭"用实际行动书写了一份温暖人心的答卷。2023年底，甘、青两地发生了令人心痛的地震。这场突如其来的灾难，不仅震撼了远在他乡游子的心，也触动了"兰甄亭"团队的灵魂。12月22日深夜，公司核心成员立刻召集会议，决定为家乡尽一份绵薄之力。同时，"兰甄亭"的食材供应商、装修工程公司、设备供应商等所有合作伙伴们，也在马舍木麦的带领和号召下，慷慨解囊，共同为灾区募集救援资金9万元，并以最快的速度送到了需要帮助的同胞手中，展现了企业家的责任感和爱心。而公司的两位代表更是克服重重困难，昼夜兼程，于23日在寒风凛冽中抵达灾区，并立刻支锅安灶，在滴水成冰的高原寒冬中，不顾舟车劳顿、疲惫至极，以最快的速度准备最新鲜的食材，为灾区群众送上了一碗碗热气腾腾的拉面，每一口热面，都饱含着来自马舍木麦和他的团队对同胞的关爱和温情。而在藏族村庄，当"兰甄亭"捐赠的物资送达到受灾群众手中时，藏族同胞流下了感动的泪水，连声不停地说着"谢谢、谢谢……"

　　跨越地域、跨越民族的爱，从上海起飞，"兰甄亭"点燃的是一道独特的光芒，也书写了一段现代企业勇担社会责任的动人篇章。

　　马舍木麦道出了"兰甄亭"的企业精神和团队的精神内核，他说："在上海疫情防控期间，我们接收到了来自家乡的支持，如今，家乡需要我们，我们必将倾尽全力。更要感谢党和政府的关怀与帮助，让我们能够并肩作战，重建美好家园。"

　　"兰甄亭"的善行得到了社会的高度赞扬，不仅在业务领域树立了标杆，更在公益领域树立了典范，他们用行动证明，企业的社会责任不是空话，只要有爱，行动的脚步就可以穿越任何界限，温暖每一颗需要帮助的心。马舍木麦作为善举"领头人"，也因此获得了更多的信任与支持。而在他看来，这一切不过是他应尽的责任和义务，对家乡深厚的情感，不是一句空话，而在切切实实、点点滴滴的行动中。他说："不论我们走得多远，心中那份对土地的爱和对民族的情感永远不变。"

现在的"兰甄亭"，不仅是一家以味道征服人心的企业，更以爱心点亮希望的青海拉面品牌。

成功的背后总是伴随着艰辛。经营过程中遇到的每一个困难都是对经营管理者智慧和毅力的考验，资金链断裂、市场竞争、管理危机等问题层出不穷，但每一次跌倒，他都能从失败中吸取教训，重新站起，以坚韧不拔和不断创新的精神逐渐赢得了合作伙伴和员工的敬佩。

上海兰甄亭牛肉面以其独特的魅力和风味，成了食客们心中的一抹亮色。然而，即便是最闪耀的星辰，也难免会有光芒背后的黯淡。在公司运营中，"兰甄亭"也曾几度面临"乌云"，遮挡了它的部分光辉。但马舍木麦始终相信兰甄亭牛肉面能够补齐现有短板，不断提升自身综合水平，更加追求卓越的发展前景，从而在竞争激烈的市场中脱颖而出，成就一段传奇。

为了弥补宣传力度不足，即"兰甄亭"之名还没有充分传播至更广泛的食客群体当中的薄弱环节，也为了点亮品牌星空，"兰甄亭"及时调整推广计划，采取多元化的宣传策略，通过提高在社交媒体的活跃互动力度、加强与食品博主的合作推广以及举办线下特色美食节活动等方式，让更多的人品尝到了"兰甄亭"的美味。为了适应竞争愈发激烈的市场环境，为食客提供多样化的饮食需求，"兰甄亭"在持续做好传统牛肉面的同时，大胆创新，将研发新菜品作为主攻方向，进一步丰富菜单，吸引了更多寻求多样化口味的顾客前来品尝，为食客们带来了意想不到的味蕾体验。为了让顾客得到更为舒适的就餐体验，"兰甄亭"在进一步提升服务质量上狠下功夫，对餐厅所有员工进行服务素养提升专业化培训，从而以细致周到的专业化服务，使每一位员工都成为"兰甄亭"的形象代言人，赢得了顾客好评。

岁月如梭，马舍木麦的创业足迹已经深深烙印在上海这个城市的每个

角落。从一个默默无闻的撒拉族青年到现在功成名就的青海拉面品牌的老板，他的每一步都凝聚了汗水、智慧和勇气。他拉面之路上的每一次坚守，都源于对撒拉族民族文化的自觉传承，每一次坚持，都承载着对家乡的深情厚谊，而这，也将会是他未来人生中最为宝贵的财富。

如今，站在高楼林立的黄浦江畔，马舍木麦回望自己走过的路，心中充满了自豪和感慨。他深深明白，自己的创业故事不仅是个人奋斗的成功，更是传统文化和时代潮流相融合的缩影，是各民族饮食融合、文化相融的缩影，更是民族团结的象征。他也相信，只要有梦想、有行动，即便像他这样一个平凡的人，也能在各自的领域乘风破浪，书写属于自己的精彩篇章。

如今，"兰甄亭"已然成为展示青海饮食习俗的代言人，成为传播撒拉族饮食文化的代言人，借助社交媒体，许多食客在网络上分享自己在"兰甄亭"的用餐体验，交流菜品和服务质量方面的"探店"经验，无数的点赞、转发无形中成了"兰甄亭"最好的名片，不仅让更多的人从最初的认识、了解、走进"兰甄亭"，逐渐转变为支持、认可"兰甄亭"。

如今，当你走进"兰甄亭"，你不仅能吃到一碗鲜美无比的青海牛肉面，还能感受到一种无形的温度 —— 那是由一碗碗面传递出的人间真情，是这个品牌用心编织的社会大爱的网。在这里，每个人都能找到属于自己的那份温暖，共同见证着"兰甄亭"继续书写的传奇故事。

青海拉面不仅仅是一种美食的生产和供应，它更是一种文化和社会的象征。在这个产业中，亲帮亲的家族传承、邻帮邻的地域合作、共同创新的行业进步和人文关怀构成了一幅和谐共生的美丽画卷。拉面作为一种文化符号，为人们带来味蕾的享受，也为社会带来温暖的力量。

（韩仲伯，循化县政府机关工作人员，2012 年起任循化县驻上海劳务办事处主任。）

拉面拉出的精彩人生

绽海燕

百舸争流，奋楫者先；千帆竞发，勇进者胜。成功人士之所以被众人仰慕，是因为他们的成就凝结着艰辛和汗水，伴随着考验和磨砺。

在改革开放以来的拉面经济大潮中，马金龙算是出道较早、成就赫然的一个。

穷且益坚　砥砺前行

现已将近不惑之年的马金龙是出生在循化县积石镇西沟高志村的一位优秀企业家。"高志"，撒拉语为"牧羊者"之意。在循化的地理版图上，西沟处于两山对峙的一溜狭窄的深沟内，冬日里，唐赛山峰顶的朝阳照下来不多久，就又被西边高峻的孟达山挡住，太阳一整天在西沟上空驻留的时间不过几个小时。只有几十户人家的高志村就坐落在西沟东边的一面山坡下，来往行人很难注意到这里竟然还有个小村庄。人们也很难把这样一个"连麻雀都不愿多看一眼"的小山村跟名噪一时的马金龙联系在一起。

马金龙的父母都是目不识丁的庄稼人，家里兄妹四个，他排行老大。由于家境贫寒，他上到小学二年级就无奈辍学，开始了放羊和务劳庄稼的日子。正值龆龀之年却又懂事的小金龙，每天看着小伙伴们往返在自己曾经熟悉的小路上，听着他们的欢声笑语，只能把羡慕和向往埋在心底，从

不为难父母。这种枯燥单调的生活，磨砺了他吃苦耐劳、坚强而又执着的性格。也就是从这时开始，一种无可名状的向往浸透到他的骨子里，他幼小的心里，一颗希望的种子一天天拔苗，滋长了一个家人也无法读懂的想法：一定要走出大山，改变命运！

日子简单而枯燥，贫瘠荒凉的麦田无法饱育小金龙日渐增长的梦想，从小志向远大的他怎甘心把时光浪费在牧羊和务农里？13 岁那年，稚气未脱的马金龙哭闹着说服父母，跟着同村的表哥第一次跨过黄河桥，来到西宁城，搭乘开往北京的列车，来到了他曾经在校园里"歌唱"过的北京城。他们求到一家撒拉人开的饭馆门上，恳请店老板将他们收留，打工洗碗干杂活，月工资 150 元。一个月后，当饭馆老板把 150 元钱放到马金龙手里时，他兴奋得一夜没有合眼，第二天就急着给家人打电话报喜，自豪地说，要用这些钱填补家里的开销……

不料，父母一听到儿子稚嫩的声音，声泪俱下，电话那边呜咽着让他回家。父母凄切的哭声刀割般剜着马金龙的心，他于心不忍，又坐上了回家的列车。

出了一趟远门的马金龙，眼界比以前开阔了，心里想法更多了，偏僻穷困的高志村再也拴不住他那颗跳动的心。不久，他带着妹妹又出家门，到西宁城摆起了地摊，做点卖烤串等的小生意。但不到一年，不但没赚到钱，还把仅有的一点小本钱倒贴了进去。然而他并没有死心，决心再找别的营生干。可不管干啥，首先需要的都是一笔起手的本钱，身无分文的他无奈之下，带着妹妹又返回家里。此时的他心里很明白，哪怕是 10 块钱也很难拿到手了。经过几天的深思熟虑和思想斗争，他一狠心，居然偷偷拿走了父亲东拼西凑准备去青藏铁路工地的 1000 元盘缠，再次跑到西宁火车站，打算孤身一人去闯一闯天下。

此时的他，兜里有钱，底气十足。

14 岁的马金龙，怀揣着 1000 块钱，也怀揣着一个大大的梦想。从兰州转悠到苏州，一路提心吊胆，一路问询生计。不到一周，1000元花得精光，但依然没找到出路。"挣不上银钱难回家，才知道作难的了。"绝望和孤独袭上心头，父母布满褶皱的脸浮现在眼前，年幼的他不禁泪流满面。这时，人群里一个熟悉的身影映入眼帘，是一位老乡阿哥。他激动地走上前去，握住老乡阿哥的手，言语不知何起。

他乡遇熟人，情意格外浓。那位老乡把走投无路的马金龙领到自己的饭馆，很快介绍他到在上海开拉面馆的循化老乡马福海那里。马金龙又在上海开始了打工生涯，每月工资还是150元。这是马金龙人生第一次和拉面结缘，也是他拉面人生的第一步。

刚开始时，马金龙干的是上菜端饭、打扫卫生等杂活，日子久一些了，聪明机灵的马金龙一边打杂，一边偷偷观察面匠的拉面技术，从和面、揉面、兑汤到配菜每一道工序，他都看在眼里，记在心上。繁忙之余主动帮面匠和面、揉面，面匠看他谦虚好学，时不时给他传授一些技术要领。经过半年多的眼看手做，马金龙也可以把一团面抻成粗细不一的一把面条了。老板看到后，就让他在打杂闲暇帮面匠拉面，工资涨到600元。从150元到600元，这在马金龙眼里是一个极大的飞跃，他初次尝到掌握一门技术活的甜头，藏在心底的希望疯长起来。从此，所有卧薪尝胆的心思和努力都向那个看似遥远的目标奔去。

两年之后，马金龙应父母之命，带着人生第一笔血汗钱归乡结婚。第二年，他又背起行囊，走出大山，离开祖辈耕耘的土地和守望的家园，只身一人来到了天津。到津不几天，恰遇一位老乡招面匠，初试身手后，老板便让马金龙做掌勺师傅，每月工资650元。从跑堂到师傅，从600元到650元，称谓和工资的变化，对马金龙来说好像注入了一剂兴奋剂。他知道，只要踏稳了第一步，他有足够的时间去实现更远大的理想。

三年后，马金龙攒着第二笔打工收入18000元，离开天津，来到了安徽亳州。他一门心思想开一家自己的拉面馆，他要自己当老板。

亳州是一座历史悠久的文化名城，也是全球最大的中药材集散中心、全国优秀旅游城市。这在马金龙看来，更有利于开拉面馆。

经过几天走街串巷，他终于在一条小街租到一家店面，打电话让妻子也到亳州帮助打理饭馆，又找人盘了灶台，购齐了锅碗瓢盆等一应家什。一切准备就绪后，马金龙的"兰州拉面馆"终于开张了，在他乡点燃第一缕灶火，翻开了他拉面人生的第一页。

万事开头难，但开弓没有回头箭！从熟悉市场、购物买菜、和面拉面、洗菜切菜、生火烧水，到收拾房间、清早开门、夜里打烊，他既是老板也是面匠，他既要守店还要跑腿，忙得不亦乐乎，和妻子一起，样样都做得仔细周全，不敢马虎。一年下来，盈利虽然微薄，可马金龙不灰心，即使命运不发芽，也不惋惜千百次播种。

这一年，是马金龙亲力亲为拉拉面的一年，也是积累经验接受考验的一年。他也明白自己从"跑堂"成为真正"拉面人"的距离有多远。在他看来，开饭馆就像牧人转场，从冬季牧场到夏季牧场，从一座山到另一座山，要在不断转场中寻找水草丰美的金牧场。虽然赚钱不多，但赚取了经验和胆识，这比金钱要宝贵得多。经过一番考虑后，他毫不犹豫地将饭馆转让了出去，把目光锁定在胶东半岛腹地的诸城市。

诸城是山东半岛重要的交通枢纽，经济发达，在全国县域经济竞争力排序中名列第 32 位。如果自己能在此站稳脚跟，将来向四周扩展的机会就更多一些。但此时，马金龙只有 1 万多元本钱，想要拓展事业规模，这点资金是不够的，还得凑一笔钱。左思右想之后，他诚恳地向父亲开口，请父亲出面帮他借钱，一再说明自己一定会尽快还清，请父亲相信自己有这个实力。这一次，父亲似乎看到了儿子的能耐，帮助他从亲戚那里借了3000 元，给他添补当本钱。就这样，20 刚出头的马金龙，拿着不到15000元的本钱，在山东诸城市开了一家只有 8 张桌子的"兰州拉面馆"。

经验告诉他，一个好的面匠是拉面馆的"台柱子"，拉面馆能够生存下来全靠面匠的手艺。面必须要经过用力揉搓才会变得筋道，需反复拉扯才能顺滑。他牢记此前师傅教他的和面时"三遍水、三遍灰、九九八十一道揉"的要领，将摔、捆、捣、搓等环节做到位，把拉出的每一碗面当作呈现给顾客的艺术品。每端上一碗面后，他都要仔细观察顾客的表情和反应，担心面拉得不够匀称，担心碗里还有没掐断的面头。客人一走，他急忙跑过去看碗底，如果有剩面，他就分析原因，找出问题。久而久之，他的拉面技能日渐提高，在他手心里，一个个面团如同变魔术一样，一会儿被揉成团，一会儿被拉成长条，然后便是一分二、二分四、四分无数……捞入晶莹清澈的汤汁中，撒一小撮翠绿新鲜的蒜苗香菜末，舀一勺亮红飘滚的辣椒油珠子……一碗清白红绿银丝盘桓的拉面顷刻间摆在了顾客面前。

起初，马金龙每天过手的面只有半袋，慢慢地，从半袋到一袋、从一袋到两袋、三袋……日营业额从三四百元到七八百元、1000 多元，再到两三千元，店员也从一个增加到三四个。从晨曦到午夜，人流不断，甚至拉面供不应求。

马金龙，凭着一身技艺和吃苦耐劳精神在被誉为"舜帝之都"的诸城站稳了脚跟。马金龙拉面出名了，马金龙终于可以扬眉吐气了！除了还清家里的所有外债之外，还有了存款。父母不再为过日子发愁了，也不再为马金龙担惊受怕了。马金龙的兰州拉面，终于在这个历史古城红火起来，这一火，就火了 8 年。

> 山窝里飞出个金凤凰，
> 飞过山岗，飞过海洋，
> 飞出了阿妈的眼泪……

马金龙感觉天博地大，未来可期！

不骄不躁　笃行致远

随着党的富民政策的逐步落实，很多庄户人家纷纷撂下铁锹，背起行囊，进城谋事。一时间，各大城市的拉面馆如雨后春笋般冒出来，竞争日趋激烈，这让马金龙心神不安。他知道，如果那么多人争抢一碗面，势必会造成多人吃不饱，甚至有人受伤的不良局面。于是，他又开始思考：下一步，路该怎么走？走向何方？

马金龙是个急性子，也是个有头脑的人。很多时候，他手里揉着面，心里却盘算着其他的事。经过一段时间的细心观察，他发现拉面馆不远处有一家小小的烫菜店，门前总是人头攒动，顾客明显比自己拉面馆的多。于是，他时不时去烫菜店门前转悠，有时站在一旁静静观察。他发现，来吃麻辣味烫菜的大多是年轻人，他们挑上几串自己喜欢的小菜，再配上一小盘或宽或细的粉，神情专注地搅拌开覆盖在上面的调料，迫不及待地送到嘴边，那样子，连马金龙看着都垂涎欲滴。他还发现，烫菜不仅成本低，工序简单，还比揉面拉面要轻松得多……

这一夜，马金龙几乎彻夜未眠。

当时的清真烫菜市场几乎是一片空白，做麻辣烫配料何尝不是一条新路？这一夜，一个新的创意又从他脑子里冒了出来，他为自己发现的"新大陆"激动不已。黑暗中，他仿佛已经望见了那片属于自己的丰饶的新天地。

可他深知成人的世界里从来没有"容易"二字。第二天，当他将自己的想法告诉妻子时，妻子非常惊讶，百般阻拦。在她看来，现在拉面馆经营得已经很好了，没必要再去冒险，一旦失败，就是鸡飞蛋打，再想重来可不是闹着玩儿的。可马金龙不这么认为，他依旧坚持即使追不到梦想，也不能停下追梦的脚步，他愿意用人生最好的年华做抵押，去为一个或许得不到别人祝福的梦想做担保。

接下来，马金龙开始利用早晚空闲时间东奔西跑，拜师问艺，亲自品尝各种烫菜和麻辣烫，细心琢磨各种佐料，分析味道和营养成分。每天都要去采购一大包中药材，拿回饭馆，亲自下厨加工提炼，调制，品尝；再调制，再品尝……半年时间过去了，始终未能调出心仪的旷世奇味。他冥思苦想，突然灵光一闪，自己追求的是有特色风味的烫菜，为何不用青海牦牛棒骨这个有特色的原材料呢？于是，他从药材市场精选党参、草果、丁香、桂皮、当归等37味名贵中药材，再加入牦牛棒骨，掐着时间，小火慢熬，一次、两次、三次、十几次、无数次……终于，一种色香味俱全、营养丰富、风味独特的牦牛棒骨汤出世了。与此同时调配出来的还有"马金龙精品红油"（将优质四川花椒、新疆小红辣椒以及葱、蒜、姜等调味料，放入青海小菜籽油中，经过20个小时慢火精熬制成的红油）。精品红油和牦牛棒骨汤的适度调和，构成了独一无二的马金龙麻辣烫精调酱汁。这精调酱汁的诞生，再次刷新了马金龙的人生。

他的小天地也改头换面，摘下了"兰州拉面"店牌，挂上了饱含着他心血和智慧的新招牌——马金龙清真麻辣烫。新店铺带来新气象，一盘盘麻辣烫吸引着男人女人、大人小孩，他们的胃口都被这神奇美妙的麻辣味撩拨起来，店里每天人流如潮，店外排起长队等候上桌，生意火爆，甚至出现一碗难求的"盛况"。

如他所愿，马金龙和马金龙麻辣烫同步在诸城大街小巷红火了起来。初尝成果的马金龙信心更足，脚步更坚定，目标也更远大，很快注册成立了"马金龙餐饮管理有限公司"，并决定推行时下盛行的连锁加盟经营管理模式，面向全国招商。

不到一个月，以马金龙头像为标志的"马金龙清真麻辣烫"加盟店从只他一家增加到两家，再发展到几十家；两年后增加到200多家；4年后达到400多家，遍布全国各地。到目前为止，"马金龙清真麻辣烫"在全国各地扩展到500多家，想要加盟的声音此起彼伏。

马金龙没有被胜利冲昏头脑，他谨慎克制，在相应的管理机制尚未建立之前，不敢盲目求快求大，否则会把自己和品牌推向绝境。经过一番缜密思考，他作出了一个颇有战略意味的决定——停止加盟，从源头做起，重新布局产业链条，并作出规划：扩大源头供应链，增加采购项目，保证产品质量和数量，满足市场需要，给广大消费者提供安全可口、营养丰富的美食，填补清真产品供应链空缺，为社会创造价值。

三年疫情，消磨了很多人的意志，也使很多企业遭受了前所未有的重创。同样承受着压力的马金龙并没有退缩，而是一如既往地走在时代前列，凭借安全、可靠、干净、卫生的质量标准，向全国各地供应质量上乘的烫菜调料。

"民歌的海洋花儿的天，随口儿漫，要唱个美好的春天。"

有了坚实的经济基础，再加上非凡的智慧和胆识，马金龙有一发而不可收的架势。

有一天，马金龙的"思想机器"又开动起来：实践证明，拉面历史源远流长，拉面市场经久不衰，自己也曾经靠一个炉子、三张桌子的小拉面馆实现了"打工仔—拉面匠—小老板"的三级跳，挖到了人生中的第一笔财富。如果用牦牛棒骨汤熬制成牛肉面调料汤，那麻辣烫和拉面店不就并驾齐驱了吗？

说干就干，不几天，"马金龙纯汤牛肉拉面"又横空出世了。

纯汤牛肉拉面的独到之处，在于以青藏高原牦牛肉、牛油、牛骨熬汤作为原材料，再配上30多种天然佐料，精心熬制而成，食之味美可口，清而不腻。新开的"马金龙纯汤牛肉拉面"店里，一碗碗"一清、二白、三红、四绿"的大宽、二宽、韭叶、二细、毛细拉面，形态各异，味道却又相同，招揽着八方来客，氤氲可心，门庭若市。

马金龙的事业风生水起，人在风口，胆子壮了，胸怀也宽了。为了带动更多人加入拉面行业，实现共同富裕，他表示，只要有意愿，谁都可以免费加盟马金龙纯汤牛肉面，并免费定期对他们展开培训，进行技术和理论指导学习，甚至免费上门实操示范，深得社会各界、同行同业人的好评，一时声名鹊起。

他乡即是家　一方带一方

年轻的本质，不过是心先有了活力，身体增添了动力。

今年年初，马金龙在山东诸城又征得 38 亩土地，进一步扩大产品分割、调配、加工基地，以确保麻辣烫配菜、用料和牛肉面配料的产品供应。整个运营链条从上到下井井有条，合理规范。

迄今为止，他在山东诸城已经办了 15 期培训班，来自全国各地的培训人数达 400 余人，培训还在继续中；马金龙纯汤牛肉面的加盟店遍及全国各地，达 130 多家；供应清真用料的麻辣烫店和牛肉面店达 1400 多家；雇用工人达 150 人。如今，他在诸城扎营布场已经 20 多年。拿他的话说："只要为社会创造价值，哪里都是家！"

这个从黄河边偏僻小山村走出的撒拉小伙，已经沉沉稳稳地坐实了人品，做实了物品，让每一个走近他的人都不由自主地投来赞赏和敬重的目光。

眼下，脱胎于"兰州拉面"的青海拉面卓立于餐饮市场，一大批拉面人成为推动乡村振兴战略的生力军。在成千上万的拉面队伍中，马金龙是一颗耀眼的星！他以自己独树一帜的品牌，呈现出沉稳彪悍、坚韧刚毅、蓬勃向上的循化人的文化底蕴与民族精神品相。回首自己的创业之路，马金龙心潮起伏，感慨万千。他说，"从 13 岁走出大山，到如今人已壮年，是党的富民政策给了我良好的发展机遇，是父老乡亲、亲朋好友、社会各界给了我足够的信心和勇气！我甘愿以实际行动回报家乡、回报社会"。

（绽海燕，女，青海省作家协会会员，循化县作家协会会员，高中语文老师，已退休。出版有散文诗歌集《书签里的时光》。）

一碗拉面的力量

何丽花

在青藏高原东北部，黄河之畔，有一个美丽的地方——循化撒拉族自治县。这里曾经交通不便，经济落后，一度是国家级贫困县。随着改革开放的春风吹到大西北这片贫瘠之地，这里的人们开始逐渐走出大山，用一碗碗热气腾腾的拉面，在城市站稳脚跟，摆脱了贫困。这背后，是一个个坚韧不拔、锐意进取、感恩时代的动人故事。

这里的拉面不仅是一种美食，更是一部承载着近7000户4万余名循化拉面人创业奋斗、改变命运的历史长卷。一碗碗简单的拉面，书写的却是一个地区70年波澜壮阔的社会经济变迁，镌刻的是循化拉面人艰苦奋斗、勇闯天下的海东精神。

70年前，循化县犹如一粒沉睡的种子，静待春风的到来。随着新中国的成立，这片土地上的拉面手艺也悄然开启了新的篇章。最初一个个简陋的拉面摊，是循化人在寒风中点起的一簇希望火光，在日复一日、年复一年的手工揉搓与抻拉中，熔铸出循化拉面人独特的精神象征——艰苦奋斗与勇闯天下。

时光荏苒，拉面产业如同一面镜子，映照出循化县70年来的经济社会发展历程。从街头巷尾的小摊，到遍布全国乃至世界的连锁店，拉面成了一条贯穿城乡、联通内外的纽带，将循化县域经济发展推到了一个全新的高度。这背后，是循化拉面人积极把握时代发展机遇，勇敢迎接市场挑战，主动融入社会主义市场经济的智慧与胆识。

普通的循化籍拉面店主何毛扫也是循化拉面大军中的一员，他的拉面脚步背后，隐藏着一段不为人知的拉面故事。

何毛扫自幼就跟着父辈学习拉面技艺。他从小就深知，这门手艺不仅是养家糊口的技能，更是他们家族、村庄乃至整个循化县走向繁荣的起点。从最初在村头开设的小铺，到如今在一线城市拥有多家分店，何毛扫的拉面生意走过漫长的岁月之路，迈向了华丽的蜕变之路。他不仅成功带领整个家庭走出贫困，而且引领同村年轻人纷纷加入拉面行业的队伍，让这个小村庄因拉面而焕发出勃勃生机。

从 2013 年来到深圳创业至今，何毛扫在福田中心区已经开了 4 家拉面店，带领诸多亲朋好友走出大山，走向共同致富的道路。十年光景，弹指一挥间，但他创业之路上的艰辛却不为人知。尤其是疫情期间，为配合防疫防控工作，所有店铺经历了数次关停，经营面临重重困难。即便如此，何毛扫依然始终保持积极乐观的态度，始终坚信困难只是暂时的，在门店利润断崖式下降甚至入不敷出的情况下，依然不忘他人，为所在社区以及街道的疫情防控工作人员屡屡奉献爱心，或是一碗面，或是一杯茶，尽自己所能温暖人心，传递正能量。

何毛扫的这种积极进取、乐于奉献精神，不仅仅是个人信仰的良好实践，同时也是一名普通公民社会价值、个人价值的完美结合、真实体现，受到了相关部门的高度认可。餐饮行业与百姓生活息息相关，也是群众生活质量与身体健康的重要保障。何毛扫的面馆秉承"品质至上"的原则，高度注重食品卫生、食品安全，努力提高和改善服务水平，确保每一位顾客都能有良好的就餐体验。为此，他一面积极鼓励员工参加行业技能比赛，与其他选手切磋技艺，互相学习；一面经常征求顾客意见和建议，不断改进和提升，以最大努力满足不同食客的多样化需求。

何毛扫在新田社区暖心驿站

　　像何毛扫一样的诸多撒拉族同胞们，将对家乡的热爱化作极具韧劲的面条和醇厚的汤底，将民族的传统技艺与现代经营理念巧妙结合，使循化拉面的口感更为独特，品牌影响力日益增强，也让全国乃至世界人民了解了中国西北地区独特的饮食文化，从一碗面中感受中国人、青海人、循化人的人文精神。可以说，这不仅仅是一碗拉面的成长史，更是循化撒拉族自治县人民在新时代砥砺前行、不断创新、努力追求美好生活的鲜活写照。

　　70 年间，循化籍拉面店在中国大江南北如雨后春笋般涌现，成为拉动地方经济发展的重要引擎，为许多贫困家庭提供了就业机会，提升了居民收入水平，同时也促进了民族间的交流融合，增强了地区整体竞争力。透过这碗看似平常的拉面，我们能够清晰地看到循化撒拉族自治县 70 年来经济社会发展的辉煌成就，更感受到了那股深深烙印在每个拉面人心中的"海东精神"。这是属于循化拉面人自己的故事，也是属于这个时代的故事。它在岁月的长河中传递着坚韧与希望，这碗面温暖着每一个品尝过它

何毛扫为疫情防控人员提供免费餐

的味蕾，激励着每一个追寻梦想的心灵。而拉面产业的不断发展壮大，也对循化撒拉族自治县社会经济产生了深远的影响。它像一根强有力的杠杆，撬动了地区的经济社会发展，托起了无数家庭的"民生大厦"。

然而，创业之路从来都不是一帆风顺的，跋涉千里，在异乡扎根立足更是困难重重。面对激烈的市场竞争，循化拉面人从未停下脚步。他们一直紧跟时代步伐，注重品牌塑造，强化食品安全，提升服务质量，致力于拉面店的提档升级，使其更具市场竞争力。同时，他们积极拓展海外市场，让循化拉面这一具有鲜明民族特色的美食名片走向世界，进一步展示了中华民族多元一体的魅力。

回望过去，包括何毛扫在内的循化拉面人，始终怀着一颗感恩的心，感恩伟大的时代，感恩国家的政策支持，感恩社会的包容接纳，更感恩自己那份矢志不渝的初心和坚忍不拔的毅力。每一份成功的背后，都凝聚着他们辛勤的汗水和不懈的努力，每一碗拉面，都是他们对生活的热爱和对未来的期许。拥有了美好生活的他们，对未来更是充满了希望，他们将以

实际行动践行着民族团结的优良传统，带着"他乡为故乡"的家国情怀，在异乡的土地上辛勤耕耘，播撒友谊与和谐的种子，积极参与到铸牢中华民族共同体意识的伟大实践中。

（何丽花，女，撒拉族，青海循化人，青海民族大学学生。）

"金一碗"——埋在一碗牛肉面里的希望

马吉明

2017年6月4日清晨时分，天蒙蒙亮，夜色正欲隐去，清爽的空气中混杂着泥土的气息。朦朦胧胧的田野中，依稀可见几个肩扛铁锹的农民，迎着薄雾走向麦田。树林间赶早的鸟儿，叽叽喳喳，划破了晨曦的宁静。越过田野，远处的农舍炊烟袅袅，撒拉艳姑们已经在准备早饭了。

这一切，令人心旷神怡。

沿着田间小路，我和妻子走过田间，越过地头，跨过小渠，站在了新修的柏油公路旁。举目四望，一片片绿油油的麦田尽收眼底。没有拍照、没有记录，只把目光和心情交给这乡野清晨，任心神感受这份静谧。

我和妻子走出村巷，上了早已约好等在路口的出租车，去往街子镇三岔集市。

几天前，我们在三岔集市新租了一家店面。在我们之前，这家店面几次变换餐饮品类，烧烤店、麻辣烫店、黄焖鸡米饭、小吃店、手工面片店，等等。

今天是我们的新店——金一碗牛肉面开业的日子。店里除了我和妻子，还有一位聘请来的资深拉面师傅。一到店，我便一阵风似的忙碌起来。店门头用彩喷材料做了装饰，外墙贴了不少牛肉拉面彩喷画，开业折扣、开业礼品、开业价格等信息都打印在一张纸上，贴在店外玻璃门窗最

显眼的位置，好让顾客一目了然。

妻子也在厨房忙碌起来。她一边洗碗、洗菜，准备辅材配料，一边催促拉面师傅备好面团、做好准备。我看着妻子忙里忙外、不可开交，也不由得加快了脚步。

此刻，我和妻子不仅忙得像一阵风，心里也都像灌满了风。随风起舞的，是我们的梦想，是在生活里收获诗和远方的渴望。

第一位顾客进店时，我正在店门口柜台前对照菜单。一见有客人来，我急忙双手交义在身前，热情地把客人引到靠窗的一个最佳座位上。待顾客坐定，我急忙从崭新的柜子里拿出水杯放在客人面前，我端着水壶的右手微微颤动，一道水柱缓缓泻下，滑进水杯里。尽管我很小心很谨慎，但还是有几滴水溅到了顾客身上。年轻的顾客斜眼瞄着我："哥，你这是新店开业啊！一看就知道没有餐饮经验！"我一边迅速拿起桌上的餐巾纸为客人擦拭，一边抱歉地微笑着弯腰欠身，尴尬地对客人说："帅哥好眼力，今天新店开业，我们定制了自己的碗筷和杯子，但新的餐具套装还没来得及换好。不过，我们的饭菜有特色，开业优惠也多，您今天先尝尝味道怎么样，下回您来，一定给您备好新的餐具。"说完把菜单递过去，让客人点单。

拉面师傅早已在面板上摆好了一排排大小相等、粗细匀称的面剂子。我以前从没目睹过拉面过程，也没有学过，这次站在师傅身边，近距离看师傅拉面，感觉非常神奇。只见拉面师傅从摆好的面剂子中拿起一根，放在面板一角，在案板上撒点面粉，用掌心快速来回滚动几次，然后双手抓住面剂子两端，"嗖"一下往两边拉。面剂子在拉面师傅的双手拉扯揉搓之下，从一根"面棍子"变成一条长长的面条，师傅再把面条对折放在左手上，右手食指插入面条中间，又一拉，一根面条变成了两条拇指一样粗的面条。在拉面师傅的反复对折拉扯下，面条由一条变两条，两条变四条，四条变八条……随着面条条数成倍地增长，面条也越来越细……拉好后，师傅左手食指上的面"倒"入右手大拇指，用左手中指和食指将面夹断，扔进正在翻滚的开水锅里。看着面条在锅里慢慢浮起，师傅轻轻搅动几下，不多时便捞起来，放入碗中。

我专注地看着那一连串变戏法似的动作，左右环顾的眼神都跟不上师傅拉面的速度。拉面师傅斜眼看着碗里的面条，闻闻味儿，满意地点点头。随后舀起一勺汤，添进碗里，用勺将面舀起、放下，放上萝卜片、牛肉丁，再添上适量的汤，撒上香菜、蒜苗，淋上辣椒油，一碗"一清、二白、三红、四绿、五黄"的牛肉面立刻出现在眼前。

我和妻子对视片刻，都笑了。这一刻，我们都相信，这一碗"金一碗"中埋着"金子"，是我们未来的希望。

我端起色香味俱全的面碗，情不自禁地咽了一口唾液，心中暗自窃喜。是啊，这一碗面，意味着我们在创业路上迈出了实实在在的一步。

妻子早已从厨房走出来，坐在离客人较近的一张桌子旁，与客人闲聊，小心翼翼地观察客人的反应，轻声问："这个汤怎么样？"问完又怕客人失望，急忙解释道："我们店的配料是正宗兰州拉面的配料，您先尝尝汤的味道。"看着妻子满脸的笑容，客人拿起筷子，恣意搅拌了一下拉面，然后用白瓷勺盛了一勺清汤，放进嘴里，缓缓咽下去，连连点头，给出了我们想要的答案："这味道绝了。"

妻子脸上露出了满意的笑容。

客人结完账正要出门时，妻子跑过去将一张20元代金券塞到他手里，高兴地说："下次再来啊，叫上你们的亲戚朋友。分享朋友圈，还能打折哦！"

望着妻子那兴高采烈的样子，我瞬间觉得，原来幸福不过如此。也许那位客人不会再来，但是妻子的笑容让我感动不已。她立在门口，冲我一笑，嘴角露出一对小酒窝。

日子续写着故事。我和妻子一个在厨房，一个在客厅，分工明确，把

曾经的梦想一点点变为现实，也在描绘着未来愿景。如果努力能换来一份体面、像样的生活，那么就算起早贪黑，我们也任劳任怨。

光阴似箭，日月如梭。两年后的一个秋天，循化三岔集镇秋高气爽，风轻云淡。我和妻子望着贴在玻璃窗上"本店转让"的广告，做好了随时离开这里的准备。经过两年的起早贪黑，我们这对快乐追梦人的梦想早已实现，可以说赚得盆满钵满。这段时日，为我们的生命留下了最为幸福和快乐的回忆，在可寻的诗句里闪闪发光。

我和妻子回了老家，翻修了老屋，还买了一辆车。

如我们所愿，"金一碗"拉面里，真的有"金子"，而我们也如愿挖到了。如今，我们的生活，依旧处处充满阳光。

（马吉明，撒拉族，青海循化人，中国诗歌学会会员，青海省作家协会会员。）

"伊香苑"满园香溢

——韩海平的餐饮30年

韩艳蓉

一日晴空一夜雨

20多年前，循化黄河北岸，一家叫作"伊香苑"的饭店开门营业了。没有开张的喜庆炮声，没有亲朋好友的道喜道贺声，这个新开的店安静得像个小姑娘，躲在循化一堆门庭若市的大饭馆、大餐厅背后，谁也没有注意到它，更没有注意到老板韩海平那令人揪心的脸庞。

很快，"小姑娘"不见了，韩海平也不见了，如同扔进黄河里的一块石子，没有翻起来一点浪花。循化消费市场小，人流量少，加上同类餐饮竞争激烈，故乡的热土终究还是没能温暖得了他，没能让他看到未来。他不得不离开，到离家不远、但市场更大的省城——西宁。而这个选择，是他此生做得最为正确的选择，他跳出了一场混战，进入了一场决胜局。

到了西宁以后，他才发现，原来外面的世界、外面的市场、外面的选择，像钢琴上的黑白键一样，只要手指足够灵活，就能自由跳动。"拉面"是伊香苑的"探子"，是韩海平进入西宁市场前丢进去的一块石头。1999年，他在城东一家美食城租下了一个美食档口，名曰"拉面馆"，但什么都卖，客人要什么就做什么，从面食到肉类，从汤类到小炒应有尽有，是"大杂烩"式的拉面馆。近三年的时间里，一家人起早贪黑，忙得两眼发

昏，但日子终究不见好转。到后来，韩海平无意间发现，当时已是红火之地的城中区，哪里都是人，而自己的店面正好位于中心广场商业圈，客流量与当时的城东、城西简直不可相提并论。于是2002年，韩海平兄弟俩另立门户，在城中区长江路开了一家单属于他们的饭馆。起初也只卖牛肉面，但随着客人的增多，为了迎合消费者的需求，他们会什么就做什么，人家要什么就做什么，实在变不出花样，拿不出新菜品，他们干脆就只卖牛肉面、干拌、炮仗面这类最为基本的面食。慢慢地，店里的客人越来越少，直至门可罗雀。就这样，当别的饭馆都以厚厚的菜单、丰富的菜品吆喝着赚钱，频频赢得顾客时，韩海平他们却在等着客人上门，顾客来了"这个不会""这个没有"，端不出个像样的饭菜。不是不想做，而是不会做，他们一家人都没有专门学过炒菜，只凭着撒拉人与生俱来的巧手，能端上桌的那些面食，也都是靠自己摸索，味道一日三变。他们就这样简单粗暴地斩断了自己的赚钱之路。恰好那一年，有一家北京旅游公司一行四人到青海，就近选择了韩海平的店。简单吃了点饭后，他们说，民族餐很有特色，虽然饭菜简单，但味道很特别。但同时建议他们去看看外面的世界，去沿海城市看看餐饮市场，做个市场调研，了解客户需要什么，否则像他们这样，消费者来了也留不住，是赚不了钱的。

听完他们的话，韩海平顿时如醍醐灌顶。

这一年是2003年，也就在这一年，韩海平咬咬牙，决定亲自去沿海城市做调查，看别人是怎么做餐饮、怎么开餐馆的。终于，他等来了一个机会，有人推荐他到餐饮天堂广州去。等韩海平真正站在当学徒的饭馆时，他觉得自己真的是一只井底之蛙。现代化的大城市、餐饮市场、一个个饭店让他眼花缭乱、目瞪口呆。他才意识到自己与这个世界、与现代餐饮之间是完全脱轨的，简直处在两个世界。他苦笑着说："我所认知的餐饮，和我在搞的餐饮，跟广州一比，跟别人一比，简直是在玩过家家。"

韩海平当即决定让家里的四五个人都到广州，他把身上所有的钱都当作学费，跟这里的老板学管理，跟师傅们学炒菜。他们几个从后厨到前庭，从跑堂到洗碗，从炒菜到上菜，不分昼夜地学，每个人都像在太阳底下晒了许久的海绵一样，只要见到知识之水就一股脑儿地全吸进去。只要自己没听过、没见过、没学过的，什么都学。

一家大小踏踏实实地在广州学了将近 5 个月。回来后的第一件事，就是按照广州人的建议，把原来小两间铺面后的一个小二层楼全都租下来，扩建成 18 个包间，每层 9 个包间。重新制定菜单，确定了民族餐和地方餐两个系列的主营菜品。韩海平本想着，店里客人会慢慢多起来，有一个逐渐适应的过程。令他们都没有想到的是，出生即巅峰，饭店一开张，18 个包间就满满当当的了。本地、外地的游客，还有外国人，只要想吃到正宗本地菜、西北菜清真餐，都一窝蜂地赶到韩海平的店里。这时，他们才意识到，困住自己脚步的，是自己的思维，格局打开，市场就打开了，客源也跟着打开了。为了缓解顾客排队现象，他们租下了隔壁宾馆的会议室，改造成大宴会厅，里面摆了 20 张桌子，这样一来，用餐高峰期接待客流量能达到 40 桌之多。看着眼前黑压压的客人，韩海平第一次尝到了做餐饮的"味道"，一家人无不感慨。他们也才领悟到一个道理：做餐饮必须要有一套独特的管理模式，有别人无法复制更不能超越的核心菜品，有别的店吃不到也做不出来的独特味道。他们也深深明白，想要保持独特性，就必须研发出独特的餐品，一味学习或者模仿，永远无法另辟赛道。这就迫使韩海平下定决心组建了自己的研发团队、考察团队，财务体系和行政管理体系也一步一步健全，"伊香苑"的雏形就这样建立起来了。

此时，韩海平才真正意识到，西宁才是他的创业乐土。此后的 12 年里，韩海平带着自己的家人开启了"家族事业"。他们每挣到一点钱，就全投进餐厅的装修、改建、扩建、并购中，除了菜品风味一直保持不变外，餐馆硬件设施几乎年年换新样，店员队伍不断壮大，服务水平不断提升，不仅留住了老顾客，也迎来了更多消费者。尤其是旅游旺季，不少旅

行社将"伊香苑"作为让游客领略青海风味、品尝民族美食的"第一选项",整车整车地往他们店里带。每天一到饭点,餐厅里几乎爆满,有些老顾客干脆自己找个位置,倒杯茶水坐下,等着出餐。

韩海平一家人像呵护婴儿一样,精心照顾,百般费心。一张张桌子、一把把椅子、一套套餐具、一件件厨具,眼看着生意一天天好起来,顾客一天天多起来,一家人的精气神更高了,大家齐心协力,想方设法丰富菜品、提升服务、招揽生意……

本以为,这样的大好局面会一直延续下去,只要有投入肯定有大回报,然而事与愿违。2012年,西宁市实施中心广场北迁扩建项目,当所有市民为即将迎来一个具有浓郁地方特色、绿化度高,集运动、休闲于一体的现代化体育中心时,谁也不会想到,施工车辆的第一个车轮子,压在了韩海平的心里,挖掘机的第一铲,将他的事业命脉挖断了!韩海平的店正好位于征迁区,虽然他们也曾听到过传言,但他们并没有提前找寻其他店铺。在他看来,一个偌大的广场扩建项目要动土施工,怎么也得三五年;再说,真要拆了,他们也能提前从周边商户或房东那里听到一些消息。谁也没有料到,一觉醒来,一排蓝色铁皮"墙",不仅严严实实堵死了他们无比熟悉的那条通往餐馆的路,同时也焊死了他们的梦想。

店铺刚装修完不久,一切都是新的,从桌椅到前台,从大厅后厨,甚至连墙面上挂图装饰,都是当时其他同类餐厅无法相比的"大排场"。机器开进来的时候,他们甚至找不到一处可以暂时存放这些东西的地方。就这样,将近500万元埋进了废墟,填进了老西宁走向新城市的路上。同时被填埋的,是韩海平一家人从心尖上滴下来的血和泪!与此同时,因为一下子收入全无,每年还有至少30万元净利润损失,一时之间,资金缺口超过了100万元。这些本可以妥妥装进腰包的财富,而今却连一个子儿都看不见、拿不到。一种疼痛感和失落感压上心头,将一家人淹没!

他说:"那一次,我感觉自己的腰脊断了……"

这一次的惨败，与其说是失败，不如说是失策。沉浸于梦想的他，一门心思只想往前冲，满心满脑都是将"伊香苑"做得更大，做得更好，而对于暗藏在身边的危机一无所知。等他反应过来时，乌云已成大雨，将他的前进之路冲毁了，差点连梦想都浇灭了。

他说话干练、语速平稳，嗓音稍许沙哑，自始至终没有说过一句"辛苦"，好像这一路走来，那些艰辛和酸楚原本就是生活的样子。高原的阳光炽烈，停留在他棱角分明的脸庞上，像是被挑动的灯芯，分明在演绎"苦心"两个字！

初创便是辉煌

正当他走投无路之际，突然接到了一个电话，是一个老顾客打过来的。原来，以前和这位老顾客闲聊时，韩海平无意中提到长江路"伊香苑"可能会被征迁，半开玩笑地说，以后在哪儿落脚还没个定数呢，也不知道往哪里找门路……但就这几句家常话，却在日后成了韩海平的"救命符"。这位老顾客对他说，城西区兴海路刚好腾出来一间店面，有 800 多平方米，正在出让，问他要不要先看一眼。他瞬间感觉脑袋一激灵，当即回答说："我马上来！"

当韩海平风尘仆仆地赶到那里，看到矗立在眼前的店铺后，当即拍板："干！"

和业主签完合同后，韩海平又面临一个新的难题：没钱。无奈之下，韩海平只得回老家寻求帮助。他踏遍了亲戚朋友的门槛，但那时的循化，老乡们的生活也就是个将就着过个小日子的水准，对他这种"大窟窿"，也是爱莫能助。就在这关键时刻，韩海平听到消息说政府有相关帮扶政策，提议他去咨询一下。这消息无异于天降甘露，韩海平一刻都没有耽误，赶到政府部门求救。当时的循化就业局听完他的诉说，了解到他的实际困难和具体诉求后，很快为他提供了 80 万元的政策性贴息贷款，帮助他

重返餐饮市场、重振餐饮事业。

拿到贷款后，韩海平将自己最后一点"储备金"也全部拿出来，颤抖的心、颤抖的手，将最后一点"救命粮"撒向了那摇摇晃晃的前方之路。

那是一家紧挨着市场的店面。据商铺所属物业工作人员介绍，市场年底就要拆迁，到时候主路将延伸过来，店铺就是真正意义上的沿街黄金铺面了。韩海平对他深信不疑，事实也确实如此，在对餐厅进行装修之时，市场升级改造工作也启动了，同步进行的道路改造工程，用一座新桥，将长江路与兴海路联通起来，使城中区与城西区连为一体。这条立足大格局的市政公路，为韩海平开通了一条专线，长江路老店的顾客只需稍稍移步，过了这座桥，就能直接抵达他兴海路的新店，因而从开业开始，客源从未出现过断流。

乘势趁势　初见版图

随着生意版图的不断扩大，韩海平又将餐饮事业的风向标指向了城北这一块暂时没人看好、无人问津的清真餐饮市场。这一次，他跟的不是"风"，而是市场，是时代，是前沿，是"财富"的味道！

他说："据我所知，西宁整体餐饮行业里，清真餐饮店太多，消费人数太少，大家为了生存都在不计成本地血拼、竞争。而西宁各个区的清真餐饮环境又不一样，像我所在的北区，民族餐饮店不多，但有消费需求，加上我对这一片区域比较熟悉，了解哪个街道消费者多，然后从店面规模、菜品等方面，有针对性地把饭馆开起来，这样竞争压力比较小，也能保证营业额。"

这个从未接受过经济学教育的餐馆老板却说出了这样一番理论，这不就是如今被普遍认同的经济学"真理"：红海、蓝海之说吗？

原来，实践出真理，这条真理亘古不变。

他观察到，当时的城东，如同清真餐饮市场的"红海"，在这个区域里，像他这样没有大本钱、没有"高智慧"的餐饮初创者，一旦进入，无异于"自杀"，结果必定是血本无归。而当时的城北区，是一片绝佳的餐饮"蓝海"，虽然也有清真店面，但都是小店小馆，且间隔远，相互之间几乎都构不成竞争威胁。

他有一项特殊的技能，就是能够准确读懂市场的阶段预警，准确捕捉拉面行业风向，从而能够抢占市场机遇。这项技能并非天赋，而是从市场甩过来的一记响鞭中学来的，是因自己裹足不前、优柔寡断而没能抢占城西区清真餐饮市场份额后的惨痛教训。这一次，他避开清真餐饮店"蜂窝区"，抢先一步，像一条八爪鱼，用足全部力量，将自己的餐饮事业中心搬到了城北，在城北区开了第一家"伊香苑"。并以城北地区为中心枢纽，像打梅花桩一样，用了近10年时间，将"伊香苑"门口招牌插在城北商业核心、人群密集区、商超交汇处。

2023年，他对兴海路店进行扩建升级，将原来的一层改为二层，整体经营；同时，滨河路"乌图斯苑"也在不断创收，五一路老店客源不断。此外，2023年新开的城北店也进入平稳运营期。这家店楼上楼下两层，共有3000平方米。一楼是综合性宴会厅，主要以接待宴席、大型会议就餐和规模较大的商务活动；二楼是卡座和包间，还有"伊香苑"未来的行政管理总部。这是"伊香苑"顺应市场需求、为拓展业务而制定的新的营销策略。新店接受定制服务，提供专属"菜单"，为企业宣传、生日宴会、婚礼等活动提供特制产品。这一项，他投进去1200多万元。

"伊香苑"已经从最初的"铁字牌"变为"金字牌"，他相信这个品牌价值，觉得为它投入上千万元是值得的。

他笑着说："清真餐饮市场还是有空间的。虽然人人都在做，但真正要做到精细化、高端化、品牌化，还是有难度的。"

相关部门在城北区一处地段繁华、人流量多、位置显著的成熟商业综合体中，将最为核心的位置留出来，特邀"伊香苑"入驻，是政府部门对

"伊香苑"接待能力、餐饮品质、餐食特色、服务能力等方面的认可，从而让更多的人通过地道的青海美食、循化美食，感受一种别样的美食体验，也让游客通过店里的装饰装修风格、"文化长廊"和他声情并茂的讲解，深刻领略美食背后丰富多样的原材料以及食材的原产地，真正阐释"美食带动一座城"的文化意义。

不管他的店开到哪里，老客户都会不停地带新客户进来，新客户又会带新客户进来，形成一条源源不断的"客流"。长江路的老顾客跟着他来到了城北，城北的顾客又跟着他来到了新店。有些客人跟着他的店吃了10年，从最初的一碗拉面吃起，到后来简单的炒菜，再到丰盛的民族餐，他们品尝过"伊香苑"的每一道菜品，久而久之，他们也成了韩海平创业故事中的一部分。就这样，韩海平和这些食客成了朋友，这些食客则成了检验他饭菜味道的"首席专家"。在他们眼里，韩海平是长江路的撒拉人，是那个能让他们吃到正宗本地菜的撒拉人。

韩海平为食客留下了近似乡愁的一缕念想，铺就了一条消费者和餐饮企业融合发展的新路子，也为自己拓展了充足的市场空间。

一声声亲切的"撒拉"，让韩海平意难平。

唯改者进　唯革者强

餐饮事业做大做强之后，韩海平将目光放得更远。在巩固民族餐饮品牌基础上，他想借餐饮这个平台，投射已有品牌影响力，继续做优"伊香苑"品牌，进一步规范管理方式，不断提升产品质量。

曾经看到开拉面店的做起了与拉面相关的产品加工，他心动过；看到别人开连锁店、加盟店，他也眼热过；看到别人不断换新菜、上新品，他也着急过……但他明白，既然是做实体经济，就不能随大流、跟潮流，每一个食客都是奔着他的店、顺着他的餐品来的，金口碑都是由消费者口口相传、人人点赞得来的，这是对他最好的宣传和推介。他不能为了追求短时效益而辜负了一直信任他的老客户、新顾客，不能让自己的一时浅见毁了"伊香苑"用了近30年才举稳的牌子。经历了暴雨冲刷，他现在很清楚，树越大，根就要越深，巩固现有市场、稳住现有消费人群才是"伊香苑"行稳致远的最好方式。现在要做的，不是盲目乐观、跟风跃进，而是将所有餐饮店基础再打牢一点，根子再往下延伸一点，牢牢扎稳城北区餐饮市场。他现在要考虑的不只是他一个人，还有他手下近200名员工和他们身后的每一个家庭。他的任何一项决策都会影响到他们的收入，影响一家人的未来。与员工和消费者一起成长的他，决计不会拿员工的未来当儿戏！

然而，韩海平不是一个满足于现状的人，撒拉人身上敢闯敢干的精神在他身上体现得淋漓尽致。要不要扩大城北区餐饮市场，继续深挖市场潜力，韩海平自有考量。他说："最近两年，城北区发展相当迅猛，市场越来越大，新开辟的小区也越来越多。要是在城北区再开一两家店，理论上行得通。"在欲望和野心膨胀的同时，他开始考虑一个更为重要的现实问题：如何才能将"伊香苑"的未来之路走得稳、行得远？

他说："要想走得稳，就要有抗风险能力。'伊香苑'只有实现公司化、规范化、品牌化，才能走得久、走得远、走得稳。这个问题，我们深思熟虑过，也有了一个规划。我们打算3年之内不再扩大规模，先稳住市场、稳住队伍、稳住资金，将餐饮'三要素'把得死死的。收住匆忙的脚步，是为了把下一步更好地迈出去。"

他们在等一个更好的市场机遇，等下一代"伊香苑"接班人出场。

本真本味　追本追远

撒拉族饮食文化历经800年传承、创新、发展，如今已名满青海，成为民族特色文化的标志性"名片"，其品牌价值、经济价值和文化价值日渐凸显。而要想在省城品类众多、风味各异、数量庞大的餐饮行业中脱颖

而出，占有一席之地，提高核心竞争力是最为关键的因素。因此，韩海平又马不停蹄地带领研发团队、市场调研团队，对原有的传统地方菜和民族餐进行改良，在确保菜品多样性、味道独特性的基础上，探索研发出一整套独属于"伊香苑"的民族特色餐饮。一经露面便惊艳全场，在首届国际清真美食烹饪大赛上，青海知名餐饮企业悉数到场、竞相展示。"伊香苑"站在竞技舞台上，在上百家青海餐饮企业中轻松拿走了银奖，为循化和撒拉族争得荣耀。青海餐饮界记住了将民族餐和撒拉宴做到极致的"伊香苑"。此后在又一次高手如林的国际清真美食烹饪赛场上，韩海平把具有浓郁民族标志的搅团、青稞面、油香、芽饭、农家土豆、酸辣里脊、青海三烧等面食、炒菜、特色小吃等统统摆上展示台，一举斩获国际清真美食大赛金奖。他拿到了"好商标"牌子，循化县政府将"伊香苑"纳入县域"撒拉人家"的核心品牌，将牌子挂在"伊香苑"文化楼梯上。

深水静流，海面才平，犹如他的名字——"伊香苑"，伊是清真本位，香是食物本味，苑是地标本味！

共赢共进　都是淋过雨的孩子

作为"伊香苑"的总掌舵者，韩海平和所有员工、所有股东一样，更多的是参与，而不是去干预！韩海平从不给员工画大饼，财务实行透明化管理、开放式融资，让所有员工都成为"伊香苑"的主人。员工只要有意愿，即便掏出100块钱，也算股东，也能参与管理，餐厅的每一分利润都按投资比例分红。除此之外，还能拿到一份岗位工资，极大地调动了员工的积极性，每一个人都以"主人翁"的态度，把分内工作干到极致。对他们来说，自己干得越好，"伊香苑"就挣得越多，他们拿的利润"红包"就越来越厚。每年举办的公司员工大会、表彰大会、联欢会成为大家翘首以待的节日，人人手里攥着一沓钱，个个笑容满面、喜气洋洋。正如韩海平所说："我们每个人都是连在一起的，个人利益和集体利益分不开，大家同心协力，创收搞好了，赚的钱就多，大家分红也多，积极性就更高，我们是一损俱损、一荣俱荣的共同体。"

如今，200 多名始终跟随"伊香苑"的员工，成了韩海平最大的财富。在过去的 25 年里，"伊香苑"从最初兄弟两人干，到目前在"伊香苑"工作 10~20 年的员工比比皆是，6 个店面的管理人、负责人都是跟随韩海平他们一路成长起来的。其中，来自海东市互助县的一对年轻夫妇跟了他们 20 年，如今是兴海路店的负责人，他们在西宁买了房、落了户，对"伊香苑"有了源自内心的归属感。不仅如此，韩海平还不遗余力地帮亲戚、帮邻居、帮朋友，将想要创业、致富的父老乡亲带出山村、带出循化，一人带一片、一人带一户，把将近 50 名循化老乡安置在"伊香苑"的各个岗位上。如今，他们换身换装、华丽蜕变，有的成为部长、店长、经理、负责人，也有的被培养成了专业炒匠、面匠、面点大师等。在"伊香苑"，他们都是这个大家庭不可或缺的一份子。有一对跟着他们干了十几年的夫妻俩，作为犒赏，韩海平直接将设在州县的唯一直营店——尖扎县伊香苑全权交给他们，他只投资，不问事务。为帮助家乡父老尽快走上致富路，他还主动对接循化县就业局，接收有需要的年轻人到"伊香苑"进行实操培训，手把手地教他们拉面、炒菜、点餐、管理，帮助他们学到一技之长。从此，"伊香苑"有了一个新的头衔——优秀劳务品牌。

那几年，各行各业都受到新冠疫情影响，餐饮业更是首当其冲。在停工停产、闭店歇业的那些日子里，韩海平没有辞退一个员工，那些因为疫情回不去家的员工，就在店里吃、店里住。为了稳住队伍，缓解大家的焦虑和失落情绪，每月他照常发工资，时常安慰大家。熬到疫情结束，"伊香苑"核心岗位的员工没有一个离开，他们也跟韩海平一样，相信困难只是暂时的，"伊香苑"的灶火还能重新点燃。每个店的文化楼梯墙面上，都挂着许多学校、社会团体、公益组织等送来的大大小小的牌匾和镜框，那是他们参加爱心活动、热心公益的最好见证。

谈起新店，韩海平轻描淡写地说："一天的营业额也就 10 万元吧，与自己的估算差不多，有时候还多一点。"他依旧是很多人眼中再也普通不过的一个撒拉汉，但谁能将一个农村娃、一个庄稼汉、一个乡里人和"日进斗金"这个词联想到一起呢？而在"伊香苑"，谁又不是从山里出来、从地里走来，踏上富裕康庄之路的呢？

商海搏击　行稳致远

不惑之年，不惑于心，不惑于行，才能走得稳、走得实。

在成为典范之前，"伊香苑"经过了 20 多年的蛰伏，经历过大换血的煎熬，也经历过半年"消失"300 万元的欲哭无泪……韩海平把这些磕磕绊绊权当是给市场交的"学费"。他深知自己和市场之间，既是一场相互选择的融合，也是一场互相博弈的竞争。市场每波动一次，对他的智慧和胆识都是一次严峻考验。更多时候，那只无影无形的魔掌在扼住他的喉咙，迫使他妥协，甚至调整餐饮业规划。

而今，市场再一次将方向盘交到了他手中，大声喝问：是公司化运作还是家族单传？面对波诡云谲的商海，韩海平恐慌过、犹疑过，但他是天生的"财富"猎手，总能敏锐地嗅到弥散在眼前的"财富"气味。"猎物"到手后，他又不停告诫自己：慢一点、稳一点，稳住步伐，稳住菜品，稳住市场……

他发现自己的淡然和内心的从容才是永远不用担心失去的财富。

当初，因慢了一步，他终究没能分到城西市场的一杯羹，错失了机会。因此，他更加心无旁骛地守着自己的根据地——城北，更加珍惜这一片自己熟知的市场。如今，"伊香苑"6 个店如出一辙，同样的装修风格、同样的风味、同样的环境、同样的服务，守护着它的品质。融合了撒拉族风格的门头，几个烫金大字与周边的大小馆子形成了鲜明的视觉对比。

6 家"伊香苑"实行统一管理、分店负责的运营模式。大方面，由股东集体定调子、定方向、订规划、定目标，所有事务公开透明运行，每个店都做到管理精致、服务精心、菜品独特。6 个店一天的营业总额将近 20 万元。如果新的综合性餐厅开起来，累计日营业额预计将达到 40 万元。这个成就无疑是辉煌的。为这一刻，韩海平和家人们熬了 25 年，守了 25 年，奋斗了 25 年。在这漫长的餐饮生涯中，他曾几度被餐饮市场抛弃，甚至"绝杀"。但 20 岁、30 岁、40 岁的他，始终没有放弃，撒拉人不服输、不低头的韧劲深深溶在他的骨髓里。守得云开，终见日来，他的创业故事，成为一本励志"书"。

回顾一路走来的艰辛和考验，他的话语中依然透露着艰难，但脸上总挂着一种酣畅淋漓的笑容。

对他而言，规模化经营的"伊香苑"是一个渐入佳境的开始；对家人来讲，是一次华丽的收场，经历了起起伏伏之后，兄弟姐妹 6 个家庭几十口人，彼此贴得更近了；对事业来讲，既不是开场，也不是收场，而是一次转场。

民族的就是大家的

"伊香苑"团队中，依然保留了近 50 名撒拉族员工，涵盖后厨、大厅、管理等各层级，撒拉宴的面点师、手抓制作师等"要害"岗位依旧是专人专用、专岗专责，确保"伊香苑"不管开到哪里，民族餐依旧保持高水准、原味道。对于这一点，韩海平没有丝毫犹豫，他说："我们主打的是民族餐，而民族餐的核心是撒拉宴，这一桌宴席的根本就是撒拉味道！"

民族餐人工成本很高。所有的面点、菜品、主食都是现点现做，而且是专人专做，制作团队中的每一个人按照不同技能获取相应酬劳。但"伊香苑"民族餐整体价格并不高，韩海平担心定价太高让人望而却步，放弃品尝撒拉族美食，因而推出了单点式，希望以单品入口，进而拓展到整个套餐，以点带面，让顾客接纳，进而喜欢撒拉宴。现在，各个店每天都有

两三桌"撒拉宴"预定，有时也会有两三桌客人现点，虽然说营业额和利润都见长，但在韩海平看来，推出民族餐，本能上释放的是一种家乡情怀和民族感情。从小在循化长大的他，故乡的味道是他心里抹不去的记忆，他忘不了那种饱含着"阿妈味道"的独特味道，想让更多的人品尝到这种味道，进而将这种味道转化为民族文化，让更多的人知道撒拉族。

民族餐所有的菜品都由韩海平负责管理，从食材到人员，从前厅到后厨，从上菜到撤桌，每一个环节他都亲力亲为。而后厨的第一把关人是他的妻子，那个跟着他干了25年餐饮的"掌厨"，熟知厨房里的一切工序，民族的味道更是渗透到骨子里，由她把控，宴席味道绝不会"偏航"。夫妻俩一个盯着内部，一个盯着外部；一个管出餐，一个管餐前，把全部心思和情感都投注到民族餐里。

为了做好撒拉宴，突出地域民族特色，韩海平组建了一支专业制作团队，从前桌的面点甜食，到中场的主食主菜，再到压轴的汤类笼锅，制作人员清一色都是撒拉族。因为他们对于"原始"撒拉味有天然的捕捉能力和辨别能力，能确保"撒拉宴"不偏味。韩海平还在循化建立上游材料供应链，特色餐所有食材都从循化进购，且严格遵循撒拉族"因时择食、择洁而食"的传统生活习俗，主推当季菜品，为食客提供应季菜、应季饭，保证了饭菜口味的独特性、风味的差异性，甚至上菜流程也都"一比一"完全还原家乡的规程，保证了每桌都是"循化味道"，都是"撒拉味道"！

顾客用餐期间，爽朗大方的韩海平还主动为食客讲民族故事、说民族历史，将撒拉族餐饮文化融入一桌具有浓郁民族特色的饭菜中，让"撒拉宴"活起来。

但说归说，撒拉宴为什么会如此受钟爱？韩文海想了想说，那是因为别处吃不到。

一语道破！

破局一道菜　走远靠品质

在不断前进的时代潮流中，餐饮业在融入全国大市场的趋势下，消费需求瞬息万变，尤其是年轻消费群体对食材和味道的多样化需求越来越高。这既是挑战，也是机遇。目光犀利的韩海平又看到了一个潜在市场。

有了前车之鉴的韩海平，这次没有犹豫，也没有观望，而是直接将"海鲜"引进店里，写进了菜单，并特邀广州名厨制作，一如既往保障口感的"正统"。地方菜有"西北味"，民族餐有"撒拉味"，海鲜餐有"大海味"，各有千秋、各有风味。至此，"伊香苑"独特的餐饮体系已全部搭建完成，满足了多样化消费需求，食客越来越多，市场越做越大。然而，这个在大多数人眼里看似只追求营业额、只求利润的举动，并非一时兴起，而是"伊香苑"管理层对每个店、每种餐品、每项利润进行细致分析，对餐饮市场风险因素进行通盘考虑后作出的集体决定，是他们为规避和分散餐饮市场风险的应对之策，是"伊香苑"另辟蹊径、实现提档升级的战略决策。

成长于20世纪的第一代"伊香苑"人，眼看着中国变了、乡村变了，他们追随时代发展、跟进市场发展的脚步也加快了。站在新的起点，他们脑海里依旧回响着时刻勉励自己不甘落后、占据清真餐应行业"高点"的四个字——与时俱进。这，也算是他们的制胜法宝之一。

另外一个制胜法宝就是——高品质。

"伊香苑"在发展历程中，不管市场怎么变，始终坚持高品质的原料、高品质的制作、高品质的产品。6个店面，按照食客要求和掌勺师傅的习惯，味道有些许差异，但始终做到同质同量，食材一致、出品一致。所有店面使用统一的肉类、蔬菜类、调味品，"撒拉宴"所需的特殊食材更是做到统一管、统一进、统一用，以标准化流程确保菜品味道更加稳定、"伊香苑"品牌更加稳固。

至此，以"伊香苑"品牌为中轴，布局西宁市三个区，搭建起以全直营模式为核心的战略框架。企业发展目标也已明晰，那就是集中精力做强餐饮主业，分类施策做优交通、住宿、旅游等辅业，划分出酒店管理、交通管理、旅游运营、餐饮管理、现代服务等多元化业务板块。除此之外，明确责任，由"伊香苑"股东会对各业务板块的规划、发展目标、投资咨询、业务范围进行总体指导，分店、分业务、分人精准制定管理策略，以提高管理效率，实现更大经济效益，使"伊香苑"品牌价值更高，社会影响力更大，最终实现公司化运作、集约化发展、精益化管理、标准化服务。

破立并举　再现生机

今年，韩海平再一次跳出大众认知，一如既往不跟风，只跟"金"，用更加敏锐的嗅觉捕捉到更大的商机，即餐饮行业上下游产业和文化属性中蕴含的巨大商业价值。于是立刻掉转"枪头"，画下了未来三年"伊香苑"的发展蓝图——两张"游"动的蓝图。

第一张上画着的，是一个集酒店、餐饮、旅游为一体的"伊香苑"饭店。

虽然已经在餐饮行业稳住了脚步，但韩海平的目光并没有只在餐饮市场打转。他看到，近年来旅游市场火爆，一张桌子联通了旅游、住宿、餐饮三个行业、三个产业，这就是"伊香苑"发展青海特色餐饮、推广宣传民族饮食文化、拓宽增收致富渠道的一个巨幅广告牌。他还发现，如今的旅游形态悄然变化，文化游、美食游、历史游、深度游、自由行等各式旅游不断涌现，"旅游＋"成为旅游发展的新趋势。怎样才能让游客吃得好、留得住？思谋许久，韩海平突然想到，如果"伊香苑"顺势而为，发挥自身餐饮方面的优势，将青海地域特色优势和循化撒拉族民族优势融合在一起，激发合力，将青藏高原的独特地理属性、循化独有的民族文化和青海特有的清真餐饮文化传播出去，这不就是"郎才女貌"的结合吗？和大家商量，一拍即合，很快确定了"美食＋住宿＋旅游"的新模式。

经过一番市场调研，综合考虑投资、利润、市场等因素后，韩海平坚定地说："这条路是肯定要走的，这是我们集体决定的，也是为了全体员工今后能有更好的投资回报。"为了顺利实施这个计划，他们决定先在西宁试点，开一到两家综合性饭店，让游客吃在"伊香苑"，住在"伊香苑"，体验"伊香苑"背后的地域民族文化，感受"伊香苑"带来的高品质服务。这样，游客出行最为重要的食、住、行三个关键需求，"伊香苑"都能满足，由此形成了"伊香苑"独立、独特、独属的闭环产业链。

第二张蓝图，是走出国门，打开中东市场。按照规划，未来，"伊香苑"立足青海，借助"一带一路"开辟一条以直通土库曼斯坦为主的中东旅游专线，将充满高原风情的西北旅游大环线向外延伸，以"伊香苑"餐饮为"广告牌"，广泛宣传中国文化，讲述青海故事、撒拉族故事。

韩海平说："七八年前，我接触过到中国进行文化交流的土库曼斯坦政府官员，陪同他们去故乡循化。从他们说话的语气中，我能听出他们对中国的发展速度、发展程度非常震惊，也很佩服。我们至今还有联系，他们几次邀请我们到那边考察，希望能加深两国之间的交往，加强民间交流。"

现在公司发展起来了，"伊香苑"有能力、有自信走出去，民族饮食、青海特有产品、中国"文化"，每一样都是通往国际市场的"底气"。有鉴于此，当公司规划未来三年愿景时，这条"文化旅游之路"被韩海平提上了日程。他想再开新路，深度开发旅游、餐饮、住宿，抱团发展新业态，更早一步抢占国外市场，占据行业首位。

他紧锁双眉，思索了一会儿，说："如果这条路子我们走通了，这种模式探索成功了，那么，这绝对是一个突破性的进展。"

大探索意味着大冒险。所有可能遇到的挑战和困难都在韩海平的脑海

中，犹如万马奔腾，卷起了千堆雪、万朵浪。他紧绷着神经，在挺进和放弃中挣扎了无数次，但终究，依旧是激情战胜了惰性，一如他年少时熬过的那些岁月，年轻时经历过的那些磨难，成熟时难以抉择的艰难时刻。他逼迫自己作决定、作选择，一锤定音，然后便全力以赴、义无反顾、无怨无悔。

这条以食为本的旅游文化专线究竟用哪一种颜色的笔画下，韩海平没有说，只是一笑，说："不管从历史依据、情感渊源还是国家战略，这条路都一定能走得通，那时候，'伊香苑'就是一扇看中亚、看世界的窗口！"

直通未来　前路可见

先人的功绩，是留驻的时光；后生的跟进，是时光的复活。至今，韩海平一家三代人在餐饮这条路上行走了近30年，并肩走，一代接着一代干，成了"家族事业"。

一代人已经是成熟稳健，是"伊香苑"的元老和创始人；二代人风华正茂，已经成为"伊香苑"的骨干，独当一面，去跟市场较量；三代人年轻、有激情、有梦想，更加懂得与时俱进求发展。每个店的负责人、运营人，都是韩海平手把手带出来、手把手教出来的，都是从当年那个小小的门店走出来的。不管是3000多平方米的新店，还是三层的老店，各个店的负责人都能够根据不同店面的实际情况，实行一店一策、一店一规、一店一章。他们都已经成长为独当一面的能手，进得了厨房、上得了大厅、管得了经营。尤为独特的一点是，在"伊香苑"，员工只要在大厅找不到老板、找不到负责人，就知道管事的必定在厨房。他们不是在炒菜，就是在洗菜、洗碗，准备食材，收拾杂物。他们和所有员工一样，在一线干活，在一线练手，在一线成长。

韩海平看到，一些百年老店坚守品质、本固枝荣，或成为行业翘楚，或走出国门蜚声国际，他仔细观察、解读这些行业典范的"长生秘诀"。他深知，越往后，餐饮管理越难，要想一直被市场和消费者接受，需要更为出色的管理，这对受限于文化知识的"伊香苑"第一代人来讲，即使有强烈的学习欲望，也已经追不上时代的脚步了。他坚信，成长于最好的时代、接受过最好的教育、已经有坚实事业基础的第三代甚至是"第N代"，可以让"伊香苑"走向更加辉煌的未来。如此，也就圆了他的百年大梦。这个百年，可以是100年，也可以是200年，甚至更久！这才是民族餐饮文化的传承。他说着，语气中带着一种近乎狂热的渴求，仿佛已经看到了那一天！

百年树木，已过四分！韩海平刀锋般的侧影迎向阳光，眉宇间藏满了故事，却只是粲然一笑，轻描淡写地说："'伊香苑'现在的资产，也就4000万元左右吧……"

树影婆娑，阳光透过叶子，在他脸上长久停留。那些影子，如同他创业路上的印子，无声地为他鼓掌。

如若所愿，必是百年"伊香苑"；如有所求，必是百年"溢香园"。

（韩艳蓉，女，撒拉族，青海省作家协会会员，中国少数民族作家协会会员。）

人物风采

马力克的拉面情结

周子远

2011 年 9 月 13 日，在黄河北岸的一个农家院里，传来了孩子们的欢笑声，金星留守幼儿园在这一天正式诞生了。身材魁梧的马力克正开心地同孩子们玩耍嬉闹，这时的他就像一个孩子，一个当年背着书包上学的自己。上课铃响了，马力克目送着孩子们的身影，这位 38 岁的撒拉族青年企业家的眼眶湿润了。

彼时的金星留守幼儿园有 43 个孩子、3 个老师，一排新搭建的彩钢瓦房子，是孩子们的教室，不算宽敞的自家院子成了幼儿们的活动场地，他们无一例外都来自留守家庭，其中有孤儿，还有特困家庭子女。幼儿园是马力克费尽心血创办的，他没有向这些幼儿家庭收取一分钱，连孩子们的生活费他都包了。

他为什么要在家乡办教育呢？

他的理由很简单，一是农村孩子接受的教育条件远不如城里孩子优越；二是穷人家的孩子很难享受到和有钱人家孩子一样的教育机会；三是自己的孩子在接受民办教育时每年的学费需要几万元。"所以，我要办平民教育，为留守家庭解决后顾之忧，让读不起书的孩子能接受最好的教育。"朴素的认知、真挚的情感，让这位事业有成的青年企业家把自己回

报乡梓的情怀，落实到教育扶贫上。

什么样的人生经历让马力克有了这样的情怀？

马力克在家排行老五，他出生时，自己家在村里仅算得上是过得去的人家，也就是家里能有头牲口的那种。他上学读书时，他自己也包括家里人，既没有为什么要读书的认识，也没有要他读到什么程度的要求，天智聪慧、生性贪玩的马力克，把上学仅看成是小孩子必须要经历的事，这样读书可想而知会有什么样的结果。当他读到三年级时，已经12岁了，学到了什么样的文化知识是说不上的，但一个孔武有力、颇具个性的少年马力克长成了。

为了改变生活状况，他的父亲和哥哥们尝试了许多营生，去东北贩木材、去西藏做易货贸易等，具有经商禀赋的撒拉人，在面对生活困境时，总能找到自己的出路，而每一条挣钱或者创业的路，都需要他们付出百倍的心血和汗水。父兄的奋斗给这个12口之家带来了些转机，但要实现真正的温饱，还需要寻找更多的途径和付出更多的辛劳，于是新的发家致富路有了。

12岁的马力克在放学回家路上，看到自己大哥领着村里一些青壮年劳力开着卡车出远门，他就把书包一扔，爬上了不知去什么地方的卡车，直到卡车进入第一个宿营地时，哥哥才知道自己的弟弟跟来了，也就是从那天开始，马力克结束了自己的读书生涯。20世纪80年代，淘金热风靡全国，迫切寻求发家致富的大哥，毅然决然地投入去西藏挖金子的人流，而外出淘金的人里，多了少年马力克。

"淘金人"的艰辛是难以想象的，那是用生命去换取财富的豪赌，金子藏在海拔四五千米的大山里，没有路，没有人烟，有风霜雨雪，有豺狼虎豹。他们不仅需要用自己的劳力去挖去淘，还要用自己的生命去对抗大自然的威慑。缺吃少穿、风餐露宿是平常事，有因泥石流丧生的，有在沙漠里走失的，有冻死饿死的，黄澄澄的金子上，有多少淘金人的血和泪。

就这样，因为地域限制、国家管制、自然灾害频发等原因，并不意味着有付出就一定有收获，血本无归的事经常发生。他们先后四次挖金子的远征行动中，其中就有一次巨大失败，哥俩把本不富裕的马家带进了家徒四壁、债台高筑的窘境。

回顾那一段艰难岁月，马力克的声音低沉，没有任何怨恨情绪，表现出来的甚至是对经历过那段苦难时光后的释然，正是那样的人生经历，让他有了自己的思考和感悟。首先，他感觉到自己长大了，从一个无知懵懂的少年，长成了一个魁梧健壮的西北汉子。其次，长年在外的"淘金"生涯，让他开始接触社会，在锻炼他生存能力的同时，也丰富着他的生存本领。在挖金子间隙，他在宾馆、饭店打过工，贩卖过水果、蔬菜，他还在别人休息时，在废渣里拣金屑子，因为他的坚持，他一共积累了 12 克金子，他的心思很简单——用这点金子为妈妈打个首饰。再次，更加坚定了他改变自己和改变家庭生活状况的意志，年轻的心里种下了奋发有为的种子。同时，因为文化知识的匮乏，对自己能否实现理想也充满了担忧和对没有好好读书的追悔。

1995 年马力克 21 岁，已展现出了惊人的经商天赋。多年的淘金生涯让他知道了生活的艰辛；在社会上的摸爬滚打，也让他不断地积累着经验和资源；他善于观察和研究市场，锻炼了敏锐的商业眼光。在石油市场低迷时，他用东拼西凑的 8 万元，吃进了一家民营加油站，所有人都以为他会认真地经营他的第一个实体，而马力克却不这样认为。在市场回暖的第一时间，他果断地卖掉了加油站，就这样简单的一进一出，他挣来了自己的第一桶金 22 万元，在当年无疑是笔巨款。而心气很高的马力克并不满足，他一边继续主营自己青藏线上的货运生意，同时马不停蹄地在西藏林芝地区筹建加油站。到 1998 年，他一共建成了 4 个加油站，也是从这年开始，他的事业进入了良性发展的快车道。说起自己创建加油站，马力克至今仍然感慨万千，其中有国家政策的刚性要求，也有征地选址的麻烦矛

盾，更可恨的是地方势力的胁迫打压，年轻气盛的马力克面对创业中的艰难险阻，表现出与年龄极不相符的长袖善舞，将困难——予以化解。

2002年，在西藏打拼多年的马力克俨然是一位小有成就的民营企业家，他务实果敢的作风、大手笔创业的气魄、诚信经营的品质，赢得了西藏山南地方政府的认可。在2002年"非典"时期，西藏山南市批发市场管理混乱，主管部门找到他，鼓励他开办位于现在山南市乃东区泽当镇萨热路和吉玛巷交叉路段商场。经过认真的前期调研，经过多方沟通协调，主管部门发放了市场经营许可证。经过6年建设和试运行，以天马国际商城为主体的山南商贸市场形成规模效应，企业得到快速扩张发展。后期的集团化发展也接踵而至，集团先后涉及地产、驾校、旅游、加油站等行业。

事业有成的马力克收到了来自家乡的呼唤，年迈的父母希望他能结束常年在外的漂泊生活，陪伴他们安享晚年。恪守孝道的马力克毫不犹豫地放弃了进一步拓展事业的规划，义无反顾地回到了循化老家，居家赋闲的日子，也是这时的马力克需要的，既能侍奉双亲，又能休养身心。

说起对家乡的情感，马力克一点也不隐瞒自己的观点。刚开始他的家乡情结并不重，对家乡的人和家乡的山山水水缺少真切的体验，因为自己的童年时光大部分是在格尔木度过的，回到循化也是遵从父母落叶归根的意愿。随着日子悄然流淌，闲不住的马力克开始关注起老家的社会问题来。他的目光落到了在村子里整天跑来跑去、无人照看的孩子们身上，落在了颤颤巍巍、为一顿饭发愁的孤寡老人身上。

"那会儿我就想，我的孩子可以上最好的学校，我可以陪在父母身边，而那些收入不高，甚至贫困、特困人家的年轻人需要出门打工，或者去千里之外的地方开一个拉面馆，三年五载都回不来，他们的父母、孩子怎么办？"马力克如是说。

"那时候我还不知道'留守儿童'和'空巢老人'这些个概念，只想为村里没人照看的'一老一少'做点事，感觉自己应该管，也有能力管。"马力克这样想着。

于是就出现了本文开头的那一幕。2011年，马力克在自家院子里申请创办了专门招收留守儿童的金星留守幼儿园，主要接收农村留守儿童、孤儿和特困家庭的孩子，所有费用均由自己承担。经过几年摸索，幼儿园运行良好，他的义举不仅得到了乡亲们的赞许，也得到了地方政府和社会各界的支持。三年后，公建民营的学前教育项目落户金星留守幼儿园，办园条件得到改善，科学化、规范化运行管理幼儿园得以实现。如今的金星留守幼儿园已经成为海东市示范幼儿园，依据这样的运行管理模式，位于县城城区的育苗幼儿园在2019年开始挂牌招生，金星教育的学前教育段宣告完成。

永不满足的马力克看到了家长们欣慰的笑容，体会着自己民办教育的成功喜悦，又一个很现实的问题摆在他面前——完成了学前教育的儿童需要升入小学开启义务教育学段，年龄很小的孩子们，依然会面临入学就读和家庭管护困难。经过几天的深思熟虑，一个大胆的想法出现在马力克的脑海里，那就是接续办学。说干就干，为了取信地方政府和教育主管部门，他采取了一边建设一边申办的方式。

想法很美好，现实很骨感。征地、拆迁、规划、批文、建设等事项全部聚集到马力克的案头，马力克整天忙得团团转，丝毫没有了刚回家乡时的那种闲情逸致。生性刚毅的马力克此时想得很简单，"我是在做好事，我没有任何私利和私欲，所以我一定能办成，也能办好"。事情的发展也正和他预想的一样，有了前面创办学前教育的成功经验，他的金星留守小学创办出奇的顺利。2016年，金星留守小学迎来了第一批一年级新生，这些生源大多数来自自己创办的金星留守幼儿园。

逐年不间断地投入，金星留守小学到现在已经完成了完全小学的建制，2022年，46名小学毕业生全部以优秀的学业成绩升入初中。学校占地

面积 95 亩，有规范的教学区、生活区、运动区，教育、教学设施装备配套齐全，教师队伍建设水平不断攀升，办学层次、教育教学质量年年提高，连续三年在海东市教学质量检测中取得综合成绩全县第一，学校现有在校学生 587 名，双轨 12 个教学班。金星留守小学已经成为县域范围内的优质教育资源，全寄宿制公益留守教育的成功实践，引起了地方政府和教育部门的关注，青海大学、西北民族大学等高校的专家教授们也专门前来调研，并在学校设立相应的教科研机构。它的存在和发展，对探索民办公益留守教育的理论和实践具有一定的现实意义和研究价值。看着自己的付出有了今天的成果，马力克非常欣慰，尽管他已经为自己"平民教育"思想实践投入了 4182 万元的巨资，但他认为很值得。金星教育的学前教育和小学教育运行到现在，马力克个人仍然在资助 154 名学生，全额承担他们从幼儿教育到小学教育的全部生活费用。为了保证幼儿园和小学的正常运行，马力克每年均需贴补办学经费 100 万元左右，因为金星教育的幼儿园和小学是没有学费收入的。用自己的产业收入来支撑自己的教育梦想，马力克是这样想的，也是这样做的。

静谧的夜晚，黄河岸边浅滩上，我和马力克一边散步一边交流。望着穿城而过的黄河蜿蜒东去，马力克的心情还是不能畅快起来，此刻，他流露出了担忧和无助。接续办初中，完善公益留守义务教育，争取申办高中，构建金星基础教育集团，这些近、远景规划，曾经让这个西北汉子热血沸腾，现实又不得不让他产生畏难和困惑：国家民办教育政策的调整；如何实现公益留守教育的可持续发展？在时下疫情和经济乏力形势下如何能稳定提供办学的经费支撑？

沉重的脚步，代表着马力克对时下困难的深刻认知，坚毅的目光中，我看到了马力克那不屈的意志。马力克操心的事情很多，办学校帮助解决留守儿童教育问题的同时，他还出资办了惠康养老院，他的初衷是给村里"空巢老人"提供吃住等日常生活照料，让无依无靠的农村"空巢老人"

能住得安心，吃得舒心，安享晚年。鉴于他的惠康养老院创办以后赢得的口碑、得到的肯定和取得的成绩，2015 年，县委、县政府多次鼓励他能够参与刚刚兴起却还处于无人问津的居家养老服务事业。他感觉困难很大，但转念一想，我不做谁去做呢？于是他又出资 115 万元，创办了循化县居家养老服务中心。2016 年，因为惠康养老院管理有方，受循化县民政局委托，以"公建民营"方式，让他全权负责管理循化县社会福利中心。尽管试运行那年，他就赔了 19 万元，但他还是毫不犹豫地签订了"公建民营"协议书，他总觉得那些五保老人、残疾老人、空巢老人跟自己有着断不开的联系，总觉得自己对这些老人有一份推不掉的责任。

从 2011 年到现在，马力克在慈善公益方面共支出 4000 多万元。养老、教育、慈善三个机构实现就业 170 人。同时响应县委、县政府号召，积极参与精准扶贫工作，自 2015 年起，他每年拿出 10 万元向全县贫困人口发放救济物资。他的爱心得到了政府和社会的认可，先后获得"循化县尊师重教先进个人""全国敬老爱老助老模范人物""循化县民族团结进步模范个人"等荣誉。

2022 年 9 月，经过认真思考后的马力克，决定对自己的金星教育进行改革，以托管运行的方式，把自己的两家幼儿园委托给幼儿园创始人韩琼，把金星留守小学委托给自己当年的合伙人韩世杰。经过近一个月的资产清点、财务核算、认责确权，托管双方在十分友好的氛围里，签订了托管协议。因为他决定再赴西藏，他要保证自己的商贸旗舰不断产生效益，来支撑家乡的留守教育事业和养老事业。在签订协议时，他只强调了两点：一是在你们遇到困难时告诉我，我不推卸；二是金星教育永远不可以逐利，普惠、公益是我们永远不变的初衷。

[周子远（笔名），江苏盐城人，退休干部。金星公益留守教育的参与者和亲历者。]

当好拉面人最靠谱的"娘家人"

韩丽萍

　　青海拉面源远流长，历史悠久。4000 年前，世界上第一碗面在青海问世；4000 年后，敢闯敢干的海东人乘着改革开放的东风，将青海拉面"拉"向全国，"拉"成闻名全国的"青字号"优势产业和特色品牌，更是"拉"出国门，走向国际舞台。从沿海城市到内陆县城，从街边小店到高端商场，从"两口子、三张桌"到一家家餐饮连锁，创造了"拉面经济"的神话。

　　经过 40 多年的发展，青海拉面已成为老少皆宜、家喻户晓的大众化快餐美食。这一碗面不仅丰富了全国人民的餐桌，更是给循化人民带来了丰厚的回报，成为名副其实的小康面、振兴面、幸福面。

　　说起来，我也是这碗面的受益者。我的父母就是靠着一碗碗拉面撑起了小家，供我读书，改变了我的命运。如今，命运的齿轮旋转，在工作 20 年后，拉面与我"再续前缘"。

　　2020 年 11 月，我入职循化县品牌服务局，先后在循化县品牌服务局驻上海办事处、驻深圳办事处任职。驻外劳务办事处的主要职责是当好中间人。一方面，把党的优惠政策传达给拉面人；另一方面，积极为拉面人争取各类补助，了解拉面人在外打拼的困难，及时对接上级部门和拉面店从业人员，为他们解决实际困难。这与以往拉面人在外有难题，只能靠

"亲帮亲、邻帮邻"的方式解决完全不同，驻外劳务办事处的设立，让身处异乡的循化籍拉面人有了"娘家靠山"。

初到深圳，气候差异、饮食差异等让我很不习惯，但每日忙碌、紧张充实的工作使我很快转移了注意力，也很快适应了工作环境，跟上了工作节奏。我以最快速度拜访熟悉分布在深圳各个区域的循化籍拉面人，与他们建立联系，帮助他们解决困难。"你好，我家孩子到上学年纪了，能不能帮忙解决一下上学的问题？……""你好，现在有没有贷款方面的优惠政策啊？最近饭馆生意不错，我想扩大店面，但是钱还差点，我想贷点款，把店面扩大一下，明年我孩子就要考大学了……""你好，我们小饭馆房东又要涨租金了，还要求我们交 10 万'喝茶钱'，不交就要我们搬出去，能不能帮我们协调一下？……"

短短几周时间，各种问题接踵而来。好在有老同事的帮助，办事流程和解决方法都熟门熟路，我也逐渐上手，将老乡们遇到的问题一一化解。虽然有时也会历经波折，但到最后都圆满解决了。

"谢谢！""有你们真好！""非常感谢你们！"……这是我常常听到的话语，这些满含深情的话让我干劲十足，成就感满满。

短短一年时间里，我们将 5 万元慰问金，按每户 1000 元发放到 50 户循化籍在沪拉面人的手中；完成了"海东市省外务工困难人员个体工商户援助"申报与发放，为第一批 879 个在沪务工困难者每人发放 500 元援助补贴，共计发放 43.95 万元；按每人 700 元标准，为 961 名循化籍在沪务工人员发放"海东市省外务工人员困难补贴"67.27 万元；按每户 500 元标准，为 244 户个体工商户发放补贴 12.2 万元。

也许这些钱并不多，但看到每个拉面人发自内心的笑容，我心里涌起"赠人玫瑰"的喜悦，觉得那些挑灯夜战的日子都值得了。

2022 年对拉面人来说是难过的一年。在反复的疫情冲击之下，很多拉面店关门闭店，不少拉面人蒙受损失，但大家始终坚信，疫情必将战胜，

困难终将过去。每个拉面人都积极响应政府疫情防控号召，主动配合驻地办事处做好逐门逐户登记工作。同时，循化县委、县政府也紧急调拨一批生活物资运往上海，表达家乡人民对陷入困境的务工人的关爱。

作为驻地办事处成员之一，我也参与了物资集结、运输、配发过程，感慨良多，收获颇丰。

运输物资前，驻上海办事处的同事第一时间排查摸清循化籍拉面人总数，然后将物资需求、缺口和数量等详细资料交到我们手里。我们也在第一时间行动起来，在相关部门、乡镇、企业、农户的多方联动下，在极短时间内筹集到总价值约85万元的物资，包括粮油、方便面、牛肉肠、辣酱、豆干、锅盔等17类耐保存、便保管、易运输的农副产品。为方便物资装卸、运输和分发，我们又对这些物资进行重新规整，二次搭配，最终分成品类均衡的600份"爱心包"，确保每一份都符合疫情防控要求，搭配合理，配送方便。

同时，为确保驰援物资顺利送到每一个翘首等待的拉面人手中，待所有物资备齐后，我们也穿上了防护服，和司机师傅一起上路，亲自护送驰援物资。在那个特殊时期，出门上路犹如赶赴战场，内心充满忐忑。但只要一想到千里之外的上海还有那么多家乡父老在等着我们，浑身又充满了力量。就这样，我们带着家乡的关怀，昼夜兼程，火速赶赴，第二日便顺利抵达上海，将物资送到望眼欲穿的拉面人手中。

返程时，循化县驻上海办事处微信群里"嘀嘀"声响个不停。"感谢家乡父老乡亲，援助物资已收到，谢谢！希望疫情早日结束，上海加油！""非常感谢循化家乡同胞们的慷慨付出，也感谢品牌局。在几乎要绝望的最后一刻，家乡人民给我们带来了温暖……"这些发自内心的感恩，汇聚成一条温暖的河流，把黄河与黄浦江连接起来。

在循化县品牌服务局工作的这两年多时间，我了解了太多拉面人的辛酸与甘甜，感受最深的是祖国民族大家庭的温暖，触动最大的是拉面人对祖国心怀感恩的朴素情怀。一碗拉面撑起的不仅是一个家庭的希望，而且是为家乡脱贫攻坚注入强大活力，甚至创造了一种文化，凝聚起一种自强不息、勇敢拼搏的精神。短短几十年间，数万拉面人发扬勇闯天下的精神，书写了一部西部农民在城市化背景下二次创业的辉煌史诗，用勤劳和朴实为实现中国式现代化写下了浓墨重彩的一笔。

当好拉面人贴心的"娘家人"，我无怨无悔。

（韩丽萍，女，青海日报社编辑。）

"城市好人"韩素力毛的拉面人生

韩素力毛 口述　韩才妹 整理

进入 21 世纪以来，青海拉面产业如雨后春笋，蓬勃兴起。不甘落后、敢闯敢干的撒拉人乘风而起，将拉面店开到了全国各地，大城小镇里，总能看见青海拉面店的招牌。撒拉汉子韩素力毛抓住国家实施东西部协作战略的机遇，勇闯餐饮经济市场，将"拉面之花"的种子撒播在了江浙大地。他采用股份合作的形式，把拉面产业打造成乡村振兴、民族团结的幸福产业，万家灯火、创新创业的致富产业，服务社会、促进和谐、融入城市的爱心产业。拉面，是他一生追逐的梦想；拉面产业，实现了他的人生价值。

——题记

走出大山，打拼新天地

我叫韩素力毛，1979 年 10 月出生在循化撒拉族自治县街子镇三立方村一个普通的农民家庭。6 岁那年，我们一家迁移到了本县查汗都斯乡苗圃社村。因小时候家里兄弟姐妹多，受经济条件影响，小学毕业后，我没能继续上学。那时候，虽然年纪还小，但我咬紧牙关，和父母一起每天起早摸黑，代理饲养省畜牧厅的 100 只改良绒山羊，没日没夜地经营着家里承包的 5 亩多耕地和 4 分果树地，同时还要照看弟妹，打理家务。即便这样辛苦地劳作，一年下来，收入也只够维持全家老小的温饱。就在此时，我了解到改革开放的富民政策，也听说了邓小平南方谈话，一股暖流在心中涌动。我鼓励自己：要走出大山去闯一闯，干出一点名堂！

1996 年，我 17 岁，正是"初生牛犊不怕虎"的年纪。看到身边有不少亲朋好友贷款买大车、驾"奔九州"赚大钱，我受到极大的鼓舞。于是，我也大着胆子，将县城到公伯峡路段的乡村面包客运车承包了下来，准备大干一番。但当时乡村公路差，票价低，在坑坑洼洼的乡村道路上辛辛苦苦跑了三年，结果并没有如我想象中那样赚到钱。我第一次感受到了无奈与彷徨，也第一次明白了什么是压力和挑战。1999 年的一整个冬天我都赋闲在家，忍受着无事可做的难受，也就在这个冬天，我才逐渐意识到赚钱的艰难和创业的艰辛，才发现原来自己的小学文化水平根本经不起市场经济大风大浪的考验，也意识到文化教育的重要性，于是整日在痛心疾首、懊悔万分中度过。

2000 年春天，我东借西凑了 3 万元，买了一辆 55 型拖拉机，为循化县水泥厂拉石头。一年后，我变卖了拖拉机，又从银行贷了一些款，买了一辆东风货运车，远赴西藏阿里、林芝等地区拉运木材和硼砂。从西藏林芝八一地区到拉萨有 300 多公里，路程虽不长，但道路崎岖，路面破烂不堪，稍有不慎，就有可能车毁人亡。在荒无人烟、风沙飞舞的荒野里，往返一次就要走 15 天，天黑了就窝在车里，就地宿营，饿了啃点干馍、喝点凉水。两年多时间里，我尝尽常人无法体会到的辛酸和苦头。当听到街子镇团结村、三兰巴亥村的亲朋好友说起他们在青藏线上跑大型卧铺客车赚大钱时，我没能忍住诱惑，与家人、两个堂兄商议后，合伙买了两辆大型卧铺客车，开始在格尔木—成都—拉萨的千里青藏线上往返奔波。起初，

正如大家所言，收入确实可观，效益还不错。但随着青藏线上跑客运的撒拉人越来越多，市场竞争也日趋激烈，加之油价上涨，客运利润逐渐下滑，最终入不敷出。

在无情的现实面前，搞客运发家致富的梦想又一次破灭，我好像一下子回到了命运的起点。

鲁迅先生说："希望是本无所谓有，无所谓无的。这正如地上的路：其实地上本没有路，走的人多了，也便成了路。"2005 年 8 月，国家领导人在考察青海时，来到了我的家乡循化，对循化撒拉人走南闯北，追逐市场大潮，融入城市，在全国 55 个大中城市开设 4000 多家拉面餐饮店，让2 万多人成功就业的奋发之举给予了充分肯定。"一石激起千层浪"，一时间，官方媒体纷纷对此进行了大量的宣传报道，震动了青藏高原。循化县委、县政府借此契机，将目光投向了"拉面"这个为大众所熟知，但尚未起飞的"金鸟"。当时，县有关部门在政策上、资金上、技术上多方面发力，出台了扶持打造"撒拉人家"拉面品牌的诸多优惠政策；金融部门以发放小额贴息贷款的方式，鼓励农民到外地开拉面馆。政府一系列的激励和关爱，让我看到了一丝希望。

"山重水复疑无路，柳暗花明又一村。"2007 年春天，我凑了 1 万多元，带着妻子、兄弟和弟媳四人，踌躇满志地来到浙江省台州市，用12000 元启动资金开起了一家不足 30 平方米的拉面馆。这是我首次尝试进军拉面行业，没有经验，没有技术，只能一边经营一边学习。我虚心向同行学、向市场学、向拉面成功人士学，不断提高自己的拉面技能和经营管理能力。2008 年，我又和四个合作伙伴辗转南下，在湖北武汉以投资入股的形式开了一家拉面馆。那时，我不再只追求经济效益，而是学习进行组织化运作的经营管理方法。为此，我早上跑到其他拉面店"取经"，晚上挑灯夜战总结琢磨，一门心思想学真"本事"，弄清拉面行业的"道道"。从浙江台州市、湖北武汉市经营两个拉面馆的过程中，虽然只是见到了拉面行业的"冰山一角",却学会并且领悟到了开拉面馆最基本的一些"生意经"。

2012 年,我孤身一人来到杭州西子湖畔,加盟杭州绿草原牛羊肉销售公司,并注册商标,以"伊撒穆牛羊肉批发店"的名义,专门为杭州市和邻近市(区)县拉面馆配送牛羊肉。因为我始终坚持诚信为本、服务至上的经营理念,注重服务和品牌,在杭州城拉面行业声名鹊起,生意越来越红火。两年多时间里,我风雨无阻,为 100 多家拉面馆配送牛羊肉,最终,"伊撒穆"和"韩素力毛"因为肉品优良、人品实诚而在这个陌生的城市"叫响"了。两年下来,我净赚了 100 多万元。

这是我涉足拉面产业后,挖到的第一桶"金"。

走进城市,甘愿当"婆家"

2007 年,我辗转来到被誉为"人间天堂"的苏杭,开始打工生涯。在将江浙地区大小城市都转了个遍后,我发现,这些地方四季如春、繁华热闹,有着风景如画的环境、优质的教育医疗资源,更有文明和谐开放包容的城市居民。这些都是我所向往的宜居和创业的乐土。经过反复权衡,我最终选择了与故乡循化人居环境、地方民风、人际环境和历史传统传承等方面有相近相似之处的"太湖明珠"——无锡市。

在滚滚商海中摸爬滚打,我逐渐悟出一个道理:做好拉面产业、做出品牌,其实和其他行业一样,制胜法宝就是懂管理、创方式、会经营。"他山之石,可以攻玉。"从进入拉面行业的第一天起,我就通过各方面渠道,努力学习餐饮行业商业化管理的知识,捕捉行业信息,拓展自己的视野。安徽撒鲁尔餐饮管理有限公司《韩鼎记》中关于拉面提档升级运营管理的做法,对我启发很大。那段时间,我走遍江苏、浙江等经济活跃的大小城市,实地调查客流市场,为扩大拉面产业摸索行情。2015 年,我瞄准市场,研判客流、信息流、资金流等诸多因素,投资 200 多万元,先后在

无锡市火车站、铁道大酒店、北广场、梁溪区上马墩等繁华地段盘下了7个拉面店，对每个店的门面、门头、内部设施装潢精心设计，融入了青藏高原及"撒拉人家"文化元素，里里外外都以绿色装饰打底，门栏上用深色木格子装饰，一派撒拉族风格。所有包厢都以"孟达天池""骆驼泉""青海湖"等青海风景名胜区命名。内部墙壁上，对应展示相关传说、故事和神话。来吃饭的每一位青海人看到这些熟悉的画面都倍感亲切，而其他顾客也被店里浓郁的民族风情所吸引……

一年下来，7个拉面店的经济效益和社会效益一直在稳定增长，年净利润达到了100万元。

初尝成功，我看到餐饮店发展前景很不错，便有了更大的目标，暗自狠下决心，未来，要在无锡市打造拉面行业的大本营和火车头。

此外，为了帮助家乡父老同步致富，7个店里聘用的40名面匠师傅和工作人员都是循化及青海籍务工人员。人多了，管理是个大事。我们也借鉴现代企业管理办法，实行工资、出勤、表现等日常工作与绩效相挂钩的激励制度，一切按制度办事，凭绩效说话。不少外来务工人员慕名找到我，表示愿意到我的店里打工。

一番打拼之后，我积累了500多万元资本。按照平常人的想法，可以安安心心过上"一亩地，一头牛，老婆孩子热炕头"的舒心日子。但我是撒拉人，我们撒拉汉子骨子里头带有"敢为天下先，不到长城非好汉"的闯劲。我已经不满足于小富即安，心里还揣着更大的梦想，憧憬着更美好的未来。当时，我目睹无数想要到南方开拉面馆的撒拉族、回族等西北少数民族群众，因为缺资金、缺经验、缺人脉而陷入困境，加上有语言沟通障碍，不善言辞，想要经营好拉面店，困难确实不小。我想，乡亲们离开故土、离开亲人，怀着"外出一人，致富一家"的热情，鼓足勇气到大城市开拉面店，如果找不到租金低的店面，就算开起来了也不长久，最后亏损关门，甚至血本无归。而此时的我，已经有了规避风险的一整套经营念，哪个地段找店面下本钱合适，一眼便知。这也算是无形资产吧！我想，一人富不算富，大家富了，生活好了，那才叫幸福呢，于是心里头就有了"为乡亲们帮一把、扶一把"的念头。

故乡情是我永远不变的情怀。

为了帮助解决循化撒拉族及青海籍少数民族群众南下开拉面馆资金短缺、找店面难的实际问题，我本着回报社会、服务乡亲、先担风险、利益共享的理念，将成功企业长远投资和股份合作的经营理念运用到自己的拉面产业实践中，以江苏无锡市为中心，放眼江浙百公里半径的大中城市，将自己长年累月积攒下来的上百万元资本作为"源头活水"，精心"孵化"的一个个拉面店"破壳而出"。为满足循化及青海籍乡亲们的创业需求，2016年至2017年，我在南京市火车站、新街口等繁华地段盘下4个拉面店；在江苏张家港、镇江万达广场、江苏大学、科技大学等区域盘下6个拉面店；2018年，在浙江温州火车站、客运站，桐乡市科技城等地盘下6个拉面店；2019年，在浙江清乐时代广场、正泰集团、柳市车站等地段盘下8个拉面店，在台州市解放街、横溪车站、仙居汽车站等地段盘下9个拉面店；2023年，在丽水市大洋百货、永康市客运站、五爱花鸟市场、义乌市五爱路、江苏扬州清真寺等地盘下18个拉面店；2023年底至今，我又在西安市火车站南、北广场、儿童医院、西京医院及咸阳市肿瘤医院客运站、汽配城等地盘下了9个店面……

每盘下一个拉面店，我就像给自己的姑娘找婆家一样，擦亮眼睛，精打细算，分析市场、分析客流、分析收入。这9年，我披星戴月，辛勤耕耘，在我印象中，感觉自己在中国跑了一遍、绕了一圈。也基于前期"功课"做得扎实，盘下来的店面中，有60多个店当年投产、当年开张、当时收益。

为进一步扩大收益，拓展拉面产业，通过"伊撒穆"等新媒体网络招商招聘平台，借助循化就业服务局官网，发布合伙合作及招工用工信息。

没等多长时间，就有"诚实守信"标识拉面店合作伙伴和务工人员找到了我，表明了意向。与拉面合伙人签订合作经营合同时，我只要求对方拿出1万~2万元信用担保金，拉面店就能开起来，等过一两年，再让合作伙伴缴纳开店投资本钱。至于分红分成，就看拉面店年收益情况，商定25%的利润归我，拉面店经营主获得75%的利润。这种为初涉拉面行业的乡亲们"避风挡雨""倒金字塔"式的运营模式，得到了不少拉面人的青睐，我也获得了经济效益、社会效益的双重回报。

细算，从2015年至今，我先后投资超过1000万元，用9年时间盘下67个拉面店，每年平均为社会创造1.3亿元经济效益，帮助500多名务工人员实现稳定就业，帮助200名拉面人实现了创业致富梦。

胸怀大志，谱写辉煌人生

从一个17岁风华正茂的小伙，到现在成为一个年富力强的拉面人，我从步入社会的那天起，就一直在思索着一个问题："干什么行当是长久之计？既能自己心安理得，又能造福于他人和社会呢？"我悟出来的道理是：只有想别人不敢想的事、做别人不敢做的事、吃别人不能吃的苦，才能开辟一条属于自己的成功之路。

机会总是留给有准备的人。为规范化、市场化、科学化、品牌化管理旗下60多个拉面店，2018年，我注册成立了无锡伊撒穆餐饮管理有限公司，资产规模达1个亿。1亿元资产的起点是最初的1.2万元，60多个拉面店的起源是最初那一碗面。"一碗拉面"成就了我的人生梦想，使我尝到了奋斗的甘甜，领略到了成功的喜悦，催生了向下一个更远更高目标行进的激情。2017年2月，我投资500万元，在无锡市繁华地段买下4间100多平方米的商铺，又花130多万元购买了一套180多平方米的四居室住房，将两个孩子送入无锡市的学校，接受优质教育。2020年，我将户口迁至无锡市梁溪区，自此，鱼米之乡成了我的第二故乡。同时，按照父母意愿，我在西安市给两位老人购置了房子，实现了让家人住有所居、孩子学有所成、老人老有所养，全家人体体面面过上和城里人一样生活的梦想。

回头看，轻舟已过万重山；向前看，前途漫漫亦灿烂；抬头看，满天星光甚浪漫；低头看，满路荆棘尚需努力。

感恩奋进，建设家园

回馈社会、报效桑梓、融入城市、团结奋进是我始终不渝的精神动力。很多人说我对自己太过吝啬，而在扶持帮助他人和做公益事业时却非常大方。我的合伙人也说，韩素力毛是"宁愿倒自己的油缸，扶集体水缸"的人。但这是一个人的根性决定的，只要心中有善念，埋得再深，总有发芽成长的那一天。说到底，不是我们自己多么了不起，而是这个时代成就了我们，回馈社会、回报家乡是理所应当的。回望酸甜苦辣的创业历程，在坎坷的道路上留下了一串值得流连的脚印，为自己，也为社会……

从最初给循化县查汗都斯西滩小学捐助5000元起，我开启了我的公益人生。在拉萨、南京、无锡等地，我结合自身成长经历，劝导20余名在人生十字路口徘徊的青少年走上正轨；帮助解决了100多名青海籍拉面人子女的上学问题；新冠疫情期间，带领拉面合作伙伴捐款10多万元，捐赠口罩10万个，免费提供爱心拉面1万多份（碗）；奔波江浙地区30多个县市，调解处理80多起涉及民政、教育、宗教、城管及劳务、民事维权等纠纷；每逢传统佳节，组织队伍到无锡市7个养（敬）老院开展慰问活动，还经常为环卫工人和民警送去爱心餐，发放"爱心宝"……

真情换真心，自踏入无锡市以来，我几乎连年被评为"城市好人""无锡好人"。

一路艰辛一路歌。我出生在撒拉族发祥地——循化县街子镇骆驼泉边，从小听着骆驼泉美丽的传奇故事长大，父辈们经常说的"不伤生灵的

仁德、同甘共苦的义德、服从首领的礼德、远见卓识的智德、一诺千金的信德"五种道德至今萦绕耳畔。今后的路还很长，我愿继续发挥"黄河浪尖撒拉尔"勇立潮头、敢闯敢干的精神品格，戒骄戒躁、荣辱不惊、奋发进取，为青海拉面走出国门、走向世界做出贡献。

（韩才妹，女，撒拉族，现年20岁。爱好写作，曾获《西海都市报》征文比赛二等奖，现就读于中央民族大学。）

农民工的贴心人

——记循化县驻京劳务办事处主任马秀英

韩 鹤

马秀英同志被派往北京任驻京劳务办主任、循化县在京务工人员工会主席及在京务工人员党支部书记以来，共协调解决合同、拆迁、离婚及各类案件、纠纷 1991 起，挽回直接经济损失 1045 万多元；安置就业 376 人，先后为 495 名农民工办理证照，协调解决看病及子女入学问题；联系当地各法律援助中心援助 149 起；帮助 723 名农民工与用人单位签订劳务合同；为因病无力支付医药费的在京特困农民工争取个人捐款及组织帮扶 34000元；根据组织安排接访劝访 13 人。从而为我县的劳务输出，在京农民工的跟踪服务，依法维权以及社会稳定做出了一定的贡献。

知冷知热，把实事好事办到农民工心坎上

在京务工人员分散，流动性较强，不利于掌握情况，管理难度增加的情况下，马秀英同志始终关注着农民工的所思所想，通过办好一件件让农民工看得见、摸得着、贴心窝的实事，把组织的温暖送到农民工的心坎上。

在维权过程中，根据少数民族语言不利于沟通、口头协议多不利于维权、行事鲁莽容易激化矛盾的实际，她紧紧抓住在京具有代表性的群体性

事件及农民工文化素质低、法治观念淡薄等问题，在丰台区、海淀区、朝阳区所属街道办事处的支持下举办了三期法制培训班，教育引导农民工依靠党和政府，正确表达利益诉求，在权益受到侵害时要依法维护自身权益，而不是以暴力方式应对。同时在农民工需要救助时及时出面协调，在农民工遇到困难时及时伸出援手。如：循化县下岗职工赵强因病住院无力支付巨额医疗费，在马秀英的协调下，北京市武警总队第二医院愿意减免部分医疗费为其治疗。此后针对农民工在京就医难的问题，依靠北京市总工会协调武警总队第二医院为 230 名女农民工免费体检，这些女工只要有就医回执单，可以在任何时间段不用排号就可以免费体检，直至离京。此次体检发现癌症及多例心脑血管疾病，得到了医院专家的就医指导，还对低保户患者减免了药费，极大地方便了我省女工在京就医问题，受到广大女工及家属的称赞。特困残疾人马亚海牙因其老板所经营的饭店被拆迁，没拿到一分工钱，马秀英了解情况后及时将此情况通报给支部其他成员，在 27 名党员的共同努力下共募得捐款 4000 多元，同时求助青海省总工会争取到困难职工补贴 1000 元。尽管国家多次出台九年义务教育期间流动人口子女在所属城市接受义务教育的政策，但在北京该项政策因各种原因一直未落实，眼看着几十名学生辍学打工，她看在眼里，急在心上。她又奔走于各区教委、民委和工会之间，争取这些部门的支持，使近 100 名小学生顺利进入他们居住地所属的学校；其中因教材原因无法在京解决上学问题的 80 多名初、高中生，也通过她的努力与河北大厂高级实验中学取得联系并予以解决。

2007 年 6 月 30 日上午 10 时，因对丰台公安分局刑事拘留马文明一事不满，200 多名农民工到国家民委上访，要求公安分局就此事予以答复。马秀英同志得知此事后积极了解情况掌握信息，一方面向省、县总工会及就业局反映情况，另一方面向当地上一级公安机关、民委、街道办事处通报有关情况。当上访群众对当地执法部门失去信任后，她又求助当地人大代表进行监督。在被当地派出所误解的情况下，她仍然做上访农民工的说服教育工作，协助当地政府和县工作组工作，使这起群体性上访事件得到圆满解决。她本人也得到丰台区委、区政府的称赞，并获得经费补助 5000 元。借此机会，在区民宗办的协助下，在丰台区南苑街道办事处举办了在京各区农民工负责人及部分务工人员法制培训班。通过培训，进一步增强了在京农民工的学法、守法、自觉依法办事的思想意识，优化了农民工的务工环境，有力地维护了社会稳定。

舍小家，顾大家，勤勤恳恳，忘我工作

为了节省开支，在时间允许的时候，马秀英一般乘坐的是没有空调的公交车。2006 年 7 月的一天，公交车中的温度高达 41 摄氏度，她办事途中在公交车上中暑晕倒，后被好心人送到医院，算是捡回了一条命。2008 年 3 月，她在骑车办案途中被车撞后，全身大面积软组织损伤，持续两天发高烧，心中仍惦念着工作。2007 年 4 月，她在办案途中晕倒，后在路人的帮助下被出租者司机送往海军总医院救治，诊断结果为疲劳过度，严重睡眠不足，精神长期处于高度紧张状态，导致脑供血不足，神经衰弱。如此反反复复，许多农民工知道后，都不忍心让她乘坐公交车。在为大家处理完事情后，都纷纷为她付车费、买饮料。由于她把自己融入群众中去，加上她扎实的工作作风和泼辣、干练、办事干脆的性格，赢得了农民工广泛的信任和大力支持。

她把自己全部的精力投入工作中，用自己的真情实意和人格魅力影响和带动广大群众共同构建和谐社会。为群众办一件好事、做一件好事不难，难的是天天做，不间断。8 年来，马秀英做到了——因为她付出了真心，奉献了真情。一次，她接到一个自称是查汗都斯乙么亥村的电话，称其 13 岁的儿子马明逃学到北京打工，据说在朝阳区一个甘肃人的饭馆打工期间受伤，老板限制其人身自由，受伤后不仅不给看病，还让孩子上班，

希望得到办事处的帮助。接到求助后，她经多方打听，了解到情况基本属实，最后在朝阳区东坝乡驹子房找到了该男孩打工的饭店。经了解，该男孩双脚被面汤烫伤后严重溃烂，已无法正常活动，但仍然在洗碗，马秀英要求其老板赶紧送医院，否则耽误了最佳治疗期可能会致残。但老板马向荣态度非常强硬，说："我店里不养闲人，洗碗只是让他挣饭钱，我没钱给他看病，他的病什么时候好了什么时候发工资。"她当即决定先自己掏钱送孩子上医院，并告知马向荣：（一）办事处准备向朝阳区劳动部门投诉该店涉嫌违法雇佣童工。（二）向当地公安部门报警其限制马明人身自由。（三）向法院提起诉讼，讨回马明住院期间的所有费用。经过协商，马向荣意识到问题严重，共支付马明住院费等各项费用12791元，马明伤愈后由办事处委托回青海的老乡照顾至平安到家。

在遇到有争议和冲突的事件时，马秀英做到认识到位，政策宣传到位，疏导工作到位，交流信息到位。在遇到突发事件时，冷静、理性、平和、快速处置是她这8年总结出的经验。8年来不管在京务工人员有什么事情都愿意找她，大到打架后被刑事治安拘留，小到老婆生孩子、兄弟间闹矛盾、生病到医院看病办手续、店里失窃报警等，她都要管。为了使自己这个党支部书记、劳务办事处主任和工会主席更称职，她不分白天黑夜、不管刮风下雨，在接到农民工求助时，总是在案发第一时间到现场调查取证，好多农民工经常自豪地对外人说："我们的马大姐到现场比110还快。"

为了使农民工的利益得到保障，她经常早出晚归而顾不上自己家的事。她从来没有时间顾及女儿的学习，学校开家长会总是由店里的员工代替她去。2005年9月，她因有案子在大兴区开庭，无暇顾及女儿上学，在女儿去学校途中下暴雨，孩子被雨伞带到臭水河中，差点被淹死，幸遇摆小摊的河南籍老乡救出。庭审结束后马秀英回到家，看着满身泥浆、散发着臭味的女儿，她流下了愧疚的泪水。她经常写材料到半夜两三点，但第二天早上 7 点她仍以饱满的精神状态投入工作中。因生活不规律，消化不良、胆囊炎、类风湿关节炎等疾病始终困扰着她，再加上超负荷的工作量以及经常熬夜，2010 年 9 月 30 日终于因胃出血住进了潞河医院。她爱人在原籍上班期间因故摔成腰椎骨折、右手臂骨折，年迈的母亲手臂骨折。马秀英与残疾弟弟合开的三家饭馆因缺乏管理，相继倒闭，第四家营业额也由以前的 1800 元左右下降到现在的五六百元。面对爱人的抱怨，她无言以对，她知道自己欠这个家太多太多！一分耕耘，一分收获。2005 年循化县驻京劳务办事处被海东地区就业局评为先进劳务办事处；2006 年她被评为 2006 年度海东地区优秀工会工作者；2007 年 4 月被评为青海省 2006 年度"十一五"建功立业竞赛活动先进个人；2008 年 1 月被全国妇联授予全国"双学双比"先进工作者荣誉称号，同年 4 月被中华全国总工会授予"全国优秀工会积极分子"称号；2009 年 9 月被青海省妇联授予"青海省十大女杰"称号。2010 年 12 月驻京劳务办事处再度被评为先进办事处；2011 年 7 月马秀英被评为优秀党员。面对这些荣誉，她动情地说："我对我的家人有着太多的愧疚，但作为一名共产党员，这里有更多的群众需要我。如果说一个家庭的付出能够换来大家的幸福，我无怨无悔。"8 年来的风雨历程已成为历史，作为党支部书记，宗旨、责任和使命使她想得更多的是立足当下，用真情构建干群关系，用自己对党和人民的忠诚，继续为首都的和谐稳定，也为在京务工人员彻底摆脱贫困而努力。

（韩鹤，女，撒拉族，大学生。）

马如龙：走自己的路

马索里么

循化，街子，细雨。

我披着一场雨，穿过柳色青青的街道。"亚优伊"三个白色大字映入眼帘，后面跟着一行稍小的黄色字——纯汤牛肉面。吸引我的是电子屏上的一行字：党支部引领村民发展拉面产业培训实体店。"党支部"和"拉面"，正是我此行采访的两个关键词。走进饭店，正好碰上一位老人在乞讨，与店里的热闹氛围格格不入，我转了一圈准备转身离开。就在这时，一位身材魁梧、面皮白皙、理着光头的中年人出现在我面前，他看到老人的拘谨，急忙从锅里捞出几个茶叶蛋，放在了老人手里。

望着这一幕，我心里暖暖的。

看样子，他就是这个店的老板，大别列村党支部书记，我的采访对象——马如龙。我径直走上前询问，果然是他。因为之前有过微信和电话联系，对他的热情已经有所领教，不由放下了刚见面的拘束。现在正是中午饭点，看着忙碌的饭店，我抱歉地说："不好意思，我来得不是时候，打扰你们了。"他微笑着回道："你来得正是时候。"说罢，便把我引到一间包厢。

我摊开笔记本，准备采访，正在倒水的他急忙说："先吃饭，不忙工作。"说完，转身出去。再回来时，手上端着一个盘子，是花生米、豆腐皮、海带、酸菜四样小菜，一碟子牛腩，说这是他们店里的特色，让我尝尝。无法拒绝，只好顺着他的意思。

既然如此，我打算边吃边聊。但他的直率却出乎我的意料。眼前这个中年人，半生的风雨跌宕的人生阅历和大开大合的见识，造就了他独特的为人处世思维。对任何事，他都有自己的想法，今天的采访也不例外。我以为采访会比较艰难，但在他"一点就通"的叙述中，我变成了纯粹的倾听者，只是来激活一位撒拉汉子心中尘封已久的故事。

激情岁月

他，生于20世纪60年代行将结束的那一年——1969年。

第二年，中国第一颗人造地球卫星发射成功，研制出第一艘核潜艇。

他的命运像是在一穷二白的废墟上诞生的共和国一样，以一种新的希望开始了。

时光荏苒，白驹过隙。时间来到1993年，神州大地处处欣欣向荣，改革开放春潮激荡，唤醒了"春江水暖鸭先知"的大别列村。这一年，他24岁。

三岔集镇，是改革开放后在一片荒滩野地兴起的商贸重镇，是八方货殖的通衢要道。就在这条街上，他家有几间铺面，一直经营着车马店。出生在这种半农半商之家，他比种庄稼为生的同龄人多了一些商业头脑。由于篇幅所限，现在简单扫描一下马如龙经营拉面馆之前的创业经历：

24岁的马如龙，跟着村里的乡亲们，出黄河，去遥远的新疆阿尔金山挖金子，这是他走出的第一步。

1995年，他将家中的车马店升级为云龙宾馆，附带云龙食府，并创办了黄河牛羊育肥厂。

1997年，创办了循化县民族餐饮服务中心。

2003年，到西宁创业，开起了雅豪食府。

2009年，将雅豪食府转让出去，改行干路桥工程。

2016年，担任大别列村党支部书记。

2023 年，"亚优伊"纯汤牛肉面开门营业。

在"社会大学"学习 31 年后，他从一个风华正茂的年轻人，步入了不惑之年。2024 年，他的脚步踏上 55 岁门槛。

东奔西走数十年，最深刻的经验就是：干专业的事。隔行如隔山，转行不挣钱；腿脚要顺着被子伸，这是老辈人的处世秘籍，也是马如龙在跌跌撞撞的创业生涯中摸索出来的经商之道。如今的他，并不觉得自己已经从社会大学毕业了，而是立志活到老、学到老。此生最为看重的"毕业论文"的选题，依然是不离不弃的拉面行业。

如果只论资产，他已经有好几个铺面，有饭店，外面有工程项目，有加盟店。他说："我现在不愁吃，不愁穿，心里满足。"现在的他完全可以躺平，莳花种草，含饴弄孙，享受天伦之乐。但优秀的人，想的永远不是眼前的一亩三分地，他们胸怀大志，心系社会，有回报桑梓之心、造福群众之志。已过不惑之年的马如龙，在众乡亲的信任所托之下，高票当选大别列村党支部书记，接下了带领父老乡亲走向美好生活的接力棒。

换了人间

拉面事业蒸蒸日上的马如龙，在乡亲们的深情厚望和殷殷期盼中，走马上任了。

为了自己的家庭，他半生在外拼搏，已经打下了一片艳阳高照的天地，而回望故乡，却令他心疼。乡亲们还没有完全脱贫，日子过得并不富裕，村庄虽然地理位置优越，却也没能发挥优势。看着村子和乡亲们，他整夜整夜睡不着，翻来覆去思谋解决之道。

他很清楚，自己事业的发展，靠的就是国家和各级政府的好政策。得益于各项惠民政策，让他一个农民有了创业干事的机会，要不然，仅凭激情是成不了事的。想到这儿，他心中有了一丝光亮，很多困惑迎刃而解。不错，我依靠国家的好政策发家致富，那带领乡亲们奔上致富路，不靠党和政府靠谁呢？豁然开朗之余，他激动得一拍大腿，翻身而起，把睡在旁边的老伴儿吓得不轻。要不是老伴儿的阻拦，他早按捺不住，夜里就要去找村里其他党员了。

党支部会上，他就提一点要求：党支部要带头起"领头羊"作用。这一点得到了全体党员的支持，党员思想统一起来了，剩下的就是干。

干，说起来容易做起来难。面对村庄没有集体经济、没有技术、没有思路的现实困难，大家清晰地看到了未来之路的艰难。但这并没有吓倒他和党员们，他们都知道，党在发展过程中，同样也经受过重重困难。党怀着为人民服务的信念，一路奋斗下来，成就了今天的大好局面。他从组织党员学习党史开始，统一党员思想，从党史中汲取拼搏干事的激情和力量。

他时常在想，村子整体性脱贫致富的出路在哪里？他想到了拉面。拉面已经成为不受地域、市场、族群限制的大众化快餐，中国市场那么大，我们村这点人走出去，连点影子都看不到，但对一个村子来说，把几十家上百家饭馆挣到的钱会聚起来，是一股财富的长流水了。他把这个想法跟其他党员一说，大家都认为是一条可行的路。村里年轻人多，想脱贫致富的愿望强烈，只要有人带头，完全可以实现。

点子有了，但一个很现实的困难摆在面前——钱从哪儿来？没技术怎么办？大家陷入了沉默。手里没刀难砍柴呀！钱是硬头活，开个面店，没有十万八万怎么行？

2000 年，大别列村集体从信用社贷了 350 万元贷款，但过了 18 年，这笔贷款依旧没能还上，银行将大别列村列为失信村，现在要想再去银行贷款是不可能的，除非把旧贷还清。商议半天之后，最终他们决定：动员全村人还贷，将 350 万元贷款分摊到每家每户，每户五六万。

但这事说起来容易，真要真金白银收起来，又都揪了大伙鼻孔里的毛了，户看户，人比人，谁也不愿掏钱还贷。马如龙觉得说一千道一万不如

做出来给大家看，他说："我个人出 100 万，作为银行抵押金。"

他说到做到，他找到县农商行领导，拿出 100 万元存折说："我这 100 万抵押给银行，希望银行能给我们村发放贷款。之前的旧贷，我们正在想办法，抓紧时间还。要是我们还不了，我的钱就抵给银行。"

银行领导被他这种无私为公的精神打动了，表示可以给大别列村放款。

马如龙带领其他党员，挨家挨户去做工作……

旧贷顺利还掉了，新贷也到账了。原来的失信村变为信用村。在银行领导眼里，马如龙就是信用，有他在，贷出去多少，都不怕还不了。

钱的事儿解决了，接下来是技术问题。马如龙说："这个好办，一部分去内地，一部分来我店里学技术。"

村里的年轻人带着梦想去创业，踏上了"第一年当跑堂、第二年当面匠、第三年当老板"的创业之路。

马阿里是一名党员，高中毕业后回村务农。因为家境贫寒，给不起高价彩礼，到 27 岁还没有结婚。马如龙知道后，自掏腰包 3 万元，还发动身边的朋友捐款，帮阿里娶上了媳妇。他又让两口子在他的饭店里打工，开出 10 万年薪。小两口满心感激，工作非常努力，用双手创造美好生活。

27 岁的马永海游手好闲，不务正业，在村里老少眼里都失去了信任，他想贷款，没人给他做担保。马如龙找到他，推心置腹地聊了一回，决定给马永海做担保，很快贷到了 10 万元。小两口带着这 10 万元南下深圳，开了一家拉面店。现在，马永海生了儿子，挣了票子，盖了房子，买了车子，变成一个受大家欢迎的人。

马占青，32 岁，身无长技，一直没能外出务工。马如龙把马占青聘到店里，每月开 3500 元工资。后来马如龙又手把手教他炒菜，好让他有一技之长。马占青学成后，马如龙留他在店里当厨师，年薪 10 万元。现在马占青已成为独当一面的主厨。

这样的故事还可以讲很多。从这些故事里，我看出了一位有担当、有思想、有办法的拉面人，一位群众满意、放心、依赖的村支书。

故事永远不会结束，我暂时撷取三段以飨读者，让读者通过马如龙这位普通的村党支部书记去领略撒拉之乡的村干部是如何在新时代演绎"父母官"角色的。

生活进行时

说话的间隙，马如龙不停地招呼我吃点东西，又朝着厨房喊："来一碗拉面。"

不一会儿，服务生端出一碗热气腾腾的拉面，马如龙赶紧招呼我："你尝尝，这是我店里新出的产品。"

一筷子入嘴，嚼一嚼，面的甘香立马溢满嘴。面筋道，光滑，有味。他看着我吃下去后，才说："味道怎么样？我们店里没有拉面师傅，面是用机器拉出来的，一天能用掉六七袋面粉，营业额每天都能过万。"

我很惊讶，机器面条我吃过，但没有这么筋道呀！再说人们吃拉面讲究的是手工拉面，机器面回家自己也可以做，何必花钱来店里吃呢？他好像看出了我的疑虑，继续说："我们这是纯汤牛肉面，是经过无数次研发调制出来的，一碗面6元，就是你现在吃到的这面。"

我确实没想到，机器还能做出堪比手工的拉面，还广受青睐，这点从店里络绎不绝的食客就能看得出来。正当我吃面时，有位老人进来吃饭，马如龙立马嘱咐服务生："给老人上个油饼、端一碟小菜，老人们不常来，来了就是福到了。"

马如龙说，老父亲已经103岁了，不论是忠于职守，还是基于孝道，他都不能远行。他开这家店，不完全是自己挣钱，一半用意是作为"党支部引领村民发展拉面产业培训实体店"，也算是为村集体做贡献。村里有意外出开拉面店的，先到他店里带薪培训，等学到技术，党支部再帮扶外

出创业。村党支部以实际行动赢得了群众信任，成了脱贫致富的主心骨。

受疫情冲击，一些拉面馆遇到困难，马如龙担心由此可能导致部分人家返贫，党支部一班人正在想办法，帮助那些稍不留神就返贫的拉面馆尽快走出困境。

胡赛尼是村里的兜底户，受疫情影响返贫，无奈去广州打工。在马如龙劝说下，胡赛尼回到循化，在他店里参加培训，每月能拿到 6000 元培训工资。学成后，在党支部帮扶下贷了款，开了自己的拉面店。

马如龙虽然身在村里，却时时为全村的发展操心。他想，后疫情时代是二次创业的分水岭，如果及早行动，必定能抓住机遇。在他看来，年轻人只有解放思想、与时俱进、努力拼搏，才能开创出属于自己的一片天地。虽然三年疫情对社会经济影响较大，但中国市场足够大，足够年轻人去创业。他认为，年轻人一定要多出去，看看外面的世界，在实践中练就本领。就算在打工期间，也要学习人家的成功经验。党支部要争取国家扶持政策，想方设法让老百姓在拉面产业获得更大收益。当务之急是让"输血"变"造血"。早先的人们习惯了等、靠、要，时代发展到现在，这种思想已经过时了，跟不上趟了。要想致富，就得靠自己的智慧和一双勤劳的手。

马如龙对当下拉面产业正在面临或可能出现的困局有着挥之不去的担忧。他说，早期的拉面夫妻店模式必将淘汰，当务之急是提档升级。要以股份合作制形式，走品牌化、规模化之路，形成集群优势。诚信经营是拉面人永远的立身之本，什么时候、到哪儿都不能丢弃。

迈步从头越

翻开手机，时间已到下午 4 点 23 分，不知不觉过去两个小时。一个人经历得越多，沉淀下来的故事就越多。与寻常的创业者比起来，马如龙的故事中又多了一重色彩——他的故事与他身后的 200 多户人家的小康故事紧密相连。

就他自己而言，五个孩子是他的幸福源头：三个女儿读完大学已经上班，大儿子跟着自己创业，小儿子正在上高中。眼下，他要扛起来的另一份重任就是支部书记的职责。大别列村在黄河沿岸的大块土地都被黄丰水电站征用，人多地少矛盾越来越突出，如何进行二次创业，是摆在党支部面前的一道现实课题。

当初他为村里拿出了100万元做抵押，别人问他为什么这么做，他回答："群众利益面前，不算个人小账。"今天的大别列村今非昔比，在外面开饭馆的有70余家，有400个拉面人，年收入超过1000万元。大家靠政府、靠拉面致富，村容村貌发生了很大变化。污水管网、厕所改造、冬暖封闭、村道白改黑项目都已落实。一个村子发展到这个程度，人们对美好生活的需求不单单是挣钱了，还要满足日益增长的精神文化需求。马如龙意识到，下一步要争取旅游项目，依托毗邻三岔集镇优势，把大别列村打造成具有浓郁撒拉族风情的乡村旅游示范村。

这一路下来，马如龙怀揣的梦想从未消失，在流水般消逝的时间里，曾经的梦想早已沉淀为心中的那份执着。行文至此，我还没有点出本文引用的"走自己的路"一句，还是马如龙说了出来："我去华西村参观学习的时候，看到人家的发展模式，觉得还是要因地制宜，走自己的路。"

大别列村，有自己独特的优势，发展前途远大，发展前景广阔，正是有这些特点，马如龙选择了一条最适合大别列村的发展之路。"走自己的路"，他自己做的事情，不就是在"走自己的路"吗？

道阻且长，行则将至。路还很长，马如龙和大别列村的未来，定会更加灿烂。

理想可大可小　脚步且阔且稳

——韩文海：踏着"拉面"到缅甸

韩艳蓉

1982 年出生的韩文海，到 2010 年才开始寻找事业方向，这在同龄人看来，已经太晚了。但这个世界，既有人少年有为，也就有人大器晚成。

韩文海就是后者。

追可追之梦

在韩文海事业之帆还未张开之前，他三个聪明、可爱的孩子出生了。那时候，他正在巴基斯坦和泰国两国之间辗转往返，努力求学。毕业后他并没有按照常人所预想的那样，找个语言翻译相关的工作，稳稳当当拿工资，也没有如别人对职场人士所理解的那样，不受风不淋雨，跟着客户满世界飞，吃吃喝喝玩玩，而是在山西运城开启拉面事业，踏上了拉面之路。

那一年，是 2010 年。

运城有他的妹妹。他们一家人让他以"合伙人"的身份，留在了自己的店里，带着他进入了拉面行业，站在妹妹、妹夫身边，同他们一起成为"拉面人"，成为拉面户。一年之后，因为店面小、利润小，妹妹将饭馆留给韩文海，自己一家人又另找他地，重新开始。就这样，韩文海和妻子雇了个面匠，接过妹妹手中的"拉面接力棒"，将小店开了起来，走上了青海拉面早期"夫妻店"的老路子。这一开，就是 8 年。

起初，因为整个运城只有七八家兰州拉面馆，小馆生意还不错。短短五六年之后，小小运城突然间涌进来大量拉面馆，各个地区、各种口味的面馆遍布大街小巷，一时竟达到 40 家之多。这座小城像是被淹没在了"拉面"中，韩文海的面馆生意一下子被冲淡得像一杯白开水，一天下来，食客寥寥。

2018 年的一天，还是和往常一样。有一位顾客看着眼前络绎不绝的顾客，突然感慨地说：以你们店现在的餐饮品质和水准，要是在缅甸开起来一家，肯定会有更好的发展前景。在随后的交谈中，那位顾客告诉韩文海，他是一名商人，现在在缅甸做生意，如果有意愿，他可以带他一起过去。

对于任何人而言，这都绝不是当下就能立即拍板决定的事，而是一个需要认真考虑的问题。

然而，出乎所有人的意料，韩文海作出了一个让身边所有人都大跌眼镜的决定：走。而且说走就走，跟上那位既无深交也无往来的"陌生人"走出了国门，走向那个他从未踏足过的陌生世界。

当时的缅甸在大多数国人的印象中是个危险、贫穷、落后的地方，甚至有人认为，选择缅甸就是选择了一条不归路。韩文海可不理会别人的想法和眼光，因为他有自己的想法和眼光。

当时的他已经看到，纵观全国，随着经营环境的不断优化，全国各地拉面店重新洗牌、重装上阵。一直稳居拉面品牌首位的兰州、化隆等地的拉面已经品牌化、规范化，不断挤压小店的生存空间。再看西北市场，包括拉面在内的快餐市场已经饱和甚至"溢出"，拉面行业内部竞争已经朝着"内卷"方向发展。像他这样没有资金，还拖家带口、白手起家的人，拿什么在拉面行业立足生存？

于是，他在运城给家人租好房子，安顿好家人，料理好三个孩子学校

里的事和家里的事后，就出发了。

一程磨砺一站景

勐拉，又称小勐拉，缅甸掸邦东部第四特区首府，位于缅甸东北部，比邻云南省西双版纳州勐海县，是中国大陆通往东南亚各国的重要门户。这个被称为缅甸"翡翠之都"的城市，因河流和热带气候而拥有"东方夏威夷"的美誉。

一个人在异国他乡，没有熟人，语言又不通，别说找铺面，跟当地人交流都非常困难，常常是手脚并用，靠肢体语言才能勉强交流，一时间，韩文海的心沉到了谷底。就在这时，他遇到了生命中的贵人—— 一个在中国留过学的缅甸人，两人一见如故，交谈甚欢。得知韩文海的想法后，他主动帮助他找铺面、签订合同、找货源、找物流，几乎帮他把所有资源渠道全都打通了。

韩文海声音有点颤抖，像是勾起了深刻的回忆，说："真是我的贵人啊，真的帮了我很大的忙，要不是他……"

人生所有的路，每一段都需要自己走。韩文海的异国事业之旅开局还算顺利，虽然店里只卖牛肉面、葱油饼和牛肉，但深受客人喜爱。牛肉面是韩文海运城小馆里的主推产品，既保留了传统兰州牛肉面的风味，又带有青海独特的区域美食味道，还兼顾当地人的口味，添加了当地香料，让消费者感受到一碗面里的多样化味道；葱油饼是韩文海对当地一种类似印度煎饼的饼子进行改良后制成，既有中国特色，又符合当地口味，是来客必点的新品；肉制品是他对运城人喜欢的卤味产品进行改良后，创制推出的卤牛腩、卤牛肉等，是店里的"爆"品。

此后的两年，操心拉面馆的大小事务，加上一边熟悉环境，一边意欲站稳脚跟，从早到晚如同陀螺一样旋转，他身心俱疲，几乎难以支撑。尤其是清真牛肉拉面馆的关键性食材不能从国内进，也没有当地货源，只能自己跑到当地农户家里，挑选活牛，宰杀后分割切块，装入冰箱保存。尽管这样，韩文海还是咬牙坚持，他知道自己已经没有了退路，75 岁的老母亲、年轻的妻子、年幼的孩子，哪个不是指靠着他？循化的老家、运城的新家，哪一个不需要他来扛？

然而，这间 140 平方米的拉面馆，终究还是没能让韩文海的事业亮堂起来，还没等回本，疫情像一块巨大的铁网撒下，将他罩入了无尽的黑暗中。祸不单行，房东看到他的拉面店一开起来就生意火爆，强行涨了房租，在原有的 21 万元年租金基础上一年再追加 15 万元。

第一次出海淘金，韩文海没淘到金不说，连淘金的"工具"都丢得一干二净。身上那点仅有的、存了近 10 年才攒下的 60 万元，都花在装修和租金上，投进了拉面店里，如今，却如铁牛沉海，连个泡沫都没冒起来，就不见了踪影。

一时间，韩文海欲哭无泪，气愤、恼怒、羞愤一下子涌上了心头。但最后一刻，还是理智战胜了情绪，他首先想到的是及时止损，果断放弃店面，再也不抱任何希望，也不投一分一厘，转而另想他法，另谋出路。

第一次被骗，他再没有细说，只是笑笑："上了别人的当，也算是一出门就被绊倒，长了教训了。"

半山腰里看远山

所有闯出来的路，都是因为无路可走而挖出来的生命通道。第二次，出于安全考虑，他就围着政府部门附近找。功夫不负有心人，终于在警察局旁边找到了一家店面，而且租金也低。他又一次将面馆开起来，从前厅到后厨，从点餐到出餐，已经有 8 年拉面店经验的韩文海样样都会，个个都能拿下。他没有钱请熟练工或业务能手，就雇用当地人做店员，手把手地教他们打扫卫生、收拾桌椅、洗菜洗碗，教他们拉面、炒菜，经常累得半瘫。

新店依旧借助兰州牛肉面在国际国内的品牌影响力，发挥其品牌价值、经济价值和文化价值，延续之前的产品路线。不同的是，韩文海将中式面点做法和缅甸当地制作手法结合起来，独创出一种外观新颖、口感独特的油炸面点，一下子俘获了食客的味蕾，中国人爱吃，缅甸人也爱吃。

在当地人眼里，韩文海的店是"进口店"，卖的中国食品都是好东西，代表着档次和品质。因而到店的客人消费能力一般都不低，大多是政府官员、商务人士或者出差办公人士等中上等收入人群，通常是一碗面再配小菜、牛羊肉外加小吃，羊肉就算卖到220元一斤，也有人吃。就这样，第二次开店，韩文海的生意做得风生水起，用"一碗面"撬开了国际化的财富之门。

一碗面，像一个媒人，让他跟素昧平生、不同国度、不同肤色、不同民族、不同喜好的人聚在一起。吸引食客的，不仅是优质的餐饮，还有他的个性魅力。他爽朗、爱笑，待人接物大方坦诚，对人真挚，只要跟他会过一面，就很难忘记他的朗朗笑声。就这样，韩文海以心交心、以诚换意，收获了食客，还有人间情谊。

一山自有一山高

缅甸，意为"胜利者的都城"，韩文海的胜利之光在召唤着他。为了进一步扩大海外市场，他对小勐拉周围的几个城市也做了调研，考察城市规模、消费水平和消费能力，并按照当地人的收入基数和消费意愿，规划下一步事业发展方向。他说："下一步，我想先选人口规模大、城市发展水平高、消费能力高的三四个城市，开2~3家'唐丝阑'兰州牛肉拉面馆，那缅甸市场算是打开了，再考虑之后的事。"为此，他每一次回国都忙于为即将开业的新店储备人才、办理出境相关手续。同时，他也在召集一支餐饮业务能力强、个人素质高、有文化修养的餐饮管理人才、服务人员，以更快适应新环境，在最短的时间内帮助他让餐馆走上正轨。

虽然海外市场已经慢慢发展起来了，但是他并没有放弃国内市场。仅一年之内，韩文海在运城两层足有 300 平方米的新店——唐丝阑牛肉拉面店开起来了，店铺刚好位于运城大学附近，将近 4 万名师生是他的主客源。他知道"单品打天下"的拉面店终遭绝杀，于是主动迎合消费者的需求，继续利用兰州牛肉拉面的产业核心竞争力，远谋近干，餐品向多元化方向发展，符合当地人的消费需求。除了主推的牛肉面、烤包子之外，还有当地人爱吃的肉夹馍、馍饼、小菜等，也有年轻人喜欢的西北风味大盘鸡、炒菜、盖浇饭等。菜品多了，客人也多了，消费额也提升了，水涨船高，店里的收入也逐步见长，日营业额最高的时候能达到 5000 元，是运城规模最大、菜品种类最多、风味最全的一家，也是店面装修最上档次、服务水平最高的一家。

看着新店的发展势头，他意味深长地说："一个餐饮店能否活下来，做下去，做大做强，并不仅仅在于店的数量，更在于餐品的质量，在于顾客的满意度。"

另开赛道为超越

韩文海看到，国内拉面行业逐渐规范化、品牌化之后，已经成为一种从小县城包围大城市的快餐行业，各店各企业都在尽可能地提高效率、控制成本，都在追求利润，扩店加盟。同样作为"拉面人"的他，拉面事业也需要谋求一个新的利润增长点。

他从各种渠道分析国内多家包装类餐饮龙头企业纷纷进军预制菜行业的市场现象，也注意到网络上频繁曝光预制菜的各类问题，觉得这是一个"风口行业"，因而从质量、成本、销售渠道、市场反应等各方面综合考虑。久久思考之后，终于狠下决心，开辟清真预制品市场，并避开运城乃至全国预制菜产业中存在品牌雷同、同质竞争等问题，选择生产速冻烤包子，并很快拿下了全国烤包子总代理。

预制食品对原材料要求极高，尤其是对食材新鲜度及储存条件的要求，拉面店根本无法比拟。为了保证速冻烤包子的产品质量和食品安全，从食材采购、生产加工、储存贮存、包装配送等各个环节，他都亲自把控。他笑着说："烤包子就涉及肉和洋葱两样东西，如果连质量关都把不住，那我以后就没脸回村、没脸回去见我母亲了！"

这是他做人的底线，也是他做餐饮的底线。

很多人说速冻餐市场是"伪需求"，没有核心客群。但在韩文海看来，这种说法就是个"伪命题"。在忐忑和紧张的等待中，很快，第一条生产线开起来了，第一批产品也已经送往全国各地，销售一空。市场推广和宣传推介还没做，全国各地想要加盟、做分销商的电话已经接连不断。他硬生生开辟了另一条赛道，跳出混战局面，在一个无人的战场，赢得全胜。

望理想之事

国内国外两头跑，韩文海有时候半年回来一次，但就算仅隔半年，家乡的变化每次都让他震惊。尤其是拉面行业的提档升级，更是让他惊讶得合不拢嘴。每一次回国，他都马不停蹄地去全国各地考察拉面市场，学经验、学模式、学装修、学运营，尤其在店面设计、装修风格、产品菜单设计等方面，他更是如饥似渴地学。

对于更远的未来，他并没有想太多，只是说起了在巴基斯坦留学时的一个小故事。

一次老师讲完课合上书，说："学了这么久、这么多，现在，该谈谈大家的理想了。"

一众热血青年顿时沸腾，课堂一下子灵动了起来。当问到他时，他没有直接告诉老师同学自己的理想是什么，而是谈到自己对于理想的认识。他说："理想，不能太低，否则很容易实现，一旦实现，就会失去前进的动力；理想，也不能太高，否则很难实现，一旦屡遭失败，就会失去前进的勇气。"

那是韩文海第一次当众谈起自己的理想，老师听后，微笑不语，只是拍了拍他的肩膀。

他沉默不语，第一次感觉到，有人懂了他的"理想"。

勐拉是一个热带植物园，各种热带水果琳琅满目，其中最为著名的当属杧果。有人找他商议，提议将当地杧果、香蕉等水果做成水果制品，销往国内；也有人说，某市赚钱很容易，要是合伙把拉面店开到那里，一定能发财……他听完只是淡淡一笑。他明白，眼前的路很多，但双脚只能踏一条"拉面路"，只有守住这条路，他的未来才会更加长远，只有这条路，才是他通往辉煌的财富之路，也是他的理想之路。

时光荏苒，如今，他还是坚守自己对"理想"的认知：路，可以慢慢走，但不能走岔了；钱，可以慢慢挣，但不能有贪念。就这样，他并不去想太多，而是能有多远就努力走多远，只要步子足够坚实，理想就足够近。

他身上，比起年轻人的激情，更多的是稳重和踏实。

情至深恩所至

人人都说青海拉面是走闯了路子、挣了票子……他就是个活生生的例证，尤其是在教育方面。在与国内国外不同层级的人打过交道之后，韩文海越来越感受到知识的力量，深刻认识到教育的重要性。因此，他和妻子商量后决定，三个孩子跟着母亲继续留在运城，不论他在外面多辛苦，不管有没有挣到钱，先让三个孩子接受最好的教育。提到三个孩子，他的眼睛顿时放光，声音也柔软得像暖暖的棉花，满脸都是宠溺。如今，儿子在上初中，两个女儿在上小学。这三个接受过撒拉族民族文化、高原青海文化，也被中原文化熏陶过的孩子，各有自己的性格，个个出类拔萃，是韩文海生命中的光芒。此外，他还把外甥女也带到运城，接受更为优质的教育，最终如愿考上了北京师范大学。

　　他不善言辞，并不代表不懂得感恩。曾经帮助过他、带他第一次在缅甸拉面市场"开荒"的那位朋友，如今已是店里的合伙人，在他回国后或不在店里的时候，全权负责店里的一切。同时韩文海还让他拿缅甸店30%的股份，作为曾经帮助自己的"恩报"。

　　生活逼迫他走上了这条路，但是也给了他一个走出去的机会，而妹妹一家人，则给了他走上拉面之路的物质力量和精神力量。为了报答妹妹一家的"让店之恩"，他将今年新开的运城店面交给妹妹、妹夫全权管理，利润对半分成。他感慨地说："那时候，是他们带我走上了拉面之路，是我的引路人；现在我好起来了，也有能力了，就应该成为他们事业背后的'推手'。这次我来带他们，让他们的生活更富裕、更美好，也算是我的一种回报吧！"

　　韩文海的14年拉面之路，也如一碗面，有时如毛细般孱弱，有时如二细般厚劲，有时如三细般健壮，有时如宽条般被摔打，他最美的青春年华都是匍匐在"面"上的。但不管如何，生命的味道始终如汤底般浓郁，生活始终如面条般韧劲十足。曾经，他从循化唐丝阑那个小村庄走出去，到了运城。现在他以"唐丝阑"之名，从运城走向全国，一环扣一环，兜兜转转，哪里都是源头，哪里都是故乡。

　　唐丝阑，是父亲的老家，而今，是韩文海心灵的老家。而从他将"唐丝阑"的门头挂起来的那一刻，他对故乡的情怀也在瞬间转化为一块金色的招牌，那是一个撒拉人对故土的致敬，对青春的致敬，对父辈的致敬，对所有拉面人的致敬！

在"循长岁月"里
当好异乡拉面客的"娘家人"

马驰骋

从20世纪80年代开始，循化县贫困地区的农民纷纷走出大山，浩浩荡荡地奔赴全国各地，拉开了走南闯北开拉面店的序幕。白庄镇山根村村民马维林是第一批到陌生的大城市开拉面馆的"野子客"之一，他在长沙一住就是十几年，把遥远的湖湘大地变成自己的第二故乡。

在他的影响下，循化人在长沙开面馆的已增至136家（户），务工人员700多人。2010年设立了循化县驻长沙市劳务办事处，马维林担任办事处主任。在阐释政策法规、面馆提档升级、转变服务理念等方面为拉面人提供帮助，化解循化籍务工人员的房屋租赁、劳资等方面的纠纷，同时帮助解决子女上学等问题。办事处在长达14年的"循长岁月"中，搭建了循化、长沙两地发展的"连心桥"，真正成为异乡拉面人信赖的"娘家人"。

维护地方民族团结、引导合法经营

曾获"青海省十佳农民工先进个人"的马维林，在担任循化县驻长沙市劳务办事处主任期间，同时任长沙市民族联谊会理事。他发挥"双重身份"优势，在循化县就业局和长沙市民宗局的指导下，积极开展民族工

作，帮助循化籍各民族同胞合法合理地维护权益，为他们争取政策福利，小到为残疾务工同胞交纳水电费，大到劳务人员在当地创业就业、子女上学、经商竞争、拉面贷款。协调处理民族矛盾，协助当地政府部门处理矛盾纠纷，他都热心参与、贴心排忧，做出了不少贡献。同时，在推动劳务输出向组织化、规模化发展，促进拉面经济提档升级、提质增效、连锁发展、品牌发展等方面，更是发挥了积极助推作用。

此外，在大灾大难面前，他积极组织循化拉面人参与长沙抗洪救灾，组织拉面馆捐款数万元阻击疫情，主动为疫情封控点免费提供"爱心拉面"。每年节假日，他还组织当地西北少数民族群众举办篮球比赛、拔河比赛等各种联谊活动，不仅丰富了拉面人的精神生活，也把温暖和关爱送到每一个在外务工的少数民族同胞心上。就这样，在办事处的14年里，马维林在推动跨省劳务输出和促进就业事业发展、带动循化县零散劳动力创业和就业方面，做出了显著的贡献和卓有实效的成绩。

长沙市民宗委支援循化抗震救灾急需用品

带动循化在外务工人员创业就业

循化拉面最早基本都是"夫妻面馆"模式。马维林上任后意识到，"撒拉人家"这种单纯的经营模式并不能长久发展下去。于是牵头与循化县就业局、长沙市民宗委和各地企业家代表沟通交流，相互学习，之后，带领当地撒拉族同胞对"撒拉人家"连锁店进行提档升级，以更大规模和更先进经营模式接受顾客"检验"，创制出具有独特循化风味的菜品。很快，特色餐饮模式取得了很好的成效。担任长沙市伊斯兰教第七次代表会议代表的他，还创办了"长沙市清真雪域肉食品公司"，经营着长沙市循化清真餐饮管理有限公司，为当地穆斯林提供安全健康的食品，从源头上保证了当地穆斯林在外也能享有放心健康的饮食，在带动创新创业的同时，塑造了民族诚信经营、团结友善的良好形象。

马维林在长沙市少数民族群众服务站

为少数民族群众排忧解难

多年来，马维林带领办事处党员主动发挥党员带头作用，积极帮助群众排忧解难。每年平均为各族群众办好事、实事超过 100 件，其中还有不少典型事迹。2015 年，因相互指责违反"200 米以内不得重复经营"的"行规"，在岳麓区经营的临夏州、循化县两家拉面馆发生争执，大打出手。得知消息的马维林迅速赶到，及时出面协调化解，免于事件进一步升

级。为此当地公安部门特地登门致谢，表扬其行为。为避免同类事件的发生，马维林主动联系当地城管部门，了解掌握当地政策规定，为以后到长沙经营拉面馆的撒拉族、回族群众合理规划、设定铺位，引导他们合法经营，以实际行动扛起了"湖南省长沙市岳麓区民族联谊会理事"的神圣职责使命。此后，在长沙经营的撒拉族、回族群众安全稳定，没有出现过违法乱纪的现象，既维护了民族团结，又树立了良好形象。此外，他看到子女就学问题困扰着不少来长沙经商的循化籍拉面人，就积极主动和当地教育部门沟通协调，想尽办法开辟了一条"绿色通道"，共计让14名有转学入学需求的少数民族子女全部顺利入学。同时，看到节假日期间部分少数民族群众回不了家，情感上有失落感，他就想尽办法丰富他们的精神文化生活，组织举办了首届长沙市西北少数民族春节篮球友谊赛、长沙市民族联谊会首届拔河友谊赛等丰富多彩的文体活动，引导开展健康、文明、科学的健身活动。他这种自觉传承民族大团结、大友谊的大爱精神感动了很多人，先后被评为长沙市民族团结先进个人、长沙市民族团结模范个人。

长沙市民宗局与循化办事处共同举办活动

大力宣传推广循化餐饮品牌

为带动长沙市内循化籍拉面馆的生意，在马维林的带领下，办事处通过长沙民宗委主动争取到在长沙市媒体的宣传渠道和机会，邀请各路媒体对循化美食和拉面餐饮进行广泛宣传报道。中央电视台经济频道、湖南卫视、青海卫视官方媒体更是以"撒拉人家""长沙异域美食大盘鸡"为重点，进行了采访报道，让更多当地人知道了循化、了解了撒拉族。同时，马维林也不错过日常性的宣传，办事处将循化籍拉面人在疫情防控、民族团结、抗震救灾、"爱心拉面"救助等方面做出的贡献和事迹聚合到一起，一点点积累，再借助就业局、报社等宣传渠道，把话筒、镜头、笔端对准大街小巷的异乡拉面人，长此以往、力所能及，为宣传推广家乡和循化餐饮美食贡献出自己全部的力量。

始终不忘初心干好本职工作

驻外办事处作为联络两地拉面经营的一个职能载体，是承上启下、联系各方的中枢机构。办事处所有工作人员始终将坚定维护党和政府的各项决策作为自己的初心，以积极做好政策传声筒和执行者作为为民服务的落脚点，踏踏实实干好每一份工作任务，只为在"循长岁月"里，为民族团结多做一份贡献，为在外务工的少数民族同胞争取多一份权益，当好每一位异乡拉面客的"娘家人"。在所有工作人员的共同努力下，青海循化县驻长沙劳务办事处在循化县就业系统考核评比中荣获"先进集体"。

（马驰骋，青海循化人，目前在杭州经营拉面馆。）

拉面人的"贴心人"

马香兰

2010 年 7 月，一位有着十几年民族事务工作经验的优秀干部被派到深圳挂职。从此，他扎根深圳，辛勤躬耕他热爱的工作——为拉面产业从业者服务。这就是被大家亲切称为"拉面人的'贴心人'"的马强。

刚到深圳那年，马强就遇到了一件棘手的事情。因房东突然要每月涨 1200 元的房租，大大超出了在南山区开拉面馆的一名回族同胞的承受能力，随之他与房东发生了争执，加上"如果续租还需额外付 10 万元喝茶费"的附加条件，更是让双方矛盾激增，越闹越大，现场挤满了围观的人群。

马强闻讯迅速前往，他奋力挤进人群，把拉面馆老板和房东叫到一起单独进行"疏通"。

他先耐心劝解拉面馆老板："大家从天南地北来，在深圳相识，并有了交集，这是不容易的，而且如果没有房东之前的支持，拉面馆也是不可能挣钱的，你说是不是?"一番话，得到了拉面馆老板的认同，他频频点头。

马强又转头对房东说："深圳是一座爱心之城，深圳人也是有着大爱精神的人。平常大家都想方设法扶贫帮困，现在贫困户就在你身边，你有这个机会，能不能拉一把呢?"听完他的话，房东开始有点不好意思了。

一场眼看要爆发激烈冲突的矛盾，就这样很快化解了。在他的协调下，最终，房东答应不收"喝茶费"，拉面馆老板也同意房租每月上涨500元。这件事让身在深圳循化籍拉面人都认识了这位"来自家乡的优秀干部"，他也由此成了大家的"贴心人"。

在马强看来，化解矛盾纠纷可以弹性沟通，但对正确引导拉面人遵纪守法是没有商量余地的，一点也不能含糊。

几年前，南山区科苑路周边进行升级改造，涉及改造区的一家拉面馆不仅拒绝搬迁，还阻挠施工，导致正在作业的5名工作人员受伤。施工方怕矛盾闹大，决定大事化小、小事化了，不追究责任。但他在处理这起事件的时候却没有"护短"，而是严格要求。在他看来，不管是少数民族同胞还是汉族同胞，都是中国公民，遵纪守法是最基本的，也是必需的。如果已经违法还不追究，放任不管，必将会起到错误的示范作用，后患无穷。

马强与各族同胞在一起

"法律面前人人平等"，这是他的观点，也是坚定做法，最终得到了深圳拉面人的理解和支持。

除了经验丰富、作风严谨、铁面无私，他还有柔情的一面。

因为习惯使然，许多早期来深的拉面夫妻没有办理结婚证，也没有为孩子办理出生证，到了孩子上学的年龄，由于不符合相关政策规定，"上学难"成为很多拉面人不得不面对的老大难问题。

马强不止一次遇到这样的问题，但他从不嫌麻烦，就像为自己的孩子办理入学手续一样，在学校、社区、教育部门及孩子家庭之间来回奔走，就怕错过了入学时间，耽误了孩子上学。

他常说："从青海到深圳，远离亲朋好友，气候、饮食等方面也不习惯，常常费力把饭做好，却又不太想吃了。但只要少数民族群众有需要，我愿意扎根于此。"

（马香兰，女，回族，青海循化人，现定居广东深圳。）

少年"老"商　不负时光不负己

——韩舍乙布和青海舒爱布餐饮有限公司

韩艳蓉

少时入商少时茫　不惧未来不畏难

2007年，他，韩舍乙布，一个"90后"的少年，走进了同样年轻的哥哥嫂子的拉面店里，开始默默低头干活。打扫卫生、收拾碗筷、洗碗洗菜、点餐端饭……没有一技之长的他什么都干。但谁能料到，这竟是他辉煌餐饮事业的开始。

说起往事，年轻的他，像个老到的商人，娓娓道来。

那时候开拉面店，他们三个起早贪黑、忙死忙活地干，一天下来也就200块钱的营业额。无奈之下，他们将一天24小时分成了三段：早上卖包子、粉汤之类的早餐；中午收起蒸笼接着卖牛肉拉面、盖浇饭菜之类的午餐；这边碗筷还没洗好，又得忙活晚上烤肉用的食材。一天下来，他们的休息时间仅有三四个小时。每天凌晨三四点下班，清晨6点起来开始营业，他们没有感受过自由自在，没有在阳光下欢笑过，更没有在夜晚的月光下乘过凉，生活除了艰难辛苦，一无所有。但付出和回报不要说成比例，简直是倒着来，生活只剩下了活着！

那两年，一个门头一个店，三个人几张桌，韩舍乙布一个人干三个人

的活，吧台收银员、前厅服务员，厨房大厨、烤肉师傅……什么都干、什么都能干，客人要啥他们都能端出来，整面墙都是菜单，有的饭菜几天甚至一个星期才卖出去一单，但食材必须得备好，耗材特别严重，这对本来就挣不了多少钱的小小馆子来说，也是"流血"。

后来他们看到吃烤肉的人越来越多，便把精力集中到晚上，开始主打烤肉，附带面食等。他不会拉面，但烤肉却是一把好手，仅仅跟着哥哥学了几天后便能自己上手。此外，他还有一个强项，也是他非常在意的"天赋"，就是能敏锐感知客人对食物的反应，并根据他们的反馈，及时对饭菜味道作出调整。久而久之，很多人因为他的服务而成为常客。

到后来，还是原来的小店，还是原来那些人、那些菜品，但一天的营业额最高达到了 1000 元。

店又开了两年，他们将"牛肉面"从菜单上剔除，但"牛肉面"这三个字依旧留在他们的餐饮事业中。只是这一次，消费者只认"韩舍乙布"，认他的手艺、认他们店的口味，和那一把把冒着烟气，散发着肉香、辣椒香、孜然香、油脂香的烤肉。

少年何妨梦摘星　敢挽桑弓射玉衡

2009 年是韩舍乙布一家人餐饮事业的分水岭，也是他这个 18 岁少年的事业分界点。这一年，他们尝试转型。拖到第二年中，他们狠下心，停了一天业，跑到旧货市场买了涂料、桌椅，重新翻修了墙面，将门头换成"撒拉尔烤肉"。之后，生意一路红火，营业额一路高涨，客人一路拥挤。到 2012 年，还是原来的小店，还是原来那些人、那些菜品，一天的营业额居然高达 4000 元。那个曾经困住他们梦想的 38 平方米的小店，那个连两个人都站不开、只能错身而过的小厨房，如今变成了燃烧渴望、点燃希望的大舞台。这个营业额在当时南小街共 27 家烤肉店中首屈一指，引来无数艳羡的目光。

2020 年，他们才对店面进行了真正的装修，这一次，从前厅的地板、桌椅、吧台，到后厨的锅碗瓢盆、灶台水道等，店内所有的设施设备弃旧换新，彻底换样。此外，年轻追逐潮流的韩舍乙布还参照时下最为流行的咖啡店，将大门换成通透感、前卫感十足的大玻璃门，这在当时的西宁饭馆中也是无人敢尝试，韩舍乙布一天甚至要擦五六次玻璃门，在他看来，这是门面。

"撒拉尔"一跃成为南关街最靓的"仔"。

他的底气更足了，信心也更足了。抓卫生、抓餐品、抓质量、抓服务，夏天开始"干活"的新"撒拉尔"，到冬天，一天的营业额就达到了5000 元，利润净额占一半。虽然有心理预期，但这个喜人的结果还是让韩舍乙布一家人目瞪口呆，这是他们以前做梦都不敢想的。

随着客人越来越多，生意越来越好，准备的食材越来越多，打扫要求越来越精细，对餐品品质要求越来越高，韩舍乙布和哥嫂以及雇来的一个店员四个人根本忙不过来，中途来的好几个店员都因为店里太忙、太累辞职，加薪也留不住。于是，韩舍乙布想到了自己好多赋闲在家的亲戚，工资高、自己人、管吃住，在这样的优厚条件吸引下，很快，亲戚们请来了，老乡们来找他了，朋友也过来了，大家齐心协力，将"撒拉尔"推向了事业巅峰。

少年自有少年狂　一路崎岖亦有花

年轻的韩舍乙布完全沉浸在做大店、赚大钱的欲望中，被做种类丰富、质量上乘餐饮的野心所吞噬，一意孤行，对"撒拉尔"进行了升级改造。他将老店迁移到仅有百米之远的上个街道，依旧取名"撒拉尔"，烤肉、面食、炒菜、小吃应有尽有。新店开起来了，内外联通、上下通透的全透明式店面，放眼望去，整个餐厅只需一眼就能看到所有食客、所有服务人员尽收眼底，不仅保证了餐厅服务水准，还能及时捕捉顾客需求，随

时服务。可奇怪的是，客人多起来了，消费也高了，流水看着也可观，可是仔细算账，却发现真正能装进腰包的没多少。韩舍乙布带着团队，一项一项算，一个一个查，将人工、店面、材料按比例划分，寻找隐藏的账单、消失的账单。经过认真对比、反复推算后，才发现问题出在店面上，过高的租金"偷走了"大部分利润，每一平方都像个吞金兽一样，"偷偷"将"撒拉尔"的营业额和利润额分走了，他们的辛苦和付出大多都喂了"店铺"。

于是，他果断将门店关闭。但年轻气盛的他不死心，依旧按照自己的想法，坚信投进去的资金，只要努力，就可以全部回本甚至翻倍回本。因而在转型之后，为了尽快抢占市场，几乎触碰到餐饮企业所有的忌讳和底线——店面大、人员多、房租高……所有的坑他都踩了，市场反应直接而凶狠：亏。尤其是城西两个店，共 500 多平方米的店共投进去了近 220 万元，结果在疫情、市场等影响下，血本无归，不得不关门歇业。

到这时他才知道，在餐饮市场里，他只是弱冠少年。这个伤痛像一颗毒药一样，深深埋进韩舍乙布的心底，每当面临事业决策、品牌抉择时，仍会隐隐作痛，时刻提醒他不可急躁、不可盲目！

之后，20 出头的他以惊人的速度开始蜕变，思维急转直上，开始以整体餐饮市场、餐饮行业为参照，以"企业家"思维，考虑青海餐饮消费群体的收入基数，看西宁餐饮市场的收入增速。一个胆小而谨慎的学生，战战兢兢地打量着市场的眼色和脸色，企图从一些细微变化中读懂市场。他买了一台电脑，天天上网，进行餐饮市场数据分析，再结合自己的店面、手头资金、人员情况，一点点积累、一点点学习、一点点实践、一点点成长。

老"撒拉尔"门前的树依旧枝繁叶茂，如同店面的根基打得越来越深，她在老地方，还是老味道，还是老顾客。他们没有摘下原来的门头，因为顾客说，他们只认"撒拉尔"这个牌子。这句话让韩舍乙布突然意识到品牌的重要性，而当他想将“撒拉尔”的牌子高高举起来的时候，人家已经抢先一步，摘走了这张“金字招牌”，他只好选择以自己的经名为名，注册成立了“青海舒爱布餐饮有限公司”。

从 2017 年“舒爱布”餐饮公司成立到 2024 年，韩舍乙布已经在餐饮规模化的道路上行走了 7 年。这 7 年间，依旧年轻的他，谨慎得像个“老人”，担心公司规划与市场不协调，个人计划与餐饮行业不符合，店面发展与消费者需求不匹配……但又不失胆识。他也敏锐觉察到疫情之后实体餐饮行业出现的变化，精准捕捉到有些店面急于转让、急于脱手的状况，开始布局“舒爱布”的战略市场。他以保本保底为主，投小本、收小利，采取减少投资、缩短投资回本周期、缩减单店规模、扩展店面数量等方式，尽可能降低投资成本，分散市场风险。就这样，“舒爱布”旗下陆续有了舒爱布（烤肉）、西言（烤肉炕锅）和撒之源（手抓面片）3 个商标，11 家直营店和 2 个火锅加盟店。仅 2023 年一年的营业额就将近 1500 万元。

说到这里，他抬起头，有点腼腆，笑了笑说：“还行吧！”

他说得风轻云淡，完全超越了他的年龄……

是的，这与“舒爱布”2024 年的目标——3000 万元相比，确实是“轻”了，但这 3000 万元背后，是一个近 100 人的团队，意味着 100 个家庭、100 份希望，那么，这是韩舍乙布自愿扛起来的太沉太沉的希望！

拳打卧牛之地　脚踩方寸之间

为了实现标准化管理，他立足不同消费群体，布局西宁市城东、城西、城南、城北四个方向，从规模到定价、从食材到人员、对菜单结构的营收比重进行重新调整，对店员合理分配和使用，对店面合理布局、科学利用，做到统一品质、统一管理、统一指导，为“舒爱布”品牌建设做好充分准备。

在消费者越来越多承担广告转嫁、品牌转嫁、口碑转嫁的市场中，韩舍乙布反其道而行之。为了不让本该由餐饮企业承担的费用转嫁到消费者身上，不再让消费者为店面"分摊租金"，他千算万算、精细计算，始终立足于餐饮店人工、租金、食材三个重点，精确寻找保持收支平衡的最佳点位，划定保本线，并一人一店式进行人才培养，确保食材采购、经营运营、队伍管理各环节衔接顺畅、效率最高。

现在，主营烤肉的"舒爱布"在青海人眼中，是不二的烤肉选择。为了保证肉的口感与质感，韩舍乙布专门选购介于羔羊和大羊之间的"小羊"，这样烤出来的肉串不柴不硬、口感鲜嫩、多汁少油，既能给食客带来极大的食肉快感，又不腻不堵，加上一碗以循化味道为"原"和"源"而设计改造、改良、改创的面片，每每让顾客吃得直拍肚皮。

"撒之源"的手抓面片依旧有一大批追求正宗青海味、撒拉味的忠诚食客。在当下餐品种类如此之多、口味如此之多、风味如此之多的餐饮市场中，"撒之源"那不膻不腻的手抓、小如指甲盖的面片，依旧是他们的首选，在一盘盘肉、一碗碗面里，他们重温着回忆中的"老味道"。

主推烤肉炕锅的"西言"不仅以具有浓郁民族风味、地方风味的菜品聚合了一大批年轻消费者，更以其独特的装修风格，成为消费者与家人、朋友同事小聚、分享美食欢乐时光的"心灵空间"，为食客提供了一个轻松优雅的场所。

后来进入"舒爱布"队伍的合作伙伴"穆香情"，起初是因为原主有技术却没有资金、经验，没有成熟的运营管理模式和宣传平台，也没有推荐渠道而找到韩舍乙布。看到这个情形，韩舍乙布二话没说，就向陷入困境的"穆香情"伸出了援手。他说："我们都是做餐饮的，都是循化人，这条路上的艰辛别人是无法体会的，但我深有体会，这个时候，真的希望有人能帮你一把、带你一把。"就这样，以合作的方式，依托"舒爱布"成熟的管理经验和运作方式，加入"舒爱布"管理体系后的"穆香情"重新活了起来，并快速在西宁火锅市场打开了局面，实现了收益。"穆香情"得到了一个发展机遇，为自己续存了根脉，而"舒爱布"借"穆香情"的消费群体，尝试把握餐饮市场风向，证明餐饮行业发展动态，将原本拓展业务的计划又向前推了一步。"穆香情"大众化消费的定位很快获得消费者青睐，以经济实惠、价低质优开创了清真火锅39元的低价先例。说起火锅，韩舍乙布一下子坐直了身子，语气中带着轻松，说："利润是有的，就是比较小，但我们在做这个品牌之前，定位、定价之前，都作过详细的市场调研，对所有的成本都进行了预算预估，所以我们很清楚，'穆香情'能做得起来！这也是被证明了的。像循化店已经完全达到了预期效果，能够在餐饮市场竞争异常激烈的循化生存、发展，说明我们的定位没错！"

目前，"穆香情"两个直营店、两个加盟店的盈利，完全超出了他的预期。"穆香情"小火锅的加入，既是对"舒爱布"现有餐饮品种的补充和丰富，也是一次对市场的试水。更为重要的，这是他又一次以投资的角度、共同管理人的身份对家乡父老脱贫致富的引领。当初听说"穆香情"有自己的品牌但苦于没有进入市场的"敲门金"，迟迟找不到愿意出资的合伙人，他的第一想法就是，发挥自己的经验优势，以身为桥，带动家乡亲人进入市场，本身就是稳赚。同时，也为下一步扩张门店数量、业务拓展和转型升级等战略目标做好准备。

他知道地域性较强的餐饮企业要想创出品牌，必须建立自身的材料供应链，保证其独特性、差异性。因而打破思维，将肉制品、面制品等核心产品规范化、标准化，创建"舒爱布"中央厨房，配置一整套先进的生产线，源头选料加工、直接配送到店，为"舒爱布"所有的直营店提供更加安心、放心的食材，确保了各个门店的味道风味稳定，菜品品质稳定、规格稳定。

他还立足于长远发展和日常运营两个目标，在城东最繁华的商业核心楼盘——中发源时代大厦，买下几乎一整层，作为"舒爱布"餐饮管理公

司的办公区域。在这个行政综合中心，公司各级管理人员办公室、会客洽谈室、财务室、餐饮产品展示厅、公司成就成果展览室等一应俱全，甚至连即将推出的网络直播平台也一并建成，为集团公司下一步更加规范化管理、科学化运营、精准化对接市场打下基础。按照规划，未来，"舒爱布"将在这里，以专业的服务团队和高效的服务，对内部资源进行合理分配和有效利用，进一步提高公司的经济效益；在这里，"舒爱布"将对旗下所有品牌进行协调和管理，搭建线上服务平台，推动"舒爱布"餐饮线上线下同步发展，互为动力；在这里，是"舒爱布"所有的加盟店展示"个人魅力"的空间，为它们提供一个全面展示各自餐品、产品和服务的舞台，同时可以进行畅通无阻的餐饮市场信息交换；在这里，"舒爱布"还将发挥"领头雁"作用，为旗下品牌店提供咨询和服务，帮助他们解决日常运营中的各种问题，提供品牌支持和保障。

"舒爱布"的未来清晰可见，发展规划已经做好。而他还年轻，他的人生也即将再次开创一个新赛道！

说完了往事，年轻的他，像个老到的商人，徐徐吐出了一口气！

拉面故事里的非凡主角

韩嘉荣

———

确实如此，走遍各地的拉面馆，大热天或者数九寒天里，几乎都是女的戴条头巾在炒菜，男的则使尽力气在揉面，还有个小孩在店里一张空桌子上写作业。有时候不禁怀疑，他们真的是地球 online 的 NPC 吗？真的是这个世界的 bug 吗？

要论起来，我也曾是拉面馆的"那个小孩"。这要说起父亲的故事。父亲毕业后并未参加工作，因为那时初入体制的新人，一个月工资仅有400 元，加之那时撒拉人还习惯于家族式的共同生活，对于我们这样一个大家庭来说，这点收入并不算多。也就在此时，从厦门掀起的拉面热潮直逼青海，让循化、化隆"两化"小城的青年们看到了新的就业生计希望。当听过节回来的拉面前辈说，一个月最多有逾 1 万元的收入时，父亲心潮澎湃、蠢蠢欲动。跟爷爷奶奶反复商量后，父亲和朋友一起坐上了那趟开往北京的绿皮火车，昼夜行驶了三天两夜，在北京开始书写我们家的拉面故事。手里仅有的 1650 元虽是家里最后的"护身符"，但在首都那个大城市根本不值一提。无奈之下父亲只好找个租金低、位置好的店面，顺便在这段时间里等待爷爷四处奔走筹措开店的本钱。这在如今年少的我看来，简直是在胡闹，换作我断然不敢做出这样冒险的举动。但对迫于生计的人

们来说，敢闯敢拼只是人生的基本考验。从遥远的西北小山村走出来，见高楼鳞次栉比，看街道车水马龙，父亲和朋友都感到了前所未有的迷茫。父亲放牛牧羊走过许多大山，卖苹果、拉大煤去过许多村庄，但在那里，山再空旷也是家乡的土地，人再陌生也是亲切的乡音。而在这里，只有茫然与无助，与曾经放牧的父亲在太阳落山前将要回家时，找不见那几只丢散的羊儿的感觉似曾相识。

正如没人哄的孩子自然不会哭一样，生计的压力并没有给父亲太多的时间，让这种"没用"的情绪持续太久，当下，最重要的是以最快的时间找到合适的店面。

11月的北京逐渐变得干燥酷冷，父亲连买个手套、棉帽的心思都没有，也顾不得去想，只是一股脑儿找店面。他在拉面老乡那里看了好大的脸色，才在初露头角的老乡那里借到一辆自行车。此后，他们骑行在偌大的城市，穿梭在大街小巷，任由西北风像一把把匕首刺进皮肤，让僵硬的四肢和暗紫的皮肤紧紧收缩。一家一家问、一天一天走，他们没落下一个空着的铺面，没忽略一条小街小巷。在寒冬腊月里苦苦寻找了整整78天后，终于在海淀区甘家口的一条街道找到了一个铺面。这个下沉式的门店虽然位置并不好，但已经是手头仅有的那点本钱能租到的最好的店面了。

在艰难熬过的78天里，父亲和他的朋友常常食不果腹，直至深夜，也曾因为走得太远而露宿街头，但"伴随艰难的往往是容易的"这样的教诲始终埋在父亲心底。如今找到店面，身在异乡拼搏的父亲终于松了第一口气。

这家铺面之前的营生也是餐饮，里面的桌椅还能用。父亲他们买了油漆重新粉刷了墙面，厨房里的灶台多处开裂，已经不能用了，干脆砸了重砌，几番忙活之后，才算有了些样子。冬月的北京街头，两个西北青年风风火火地收拾着门店，吸引了不少凑热闹的街坊，他们的话语打散了这份风风火火的热情："这地儿开一个塌秧儿一个，这俩倒霉孩子怎么给这儿租了？""咱就瞧，顶到头就一个月，又得歇菜。"父亲他们把这样的话权当西北风，左耳朵进右耳朵出。爷爷经商多年，一直信奉一条经典——人人都享受自己行为的完全的报酬。我们一直坚信，只要有个顺意的出发点并用心去做，就一定会有属于自己的一份回报。在这样的信念下，即使是冷嘲热讽，父亲也斗志昂扬，相信只要用心经营下去，在寒冬腊月找了78天的饭馆就一定会有起色。

布置完拉面馆已是天亮，父亲看了下日子，2004年1月18日。这一天，我正好1岁。这一天，妈妈启程去往北京。我留在了老家，和后来出生的妹妹一起，成为"留守儿童"。

当一切准备就绪，只等开业迎客的关键时候，父亲他们却遇上了一个致命难题：怎么开？因为他们除了爷爷帮忙筹措的本钱和一腔热血以外，什么都没有。那年才19岁的妈妈照顾家里，做个家常饭菜还可以，却从未接触过饭馆里的活计。做什么？怎么做？没有人教他们，他们也没见过别人怎么做。这时父亲想到一个法子：可以请教同在这边开饭馆的远亲老乡，跟他们先学几招再说。于是还没挣到钱，又借了一笔钱，请来一位同乡给他们教开饭馆和做饭菜的路数。可老乡的心思不在这儿，教了几天，就借故离去。夜晚的寒风吹在父亲的脸上，他终于想明白了：此时，是真正踏入了社会，他们所处的环境，不再是那个只要不耻下问就可以轻而易举获得知识和技能的学校了。"社会学校"里，是需要自己思考、摸索，闯出来、拼出来的！

悟性很高的妈妈在两三天里就入了"餐饮"门，她发现面馆附近是新疆驻京办，脑子里闪过一个念头，便打起"新疆风味"的招牌，有模有样地做起来。比如炒腰子，新鲜羊腰辅以葱、姜、蒜重油爆炒，去腥除异味，又以孜然辣椒等调味，鲜嫩滑口，色香味俱佳，一时吸引了不少顾客，甚至有维吾尔族同胞说，这儿的味道比有些新疆馆子还正宗些。

一段时间后，父母发现这道菜盈利微乎其微，直到跟牛街菜市场卖主

混熟了面，才得知个中原委。原来，新疆饭馆用的牛腰又大又便宜。菜市场老板还告诉父亲他们其他饭馆进菜买肉的"诀窍"。我最爱的炒烤肉也有一段故事。这道菜最初是妈妈照猫画虎学来的，顾客点了一次之后，再也没有返单，妈妈百思不得其解，不知道问题出在哪里。直到有一天，一位维吾尔族大哥点了一份，吃了几口便叫父亲过去："喂！阿达西（朋友）你过来，炒烤肉这样子做了吗？你的厨子是撒浪（傻）吗？来，我教你们做呢！"说罢，他走进后厨，亲自示范起来，手把手教妈妈做这道炒烤肉，还详细传授其他新疆菜品的做法。就这样，在顾客的眷顾、自己的打拼、大家的支持帮助下，饭馆一天天红火起来，以至于后来连那位"三天师父"也登门请教，妈妈不计前嫌，毫不保留地教他。

不管做什么，最重要的是心底里存留一份坚忍与敬畏，这是爷爷对父亲的教诲。步入餐饮业后，父亲愈发感受这句话的分量。顾客来自天南海北，父亲对所有人都一视同仁，笑脸相迎，不跟有些有额外要求的顾客计较，不嫌麻烦，有求必应。再小的饭馆，也需要依靠团队的协作，因此切不可怠慢雇员。第一代拉面人，近一半是涉世未深的懵懂少年，如初飞的幼鸟，尚未经历过风雨，父亲感同身受，时时提醒自己不可以老板自居。

表姐曾说过一句话：婆婆都是从儿媳熬过来的，到头来为什么不能体谅儿媳的难处呢？我也听过不少拉面馆老板与面匠闹别扭的事，说起来这是角色认定问题。大多数面匠最终会成为老板，也会雇用与曾经的自己一样的打工仔。这样的角色转换不会流水无痕，往往充满着矛盾，但这并不影响雇主双方的合作，吵吵闹闹、分分合合中总能把生意做起来。父亲时时告诫自己，开面馆是最低端的重体力活，每一分钱都是用一根根毛孔底下的汗水换来的，什么时候倦怠了，来钱的道儿就断了，断不可用血汗钱寻一时之乐，更不能做有损于家乡脸面、有损于民族脸面的事……

爷爷常叮嘱父亲，身在他乡，不可以像在自己家一样由着性子来，老乡同胞间要相互扶持，切不可窝里互戕，饭要一口一口吃，钱要一点一点挣。从穷光阴熬过来的爷爷活得通透，绝不允许父亲挣弄虚作假、缺斤少两的昧心钱，不允许"一滴血染红了一碗奶"。

我在爷爷奶奶身边长大，到 3 岁多后，被爸爸妈妈接过去。爸爸妈妈再忙，也不会忽略我，每周抽出一天半天陪我，带我去游览名胜古迹，看城市风景。父亲始终惦记着自己"读书人"的本分，经房东指点，报考北航函授本科，稍有空闲就抓紧学习，开启了与大多数拉面人不同的"拉面人生"。家里至今还留着一张父亲当年去上学的照片。照片中，他梳着精神的中分头，穿着笔挺的白衬衫，根本不像现今在前厅后厨忙碌的拉面人。

从函授班毕业后，父亲彻底改变了思路，等待着埋在心底的一次机会。2006 年，父亲终于等来了公务员报考机会，毅然放下手头的生意，回循化参加考试。除了爷爷，家人亲朋都向他投来质疑的目光，也有一些刺耳的话语，"一个饭馆家能考上工作，'识字伯'（爷爷的绰号）的尕娃尽出些洋相哩！"比质疑更伤人的，莫过于质疑被坐实，父亲以 7 分之差落榜。对于没读过书的人来讲，结果只有两种：考上和没考上，几分之差、发挥失常等都是说辞和借口，没考上就是没考上。而爷爷和父亲却在几分之差中看到了希望，爷爷告诉父亲："我相信你，再多努力些，一定能考得上！"

虽然学业有过断层，但在公考中想要追回几分并不是难如登天的事。比起开拉面馆的苦，读书的苦不算什么。父亲将饭馆转给伯父，回乡备考，妈妈则在县城开了家服装店。这一年，父亲两耳不闻窗外事，和一起备考的同学在白庄租了一间小屋，一头扎进学习。这在当时是鲜有所闻的事情，更何况是个在灶头打转的拉面人，又返回来读书，更是闻所未闻。质疑当然也从未停过，"识字伯的尕娃把洋相从西头出到东头了！还租房读书！"当时的父亲在旁人看来就是绣花枕头一包草！父亲全然不理会那些闲言碎语，把自己关在小屋，整日苦读。两个月后爷爷去探望时，父亲已经瘦脱相，再也没有当初拉面馆老板的那个富态相了。

奋斗是守恒的，回报可能会晚一些，但绝不会凭空消失。父亲为伊消

得人憔悴，那个"出洋相的孽娃"第二年当真考上了，而出洋相的风语也变成了出人头地。那一年，父亲入职查汗都斯乡政府，从一位拉面行业的底层劳动者成为乡村基层工作者，成为邻家眼里第一个大学生，第一个"公家人"。入职那天，邻村的老人们代表各自村庄到里家贺喜，爷爷盛情款待他们。父亲创造的这个"第一"，让村里那一代人看到了读书的价值。也从那一年起，村里的拉面人逐渐摒弃子承父业的想法，开始了带着孩子一边营生一边求学的道路。渐渐地，村里的留守儿童少了，外出读书的孩子多了。

至此，一个女的大热天戴着头巾炒菜，一个男的使出浑身解数拉面，还有一个孩子在饭桌上写作业的场景，定格成一幅照片，成为记忆。

二

所谓的 NPC 是游戏里的旁白次要人物，他们的动作、语言都是设定好的"机器行为"，统一且重复，存在的意义只是为了故事线的完整，一两个的缺失也无甚大碍。而拉面馆的一家三口，他们看似重复的行为、日复一日的生活，其实是为生活而奋斗、为学业而奋斗、为家庭而奋斗、为家乡而奋斗、为未来而奋斗的情感融合！他们是怀揣着相同梦想的小家，以辛勤的双手叙写着各自传奇的拉面故事。他们不是 NPC 一般的角色，是有血有肉的奋斗者，是活脱脱的主角，是各自生命中的"主人公"。

异乡奋斗谋生，拉面馆的盈利往往都是拿汗水换来的"劳苦费"。且看拉面匠，他使出浑身解数拉面，把控着面的品质，将拉面这份体力活演绎成舞动的艺术。那双因常年接触蓬灰盐碱水而变得粗糙臃肿、掌面被拓大的手，让人想起底层劳动者的辛劳。这是他们拒绝"贫穷"的方式。再看大热天戴条头巾炒菜的"厨娘"，为了防止毛发掉落，她们宁可强忍酷暑，也不愿坏了在兹念兹的乡俗。这是她们守望"麦田"的姿态。而那些趴在饭桌上写作业的孩子，是身处偏远的高原人对内地优质教育资源的渴望，是赤脚闯进城市的拉面人对下一代能够改变命运的期望。

有时候，消费者很难听懂他们的方言或民族语言，但不得不承认，餐桌上的小孩正在改写上一代的命运，而他们的父母正用双手和汗水铺垫着他的求学路。

三

这两年我走过很多地方，走到哪里都能看到标有"青海拉面"的门店。这些拉面人朴实慷慨，得知对方是学生后，显得格外热情。我明白，这是对教育的尊重、对未来的渴望。我也知道，每一个异乡奋斗者都不容易，每一个异乡求学者也都有一段自卑、怯懦的心路历程。本质上，求学者和创业者是一样的，都是为了改变自己的境遇。这个世界上，奋斗的脚步不曾停过，每一个来自五湖四海的奋斗者，都是为了塑造更好的自己、抵达更好的明天。

父亲的拉面故事告一段落。此时，家族中另一位长辈开始续写自己的拉面故事。

韩福忠，我的阿里伯父，是父亲的堂兄，是真正的"拉一代"。从最早下海到深圳，后来转战西安，到如今辗转到合肥，伯父通过自己一手创设的民族社区国家课题，在拉面行业开创出了一片新天地。他常年在外打拼，我一直在外求学，我们叔侄俩很少能够见面。但从家里长辈对阿里伯父的评价中得知，他是一个肯吃苦、能拼搏、有头脑、高品位的人，尤其对于拉面行业，有着非同寻常的见解。

1996 年夏，从广州飞往兰州的航班起飞，随着机头的抬升，经济舱内一位西装革履的青年人将纷乱的心绪抛向云海茫茫的天空，他满怀心事的样子引起邻座一位台湾同胞的注意，他们攀谈起来。"你来自青海？听说深圳有不少牛肉拉面店都是你们老乡开的，味道很不错，就是店面都太小了。或许你可以考虑提升一下档次，把你们的拉面做成中式快餐连锁。"

一语点醒梦中人，撒拉人韩福忠心中云开雾散，知道下一步该怎么走了。

当年的深圳，正赶上飞速发展的"黄金时代"，韩福忠很快带着全家人"下海"，在"特区中的特区"蛇口开起了第一家店。仅仅三个月时间，店里的净利润就达到50多万元，几乎是其他拉面店一年的利润。

在深圳打拼多年的老乡见此情景，纷纷找他取经。与同乡们的一次次闲聊中，韩福忠了解到"拉一代"的苦衷。一些同乡看似在深圳拉面行业中已是数得上的人物，但生活却依然艰难；有的携家带口在外创业打拼，孩子的上学却没着落；有的与当地人之间产生摩擦冲突，商业纠纷不断；有的一家人、一个店，一年365天过着"与世隔绝"的生活。对多数人来说，口袋里的钱不是挣来的，而是熬来的。更让他揪心的是，这些拉面人在大城市生活了好几年，却不知道市政府在哪里、博物馆在哪里、公园在哪里，更谈不上享受大都市的生活。极少数人趁着店里没生意，赶紧去转一趟附近的步行街，都算是过节了……

这就是当下拉面人的生存写照，他们未来的日子会是什么样？难道永远在城市的犄角旮旯儿讨生活？韩福忠萌生了一个念头——要让乡亲们在远离故乡的土地上生活得更从容一些、更开心一些。他查阅了一些官方资料，发现"城市外来少数民族治理"竟然是个国家性课题，原来国家一直都非常关注这些边缘群体的生存和发展问题。恰在此时，他的一位同乡在西安成立了陕西省撒拉民族文化产业协会，旨在系统解决区域性城市少数民族问题。韩福忠立即响应，结合之前在深圳参与基层民族事务处理的经验，尝试着构建一个城市范围内系统化、制度化、流程化高效运转的外来少数民族小生态。光有想法不行，还要付诸实践。他每周抽出一两天，接收和处理外来少数民族生存、发展和融入的问题。经过20多年的总结提炼，他在合肥首次提出"虚拟民族社区"概念。着眼于地缘文化、民生需求的一致性，将散居在城市各个角落的少数民族群众以"虚拟的民族社区"方式黏合起来，打破物理空间的局限性，并将其划分成若干个与行政单元相似、相距 2~3 公里、有拉面店 20~25 家的网格。每个网格选拔有威信、有担当、服务意愿强的人做志愿者，将其编入城市劳务办事处名下，由劳务办将他们"派"驻到各个网格的社居委，形成了"以少管少、志愿服务，社区驻点、链接资源"的综合服务体系。

通过"网格化"管理，既解决了散居跨区、难以融入的问题，又弥补了基层民族事务行政乏力的实际困难，有效促进了城市外来少数民族群众的融入，进而感知社会态势，辅助决策施政。这一系列的创新推动，促进了合肥市民族团结进步创建，被国家授予"全国民族团结示范市"称号。

阿里伯父在我心中是一位伟大的拉面人，而所有伟大源于一个勇敢的开始。虽然他最初的创业梦想连家里人也不看好，认为他想得太远太高，终会成为"空梦一场"。然而他还是顶着风口飞出去，飞到拉面行业的更高平台。古人常说成功难，守功更难，他也深知这一点，因而一直深耕在拉面行业，致力于推动青海拉面的高端化、品牌化，因而也守住了业。

几年前，我看到一条宣传片，是阿里伯父在安徽精雕细琢的旗舰店阿费夫的推介。片子里，伯父从他的创业初始娓娓道来，介绍精致的菜品与青海特产，传播民族文化，让我见识到了伯父对品质的极致追求。前年在和他的一次会面中，听他从客单价、走量、每平方米收益讲到品牌文化、直营店打造规划、加盟店复制模式。让我惊叹不已的是，一位并没有好好上过学的拉面人，却有如此清晰且前沿的商业头脑。这谜底，在于他对知识的渴求，从青涩懵懂的毛头小伙到如今年过半百，他从未停止过学习与思考。

我们家的拉面故事是数十万拉面人创业打拼的一个侧面，是无数个拉面人靠汗水劳动改变命运的真实写照，生动诠释了"幸福生活是靠奋斗出来的"这个真谛。我深信，在流水一样的日子里，拉面人的故事还会延续下去……

（韩嘉荣，青海师范大学学生，文学爱好者。）

从"0"到"1"投身拉面行业

韩 惠

"清醴肥菏，自成馨逸，汤沈若金，一清到底。"这是唐代鲁孙著作《什锦拼盘》中对拉面的评价。一碗面走向大江南北，足以彰显拉面人的进步格局，4000 年前的喇家遗址发现了一碗迄今为止世界上最古老的面条；4000 年后，同样的土地、同样的黄河水，这碗面演变成了青海拉面。这是带领群众脱贫增收的"致富面"，走向乡村振兴的"振兴面"，创造美好生活的"幸福面"，更是各民族融合发展的"团结面"。

说起拉面，很多人只会想到一碗汤加上普通的面条，殊不知这背后有很多复杂的工序。这不仅要求面匠师傅手艺娴熟，还要搭配熬好的骨汤和十几种调料，才能做好一碗面。当热气腾腾的拉面摆上桌时，雪白的萝卜、清亮的肉汤、鲜红的辣椒、绿色的蔬菜和筋道的牛肉片，搅拌均匀，一股清香扑鼻而来，只要喝口汤便知地道不地道。一碗面不仅有着自己的地方特色，更是我们心中的一方风情。

父亲也是一名拉面创业人，从小一直求学的他万万没想到自己也会为了做好一碗面十年如一日地不断探索学习，好在父亲创业前已如愿完成了自己的学业，没有辜负爷爷奶奶的期望。据奶奶说父亲从小是一个肯吃苦上进的孩子，喜欢尝试各种新鲜玩意儿，和他同级的好几个伙伴都没能坚持下来，只有父亲实现了自己的梦想。2004 年拉面政策还未大规模实施，父亲为了减轻家里的经济负担，经多方打听谋出路，终于下定决心拿着自己积攒的 9 万块钱积蓄，只身一人坐火车前往北上广，没有见过大世面的父亲决定闯一闯，踏上了他的创业之路。当时没有通信设备，家里有人出远门得提前烙好饼，走的时候邻里相互目送，互相道祝福，因为这样一走不知何时见面。当时的 9 万块可是一笔不小的数目，亲戚们都会投来羡慕和担忧的目光，走之前再三叮嘱父亲。创业之路哪有那么容易，刚到上海时，由于当时外地清真餐馆少之又少，加上人生地不熟，有一顿没一顿的，父亲自己一人穿街走巷地探店选址，顶着烈日加上夹杂着乡音的普通话，可谓难上加难。苦苦找了两个多月，在上海并未找到合适的门店，只好又来到北京。父亲说起当时的北京看起来已经很发达了，对于一个从农村来的人来说总觉得格格不入，无法适应，也觉得在北京开饭店会远远超出他的预算，他决定离开北京。临走前父亲拍了一张照片留作纪念，我依旧记得父亲当时在天安门广场上穿着白色 T 恤衫照的那张泛黄的老照片，那是我第一次听父亲讲起北京天安门的故事。之后父亲直奔广州，心里想着再试试，毕竟奔波了那么久，有点不甘心。在找店的过程中父亲结识了一些开拉面店的朋友，在他们的建议下自信心也上来了，在附近租了一个合租房，边找边蹲点。在苦苦寻找了 3 个月后，终于在广州白云区找到了合适的门店。由于附近都是商业圈和写字楼，加上离火车站不远，父亲一眼看中了这家店面，接着考察了好几天才跟老板签好合同付了定金。交完定金后，装修预算又不够，在几个拉面朋友的帮衬下，解决了资金问题。不懂市场行情的父亲，白天去附近的店挨个借鉴其他门店的装修风格，晚上找装修师傅商量，将装修规划尽量控制在预算之内。开工之后还要监工，40 多摄氏度的天气加上水土不服，父亲整个人消瘦了很多。就这样父亲的店有了该有的样子，就等着营业了。

这一切我光是听着就觉得很辛苦，不知道父亲一路是怎么坚持下来的，可是人一旦熬过了黑暗的日子，后面的生活就会充满甜头。开业等待

的日子让父亲既激动又紧张，店里人手又成了问题，那时候大家都没有出过远门，对于广州这个离家太远的地方大家都很抗拒。随之而来的就是家里人都踏上了广州之程，家里就剩爷爷奶奶了。父亲开业的消息传过来了，家里人开心极了。从刚开始的手忙脚乱到后来的熟练操作，每一步都是对他们的考验，对于从未离开过农村的母亲和婶婶来说是莫大的挑战，不识字，听不懂普通话，更难的是想说的话不知如何开口，顶着各种压力的她们也只能硬着头皮慢慢适应。是啊！人只有在压力下才能发挥出巨大的潜能。谁能想到后来母亲和婶婶竟也能说一口流利的普通话，还能听懂几句英文，面对老外的点餐毫不怯场，手势比画加上她们会的几句英文就能跟老外对上号，农村的痕迹逐渐从她们身上抹去，她们似乎喜欢上了这个陌生而繁华的城市。母亲是个地地道道的农村妇女，没有文化，但知道一些大道理。还记得小学第一次开家长会那天，我让母亲穿上了她平时舍不得穿的好看的衣服带我参加家长会，心想这次老师肯定会在全班面前表扬我。果不其然，老师真的表扬了我，我也看得出母亲很开心。家长会结束的时候母亲被单独留下了，老师说我脑子灵光，就是太贪玩了，导致写作业敷衍不认真，如果以后母亲多下点功夫，我以后一定是个好苗子。母亲就像是热锅上的蚂蚁，不知如何是好，连忙点头答应老师。从那以后，母亲总是提前半小时叫我起床，让我背书练字，就算是周末也不让我睡懒觉。下地时，让我背书给她听；写作业时，她在旁看着；背书时，她在旁守着；考完试后，她就盯着我卷子上的对号和错号讲道理……有时候瞌睡得连连点头也要陪我把作业写完才上床睡觉。当时我对母亲充斥着各种抱怨和不满，不想跟她交流。但渐渐地我发现自己变得不一样了，学会了写完作业要检查、写不完作业不能出去玩、玩乐安排在完成作业之后，我深刻地感受到我正在改掉我身上的一些坏毛病。当我爬山拿第一时，当我考试拿奖在全校面前领奖时，当夜晚给我盖被子把我的手放进被窝时，当电话里嘱咐我好好学习时……我知道这一切都是母亲在身后默默付出，温柔地包容着倔强叛逆的我。不敢想象母亲克服了多少困难才与我们走近，母亲时时刻刻都在用她笨拙而温暖的方式浇灌着我们。我愿用她教我的人情世故，驱散她生活里的阴霾，填补她的上学梦，源源不断地回报她。如果没有母亲的那次出行，或许她一辈子都不会知道知识的重要性，或许她还是那个忙着农活日夜操劳的母亲，抑或是只能远远目送上学的我们。殊不知她已经不是传统意义上的家庭主妇了，她用自己的方式填补了我们求学路上的每一步不易。

饭店开业以来一直都很顺利，久而久之也攒下了好口碑，生意越来越好了。父亲乘着政策东风，贷款进行了重新装修，使店面充满了地方特色，也会在储物柜上摆满青海特产，更引起了顾客的兴趣。有很多朝觐路过的同胞过来吃饭，也有很多生意上的穆斯林老外，他们成了店里的常客，可是父亲不会用英语交流。总不能一直看着菜单用手比画点餐，于是父亲决定从最基础的英语点餐开始学起，专门买了书跟着录音机，每天晨礼之后就跟读学习。母亲经常调侃他说："这洋玩意儿你还能学会？"即便这样，母亲也成了父亲的最佳听众。每逢假期我去父母那儿总避免不了一大早被父亲的录音机吵醒，还时不时被他的发音逗得哈哈大笑。饭店没顾客的时候，父亲就坐在角落的桌子旁边写边跟读；有老外顾客，父亲就用他随身带的口语本点餐。房门背后贴着各种蔬菜的名称，每天坚持用阿语和英文交叉练习。开始练习的时候是最难的，有时候因为发音别人听不懂，有时候不知道如何把单词连起来当句子用，但是父亲还是没放弃，一边研究一边用自己的方法记。平常他试图把自己不会的都表达出来，尽量多开口，点餐时一半英文、一半中文混合使用。每天面对那么多的顾客，时间一久店里的所有菜名都水到渠成、应用自如了，虽然比不上专业的人，但应对顾客绰绰有余。久而久之也对我产生了潜移默化的影响，我上小学刚接触英语的时候并不觉得生涩拗口，能看着书里的图画说出几个像样的单词，里面的内容总有一种似曾相识的感觉，老师教一遍我就会，有

时没学的课文也能流利读下来，甚至家里没人的时候对着镜子模仿老师的声调读课文，这对我之后的英语学习起到了很大的帮助，在大学期间还拿过英语口语大奖。在父亲的熏陶下，店里其他人虽不会说英语，但能听懂一点，一见老外，母亲也不由说一句"Hello"打招呼。那时候我就觉得父亲是一个超级厉害的人，一言一行感染着我，在看不见的地方发光发热。在别人口中，父亲有了"穆撒"这个名字，很多老外一进门就会问穆撒，有些人不见父亲人影便会一直等。父亲认识了很多志同道合的朋友，口语水平日渐提升，父亲给他们讲本土文化，和他们聊生意、聊教育、聊他们共同的话题。他们给父亲介绍生意，让父亲到国外发展，最终都被父亲拒绝了，他只想在这梦开始的地方努力打造本土品牌，做好做细做精每一碗面。那些老外朋友几番邀请父亲领拜，父亲担心店里忙不能按时到耽误了他们，可是他们依旧坚持等父亲同意，父亲最终还是不忍心拒绝他们诚挚的邀请便答应了，觉得这样不仅不会落下功课还可以置身恩典中。生活本就处处是弯路，人只有做自己喜欢的事，才会不遗余力地投入其中。我想这些都是对勇敢父亲的馈赠吧。

每逢假期我最期待的就是去广州，一想到有很多老外，我心里暗暗窃喜终于可以跟老外对话了。可是真到了那个场景，自己学的啥都派不上用场了，甚至连父亲的一半水平都不如，有时候听懂一句就高兴地给后厨报菜。当时小小年纪的我虽不能帮上大忙，但我深知起早贪黑是他们的日常，他们不仅想要做好一碗面，更重要的是在他乡有个立足之地。别看饭店里只有 7 张桌子，中午饭点的时候还要排队，那些上班族只为吃上一口筋道的面，喝上一口香气扑鼻的汤。那时候还没有手机支付，最让人头疼的就是算账，越是人多紧张的时候越是算错账，少算的情况时常可见，都被我悄悄搪塞过去了。小时候那种想被家里人肯定的心简直达到了顶峰，好几次都被自己小小的失误打败了，所以立志要好好读书，像父亲一般有出息。生活无须太多的颜色来点缀，平凡简单，才是真正的繁花似锦。

　　刚开始家里的光景并未发生太多的变化，主要靠爷爷奶奶种地为生，我和姐姐平时也帮家里分担一些家务，爷爷总说，庄稼人不干庄稼活如何填饱肚子？他总是担心一家人不够吃，即便有时候地里一年的收成都比不上饭店里一天的收入，爷爷奶奶还是坚持种地。可是爷爷奶奶的身体一天不如一天，父亲看着心疼，在父亲的再三劝说下，爷爷奶奶答应不种地了。当时我记得很清楚，父亲寄来第一笔钱家里就装了有线电话，每月需要按时到镇上的营业厅交话费。这玩意儿太稀罕了，我一有时间就拨来拨去教爷爷如何使用，再也不用去小卖部打电话了，可以跟家里人随时随地联络，平时邻里有个急事都会来家里借用电话，那时候电话的作用可大了，只要加个区号全国各地都能打。微小的变化看似不起眼，可这些都慢慢地让我们原本的生活变得宽裕了一些，渐渐地家里增添了各种电器。对于我们来说就是终于可以买课外辅导书了，可以存点零花钱买自己喜欢的东西，有时候竟然能买到别人没有的东西，还可以吃到国外的一些特产。这些都源于开饭店以来家里人不辞辛苦默默在外扎根打拼，没有一份工作是不辛苦的，看见这些变化后才让他们有了更起劲的念头，生活不那么拮据了，日子越过越好了，平时所需所想都可以满足。年少时只是觉得生活很容易，容易到不读书随便就可以成就一番事业，可是后来才知道那是日夜操劳最不容易的一条路，生活的美好都是源于有人为你铺好了一条路，一条没有一点坎坷的路。

　　虽说年少时在爷爷奶奶的呵护下长大，享尽了各种爱，也学着爷爷的样子灌溉、插秧、收割……泥地里无忧无虑的童年，小河堤岸上熟睡的孩童，亦苦亦甜都在爷爷奶奶的陪伴下有了多彩的童年记忆。但是每每家长会父母缺席、生病的爷爷不能参加时，"六一"儿童节其他同学被父母牵着手买漂亮裙子时，思念便会涌上心头，多么希望此刻父母在自己身边。有时候听到父母要回来的消息，便会数着日历上的日子激动得整宿整宿睡不着觉，到家门口的小河岸上看着对面马路上行驶的面包车，心里想着这

里面一定有父母，就这样一坐便是一下午，怀着失望和期待的心情继续等待着。是啊！年少的精力就像用不完的魔法一样，在看不见的地方挥洒着熠熠生辉的光芒，直到成人。后来我上了初中，姐姐也考上了高中，也有能力帮家里承担一些家务活了，却引来左邻右舍的各种不满，还有人专门打电话劝说父亲让我和姐姐退学。可是父亲作为读书人，怎么会不知道读书的重要性？况且他深知开饭店的辛苦和不易，这些都是苦力活，没有文化支撑以后的路就更艰难了。顶着各种压力的父亲跟我们说："这书必须读下去，其他的事情不用你们操心。"从那以后，无论学习上受了多大的苦，我们都没想过要退学，决不辜负父母。在学习上我们从来没有受过亏待，无论父母有多么辛苦，生活费和学习上都从不吝啬，总是嘱咐我们不够了再跟他们说。父母常说开饭店虽然辛苦，但挣的都是血汗钱，他们无愧于心，只要用心做好每件事，终会得到回报。在父母源源不断的支持下，我跟姐姐如愿考上了自己理想的大学，并且顺利步入了社会，在自己的岗位上默默前行。说不上大富大贵，却能用自己所学的知识在热爱的岗位上收获成功和喜悦，让父亲的坚持有了回报。如果没有父亲的坚持就不会有如今日夜奋战准备高考的妹妹，也不会有享受大学生活带来的充实和挑战，在充满活力和新鲜的大学殿堂里不断收获成长的我们。岁月生香，我想这大概就是生活赋予每一个人的底气吧。

后来父亲因学业返乡了，追梦十年，艰辛与收获便是他拉面道路上圆满的高光时刻。我深刻认识到，父母在举止谈吐、穿着打扮、思想认识上都发生了巨大的变化，接受了大城市的洗礼，付出了常人想象不到的辛苦。庆幸父母守着传统却依旧让我们拥有了繁华的底色，让我们接受高等教育的同时也增长了见识，用知识改变了命运。如果没有父母的拉面之路，或许我们的求学之路会变得更坎坷，抑或是改变命运的不是知识了，或许我们已经成了像母亲一样的小大人。父亲为我们撑起了更广阔的天空，在他朝朝夕夕的创业路上塑造了更好的自己，无论是生活的苦难，还是我们的叛逆，抑或是疾病的折磨和环境的考验，父亲从未喊过累、弯过腰，泰然走过、坦然面对，时间不语，勤劳和智慧是最好的见证。

拉面经济通过"人带人、邻帮邻、亲帮亲"的方式，不仅走出山门、跳出农门、跨进城门，而且鼓了"钱袋子"，摘了"穷帽子"，买了"新房子"，收益可观，大家的生活都发生了翻天覆地的变化，这一切都离不开国家的优惠政策和政府资金的大力支持。乘着政策的东风，越来越多的人投身到拉面行业，鼓的不仅是"钱袋子"，还让人从思想上发生了极大的变化。他们开始关注教育、重视教育甚至主动了解教育政策，为了让子女接受更好的教育，他们拼命立足外地，让孩子考入名校，反哺家乡。思想有多远，行动就有多远，如今的拉面行业不仅在装修和就餐环境上进行大胆创新，更在产品研发上下足了功夫，给消费者提供了标准化、高品质的就餐体验。市场经济让拉面产业被更多人看到，给拉面产业注入了多元化路线，让拉面产业持续发力。"今年政府工作报告务实、接地气地反映了基层群众的工作实际，道出了群众的意愿，特别是报告提出全面推进乡村振兴，听后很受鼓舞，信心倍增。"现场聆听全国"两会"政府工作报告，撒拉族代表马世功说，要将全国"两会"的一系列利好消息带回家乡，让"拉面之乡"的父老乡亲以党的二十大和全国"两会"精神为引领，立足新发展阶段、贯彻新发展理念、构建新发展格局，以主动融入"一带一路"为核心、以壮大拉面产业链为重点，驱动引领更多海东籍拉面人到江苏等长三角、广州等珠三角、天津等环渤海、河南等中原大地扩大拉面产业"朋友圈"，走出国门，进一步扩大拉面产业"经济圈"，"拉"回新经济"增长点"。这足以说明拉面产业影响着一代又一代，它让人在看得见利益的同时，也改变着人们的价值观，走出去的不只是一碗面，更是一种情怀和特色，未来的拉面产业一定会屹立在最繁华的街道。

一方水土养育一方人，如今的拉面已经成了形象窗口，在外的拉面创业人积极为家乡代言，用实际行动提升家乡知名度。在政策利好的条件

下，"拉二代""拉三代"经过摸爬滚打已经完全融入城市，立足政策导向，寻找战略机遇。2023年县委、县政府赴内地开展"送政策服务上门·助拉面产业复苏"活动，累计为拉面从业者发放贷款2.74亿元，为拉面提档升级保驾护航。今年我县领导曹良泰、何林率队赴北京、上海等地，调研循化拉面产业发展情况，看望慰问循化籍拉面从业人员，勉励他们艰苦奋斗、坚定信心，通过自身努力推动拉面产业持续平稳健康发展。他们同拉面从业人员聊家常、问行情、话发展，详细了解现阶段经营状况以及存在的困难问题，强调广大拉面从业者要进一步坚定产业发展信心，加快推进拉面产业转型升级，不断提升拉面产业的食品质量、管理能力、服务水平，推动循化拉面经济持续向好发展。同时，叮嘱拉面办事处要发挥好桥梁纽带作用，给在外拉面从业人员提供必要的服务，降低拉面经营过程中潜在的风险，打造品牌，彰显特色，为我县拉面行业提供更多契机。

一碗面滋养一方人，如同初升的月亮孕育着希望和收获，渐行渐远的是年轻的闯劲和冲动。过去的日子像一片片凋零的枯叶与花瓣，只知道这一切跟父亲有着千丝万缕的关系，漫进了心里，伟大又平淡。"一碗面"撑起了一个家，更改变了我们，我相信，父亲只是想让我们用知识超越自我，成为生活的远足者。父亲的拉面之路像一条涓涓细流，滋润着我们，山高水长，终将花香弥漫。

年轻拉面小伙的背影或许在漫长的时间里慢慢逝去，从青年到中年，十年朝梦终会在岁月的痕迹中变成丰厚的财富，清风拂山岗，走到今天依然是斑驳树影中耀眼的星光，悠悠岁月，不必张望，只管攀登。

（韩惠，女，撒拉族，青海循化人，爱好写作。）

旦正多杰和他的"藏宝阁"

才毛加

最美藏乡班禅故里——循化文都的旦正多杰，是个拥有梦想的男孩。小时候，他一直在知识的海洋里徜徉，初中时，一场突如其来的家庭变故迫使他不得不放弃自己的学业，从此迈上了打工之路。

刚开始，他在山东济南的一个面馆里打工。勤奋的他在闲暇之余学会了拉面、炒菜等技术活。在一个宁静的夜晚，思考了一整夜后，他想到了一个主意——开个小饭馆。年轻的他充满了干劲儿，立马回到老家跟家人商议，很快筹集到了为数不多的资金。他选择在偏僻的牧区——青海省河南县将小饭馆开起来，一来河南县离家近，二来自己也有很多熟人在那里做生意，更为重要的是，有些本村的年轻小伙就是在河南县赚到了自己的第一桶金。

就这样，旦正多杰夫妻俩的小面馆开业了。凭打工时学来的本事，他自己当主厨，招了个服务员，加上有妻子的帮忙，小面馆经营得不错。河南县本地的牛羊肉都是纯草膘，到了夏天，前来旅游和观光的游客都想品尝一下纯正的"本地味"。每到饭点，他的饭馆都会被蜂拥而来的客人坐得满满当当，生意非常好。就在夫妻俩经营了6年，生活刚见起色，饭馆也在当地有了一些常客，准备再多赚点钱的时候，家里传来了噩耗——他的姐姐身患重病，身边却没有人照顾。于是，他们不得不放弃小面馆，回家照顾姐姐。在

夫妻俩齐心协力照顾一年多后，他姐姐的病情逐渐有所好转。

然而，他所有的积蓄也在这场与病魔的斗争中消耗殆尽。就在此时，国家出台了农村脱贫致富的新政策，这不正是他们需要的机会吗？旦正多杰立刻抓住这个机会，像沐浴着国家及时雨的春笋一样，盯上了合作开农家院项目，在自家的小院子里开起"藏宝阁"农家院。

文都乡是十世班禅的故里，远近闻名，加之气候凉爽，一到夏天就有很多内地朋友慕名前来，尤其是当地木头结构的房屋，深受有农村情结的旅客们的喜爱。这让他再一次看到了希望。

政府提供的项目平台让他的创业有了些苗头。但受季节性营业影响，农家院的收入还是有限，除了短暂的夏天，其他更多时候都是关门状态。他只好又到处找投资商，打算在文都街上开一家一年四季都不用关门的饭店。

那几年，旦正多杰成熟了很多，对餐饮行业和市场也有了一些了解。文都乡政府驻地作为尕楞、刚察、文都三个乡镇的交通要道，是商品汇集最多、人口聚集最多和交通最为便利的重要集市，加上附近还有两所学校，满足了开饭馆需要的所有条件，这里也需要一个能满足大众口味又经济实惠的餐饮店。旦正多杰敏锐地看到了商机，于是在2016年，他将"藏宝阁"又一次开起来了，希望未来前途光明，财源滚滚。不负他意，结合了川菜和藏餐口味的餐食深受当地老百姓的喜爱，加上价格亲民，忙碌了一天的人们很多都会选择他家的饭馆，让他的饭馆客源不断、生意蒸蒸日上。这几年还改变以往的经营模式，开始加入送外卖等方式。

现在，旦正多杰有了新的目标，他想找个投资合伙人，以便进一步扩大菜品、丰富菜单，能够有能力承办各种类型的婚宴和家庭聚会，将生意做得更大。愿他的生意越来越兴隆。

（才毛加，女，笔名落梅，藏族，青海循化人，循化县作家协会会员。）

文化传承

撒拉宴——中华美食苑的奇葩

韩志远

在青海省东南部巍巍积石山下，黄河从崇山峻岭间奔腾而来，山与水相遇，共同造就了一方风光旖旎、气候宜人、民族风情浓郁的灵秀之地——循化撒拉族自治县。

踏入循化，耳朵先于眼睛，一首歌沿着河岸飘荡——

> 尕艳姑们端来了盖碗茶
>
> 也端来了牛奶茶
>
> 朋友您请过来呀
>
> 看一看撒拉的家
>
> 朋友您请过来呀
>
> 尝一尝撒拉的美食
>
> ……

在循化，如果说丹山碧水的旖旎风光让人深深陶醉，随处飘动的绿盖头、不时飘过来的暖暖问候之声让人如归故里，那么，骆驼泉的清流浸泡出的盖碗茶、满桌飘香的撒拉宴定会让人终生难忘！

这桌宴席，曾让著名社会学家费孝通先生赞不绝口，他从中看到了民

族优势，也对撒拉宴写下了"权威"评价。

撒拉宴，是撒拉人崇尚健康绿色生活的情感表达，讲究新鲜、精致、美味、浓淡相宜、丰俭刚好。不善巧言而又好客的撒拉族人，把暗藏在骨髓里的热情，流转成一桌丰盛的菜肴。

撒拉族人讲求"择善而食，择洁而食"，一碗盖碗茶，便是生活一大乐事。盖碗茶是撒拉族人招待客人的上乘饮品，以好茶叶打底，辅之以桂圆、冰糖、核桃仁、杏干、葡萄干、枸杞等，一壶好水有了欢腾滚烫的天地，得一份清爽、甘甜的好心情。撒拉宴席，通常有五种油炸面食——油饼、馓子、油枣、鸡蛋糕、油搅团。每一道都玲珑剔透、精巧别致，是撒拉艳姑细密的心思和巧手创作的艺术品。

油饼是撒拉宴的开场白。撒了香豆粉的油饼，金黄酥软，咬一口，满嘴氤氲着来自田野的清香。馓子是宴席的序曲，其炸制方法颇为繁复。用红糖、蜂蜜、花椒、红葱皮等原料熬成的汤水，适量的鸡蛋和清油来和面，再反复揉压、捻成面团后，取一小块面疙瘩，搓成圆形，居中钻一小孔，在两手掌间搓成粗细匀称、层层盘连的面条，放入滚烫的油锅，炸成黄澄澄的一拢馓子。馓子是油炸面食的王冠之作，寓意喜庆、团聚、祥和。一拢金灿灿的馓子摆在桌上，立刻把一场等待已久的撒拉宴席引入正题。

包子是撒拉宴的主角。按馅料不同，通常有砂糖包子、白萝卜包子、胡萝卜包子、洋芋包子、油面包子、青麦包子、韭菜包子、菜瓜包子等。其中，糖包子尤为叫人喜爱。比如新式糖包子，是对传统糖包子的颠覆之作，有的因外形酷似蜂巢而被称为"蜂窝糖包"；有的呈饺子状，油炸而成，叫油炸糖包。同样的佐料，不同的烹制方式，带给人不一样的视觉美感和味觉体验。

正宴从一碗清淡的烩菜开始，陆续端上米饭、花卷馍、黄河鲤鱼、辣子炒肉、干煸羊肠、油搅团、肥肠、面肠、羊肉手抓、牛肉手抓、鸡肉手抓等，叫人眼花缭乱、应接不暇。

到这儿，一场宴席快接近尾声，如果还有一丝意犹未尽，则由蒸腾的火锅来持续点起食欲。

还未等菜肴在舌尖驻足，早已端上桌的一碗碗酸辣香兼具的"雀舌面"再一次用浓重的乡土味诱惑着味蕾，禁不住吃上一小碗，满足感顷刻转移到脸上，给这场意外不断、惊喜不停的撒拉宴画上圆满的句号。

假如东家办的是婚宴，最后一个环节，则是给舅舅敬送一份"羊背子"。这块被撒拉人称为"吾吉"的羊肉，完整取自羊身上两根肋骨和沿后腿最为肥美的部分，来表达对舅家的尊敬。每一位客人也能得到分送的一大块"肉份子"。

撒拉宴，是生活在循化这一方热土的人们智慧的结晶，如同雪莲只属于雪山、荷花只属于池塘，撒拉宴刚好遇见了只生长于循化的特色辣椒花椒，遇见了用驼泉水酿制的陈醋香醋，遇见了撒拉族妇女那一双双灵巧的巧手，是她们，共同赋予撒拉宴"唯有此味独天下"的独特品质。

撒拉宴，是撒拉族人智慧生活的呈现，是始终如一的生存理念，是笃定不变的生活方式。它既固守平民本色，也不失大家风范；既熨平了忧伤，也烘托了喜庆；既保持了传统，又不拒绝现代表达。

撒拉宴，是从岁月深处用热情、好客、善良熬制的一壶茶香，是撒拉人家烟囱里飘散的一缕乡愁，是撒拉族人绿色、干净、节俭的一抹底色，是他们对远年记忆的一份念想。只要骆驼泉水长流不息，撒拉宴就不会从撒拉族人的生活舞台退场，长长久久，永永远远……

（韩志远，循化县地方品牌产业服务局职工。）

民间绝技在传承："清水阿奶"有搅团

马海旺 口述　韩玉梅 整理

"丁零零，丁零零……"

"喂，你好，阿奶的店是啦?"

"哎，就是就是。"

"我们有两桌人想要过来吃饭，1点左右，有位置没?"

"有有有，你过来之前，提前半小时来电话啊!"

"呀好呀好!"

这是我们店里的日常。阿奶就是我的母亲，一位地地道道的清水乡撒拉族女人，"清水阿奶"是我们餐馆的名字，注册商标也已经许多年了。在我们心里，一句"阿奶"是对我们店的莫大认可，也是对我母亲莫大的纪念。母亲生前在生产队做大锅饭时就开始和灶台打交道，半生的光阴都坚守在灶台前，仅用一手美食技艺，重现了一代代逝去的人们舌尖上的记忆。

在我眼里，母亲是一位了不起的女人。新中国成立之前，母亲有一个"特别"的身份——地主家的女儿。撒拉乡的地主富不到哪里，比一般人家多一些田产和牲畜、不愁吃穿而已。那时候的撒拉族人，对新媳妇的第一评判标准是茶饭功夫，母亲在饮食方面不仅吃得好，做得更好，为后来成为远近闻名的"清水阿奶"奠定了基础。

土地改革后，母亲嫁给父亲。那时的农村主要以耕田种地为生，一片庄稼地就能撑起一个家。不到 20 岁的母亲整日忙碌在田地和家之间，生活的重心都围绕着家庭。后来，母亲有了我和两个姐姐。我们的出生，使母亲比以前更加忙碌了，地里那点收成满足不了家庭开支，父亲便开始做一些牛羊生意，生活也算过得去。

可我们这个幸福小家终究未能幸免于不测。在我 5 岁那年，父亲因病永远离开了我们。因为年岁太小，我对父亲也没有很清晰的记忆。

父亲的离世给母亲带来了沉痛的打击，家里所有的重担都落在了她一个人身上。为了补贴家用，母亲在照料三个孩子、种好自家庄稼外，还找了一份做大锅饭的活计，换一点贴补家用的费用。没想到的是，母亲的好手艺得到了很多人的赞赏，并且越做越出名，来找母亲做饭的人也越来越多。这么一来，母亲的大部分时间都被做饭占用了，顾不上庄稼地和年幼的孩子们。这种情况将就一天两天可以，时间长了就是个事。好心的邻居们看到母亲养活一家人不容易，都帮母亲想办法。大伙儿看到我们家就在路边，交通方便，家里一年四季都有农作物，有蔬菜，只需要置办一些桌椅餐具，就可以给过路人卖茶饭了。

四五十年前，在自己家里开小餐馆，是一件非常了不起的事情，不仅可以种地干农活，还能照顾家里，里外兼顾，两全其美。就这样，母亲的小饭馆开起来了。从未进过学堂的大姐，成了母亲最得力的助手。

起初母亲只卖杂面凉面，后来多了手工馍馍，再后来增加了一些家常菜，地里种什么、长什么，我们就做什么、卖什么。这种路子，时至今日依然没有改变。

我们家就在黄河边，通常称为“河边人”，源源流淌的黄河水滋润着生活在这片土地上的人，灌溉着这片土地上的农作物。这里的辣椒、西红柿、花椒、瓠子、菜瓜、茄子以及各种各样的青菜就是我们的原材料。自家地里的菜蔬不够用时，就从街坊邻居那儿买过来。

　　大姐出嫁后，二姐不再念书，念完初中，我也跟着辍学了，一家人靠小店谋生。这一晃，就过了20多年。

　　吃过母亲饭菜的顾客都夸赞她做的饭有一股柴火味儿，十里八乡的过路人都在这儿停下来换个口味。我成家后，妻子也开始踏进厨房，把母亲的手艺学过来，我们店里的"家常味道"得以传续下来。随着时光变迁，一切都发生着变化，我们店里的饭菜却始终是"老味道"，顾客们总说："不管过去多少年，这里的味道都是一模一样，吃起来总是让人意犹未尽。"

　　清水乡政府驻地离县城很近，城里上班做生意的人们很想到这里换个心情，所以来这里吃饭消遣的人越来越多。有时，到"清水阿奶"吃饭成了一件体面事。随着顾客的不断增多，小小店面已满足不了客人的需求。正当为此犯愁时，临平公路改扩建了，借这个机会，我们在自家地里修了几间店面，刚好位于岔路口。新店面开张之时，我们挂上了"清水阿奶"的牌子。也是从这里，"清水阿奶"的绝活——"搅团"受到了各地食客的青睐。

　　其实，搅团并不算什么稀奇食物，在清水乡乃至全循化，几乎家家户户都会做，深受老人们喜爱。周边的化隆县、积石山县、临夏州等地的人对搅团格外偏爱，一家人到饭馆点上几道农家特色小菜之后，每人还要上一碗搅团。以搅团压轴，这场聚会才算圆满了。

　　搅团是"清水阿奶"的金字招牌，吃的人越来越多。起初，我们并不愿意将母亲这个手艺教给其他人，直到有一次，餐馆里来了一位特别的客人，让我改变了这个想法。

　　记得那天，天气晴朗，空气清新，我坐在小店门口享受着这份宁静。这时，迎面走进来一群客人，其中还有一位两鬓斑白的老者坐在轮椅上，被几个看起来像是他孩子的人推着。我急忙跑过去迎接，把他们安置在较为宁静、远离吵闹声的房间里。他们特意为老人点了搅团，说上次老人吃过之后念叨了许久，家人本想打包给他带回去，可搅团不像其他饭食，趁热吃才好，所以就把老人带过来吃。此情此景，我不知道该如何表达当时的心情，一种从未有过的温暖缓缓涌上我的心间，莫名的感动。

一道美食是需要花费大量时间和心思的。如今人们食用的都是优质白面，对豆面面食要求更高。我们担心市场上买不到纯正豆面，就把附近农家地里种的豆子收过来，磨成豆面粉，打出来的搅团细腻光滑，色泽明亮，还不粘锅不粘碗。

做搅团光有好豆面还不行，还得有好手艺。打搅团是一件看起来容易做起来却很难的事情。需要精准把握水和面的比例，把握软硬稠稀度，还要掌握火候，不能让面结成块。此外，盛搅团也不能马虎，要把软硬刚好的熟面团铺平在碟子中，看起来像纸面那样光滑，如圆碟那样规则。

覆盖在搅团上的臊子则比较简单，只需要把肉切成肉末，和切好的葱放在一起翻炒，加上调味品出锅即可。

无论是炒菜还是炒臊子，我们用的调料很少，都是自家地里种的花椒和辣椒，不会使用任何不健康的调味品。吃完搅团，盘底没有任何调料渣。母亲一直教导我们："干餐饮的人图的是心安，吃饭的人更是如此。"我们遵照母亲的要求做事，挣的每一块钱都是良心钱。因为食材一直没变过，手艺没变过，所以直到今天，店里饭菜一直都是一个味道，赢得了一波又一波回头客。

为了我们几个孩子，母亲一直没有再嫁，也为了改变她一生命运的餐饮店，她将一生献给了这份事业。

有一段时间，我不甘心在家门前度过一生，想到外面去闯一闯。母亲没能劝住我，我撇开店里的小生意，外出打工。但残酷的现实又把我打回来了，从此我理解了母亲。一个平凡的女人，撑起了一个家，却从无怨言，她只希望儿女们把这份手艺传承下去。如今我越来越懂得母亲的期望，心甘情愿留在家乡，热爱她的热爱，传承她的手艺。

在"清水阿奶"，除了母亲、姐姐、妻子，还有3个中年阿姨，她们是餐馆的主心骨，缺一不可。有的已经跟了我们9年了，就像一家人。平日里，她们也会把自己家里的辣子、花椒、玉米等拿到店里换点钱，留下店里需要的，我就让她们在路边摆摆小摊，挣点零花钱。我也顺便把来店里吃饭的外地游客介绍到她们那边。相处久了，我们彼此依赖，成了一家人。我始终认为，只有用心对待员工，才能赢得她们的心，她们才会打心底里为你干好工作。我曾经对她们许诺："只要'清水阿奶'开一天，你们的工资就不会少。"这个诺言从未打破，哪怕疫情期间顶着巨大压力，我也按时足额给她们发工资。我这么做，不仅是因为每一位劳动者的付出都应该得到同等的回报，更因为从她们身上，我看到了母亲的影子……

再后来，我把"清水阿奶"原先的一层扩建成了两层，就是现在的样子。我还想让它有更大的发展，有更远的未来。我辗转反侧，彻夜难眠，满脑子都是规划。我一直期许小院有个大的停车场，解决食客们的停车问题，同时也希望能修建一处带有撒拉族古建筑特色的民宿，将有着深深乡土味的农家菜也带进去，比如线辣子炒肉、酸菜粉条、生炒牛肉、家常土豆片、青稞花卷等。

时代在变，饮食文化也在变。不管是摆盘还是菜品，每一种风味的饮食都有不同的侧重点，吃家常菜则扮演着"换口味"的角色。很多人都评价"清水阿奶"店里有"妈妈的味道""小时候的味道"，这让我更加想念母亲，想着以"阿妈的味道"来怀念远去的母亲。

如今，我们的农家小院里除了特色搅团和家常小菜，还推出了"杂面凉面"，同样也很受欢迎。点一碗凉面，配上蒜末、辣子和醋，食客们吃得津津有味。深秋和寒冬时候，我们还推出了山羊肉和羊肉汤。羊来自孟达天池附近的村庄，那里的羊喝着天池水，吃着绿草，纯天然育肥，为尝一口山羊肉而来的人也日渐增多。

岁月轮回，又到盛夏，我们的农家小院依旧忙碌。这段日子里，到处都在忙着地震灾后重建，吃饭的人越来越多，都是冲着"清水阿奶"的手艺来的。

大姐传承了母亲的手艺，连那双手都酷似母亲。闲暇时，她会用心指导我妻子和厨房里的每一个人。看着她，我更加想念母亲。

人到中年，其实活的已经不是日子了，而是被岁月沉淀后的心境，是时光和自我较量后生活的馈赠。一个女人、三个孩子、一家面馆、一个家，过去的过不去的，最终都已过去，"清水阿奶"印上了50年的岁月痕迹。回望过去，我们竟然在面食文化这条道路上摸爬滚打了半生，依靠这份手艺发家致富，娶妻生子，感知百味人生；依托这份手艺照顾街坊邻居，经历坎坷，收获幸福。人们口中的阿奶，是我们的母亲，她像是夏季里疯狂生长的植物，忠诚于这片土地，忠诚阳光，忠诚雨水，一生都围绕着灶台转动。母亲曾说："我们不能沉浸在自己的世界里，离群索居。"半生已过，我才懂得这句话的含义。原来，她是想让我们传承自己的传奇，弘扬传统民族美食文化。原来，她早就知道，做好"灶台活"，诚信经营是本，干净用材是根，通透明净是要，传统手艺是魂。她用她的一生诠释了什么是"择一事做一生"的处世之道……

我依稀看见，厨房灶台的锅里热水还在沸腾，案板上小葱和肉末混在一起等着下锅，杂面凉面马上要端上桌了，豆面也要马上下锅了，母亲穿梭在各个锅灶之间，依旧那么忙碌。这时，妻子的脚步打断了我的思绪，那一瞬间，我突然觉得，短暂的人生中幸福感和成就感不过如此，几十年的人生在我眼前像闪电一样晃了过去……

日落西方，可惜我没空为日落着迷，"清水阿奶"的一天又开始了。

"丁零零，丁零零……"

"喂，你好，阿奶的店是啦？"

"哎，就是就是。"

"晚上有一桌人要过来吃饭，7点左右，还能订上桌吗？"

“有有有，提前半小时来电话啊！”

“呀好呀好，你们的搅团早些准备好啊！”

……

拉面履历之"人间的双手面"

韩玉梅

拉面师傅说:"做人如拉面,力道足才有韧劲,拉得长才能走得远,双手一挥,一碗拉面。"拉面食客说:"吃面如人生,细嚼慢咽,慢慢品味,那么汤是汤的味道,肉片是肉片的味道,只有面是很多种味道。"不是师傅也不是食客的我想说:"与一位具有善良品德的人长谈你会有一种摸到骨骼的错觉,并且带有痛感。"

——题记

幸福西路的那家面馆里,汗水已经浸湿了胡才尼的衣衫,额头上的汗珠就像是此刻大锅里沸腾的面汤水中跳跃的水泡,根本停不下来。白花帽像是刚洗出来没有甩干水分的样子,他时不时地抬起胳膊,用胳膊可以弯曲的关节处揽下那些汗水,因为那里是伴随着一碗碗拉面出锅时水分最容易蒸发的地方。

他的旁边是刚在婚姻中经历过失败的姐姐阿伊莎,她年岁不大,可是岁月却在她的脸上留下了一道道伤痕,眼角的皱纹让她本来很大的眼睛少了许多灵气。阿伊莎在这一段日子里重复地拿着比平时看起来要大很多的勺子炒着菜,一套动作行云流水,任谁见了都得夸上几句。只是她好沉默,脸上也没有一丝笑意,绿色的盖头隐藏了她的汗水也隐藏了她的伤

痛，在一碗碗面被端上桌子的瞬间，她感觉面馆日常的忙碌是一种救赎。

低着头坐在柜台边算着账、为客人点单的这个撒拉艳姑正是胡才尼去年抽空回家娶的新媳妇，娇艳的红色纱巾衬托得麦日彦姑白皙的皮肤更白了，身怀六甲的她在没有客人点餐结账时还要帮忙收拾餐桌，浮肿的双脚早就和她娇小的身材格格不入。炎热的夏天，她能穿得下的只有那一双宽大的男士拖鞋了，她也不会完全穿进去，这样可能更舒服一些。

"阿穗，阿穗……"胡才尼年迈的母亲海洁奶奶刚择好菜，大声呼喊着阿穗快点来洗菜。阿穗赶忙摆好刚消毒完的一部分碗筷，又跑着进了后厨，洗碗池里的碗还堆积如山，阿穗感觉从她来到幸福西路的面馆开始，这些碗她再怎么抽空洗也得让她日日忙到深更半夜。胡才尼的母亲海洁奶奶是一位心地很不错的老奶奶，只是她很爱唠叨，尤其是对阿穗，因为她是整间面馆里唯一一个需要胡才尼支付工资的人，所以大家习惯性地喊她阿穗。毫不夸张地说，阿穗除了吃饭睡觉外，可以停着不干活的可能只有她在路边等垃圾车的时间吧。

说起阿穗，她是海洁奶奶远房亲戚家的女儿，出生在孕别列村。从小生活在骆驼泉边的阿穗身上有撒拉族女孩的独特气质，朴实善良是这片土地对她最好的回馈。阿穗的家境贫寒，而且幼年时就一直在单亲家庭中成长，她虽然年龄尚小，但早就学会了独当一面。她努力认真地完成着每一件工作，靠自己的双手和汗水在劳动中坚持着，因为现在除了自己，再也没有人养活她了。或许是因为一部分类似的命运和考验，让这个可怜又让人心疼的女孩和胡才尼一家人相处得非常不错，阿穗也将胡才尼的小面馆当成自家的来经营，对于大大小小的事情都很用心。

阿穗年龄很小，只有十六七岁，但是个头很高，加上她坎坷的人生经历，让她看起来要比同龄人成熟许多。她熟练地戴上那顶已经被洗得发黄但很干净的帽子，把头发全部塞进帽子里后，来到了海洁奶奶刚起身离开的洗菜区，开始将菜分类并拿去洗。在面馆所有的工作中阿穗最不喜欢的就是洗菜这件事了,海洁奶奶年事已高,眼睛也不太好,无论看什么东西看得久了眼泪就会不自觉地流下来,所以她择菜也不是很干净,尤其是从后院拔来的葱和一些小油菜,夹杂在菜缝隙中的泥土中也常常出现一些不知名的小虫儿。阿穗是很害怕这些虫子的,只是她要故作镇定,其实当一个人没有依靠而只能靠自己时,是可以忍受任何一种生活的。在这间小小的拉面馆里能与她知心交谈的也只有年龄相仿的麦日彦姑了,可是她们都太过忙碌,知心交谈的次数连十个手指头都用不上。

在冰冷的水一次又一次地洗刷之后,厨房的菜架上整齐地摆满了各种面食和炒菜所需的配菜。阿穗急忙跑到一边扯下那顶发黄的帽子挂到了原处,她不爱洗菜的另外一个很大的原因是她特别珍爱自己的秀发,每天会在睡觉时坐在镜子前梳了又梳,可是为了防止不小心掉落的头发混进菜里,洗菜时她都要戴那顶帽子。加上面馆里的后厨里跟火炉一样,等她洗完所有的菜,汗水会让她的秀发卷在一起,这时她会嘟囔着对自己说:"我再也不想留长发了。"她有些烦躁,不过人们从来不会在她的脸上看见任何情绪,无论什么时候,她都是笑呵呵的,好像她的内心世界也充满了如此治愈的幸福感。

胡才尼终于得了一会儿空,他赶忙逃离下面的大锅跑到了小娇妻麦日彦姑跟前,询问她一会儿想吃什么。麦日彦姑娇羞地回应着:"每天都吃你拉的面,我和肚子里的娃娃都吃腻了,我见对面那个阿巴家里的烧烤,口水都不知道咽了多少次。"胡才尼会心一笑,凑到麦日彦姑的耳边说:"等阿妈看不见的时候我就抽空去给你烤,今天保证让你吃上哩!"小夫妻俩在生意极好的拉面馆里格外珍惜能这样说说话的时间,在又一拨客人推门而入之前他们要赶紧吃午饭,不然饭点的高峰期一到又会是忙碌的几个小时,按时按点的一日三餐是拉面人的一种奢望。

阿穗今天吃了青椒肉丝炒面,胡才尼每次都会细心地给她加面。从来到拉面馆开始阿穗的饭量见长,顿顿吃得都很多,可是身材依然娇小,其

实这也和她的工作量有很大的关系，而且她吃饭的速度非常快，用"狼吞虎咽"来形容也丝毫不夸张。面馆虽然不是很大，但因为是大学周围唯一的一家面馆，所以生意特别好，这让当初背井离乡走出来的拉面青年在迷茫的生活中找到了方向和动力，所以这家开在幸福西路的面馆名为"幸福牛肉面"，是拉面人简单而美好的心愿。

谈起胡才尼，其实已经成为"准爸爸"的他也只是 20 出头的年纪，胡才尼的原生家庭有许多的不幸，他也算是一个在苦难中长大的人。他出生在循化小具城清水乡索同村的　个普通家庭，原本也是父母相爱，有了他和姐姐两个孩子，可是就在胡才尼刚考入初中那一年，他的父亲因为要翻修家里的羊圈，去拉砖的路上东风车侧翻，在抢救了好几天之后还是不幸离世了。顶梁柱的倒下给这个家庭带来了沉重的打击，那时候姐姐也还没有出嫁，所以家庭的重担就落在了胡才尼的母亲海洁姑身上。为了减轻母亲的负担，胡才尼决定放弃求学，帮母亲在家里干活，起初母亲并不同意，胡才尼年龄还小，不能不读书。所以在母亲的坚持下，胡才尼在失去最爱他的父亲的阴影下，又踏上了求学的道路……

胡才尼每周在阳光下往返于家和学校，好像多晒太阳，那些心里阴暗潮湿的地方就能被晒透，得到抚平和慰藉。可惜好景不长，就在胡才尼要参加中考的这一年，姐姐在"亲戚之命，媒妁之言"的包办习俗中结婚了。在撒拉族家庭中男大当婚、女大当嫁是最自然的事情了，姐姐的出嫁意味着原本可以帮母亲分担家务事的人就没有了。在一个主麻日的下午，胡才尼回家的途中看到在辣子地里吃着干馍馍的母亲，潸然泪下，也就是在那一个瞬间，他决定要出去闯一闯，早点让母亲过上好日子。读书是一件能让人看见希望和美好的抉择，可是需要的时间和精力是胡才尼等不起的，他无法看着母亲独自一人和艰难的岁月斗争，只有他早日加入，才更有可能在生活的战场上早日取得胜利。

很多时候人的成长就在一瞬间，尤其是人长大了心里那个苦难的小孩还住着没有离开的时候。没有任何人可以改变他的选择，母亲最终也在生活的压力下妥协了，她委托村庄中第一批去开拉面馆的人把胡才尼带到内地的面馆打工。其实我常常认为出生在普通家庭的孩子没有必要接受过多的苦难教育，可是我却忘记了是普通和平庸让苦难如影随形。当时只有15岁的胡才尼就这样背着行囊离开了故乡，走上了在拉面经济的热潮中发家致富的道路。

每一个没有经验却要为了生活走上拉面道路的人，在拉面馆中的第一课应该都是从跑堂开始的。在许多年以前，政策和制度并不像如今这样完善，在拉面经济的热潮袭来的时候，那些在拉面馆里跑进跑出的人基本上都是家境贫寒未成年的小伙儿们。胡才尼消瘦的身体让他的第一位老板娘格外心疼他，所以对他非常包容，从最初的倒垃圾抹桌子摆放板凳到后面的给小餐桌上"辣子罐罐"和"醋壶"里添加倒满、往筷子桶里塞满一次性筷子，这些工作都是老板娘一手监督和教会胡才尼的。胡才尼虽然文化水平不高，但是悟性极强，也很细心，总能做好这些看着简单实则要求很高的工作。与胡才尼同村的老板娘总是在给海洁姑打去的电话里夸奖她的儿子说："他是一位好帮手，没有任何一位客人对他有过意见，而我再也没有去操心过哪个桌子会有污渍的问题。"

因为是同村的乡亲，老板一家也很了解胡才尼的家庭情况，所以只要面馆里挣得多，老板都会想方设法地给胡才尼一些奖金，在他去了不到一年的时间里就给他加了三次工资。老板从事拉面生意多年，可是他从未拖欠过员工的工资，每个月都按时发放，老板说："什么钱都能欠，可是老百姓的下苦钱（血汗钱）欠不得，那是把血换成汗一分一分拼来的，我晚给一天就睡不着，面馆里的苦大哩，不能欠，不然热子给（财富）会变少。"老板的这个品德在后来也深深地影响了胡才尼，他也从未拖欠过阿穗的工资，阿穗的身上有太多自己的影子，所以他也在努力成为像当年老板一样的人。

拉面馆里的生活规律是早起晚睡，早上要早早到店铺里打扫好卫生、兑好汤水等才能开门迎客，晚上要把白天所有堆积的工作完成，还要准备好第二天所需要的一切食材才能休息。那样日复一日的生活胡才尼坚持了整整两年，他没有回家，只是会抽空去银行把凑的钱打到母亲的账户上。他勤奋踏实，机灵能干，给面馆减少了许多麻烦，刚好在他提出想要回去看看母亲的时候面馆里的面匠去找老板辞职，说要回家修房子。那一年积石峡水电站的修建给附近的村庄带来了一些影响，所以政府安排了搬迁，会有 笔不错的迁移款，这是来自木场村的面匠的当务之急，听说那时候索同村也受到了一些影响，但并不在搬迁的行列中。可是对老板而言再找一个合适的人手是难上加难，正当老板不知所措时，面匠主动提出愿意收胡才尼为学徒，并且答应他出师以后再离开，这让所有人欣喜万分。

老板找来胡才尼，向他传达了这个重要的决定。胡才尼有些犹豫，怕自己无法胜任，如果技术不到位，是会影响面馆的生意的，他是一个会把事情的利弊想得很周到的人。但是老板和面匠师傅都对胡才尼抱有极高的期望，面匠说："世界上的人千千万万，千人有千手，可是拉出来的面都不一样，拉面没有捷径可行，用心就能靠近一碗好面。"这两年的时间里老板和面匠师傅都对这个小伙子很欣赏，就这样在你一言我一语中，胡才尼开始跟着大胡子面匠学拉面，当起了拉面学徒。拉面是一件看似简单实则一点也不简单的事情，从剪开面粉袋子开始，他的人生也开辟了一条崭新的道路，他再也不是那个跑堂小伙子了。他的工作场地从厨房外转移到了厨房内，大胡子师傅为人严格，话很少，但教人的本事真的了不得，从和面开始，水温、面量、软硬程度只要稍有不对，他的脸就会立马阴沉下来。这给作为初学者的胡才尼带来了极大的压力，大胡子师傅说你要把面拉到外面的客人透过橱窗都对你赞叹和认可时才算是真正的成功。胡才尼在拉面方面也有极高的天赋，他每天都会认真学习，晚上累到双臂发酸，他也会一边捶胳膊，一边把大胡子师傅教的流程在脑海中反复回放，最后迷迷糊糊地入睡，有时半夜做梦也能梦到自己在拉面……

"师傅领进门，修行靠个人。"努力和实干真的是一个人一辈子最好的风水，在大胡子面匠用心教授下不到半年，胡才尼就成了一名合格又优秀的面匠。每当他把一碗碗银丝般的面条扔进沸腾的大锅时，食客们都会对这位白花帽少年刮目相看，大胡子面匠也满意地点点头，认可道："人年轻就是好啊，真的是长江后浪推前浪，我们该退了。"不久之后大胡子面匠就离开了面馆，胡才尼很舍不得他，好在他们的故乡在一起，是两个相邻的村庄，这一生总会相见的。

师傅离开后，面馆里的主要任务就落在了胡才尼的肩上，他为了不辜负老板很用心，只要一得空也会去帮忙收拾餐桌。成为面匠后胡才尼的工资就高了很多，给海洁奶奶寄过去的钱也更多了，每当想起这些，胡才尼的心中都会暖暖的，他感觉自己付出的一切都很值得。只是在拉面的过程中会使用蓬灰，这对胡才尼的双手造成了一些伤害，他的手开始出现红肿、脱皮、开裂等现象，可是汗水是一定要比泪水更早流下来的，他依然坚持，因为拉面馆里有他对生活最初的梦想和改变他命运的机遇。就这样一转眼他的面匠身份就两年了，这人间的面吃一碗少一碗，这世间的岁月过一天少一天。

如果没有足够的知识可以改变命运，那么就要用双手创造财富，这是拉面少年胡才尼最大的感触。这一年盛夏，厨房里的电风扇迅速转动，可是它依然跟不上少年的汗水顺着脸颊流淌的速度，这是胡才尼没有回家的第五个年头了，他双手的伤越来越严重，疼痛常常让他半夜睡不着觉，孤单的夜晚各种思绪都涌上心头。所以思母心切的他找到老板，向他诉说了那些睡不着的夜晚他内心深处最牵挂的一切。

他说这次一定要先回家看看母亲，姐姐的孩子都快会走路了，他还没见过。老板是个爽快人，立马答应让他回去，尽量不要耽误地提前回

来，就这样离家五年的少年第一次离开拉面馆得到了休息。背井离乡的人怎么样才算是荣归故里，我想这是不被定义的，如今的胡才尼在火车上算是颠沛流离地返乡，可是心里却很幸福。故乡所带来的乡愁不是一时的暴雨，而是一直的潮湿，离家五载，故乡的土路也有半截变成了沙子水泥路，他的母亲擦拭着家里的玻璃，许久未见弟弟的长姐阿伊莎带着咿呀学语的孩子在厨房里忙得热火朝天。他迈进家里，她接住他放下的行囊，倒上热气腾腾的盖碗茶，他们围桌而坐，直到深夜，倾诉与分享是此夜的主题。

海洁奶奶拉起儿子的手，那双手不再像小时候她牵起来时那样娇嫩了，蓬灰已经慢慢吞噬了他的双手，她心疼得流下泪水。是他用这双手改变了家庭的命运，撑起了这一片天，他年少的一切都在离开了这片土地后发生了翻天覆地的变化。而胡才尼身份的大转变是从他头上这顶白花帽开始的，从他离家那一刻戴着，这一戴就是五六年的光阴啊！后来母亲擦拭着自己的泪水劝说胡才尼早日成婚，胡才尼也向母亲表达了自己的想法，想再干两年然后自己开面馆，母亲同意了，毕竟儿子从来没有让她失望过。母亲恳请胡才尼在家多休养一段时间，母亲很重视他这双撑起家的"拉面双手"，每天都会把蒲公英的根挖回来，反复清洗，再砸碎后晾干水分，夜间把奶奶那一辈珍藏的"蛤蜊油"拿出来，拌在一起，细心地敷在胡才尼的双手上。在这样日复一日的坚持下，胡才尼的双手很快就好起来了。

"拉面少年"看着家里越来越好的状态，心里很甜，他要赶紧回去，不能耽误对他极好的老板，也为了早日实现母亲的愿望，更为了早日有一家属于自己的面馆，其实每一个从事拉面行业的人都曾这样想过。他又一次踏上了拉面人的道路。时间飞快，来年严冬的到来是胡才尼要告别的时候了。在拉面馆里待了将近七年的时间，胡才尼已经很成熟，而且无论是从人力、物力还是财力方面，他都已经具备了可以自己开面馆的条件，所以他要离开了，去用双手改变他目前的生活。命运终于眷顾了这个靠双手的拉面人，他回家两个月后就顺利与麦日彦姑结婚，并且在离家不远的地方开了一家属于自己的小面馆。"一锅、两桌、三椅"的面馆是他用一碗碗拉面拼凑出来的，他把这家面馆开在幸福西路上，是一种安心稳妥的感觉。所以当你愿意努力时，我会为你祈祷，"祝愿你有一个水到渠成的未来"。

用"双手面"在人间留存一份美好一直是胡才尼的心愿，如今他对生活满意且知足，可他仍需努力。他看着这家小面馆，暗下决心，如果一切顺利，不久的将来他的面馆会越开越大，海洁奶奶不用再蹲在地上择菜，麦日彦姑也不用再拖着笨重的身体算账，而阿穗更不用那么辛苦，他会把撒拉族的各种面食都融进他的梦想中，也会帮助许多像曾经的他和如今的阿穗一样的人。"双手面"勤劳的背后解决了很多人的心酸，这就是他愿意努力的动力。品德善良的人真的很适合长谈，谈的不只是拉面，更是人生。

此刻阳光正暖，他的汗水顺着脸颊流淌，他用关节处揽下汗水，汗水蒸发了，就像那些一去不复返的日子一样，他的双手没有停下来也不敢停下来，用双手拉出来的面已经和他的人生融为一体。其实在绝大多数时间里我会赞许你歌颂苦难，捍卫痛苦和辛苦，一切悄然流逝，那个少年靠着自己的"双手面"在这极其不容易的人间撑起了属于自己的一片天，也会有人说："在如今的生活里，光是生存，就要消耗几乎生命的全部。"可是一碗碗"双手面"就能成为行走在人间的盘缠，是一个少年青春的拉面传奇，重山已过，此后坦途。

人生的履历是在漫长的岁月中经历和积攒的，只要日子流动着，那么履历就会不断被更新，而我们都会各自按部就班地"活着"，拉面的履历也是值得品读的一部分。外面的风吹得好温暖，里面的电风扇也在拼命运转，它在助推一个品德善良之人命运的齿轮。天气好吗？你好吗？有空就

去吃碗"双手面"吧，细嚼慢咽，汤是汤的味道，肉片是肉片的味道，面是面的味道，只有人生有很多种不同的味道，人间的"双手面"里是一个人半生的辛劳，与他长谈我有痛感，这是"双手面"的味道。

情定"撒拉人家"

马永祥

———

积石山在青海省循化县展示出山的恢宏，黄河在这里洋溢着河的婀娜，山河的壮丽和娟秀在这里完美展现。积石山下、黄河岸边，是撒拉族的美丽家园。撒拉族，这个从中亚地区走来的民族，穿越了 800 年时空，信守民族信仰，执守这片神奇的土地，用自己独有的文化个性为中华民族现代文明增光添彩。

在过往岁月里，撒拉人秉承本民族固有的生存之道，在守望家园的同时，不故步自封，创新发展包括饮食文化在内的各种文化，树立了如"撒拉人家"这般熠熠生辉的餐饮品牌。而今，"撒拉人家"这一品牌翻越积石山关，穿过长江长城，以星火燎原之势迅速发展，成为撒拉族走向全国、走向世界的金名片，形成了具有浓郁地域民族特色的餐饮产业领军品牌。

民以食为天。20 世纪 80 年代，改革开放的春风吹醒了撒拉尔故里，在黄河浪尖上起舞的撒拉人敢为人先，义无反顾地投身于春潮涌动的时代洪流，孕育出一个人人可为、户户受益的短平快、广覆盖的新产业——拉面产业。

　　"撒拉人家"品牌是循化县委、县政府紧跟新时代、用好"政策"活水、深度融合市场的有力见证。在蓬勃兴起的拉面产业中呼之欲出的"撒拉人家"的成功注册，是循化拉面产业实现规模化、品牌化的重要标志，承载着循化拉面人的创业梦想，反映了循化人的文化自信。

　　如今在全国各地，仅以"撒拉人家"为招牌开设的各类餐饮店达6200家，从业人员2.6万余人，年销售收入近20亿元，纯收入达15亿元以上，形成了撒拉宴、特色民族小吃、茶餐、拉面四位一体的"撒拉人家"餐饮产业，成为循化县经济社会发展的"半壁江山"。

二

　　作为"撒拉人家"民族餐饮品牌之一、全国人民耳熟能详、人人爱吃的拉面，在循化人眼里是一碗香喷喷的特色美食，在循化人心中是一条致富奔小康的"高速路"。为打响这一民族品牌，不仅千千万万个拉面人付出了心血汗水，许许多多服务拉面产业的幕后英雄同样做出了不可磨灭的贡献。马维就是这样一个人。在他眼里，服务拉面人是一份责任、一份情怀。作为循化县驻广东办事处负责人，他将服务拉面产业、服务拉面人作为自己追求的崇高事业，开拓进取，敬业奉献，为民办实事、做好事，彰显了一个撒拉汉子"宁愿倒掉自己油缸，也要扶起别人水缸"的职业操守，为民族团结、抗击疫情、抗震救灾等工作尽心尽力。

　　那么，我们来听听他的拉面故事吧——

　　一天，我接到一个陌生号码来电，听筒那头传来一个男人的声音，用撒拉语说：

　　"您好，您是马老师吗？"

　　"我是马永祥，你是？"

　　"我叫马维，是您老乡，也是您弟弟的同学，您的手机号就是从您弟弟那里打听到的。"

"马老师,您一会儿有空吗?我想见您。"他听我没有说话,又接着问。

"你有啥事儿吗?"

"倒也没啥大事,我想和您聊聊天。"

"……"

一问一答间,我俩约好了会面的时间和地点。

见面地点在西宁市七一路伊隆民族文化茶餐厅。我顺着木质结构的楼梯往上走,过道两旁的包间雅座都是按照撒拉族建筑特色装修的,墙上挂着撒拉族民间工艺品,一位穿着撒拉族服饰的女服务员将我带到一个包间门口,抬起门帘说:"先生,请进。"

两个年轻人从座位上站了起来,握手道"赛俩目"。其中一个年轻人说:"马老师,我是马维,这位叫韩兴文,也是我和您弟弟的同学。"

"你好,我叫马永祥,很高兴认识你们。"

寒暄过后,马维说:"约您见面是因为县里正在围绕'一碗拉面的故事'征稿,我自己没有什么故事,但因为工作原因,接触过很多拉面人,知道不少拉面人的故事,所以就给您打了电话。您也是咱们家乡人,这些故事我想说给您听听。"

三

马维今年43岁,一身藏蓝色西装,方脸,发型时尚,皮肤白净,精神饱满,充满着年轻人的朝气。他和我都是白庄镇科哇片区人,他家在下科哇村,我家在苏呼撒村,我们都是喝着科哇河的水、听着拉布藏瀑布声长大的。

大学毕业后,马维被分配到循化县白庄镇人民政府,2015年5月调入循化县就业服务局,在综合办公室工作。2020年,循化县地方品牌产业服务局挂牌成立,马维想到第一线服务拉面人,便主动申请到循化县驻广东

省劳务办事处工作。

申请很快获批，他如愿以偿，被派往改革开放前沿的广东省广州市。为尽快适应新岗位，熟悉驻外办工作，他认真学习党的路线方针政策，学习城市管理、工商、环保、卫生、消防、治安、统战等相关法律法规及省市县出台的拉面经济相关文件精神，很快适应了新环境新工作。

他始终把"让拉面人做一名政治上的明白人"作为开展工作的出发点，宣传党的十八大以来的历次全会精神，加强对务工人员的法治教育，增强外出务工人员的法律意识，引导他们合法义明经营，依法维护自身的合法权益。积极配合县委、县政府开展的"送政策服务上门·助拉面产业复苏"调研活动，采取集中宣讲、座谈交流、入店走访等方式，加强对拉面从业人员的法治宣传和民族团结进步教育，引导拉面人主动融入当地社会，心怀感恩，树立民族团结意识。

他严格遵守各项制度，加强办事处组织领导，与各办事处主任签订目标考核责任书。每月定期召开办事处主任联席会议，听取辖区工作情况汇报，按上级要求安排近期重点工作，落实工作职责，推进各项工作顺利开展。

面对传统拉面数据统计效率低下问题，马维创新工作方法，通过微信小程序、打电话和深入拉面馆等途径掌握广东各大城市拉面馆和务工人员数量、分布、经营状况，对遍布广东各大中城市的800多家循化籍拉面经营户、4000多名拉面从业者建立了基本台账，实施动态管理。

新冠疫情期间，马维动员广州循化籍拉面人积极行动起来，主动向生活困难市民献爱心、送温暖。循化县委组织部下发方舱医院招募志愿者通知后，马维第一时间递交了志愿书，踊跃参加了循化县向阳方舱医院志愿者服务工作。他冒着自身被感染的危险，没日没夜冲在第一线，用实际行动诠释了党员的责任与担当，为全县打赢疫情防控战贡献了自己的一份力量。

三年来，从驰援武汉到助力广东抗疫，循化籍拉面人的爱心行动从来没有停止过。广州海珠区拉面人韩进财的拉面店因为太小，摆不了几张桌，只靠送外卖赚钱，但他没有因此停下来，与办事处工作人员一起为疫情防控一线工作人员送去爱心午餐。韩进财说："虽然过去从没做过，但是看到大家伙儿一起守护家园都那么辛苦，我就干劲十足。"凤和社区疫情防控人员感动地说："感谢少数民族兄弟的爱心午餐，让我增添了坚守一线的力量，让我明白了不只是我们在战斗！"

广州白云区好人韩四力毛为夜晚奋斗在抗疫一线的社区工作人员、治安队员送上暖心面，以表达对基层工作人员加班加点守卫社区安全的感激之情。在深圳福田区经营拉面馆的何毛扫，多次组织自己的员工慰问社区暖心驿站疫情前线工作人员，为他们送上爱心餐、煲好姜糖水。每天都有许许多多的循化籍拉面人，将一份份免费爱心饭送到一线人员手中，他们不计报酬、不怕辛苦，心心念念让奋战在一线的战士们能按时吃上一口热饭。这些穿梭在城市各个社区的循化人，在灾难面前把异乡当故乡，自觉服从当地政府号召，主动担当，显现出了惊人的大爱与博爱，用最朴实的行动诠释了"中华民族一家亲"的深刻含义。

因疫情影响，不少循化拉面店面临关门停业，从业人员面临失业。为切实解决这个关系循化拉面人生计的现实问题，在县就业局安排下，马维奔赴广东惠州市仲恺高新区，实地考察用工情况，与企业负责人洽谈劳务输出人员的往返交通、培训方式、稳岗政策、工作时长、生活补贴、年终福利等问题，并与仲恺新区社会服务局签订了《省际劳务对接合作协议》，为循化县下一步劳动力转移就业开辟了新渠道，实现劳动力转移就业200多人、劳务收入100万元。

2023年12月18日，甘肃省积石山县发生6.2级地震，离震源不到30公里的循化县也受到影响。在这关键时刻，广东省循化籍拉面人又一次与家乡人民一道站在了抗震救灾的一线。

灾情发生后，拉面人迅速行动起来，慷慨解囊，踊跃捐赠爱心善款，筹措紧缺生活物资，奔赴家乡重灾区清水乡、白庄镇和道帏乡灾民安置点，发放生活物资和慰问金，价值共计人民币 29800 元。海珠区民族团结进步协会向循化县红十字会捐款 5000 元，表达广州市海珠区各族群众对循化灾区群众的同胞情谊。

马维更是冲在前面。他顾不上看望家人和因灾受损的家，在品牌局领导安排下，迅速组织在家的广东拉面人，用最短时间准备了 1 万多元，奔赴地震最严重的大河集镇，开展了为期 4 天的"青海循化爱心拉面送温暖"抗震救灾行动，为灾区群众送出了 6500 份爱心拉面，帮助救援人员及群众 2000 多人。同时他写了《致灾区人民的一封信》，鼓励灾区群众重振信心，引导群众相信党中央的坚强领导，让甘肃受灾群众感受到来自青海人民的温暖。甘肃省临夏回族自治州政府发来感谢信，送来了"抗震救灾显真情，爱心热饭暖民心"牌匾。

跟随马维的讲述，我眼前浮现出一幅幅感人至深的画面：一个个拉面人纷纷将用心血和汗水挣得的钱塞入捐款箱，一个个拉面人在地震废墟中支起了锅灶，挥动着臂膀，一颗颗豆大的汗珠从他们的脸上流下来……

拉面人要想全面融入异地城市，就要为当地社会发展进步做出贡献，有为才有位。广东办事处把开展公益活动作为促进民族团结的切入点，引导拉面人用实际行动弘扬中华民族传统美德，涌现出了一批互帮互助、见义勇为的模范典型，实现了石榴树墙内开花墙外香。

2018 年 9 月 16 日，深圳市 35 年来最强台风"山竹"过境，受台风影响，深圳市区部分树木被折断倒地，给市民出行带来不便。办事处带领循化拉面人第一时间参与城市清理、灾后生产自救活动，为"第二故乡"奉献一份力量。办事处还不定期组织拉面人开展"爱心拉面"进敬老院、进社区、进校园等慰问活动，为孤寡老人、环卫工人、疫情防控人员等送去温暖，为维护当地市场秩序和社会稳定做出了贡献，使民族团结之花在他乡更加绚丽多彩。

马维说，民族团结方面，我们循化人真的是用心用力，只要有利于民族团结，他们向来不说二话，毫不推辞，涌现出"循化最美拉面人好榜样"的韩进财、"广州白云区好人榜"上榜人韩四力毛、韶关市拉面人马永等先进人物。

韩四力毛是循化县查汗都斯乡阿河滩村人，在广州市白云区同和路经营一家青海拉面店。自2014年4月起，他和妻子在店里做"没钱可以进来吃一碗爱心面"和"环卫工人、残疾人一律半价"的公益，不求回报、不求名利、默默无闻，坚持做了10年。他们先后为2000位人士解困，带动更多拉面馆建立爱心墙，设立爱心款，做大"爱心拉面"公益活动。一碗爱心面，温暖一座城。2021年12月，广州市白云区精神文明建设委员会办公室向韩四力毛颁发了"白云好人"荣誉证书。2023年12月，韩四力毛当选为广州市民族团结进步协会第二届理事会理事，以崭新的姿态投入民族团结进步创建工作。

韩进财是循化县街子镇沈家村人，在广州经营拉面馆已16年之久，他热心公益、敬老爱老的举动在坊间传为佳话。他用慰问一线环卫工人、关爱社会低收入群体的实际行动，为循化籍拉面人赢得了好口碑，消除了部分群众对拉面人的偏见和误解，促进了拉面人与当地居民之间的友好相处。2018年1月，韩进财当选为广州市海珠区民族团结进步协会第七届理事会理事；2019年4月24日，韩进财获得"循化县最美拉面人"荣誉称号；2021年10月起，韩进财担任第十六届广州市海珠区政协委员；2023年，韩进财连任广州市海珠区民族团结进步协会第八届理事会理事。

马永是循化县积石镇人，在韶关经商已17年有余，是一位年轻的拉面馆老板，还兼任社区民族信息员。他靠自己的艰苦奋斗、诚信经营，将青海拉面馆开到韶关。他乐于奉献、热心助人，将韶关亲切地称为"第二故乡"。2015年1月，当马永得知自己居住的浈江区车站街道职工一区被广

东省民族宗教委确立为首批创建广东省城市民族工作示范社区时，他主动联系韶关市民族宗教事务局，表示愿意尽全力配合政府开展一系列工作；同年4月，马永了解到示范社区基础设施建设资金短缺的情况，二话不说，立即拿出5000元；得知示范社区需要一名少数民族信息员时，他主动请缨。当选为第十届韶关市浈江区政协委员后，他认真履行参政议政职能，主动配合社区做好辖区人员思想引导工作，用实际行动践行民族团结誓言。

这些年，马维成为为民服务的宣传员、办事员、调解员，想方设法为广东循化籍拉面人解决拉面经营、子女入学、劳资纠纷、租赁纠纷等实际问题。

在他的沟通协调下，办事处落实拉面店品牌示范店打造奖补资金50万元，争取到精准扶贫"带薪在岗＋创业"项目资金36万元，首次创业补贴36万元，共发放拉面贷款120笔3000多万元，为1000多名拉面人购买参保拉面产业雇主责任保险，降低了拉面经营风险；协调处理各种矛盾纠纷70多起，挽回经济损失350多万元；协调解决务工子女上学问题50多件；为广东两家重大疾病拉面户申请办理低保，申请重大疾病医疗补助和临时救助款5万多元；为深圳市、东莞市循化籍务工人员74人及经营困难户343户募捐援助资金38万元。

循化县清水乡大寺古村的马明忠在深圳市福田区经营一家牛肉面馆，孩子入学问题一直得不到解决，心急如焚的他找到马维。在办事处的积极协调下，孩子就近入了学。查汗都斯乡下庄村贫困户马胡才在深圳市宝安区一家循化籍老板的拉面馆打工，2022年5月，他的女儿马珂芯突发疾病，被紧急送到深圳市儿童医院急诊抢救，确诊为脑出血，需要立即做开颅手术，需要20万元医疗费。马胡才家境贫寒，父亲常年卧病不起，自己得肺结核经常吃药住院，负债累累，如此高昂的医疗费用让这个普通农村家庭陷入绝境。办事处得知这个消息后，立即发起爱心捐款救治活动，为马珂芯筹集资金 57567 元，顺利为她实施了手术。同时，办事处还协调循化县查汗都斯乡政府，为马胡才解决临时救助 19000 多元。赞卜呼村马乙四么里在佛山市南海区经营一家拉面馆，受疫情影响，拉面店资金周转困难，店面转型升级受阻，办事处依然在第一时间主动作为，协调农商行解决了马乙四么里所需资金。

四

快分手时，我握着马维的手说："你讲的故事让我很感动，很受鼓舞，这些故事既是别人的，也是你的。我也没有想到，我们循化拉面人有这么强烈的事业心和深切的民族情怀，大家都在为自己、为家乡、为循化的拉面事业做着不一样的贡献。"

"马老师，谢谢您能细心聆听拉面人的故事，我一定努力工作，绝不辜负党和政府对我的培养，绝不辜负家乡人民的期望！"

我突然感觉到一股力量，那是来自年轻的创业者身上迸发的活力，来自他背后那些拉面人的力量。是啊，有千千万万拉面人的努力，家乡的拉面事业一定会更加辉煌！

话说"木大门"

王　君

　　初见木大门餐饮公司总经理韩进强先生，是在今年穆斯林的斋月期间。忙碌了一日、水米未进的韩总依然精气神十足，他热情地同我打了招呼，稍稍寒暄之后，便讲起自己的餐饮故事。

　　"在我5岁的时候，也就是1986年，我们全家随父亲去了海西州大柴旦镇，在那里生活了26年。父亲是跑运输的，我读到小学五年级就辍学了，给父亲帮忙，也就是常说的'搭班'。14岁那年，我摸上了家里那辆东风车的方向盘，那是人生中的第一次，忐忑、紧张、激动。之后，这一摸就是16年充满酸甜苦辣的司机生涯，但艰难的经历和苦难同时也磨炼了我的心志，使我变得稳健而踏实。"

　　说着说着，韩进强腼腆的脸上，微笑自然地流露出来，先前些许的拘谨也不见了。

　　"我从一开始给父亲做伴打下手，到后来成为父亲亲密的搭档、战友，与他一起并肩作战、共同打拼，一起赚钱，不断积累财富。车由东风牌换成了康明斯，2003年增加了一辆双桥，2007年又买了一辆半挂车。就这样，我们从当初的一无所有，到后来同时拥有好几辆货车，家里的经济状况越来越好了。"

　　"你们父子俩只是在附近拉送货物还是跑青藏线？你们外出后，母亲和妻子有没有做其他的营生?"我边问边记。

"大多时候,我们跑的是大柴旦到格尔木这一段,主要是拉运煤,平均两天一个来回,利润好的时候每趟有 600 元收入。有时候会接一些草原牧民搬家的活。"他边回忆边说,"牧民是蒙古族,他们的家随着季节变迁、草场变化而跟着搬,所以在换季的时候,接这一类的活多一点,光是利润,一天就能有 400 元。我和父亲更愿意接这样的活,因为搬完就可以回家跟家人在一起。"

他露出了一丝不好意思的笑容,又接着说:"我和父亲跑车的时候,母亲在家照看弟弟妹妹,后来我娶了媳妇,母亲和媳妇闲不住,就在家门口开了一家小饭馆,只有 4 张桌子,就做点面片和手抓,主要给过往的大车司机提供方便,每天的营业额有 500 元。后来,眼看着生意越来越好,常常客满,都坐不下了,父亲便找了一块交通便利的地,盖了 6 间砖房,其中 5 间给家里人住,一个大间用来当餐厅。由于母亲和媳妇手艺好,饭菜卫生干净,服务态度好,饭馆有了一批稳定的顾客,营业额也不断上涨……"

揭开尘封的记忆,韩进强端起茶碗,滋溜着茶水,眼睛看向餐厅窗外那条滚滚流淌的黄河。我心里也在想,伴随着这段回忆,是否有更多不太清晰的回忆片段浮现在他眼前呢?

"你们在海西打了个好基础,家庭的第一桶金、第二桶金都是在那里挣到的,如果继续发展,应该还会有更多机会的,为什么选择回到循化?"

我打断了他的回忆,表达了自己的疑惑。

"因为我父母慢慢上了年纪,中国人都有落叶归根的乡愁,都想回到自己出生的地方,我父母亲是这种想法,我也是。所以在双亲提出回家乡的时候,我毅然决然地把几辆货车都卖了。2011 年,我们全家离开大柴旦,回到了循化清水老家。"

说到这儿,韩进强语气中掠过一丝不舍。是啊,那可是他们生活了近

30 年的地方啊！他接着说："当时清水乡的餐饮非常有名，很多来循化旅游的人都会慕名前来吃线辣子炒肉、搅团等循化特色小吃。我从小出门，在外摸爬滚打，对市场也比较敏感，觉得餐饮市场有不错的发展前景，便在路边买了两亩地，投资 120 万元，盖了撒式风格大院，成立了木大门餐饮有限公司，也就是现在的木大门餐厅总店。不出我所料，餐厅从最初的 7 个包间发展到现在的 17 个包间。为了这个，我可下大苦了。"

我捕捉到他声音中透出来的一股力量，那是一种经历了煎熬、受尽了磨砺的人才会有的力量，于是停下手中的笔，抬头看向这个年纪并不大脸上却写满故事的男人。

"我们也经历过一次倒闭关门的危机。刚开业的时候，餐厅生意特别好。可好景不长，只过了一个半月就没什么人了，每天买的菜、鸡、肉，准备的酵面都坏了，还有人工工资，别说有收入，每天都在赔钱。"他摸摸头笑笑，"哎，做生意就这样，有生意人累，没生意心累。"

"后来呢，是怎么好起来的？"我追问道。

"我们全家围坐到炕上，一起分析市场，寻找原因。最后一致认为，是食材不够新鲜，加上味道不合顾客的口味造成的。我的老父亲认为，到循化的游客主要是来尝尝撒拉族特色美食，想感受农村清淡、健康的食物。还有一部分本地顾客，他们想要的是能吃出家的感觉、妈妈的味道。他这么一说，提醒了我们大家，我们再探讨、分析、总结，终于列了一份菜谱，主打清淡、好吃和有特色。菜谱上的菜品推出后，餐厅的生意迅速火爆起来，顾客订不到位子是常有的事，有的甚至会提前一两天就预订位子，每天的营业额最少也在万元以上。"

"在化隆群科，我也看到过一家'木大门'，是你的吗？"我继续问道。

"那是加盟店。目前我名下直营的有两个木大门店，都在循化，都在路边。"

"是的，我们过来的时候看到了。"同行的朋友接上了他的话头。

"韩总算起来也是一名回乡创业青年,对木大门餐厅、对撒拉族美食的传播、对你的事业,有没有更大、更清晰的规划?"我又抛出了一个问题。

韩进强很坚定地说:"我的'野心'不大,首先图的是平安、健康。对于'木大门'的规划,我觉得稳定经营还是最重要的,它最初是我们全家的饭碗,现在发展了,我就想把它继续经营好,多挖掘撒拉族特色美食,多推广和传播撒拉族饮食文化,让品牌和我们这个民族都能赚取更好的口碑,让游客通过木大门餐厅知道民族餐饮的魅力,这是我目前最大的梦想。"

笑容再一次绽放在他的脸上。

当我问及在甘肃省积石山县 6.2 级地震中,他的农家院有没有遭受损失、震后有没有享受到政策救助补贴时,他一脸严肃地说道:"地震当天晚上,清水乡的领导就带着干部们过来了,连夜排查受灾情况,让我非常感动,我们的党、我们的政府这样一心一意为百姓、为群众,我们非常感恩。我也跟乡上的领导和干部们说了,我经济条件可以,把党和国家的好政策留给更需要的人吧!"

我和朋友面面相觑,感到非常震撼,没想到我们身边的一个普通老百姓,能有这么高的觉悟、这么满的感恩之情。我不住地点头,心里默默对这位优秀的撒拉族企业家竖起了大拇指。

"韩总在民族餐饮方面确实做了不少,那社会慈善和社会公益方面呢,有没有参与过?"我继续问道。

"是的,有参与。村里修建清真寺,我捐款 10 万元;每年斋月里,都会给村里寺里一些钱;平日里哪里需要捐助我也会举意(捐赠的意思);经济条件不好的群众到餐厅里吃饭,一碗面片、一个八宝茶只收 5 块钱。"他深吸一口气,淡淡说道,"人么,总是会遇到困难,不论集体还是个人,我能帮一把是一把。"

"你5岁到大柴旦，在那里长大，会不会想念那个第二故乡？"我问道。

"会啊，我在那里读的书，娶妻生子，很多同学、朋友和社会关系都在那里，我会说蒙古语和藏语，海西承载着我许多美好的回忆。我每年两次去大柴旦，看望老朋友，我们是'许乎'。尤其是每年的那达慕大会，我再怎么忙也会赶去参加。我的蒙古族朋友还给我备好了专用的锅碗瓢盆，拉来肥美的羊儿让我自己宰，我们就在蒙古包吃羊肉、喝酥油茶……"

他脸上荡漾着对远方故人的怀念之情，我们不由自主地跟着他的思绪沉浸在他所描述的场景里，仿佛此刻，我们就在蒙古包里喝奶茶、吃羊肉……

临别时，韩进强说："人这一生非常难，充满了坎坷与磨难，但只要全力以赴向前走，总能排除万难，收获属于自己的一份美好，实打实将幸福生活打拼出来。用生活经历悟出来的道理，才是最大收获。我也会把我的经历讲给孩子们，让他们懂得感恩，成为对国家、对社会有用的人，那我这辈子就有意义，没白活！"

（王君，女，笔名瑾瑜，循化县文都乡干部。）

巧艳姑农家院

马国华 口述　韩玉梅 整理

　　"骆驼泉边撒拉人，忠诚憨厚讲信用。"父亲从未否定过自己，所以我常常羡慕他，儿时骑着他的肩头听过青藏高原运输线上的传奇故事。如今，我们相对而坐，在这个藏在深巷里的农家小院回顾父亲从四个轮子上讨光景到选择做撒拉农家饭的经历。

　　马卫国是我父亲，60多年前出生在骆驼泉边的三兰巴亥村，幼年时没能好好读书，可他比一般的庄稼人多一些远见。当家家户户忙着农耕，靠着庄稼拉家务（养家糊口）时，年仅19岁的他就已经踏入社会，开始接触各种新鲜事物。他认为，人或许只有走出去，才能找到新的生活方式。在摸爬滚打几年以后，他开始参与各种工程建设，慢慢地当起了包工头，手底下也有了三四十人。少年离家，青年回家，他手上不仅起了厚茧，也有了一些积蓄，这让滞留在家里的年轻人十分羡慕，希望父亲带着他们闯一闯。

　　父亲觉得人均不足半亩的庄稼地里除了求个温饱，没法发家致富，一大家子都拴在庄稼活上，不是长远之计。撒拉族妇女极其能干，留在家里完全可以务劳田地，男人们可以腾出手来到外面闯一闯。在众乡亲的期盼中，父亲最终决定上青藏线上跑运输。他拿出几年的积蓄，再借一点、贷一点，凑足了买车钱，四个人合伙买来一辆车。他们轮流出车，换班开

车，收入均分。

在青藏线上运送货物异常艰辛且充满风险，夏日要耐得住炎热，冬日要抗得住严寒，还要饱受对妻儿的相思之苦，有些人一年也回不了一次家。好在撒拉族是一个从骨子里就能吃苦耐劳的民族，走出去的人都团结一致，在困难和险境中抱团取暖。风雪青藏线托起撒拉人的梦想，日复一日，年复一年，司机们用常人难以承受的艰苦挣了钱，修了房，给儿子娶了媳妇，日子也一天天好起来。

可惜好景不长，在我的父亲他们奋斗的那几年里，青藏铁路修建完成，火车代替了汽车，给运输线上奋斗的人们带来了极大的冲击，客流量日渐减少，入不敷出。更为残酷的是，青藏线上车祸不断，每年都会失去许多鲜活的生命，有的全家无一人生还。虽然那是定然，可望着那些血淋淋的惨烈场面，父亲他们的压力是巨大的。青藏线上跑车的黄金期已然过去，父亲和大家商量后，决定结束这个营生，留下几辆生意较好的车辆，其余的都低价出售了。

几经辗转，父亲也没有再大干什么事情，只是跟着社会的步伐小打小闹地做一些小生意。他去过海西的煤矿，和做牛羊生意的人打交道，走出了循化，走出了青海，这些都为父亲日后开农家院打下了基础。听父亲说，对他影响最深的是一位外地的纺纱老板。一次偶然的机会，父亲结识了一位做纺纱生意的温州老板，他要请他们一行人吃饭，我父亲说："说个实在话，我们要吃清真食品，出了远门，吃不上可口饭菜。"令他意外的是，纺纱厂老板并没有像往常一样带他们去清真饭馆，而是带他们到一个小院，用新买的灶具和时鲜蔬菜让父亲自己做，父亲对这个会体贴外乡人的老板十分感激。从那时起，开农家院的种子就埋在了父亲心里。

成年人在外打拼的日子都是以"年"为单位计算的，不知不觉间，奔波忙碌的父亲也从青年踏上中年的门槛。人在每个阶段想要的东西和想过的生活都是不一样的，人到中年可能更期盼一份安稳日子。40多岁时，父亲决定就此结束漂泊生涯，回到三兰巴海村，在生养他的土地上寻找一条长久且稳定的出路。

老家的风俗像骆驼泉水一样流淌不息，回归田野的父亲每天周旋在各种人际关系和人情世故中。他看起来大大咧咧，内心深处却十分渴望那种简单而平凡的日子。他经常在小巷里漫步，在小广场一待就是大半天。我知道父亲的心思，他不想就此掐断自己的梦想，他想在有生之年多干一些有意义的事情，为自己，也为身边的人。

父亲性情豁达，人缘很好。他向村长、书记表达了想在村里开农家院的想法。当时"农家院"还是一个新鲜词，所以父亲耐心地向"村头"们解释，赢得支持。因为是新鲜事物，农家院真要开起来，难免会惊扰四邻，于是父亲又向乡亲们分析利弊。他说，场地是自家小院，原材料长在自家门口，厨子也可以是自家人，左看右看，这是个看不见风险的低成本生意。大家一听，不但表示理解，而且纷纷表示愿意加入。

父亲他们有了这个计划之后，就开始行动。

忙碌了一段时间之后，父亲碰到了一个大难题。开农家院除了好食材和好厨子之外，幽雅的环境也是必不可少的，可打眼望去，村庄里几乎没有符合标准的农家小院，稍微好一点的家院，也需要装修才行。

父亲身上有一股不服输的精神，遇到困难他总会说办法总比困难多。这一次，他也不打算认输。他看准了几家基本符合条件的家户，但那几户人家都没能力装修小院。父亲打听到政府在这方面有扶持资金，就写了申请报告。可事情并没有想象中那么顺利，申请了很多次，都没有结果。

三兰巴海村就在骆驼泉边，地理位置优越，是中国少数民族传统村落之一，搞乡村旅游有得天独厚的条件，这正是父亲的信心所在。他认定这件事能办成，就带着各种资料，从这个部门到那个部门。在他的不懈努力下，扶持资金终于获批。办事人问父亲为何如此执着，父亲把他带到那些孤儿寡母和贫穷人家，说出了自己努力的原因："农家院开起来了，他们

才能有活儿干，才能过得舒心一点。"

在政府的扶持下，三兰巴亥村13户人家开起了农家院，我们家是其中一家，取名为"巧艳姑农家院"。不出家门就能挣钱，这是想都想不来的喜气事，大家脸上洋溢着幸福的笑容，迎接四面八方的客人。没事干的人都去农家院打工，不仅增加了收入，也增长了见识。

我们村开农家院20多年，至今留下来的并不多，很多人都放弃了，坚持下来的也就那么几家。"巧艳姑"是我们农家院的商标，很早就注册了。客人们都好奇为什么会取这么个名字，父亲的解释是，撒拉族文化中妇女经名后面加一个"姑"字，以示尊重。如果客人问得再细一点，父亲就说，"巧艳姑"中"巧"字代表心灵手巧；"艳"字由"丰"和"色"组成，代表巧手做出的食物丰盛而色香味俱全；"姑"字寓意这个农家小院背后默默付出的撒拉族妇女。"巧艳姑农家院"承载着独特的撒拉族美食文化理念，在无数次迎来送往中，走过了风雨兼程的20年。

我们的农家院从开业至今一直保持着"农家菜"本色，炒的是撒拉族家家户户爱吃的家常菜，还有包子和各种面食。经营管理上，主要负责人是我父亲，母亲管理厨房。在父母亲的精心调教下，我和哥嫂熟悉了农家院里里外外的各种工作，一家人配合默契，什么时候都能端出客人想要的饭菜。

人人都说巧艳姑家的农家菜有儿时的味道，让人怀念。保持"儿时的味道"是我们开店的初心，做饭菜的每一道环节都保持传统，呈现原汁原味。

我们的食材都是当地生产的新鲜有机蔬菜，牛羊肉也都是从三岔市场买来的，顾客吃得放心、舒心。父亲常说："好饭菜只有配上优质服务，才能让顾客满意。"笑脸迎客、热情服务是我们的经营之道，对此许多外国游客给予了高度评价，竖起了大拇指。

我们的农家院有个不成文的规矩，那就是每天不会接待太多的客人，这样做的目的是保证饭菜质量。日子久了，客人也知道我们的规矩，一大早就打电话预约。我们还为远道而来的游客提供自己动手做民族餐的方便，允许客人进厨房做饭，增加体验感。

付出总会有回报，不仅是物质上的，也是精神上的。在岁月中沉淀下来的"巧艳姑农家院"，成为传承弘扬撒拉族美食文化的亮丽风景，被青海省乡村旅游等级评定委员会评定为"乡村旅游农家院"。2013 年 11 月，我们烹制的撒拉族美食被青海省人民政府公布为"第四批省级非物质文化遗产保护名录"，农家院女主人被循化县文体旅游局列入县级非物质文化遗产代表性传承人。2015 年 8 月，国家旅游局为"巧艳姑农家院"颁发了"中国乡村旅游金牌农家院"。2021 年被省妇联设为青海省"巾帼创业创新基地""巾帼农家乐示范基地"；同年 6 月，县文体旅游局颁发了"撒拉族饮食习俗传习所"。

巧艳姑农家院能走到今天，要感谢县委、县政府的大力支持，感谢同胞们的关心和鼓励，感谢来自五湖四海的朋友的信任和宣传，感谢家父付出的心血。我作为"巧艳姑农家院"的负责人，一定牢记父亲的教诲，不断完善经营管理，继续宣传和发扬撒拉族美食文化。

我是马国华，我在骆驼泉边等你，在"巧艳姑农家院"等你！

一碗牛肉面　萦绕"家乡情"

马鸿琪

　　提起中国餐饮界的"四大巨头"，问鼎桂冠的可谓牛肉拉面。这项看起来平平无奇的"小生意"，从起步到发展壮大，仅仅用了30多年，逐渐成为带动贫困地区群众脱贫致富奔小康的龙头产业。勇闯天下的青海人也在此队列之中，撒拉族小伙韩晓琳便是其中的佼佼者。

　　用了近20年时间，韩晓琳开创出了属于自己的拉面品牌——穆撒八宫青海牛肉面，摆脱了兰州牛肉面的束缚，让青海牛肉拉面进入大众视野。如今，这碗撒拉族人的"致富面"在山东各地"拉"得越来越长。

梦想，是最好的商机

　　时光追溯到20世纪七八十年代，勤劳奋进的青海人在全国开启了"一口锅、两口子、三张桌子"的"夫妻店"拉面模式，从"目不识丁"到"穷则思变"，青海第一代拉面人踏上了背井离乡的创业之路，在大都市打拼出一片新天地。

　　看着一代代创业人"荣耀归乡"，一颗想要开店的种子在韩晓琳心中发芽、生长。2003年，韩晓琳结识了一名到青海探亲的青岛人，两人一见如故，对方说起的青岛的气候和氛围，深深吸引了韩晓琳。18岁那年，在家人的鼓励和嘱托下，韩晓琳踏上了前往青岛的火车，开启了

"追梦之旅"。

"没有背景、没有资金、没有经验，除了一颗怀着梦想的心，可以说，我那会儿就是一无所有。"回想起当时稚嫩的自己，韩晓琳扶额一笑。对当时的他来说，梦想很简单，目的地很明确，他觉得青海和青岛名字很接近，有亲切感。

韩晓琳说，当时，他几乎跑遍了青岛市的各家拉面店，最后选择留在一家生意很好的牛肉面馆，成了一名刷碗工。夏日的青岛，除了闷热还带着些许潮气，在后厨，韩晓琳看着"油乎乎"的自己，又想到寄人篱下的辛酸，下定决心要闯出一片自己的天地。年轻人的身上总归有些"不服输"的精神，韩晓琳每天除了做好本职工作外，就盯在后厨的拉面案板上，不断地练习，手指间都磨出了厚厚的茧子。

功夫不负有心人，在苦心练习和实践下，他的拉面技术日渐娴熟，也积累了一些拉面馆经营经验。

改变，从创立品牌开始

近年来，大大小小的牛肉拉面馆遍布西北各省乃至全国各地，许多品牌以加盟连锁的形式在全国"跑马圈地"，良好的发展前景闯入了拉面创业人的视线。尤其是作为旅游城市的青岛，市场大好前景更是肉眼可见。

有了底子就得铺开"路子"，思前想后，韩晓琳决定完成自己的梦想：2008 年，在青岛市南京路上开一家属于自己的拉面店。事实证明，韩晓琳的眼光和想法很不错。青岛车水马龙的繁荣景象和熙熙攘攘的客流成了他开店稳定客源的底气，凭借着熟练的拉面技艺、待人亲和的管理方式、撒拉族独有的拉面口味，韩晓琳的拉面店一开业生意就异常火爆，从青海到青岛，在他店里打工或帮忙的老乡就有 20 多名。

韩晓琳说："当初要是没有老乡们的支持，我的第一家门店生意也不会这么顺利。"也是从那个时候开始，韩晓琳命运的齿轮开始转动。赚到

了人生的第一桶金后，他在心底里藏起一个更大的梦想：创立一个带有家乡标识的品牌，让牛肉面成为宣传家乡的"帮手"。

韩晓琳出生在循化县查汗都斯乡红光村，这里拥有全国唯一一所由西路红军修建的红光清真寺、红光小学和18座红军宅院及西路纪念塔等红色遗迹。红军的故事伴随着韩晓琳成长的脚步，也成了他做品牌的动力。

"我的家乡是青海撒拉八工，我希望未来的每个门店，都能成为宣传家乡、宣传撒拉族文化的窗口。"韩晓琳认为，这不只是一个品牌，更是消费者对青海拉面的认可。

在拉面产业发展的浪潮下，韩晓琳积极转变经营理念，在青岛市西海岸新区开办了第一家有自己品牌标识的拉面店——穆撒八宫青海牛肉面，走出了青海牛肉拉面品牌化之路的第一步。

目前，穆撒八宫青海牛肉面在青岛市和日照市已经有了12家品牌直营店，日营业额达到7万元。

携手，让产业再创巅峰

踏上成功之路的韩晓琳始终没忘老乡的情谊，积极开办拉面店学习班，不定期为拉面店创业者讲授店面装修、菜品制作、待人接物等方面的经验，将自己的管理经验倾囊分享给老乡。截至目前，已经有300多名撒拉族人在韩晓琳的穆撒八宫青海牛肉面学成并创业成功。与此同时，他还帮助解决老乡家孩子的入学问题，好让他们成长在各民族融合的大环境里。

在穆撒八宫青海牛肉面即墨满合广场店，一进门可以感受到浓浓的西北风情，续面、骨汤、红枣茶和爱心面的"四大免费"牌子十分显眼。韩晓琳说，这不仅是店里的特色，更是他们为反哺社会所做的一点贡献。

"我们的祖先骑着骆驼从土库曼斯坦出发，沿古丝绸之路东迁至青海东部黄河边，800年的繁衍生息中，我们与祖国各族人民手足相亲、守望相助。开店初期，各级政府和社会爱心人士给予我很大的帮助，现在生意好起来了，我也想为社会做点贡献。"韩晓琳这样说。事实上，韩晓琳早就做到了言行一致，一直奔走在慈善事业的道路上。冬季暖茶、夏季冰西瓜，他都会不定时地亲自送到环卫工人、困难人群手里。他还积极加入即墨区少数民族联合会，想方设法为社会、为各族人民做出撒拉族人的贡献。

年少夙愿，未来可期。如今，韩晓琳身边聚集了许多热爱拉面行业的撒拉族人，他们也经常被这位"领头羊"勇往直前的精神和真诚本分的品质所打动。在他们心里，做拉面不仅是个人的事业，更代表了撒拉族的价值观，他们希望自己手中的这碗面成为展现时代风貌的撒拉族文化。

（马鸿琪，循化县地方品牌产业服务局职工，循化县驻山东办事处主任。）

简单一餐　百味人生

韩有文

在这繁华的世间，偶然瞥见一篇关于拉面故事的征稿启事，犹如狂风中的一丝细雨，沁人心脾。我，作为一个从青海这广袤大地中走出来的子民，对拉面的情感，早已深深地烙印在骨血之中，如同那高原上的冰川，坚硬且难以消融。

家中小弟亦步入了拉面行业，他的身影在烟雾缭绕的厨房中忙碌，那熟练的手法、那专注的眼神，无不透露出他对这份职业的热爱与执着。我虽没有从事此行业，投身于尘世的工作 20 余年，笔墨亦久未沾手，但此刻，我仍愿提起这沉重的笔，将这份对小弟的钦佩、对拉面产业的思考，以及对它如何影响我们经济发展的观察，一一诉诸笔端。

拉面，这看似简单的食物，却蕴含着深厚的文化底蕴与人文情怀。它不仅是青海人民日常饮食的一部分，更是连接人与人之间的情感纽带。青海拉面，源于那片广袤而深邃的土地，尤其是海东市化隆回族自治县之地。此地，面食文化繁盛，多民族聚居，共同孕育了这一独特的美食。面食之精华，糅合了各族之智慧与情感，终成今日之青海拉面。然而，时代的浪潮汹涌澎湃，改革开放的春风吹拂着神州大地。沿海之地，经济蓬勃发展，而青海拉面亦如那乘风破浪的船只，开始向外传播。青海的儿女们，尤其是那些勤劳的各族群众，怀揣着对家乡的眷恋和对美食的热爱，踏上异乡的征途，开设拉面馆，将青海拉面的美味带给远方的食客。于是，青海拉面，这原本只属于高原的美食，如今已遍布全国各地。它不仅仅是一碗面，更是一种文化的传承、一种情感的纽带。它让远离家乡的青海人，在异乡也能品尝到家的味道；它也让更多的人，通过这一碗面，了解到青海的风土人情和多元文化。

我，1976年生于青海海东循化撒拉族自治县清水乡，家中排行老二。儿时记忆，犹新如昨。那时家境贫寒，世代为农，父母承袭此业，辛勤耕耘，只望我与兄长能读书成才。

家中的艰辛，如刻在心，至今难以忘怀。岁月之艰难，刻苦之深，我与兄长皆咬牙坚持，终得大学之门。幸得国家政策之惠，得以分配工作于县城。然家境依旧困顿，老三之学费难以承担。姐与妹皆已为人妇，耕于田间。老三为解家困，毅然赴外打工，初涉油车之业，奔走于新疆、西藏之间，其苦可知。彼时，老三驾驶油车四五年，虽收入微薄，然尚能维系家计。然油车生涯之苦，实非常人所能忍，长途跋涉，夜以继日，对身体损伤极大。老三不堪此苦，观他人皆涉足拉面之业，遂决然投身其中。记得在2012年，他孤身赴沪，拼搏于都市。因家境贫寒，无力独自开设面馆，幸得朋友引荐，与当地亲戚合营拉面馆，历时两年有余。

与小弟深谈之际，深感其苦楚，然拉面之道，实乃生财之良途，且前景可期，生活之改善指日可待。彼时上海，拉面馆林立，诸多乡亲皆奔赴大城市谋发展。吾闻周遭友朋，或至深圳，或至广州，乃至浙江、青岛等地皆有涉足。我辈开拉面馆者，多为撒拉族同胞，亦毅然投身此行，盖因见拉面业之繁荣，冀望借此改变家境，实现财富自由之梦。然而，合作之路，并非坦途，两人合资经营饭馆，其艰难之处，实非外人所能想象。其间利益之冲突，纷至沓来，更有家庭之琐事，各自之意见，难以调和。数年合资之后，吾弟亦积累了些许资本，遂有自立门户之念，欲与其妻共营饭馆，自主经营，以图宏图大展。开拉面馆之事，在众商海中似是一桩异

数。初看之下，或许觉得其中必有诸多曲折，然而细思之，却也并非那般难以捉摸。似易又难，难中有易，正如人生百态，各自有各自的曲折。"拉面馆"者，非以财势为基，亦非以堂皇为貌，其真谛在于那一碗面之滋味。诚如古语所云："酒香不怕巷子深。"倘若拉面滋味上佳，即便身处陋巷，亦能引得食客纷至沓来。吾辈欲开拉面馆者，当以食为本，以味为魂。无须过多繁文缛节，只需专心于面条之制作，汤底之熬制，以及配料之搭配。如此，则拉面馆之生意，自能如流水般源源不断，长久不衰。

拉面馆之经营，诚然离不开拉面师傅与炒菜师傅的辛勤付出。吾弟初涉此行，亦是发愤图强，勤学苦练，终于将拉面之技艺掌握于手。然而，随着生意日渐兴隆，人手愈发紧张，他亦不得不考虑雇佣钟点工以应对繁忙的中午时分。初时，拉面与炒菜之重任，皆由吾弟与其妻共同承担。然而，随着青海地区诸多年轻男女因种种原因无法继续学业或工作，他们带着对生活的渴望与对未来的憧憬，纷纷拥入拉面馆，成为新的拉面师傅与炒菜师傅。吾弟见状，亦心生怜悯，决定给予这些年轻人一个谋生的机会，同时也为自己增添了新的助力。首次雇佣的，乃是来自临夏的一对夫妇。他们热情如火，朴实无华，在拉面馆中默默奉献，辛勤劳作。当时，他们的工资虽不高，两人合共每月14000余元，但吾弟深知，这不仅是他们生活的来源，更是他们对未来的希望。吾弟曾言："吾与妻虽能独撑此店，然给予年轻人机会，亦能多挣些钱财，以养家糊口，早日盖起老家之房，让父母过上更好的生活。"此语道出了他内心的善良与远见。他深知，一个人的力量是有限的，只有团结更多的人，共同奋斗，才能实现更大的梦想。

拉面馆之经营者，多乃年轻夫妇，他们初尝创业之艰辛，却也怀揣着对美好生活的向往。在这些年轻的创业者中，不少已有了第一个孩子，那稚嫩的生命成了他们奋斗的动力。

吾弟便是其中一员，他的大儿子，亦即我的侄子，在幼小的年纪便随同父母一同前往上海发展。他们深知，农耕虽能维持生计，但难以给予孩子更广阔的视野和更优质的教育。因此，他们选择离开故土，希望能在上海这片繁华之地为孩子创造更好的未来。

这种现象在拉面馆经营者中屡见不鲜，他们一边经营着拉面馆，一边让孩子在自己身边接受优质教育，期望着孩子能在外地茁壮成长，成为国家的栋梁之材。然而，也有少数人因个人原因或其他因素，选择将孩子留在爷爷奶奶身边，在当地接受教育。这两种选择各有利弊。然而，无论何种选择，都体现了父母对孩子的爱与期望。他们希望孩子能在更好的环境中成长，拥有更美好的未来。

提及青海拉面，不得不言其独特之处。这不仅仅是一碗简单的面食，更是融合了西北风情的文化瑰宝。青海拉面之独特，首先在于其面条的筋道。那面条，或细如丝，或宽如带，但无一不是韧性十足，仿佛蕴藏着高原人民那坚韧不屈的精神。每一根面条，都仿佛在诉说着青海大地的故事，让人在品尝的同时，也能感受到那份来自高原的粗犷与豪放。面条之形也很有讲究："大宽"者，宽如古道，口感似岁月沉淀之厚重；"二宽"者，稍逊一筹，却亦不失古道之风韵，亦使我满心欢喜；"韭叶"者，如韭菜叶般翠绿，宽度适中，颇有诗意；"二细"者，纤细如丝，爽滑可口；"毛细"者，细如发丝，入口即化，几欲随风而散。

再者，青海拉面的汤底也是一绝。那醇厚的汤底，仿佛是大地的精华，汇聚了多种食材的鲜美。每一口汤，都仿佛在品味大自然的馈赠，让人沉醉其中，难以忘怀。除了面条本身，青海拉面还搭配了多种调料和配菜。这些调料和配菜不仅丰富了青海拉面的口感，更增加了其营养价值。例如，青海拉面中常用的调料包括花椒、辣椒等，这些调料具有独特的香气和味道，能够刺激食欲；而配菜则包括牛肉、蔬菜等，为青海拉面提供了丰富的口感和营养。

随着餐饮行业的发展和消费者口味的多样化，青海拉面也在不断创新

和尝试新的品种，如：（1）青稞拉面：青稞为面，营养丰富，口感独特，如古人之智慧，流传至今。（2）荞麦拉面：荞麦为底，颜色深沉，韧性十足，似古战场之勇士，坚韧不拔。（3）蔬菜拉面：蔬菜入面，色彩斑斓，营养均衡，犹如新时代之青年，充满活力。除了上述常见的拉面品种外，还有一些特殊的拉面品种，如：（1）金汤藤椒拉面：汤底采用金汤（一种由多种食材熬制的浓郁汤底），搭配藤椒的麻辣口感，风味独特。（2）柠檬酸菜拉面：在拉面中加入柠檬和酸菜的酸爽口感，清新开胃。（3）番茄牛腩拉面：以番茄和牛腩为主要配料，汤底酸甜可口，肉质鲜美。青海拉面，品种繁多，传统与创新并存，异趣横生。从面条之形到配料之味，皆有其独特之处，展现了青海拉面之独特魅力与美食文化之博大精深。在这纷繁复杂的世界中，一碗青海拉面，或许能给你带来片刻的宁静与满足。

无论拉面以何种形式呈现，其本质在于面条的制作。若面条做得不够筋道，再多的调料和装饰也不过是空有其表。青海拉面之所以深受顾客喜爱，归根结底，还在于青海人对面的独特理解和精湛手艺。青海人，自古便以勤劳和智慧著称，他们将这份智慧融入拉面的制作中，形成了独特的传统工艺。这不仅仅是对食材的尊重，更是对食物的热爱和敬畏。正是这份对传统手艺的坚守和传承，使得青海拉面能够在激烈的市场竞争中立足并长久不衰。每当一碗热气腾腾的青海拉面端上桌，那面条的筋道、汤底的醇厚、调料的鲜美，都仿佛在诉说着青海人民的智慧和努力。这不仅仅是一碗拉面，更是一部青海人民奋斗和传承的史诗。

在工信局的角落，我默默耕耘，如同一位农夫在田间劳作。我手中的笔，便是耕耘的犁，将新型工业化的发展战略和规划，细细地描绘在岁月的田畴上。我负责拟定那近期与年度的工业发展目标，每一个数字、每一个指标，都如同种子一般，播撒在希望的田野上。我深知，这些目标不仅是数字的组合，更是我们工业发展的航标，引领我们前行。对于企业的种种，我历历在目，如同历史的长卷在我眼前缓缓展开。我见证了企业的兴衰起伏，感受了他们的喜怒哀乐。我深知，每一个企业都是工业发展的细胞，他们的健康与否，直接关系到整个工业生态的繁荣与衰败。“撒拉人家”品牌，是青海拉面产业的一颗璀璨明珠。它承载着扩大产业规模、提升产业核心竞争力的重任，以“旗舰引领、连锁加盟、扩面增量、物流配送、提档升级”为发展思路，犹如一艘巨轮，在波涛汹涌的商海中乘风破浪。我们注重因势利导，配套托底政策，强化信贷支持，优化劳务服务，为拉面产业的快速发展提供了坚实的后盾。在统一门牌、统一店内装潢、统一餐具、统一工作人员服饰的“四统一”策略下，“撒拉人家”品牌应势而生，成为全国拉面产业中的佼佼者。如今的“撒拉人家”，已不再是昔日的小店，而是形象店、品牌店、连锁店遍地开花。“撒拉花儿”“骆驼泉”“艾麦尔”“韩鼎记”等100多家餐饮龙头企业如雨后春笋般涌现，共同书写着青海拉面产业的辉煌篇章。

2015年，循化县获得全省劳务输出示范县的殊荣，“撒拉人家”更是被评为青海省六大劳务品牌之一。这是对“撒拉人家”品牌的最高赞誉，也是对我们工作成果的最好肯定。2019年，我们组团参加了青海省组织的俄罗斯、埃及、阿联酋拉面招商洽谈会，将青海的拉面文化推向了世界舞台。那一刻，我们深知，“撒拉人家”不仅仅是一个品牌，更是一种文化的传承和发扬。截至2023年7月，循化县在全国各地的拉面经营户数已达6204家，从业人员23056人。今年，我们更是帮助587户拉面人贷款1.47亿元，助力他们实现梦想。全县拉面店年实现营业收入60亿元，从业人员工资性收入达到20亿元，年人均收入5万元以上。拉面产业对全县农牧业人均可支配收入增长的贡献率达到56%，成为群众持续增收致富的重要支撑。

在拉面产业的繁荣背后，广大拉面人不仅追求着财富的增长，更积极融入当地的经济社会建设，成为民族团结进步的积极推动者和社会综合治理的重要参与者。他们的心中深深烙印着中华民族一家亲的理念，以及各

民族共同团结奋斗、共同繁荣发展的坚定信念。这些拉面人，已经成为"输入地"不可分割的一部分，为当地的发展贡献着自己的力量。

以上海为例，循化籍的拉面人中有 780 户、1000 余人在此扎根，其中 63 户、189 人更是选择落户上海，成为这座国际大都市的新成员。他们在这里安居乐业，所有适龄儿童都顺利地在当地接受教育，真正实现了从农民到市民的转变，拥有了全新的生活方式。

值得一提的是，拉面产业的发展还带来了"五子登科"的积极效应。这里的"五子登科"并非传统意义上的科举考试成功，而是指拉面人在追求经济成功的同时，也在五个方面取得了显著的成就：一是家庭收入稳步提升，生活质量得到显著提高；二是子女教育得到保障，未来充满希望；三是社会融入度不断提高，成为当地社会的重要组成部分；四是民族团结得到加强，促进了各民族之间的交流与融合；五是个人素质得到提升，实现了自我价值的升华。

这些拉面人用自己的勤劳和智慧，不仅为自己创造了美好的生活，也为当地的经济社会发展注入了新的活力。他们是新时代民族团结的典范，也是中华民族一家亲理念的生动实践者。

2024 年夏，七月流火，却掩不住那喜庆的炽热。我那久经拉面馆风雨的弟弟，于此时节，亦迎来了生命中的双喜。甘肃之土，素以坚韧闻名，然今年却遭逢大地震之劫，生灵涂炭。幸得国家之恩泽，慷慨解囊，救民于水火之中。吾家老屋，虽经年久矣，亦得国家之补助，得以重建。吾弟，借此良机，决意拆去旧居，筑起新宅。而更可喜者，其子亦不负众望，一举考上一本之学府，实乃家门之光、家族之荣。昔日，吾弟携其子，赴大城市求学，意在开阔眼界，增长见识。今其子归来，已是满腹经纶，即将踏入高等学府之门，实乃了却一桩心愿。拉面馆之辛勤，不仅为家族带来物质之富裕，更孕育出如此英才，真可谓双喜临门。此夏虽炎热，但心中之喜悦，却如清泉般流淌，令人倍感清爽。

夜深人静，我轻合双眼，回味着这碗拉面背后的故事。那是一位拉面人的人生写照，是勤劳与坚持的结晶，也是我亲眼所见、亲身感受的变迁。

我见证了身边的拉面人，他们凭借一双手、一碗面，在城市的角落中扎下了根。他们的拉面馆不仅是谋生的地方，更是对家乡的思念与眷恋。他们用辛勤的汗水，在老家修建了宽敞明亮的房子，为家人带来了安稳与舒适。不仅如此，他们还在县城购买了车辆，让出行变得更加便捷。他们甚至在县城置办了房产，为家人提供了更好的生活环境。这一切的一切，都离不开我们伟大祖国的政策扶持，离不开改革开放的春风。改革开放的浪潮，让拉面人有了更多的机会和选择。他们不再局限于传统的农耕生活，而是勇敢地走出家门，来到城市打拼。他们用自己的双手，创造了一个个令人瞩目的奇迹。我衷心希望，未来的拉面人能够越做越好。他们将继续传承和发扬拉面文化，让更多的人品尝到正宗、美味的拉面。同时，我也希望他们能够继续受益于国家的政策扶持，让自己的生活更加美好、幸福。

夜深了，我放下笔，心中充满了感慨和祝福。愿每一个拉面人都能在自己的人生道路上，勇往直前，创造属于自己的辉煌。

（韩有文，循化县工信局职工。）

循化"大巴扎"

马明善

傍晚的积石大街，华灯初上。大街西端一家高挂"星空顶·大巴扎烤肉拌面"牌匾的店里此刻也是热闹一片。独具特色的装修风格、星河灿烂的屋顶装饰、别致精巧的餐具、西域风味美食以及热情的服务显得有点另类，新晋为美食打卡地，融入这座小县城的饮食文化，在美食行业激烈竞争中独树一帜，争得一席之位。

"星空顶·大巴扎烤肉拌面"的老板韩伟虽然是个"90后"年轻人，却以同龄人少有的沉着老练、执着热情、勤于钻研、精益求精，闯出了一条拉面人的进阶之路。

而这一切，还要从他初中毕业后的第一次"下海"说起。

下海入堂、苦练技艺，努力做一名合格的学徒

2011年，中专毕业的韩伟，因家庭经济条件受限，没能像其他同龄人一样，继续在知识的殿堂中深造。心有不甘的他并没有沉沦，毅然决然踏上了一条与众不同的道路。2012年，顺应拉面经济兴起的热潮，他跟着亲戚前往北京学拉面技术。他的目标是先学好技术，然后开个小店，改善家里入不敷出的经济状况。

在别人的拉面店当学徒工，他腿脚特别勤谨，从服务生到后厨，再到

洗菜、刷碗、跑堂，把小店的活儿都干了个遍。后来跟着师傅学习拉面技术，和面、揉面、拉面，把每个环节的操作技巧都学到手；毛细、细面、二细、宽面、韭叶，该粗就粗，该细就细，得心应手。不长时间，便可以独立和面、揉面、拉面了。但他并不满足于当一名手法娴熟的拉面匠，他认为拉面店门槛低，只谋生计，不足以承载他毕生的理想。看到店里的炒菜师傅精于炒制新疆特色菜，他又跟着炒菜师傅学习烹饪技艺。从切菜到调味，再到把握火候，从服务生到后厨掌勺拉面，这条路韩伟走了整整四年。

初开小店、勇挑重任，用心做一名称职的店长

2017 年，韩伟回到西宁。深入了解市场后他发现，在众多各具特色的餐饮品类中，大盘鸡有稳定的消费群体，深受人们喜爱。而南站大盘鸡以其独特风味、精湛的制作工艺早已成为众多食客心目中的经典美食。经过深思熟虑，韩伟把大盘鸡作为主营方向。

从门店选址、菜系选择、店面装修，到办理手续、人员招聘、食材选购、店员培训，对初入餐饮行业的韩伟来说，每一个环节、每一项工作都是挑战。然而，再大的困难也挡不住青春的激情，摔倒了，可以爬起来，走了弯路，可以回头再来。他和妻子韩梅信心满满地开起了属于自己的大盘鸡店，从起初的门可罗雀到渐渐吸引过往行人驻足进店，不少食客知道了南站有个风味独特的大盘鸡店。

撒拉族有句谚语：人间祸福像天上的云彩，随风飘动，说来就来。韩伟开店不久，便遭遇不测风云，给涉世未深的他以沉重一击。

2018 年韩伟的父亲突发心脏病，这对他来说无疑是晴天霹雳。在亲情和事业之间，他选择了前者，拿出所有积蓄，带着父亲四处求医问药。不幸的是，父亲还是丢下韩伟和姐弟们，永远离开了。

家中无父，长兄为大。料理完父亲后事，韩伟强忍着内心的伤痛，又

回到西宁，继续经营饭店，肩负起家庭的重任……

当店里的生意慢慢好起来时，又遭遇了突如其来的新冠疫情，餐厅人流量急剧减少，供应链断裂，食材成本上升，入不敷出。"山不转水转""树挪死、人挪活""一门关、百门开"，这是父亲教给他的人生学问。他想，既然大盘鸡店开不下去，就该换个赛道了。

2022年，全国餐饮业都处于低迷期。急于求变发展的韩伟远赴新疆，实地考察当地特色餐饮市场，寻找餐饮业新商机和新赛道。考察过程不遂人愿，大多数新疆本地特色饭店不乐意传授技术，加之语言沟通有障碍，短期内想要学会新疆特色饭菜烹饪技艺，更是难上加难。但韩伟并不气馁，经朋友介绍，在乌鲁木齐市天山区遇到一位经营手抓饭、红柳烤串和新疆特色美食的老师傅，叫买买提，便专心跟老师傅学起来。

上手后，韩伟告别买买提师傅，又到乌鲁木齐市新市区某品牌拌面店拜师求艺，学习拌面的制作方法。

天下美食无数，每一种特色美食的制作技艺都有其独门秘籍，但也有相通之处。做好新疆拌面，讲究的是优质蔬菜、鲜嫩肉类和各种风味调料。韩伟仔细观察师傅炒制拌面的过程，记录每一个步骤。学习烤肉时，他特别留意牛羊不同部位肉的烤制方法，火候、翻转、蘸料的分寸都得拿捏到位，还有调配腌制料的方法……

身怀技艺的韩伟对闯天下更有信心了。回到循化，他遇到了与自己有着相同追求的朋友，年轻人创业愿望强烈，对开店的事，两人一拍即合。他们不想重复街面上那些千篇一律、高度内卷的经营模式，要从视觉和味觉上给食客耳目一新的印象，力求产生"循化城仅此一家"的品牌效应。他们给即将开张的餐厅定位：集传统拉面、撒拉族传统饭菜与新疆特色美食于一体的休闲美食餐厅。

见识决定理念，理念决定思路，思路决定出路。方向明确了，找门店和装修的事就变得轻松了。

经多处选址、多次实地考察、团队反复商讨后，他们在县政务中心大楼前拐角处选定了铺面。餐厅装饰装修主打民族特色，以石膏浮雕、木雕、雕花窗格等传统装饰为主基调，巧妙注入骆驼、丝绸之路等民族元素，精心选用能体现撒拉族民俗风情的灯饰、插画、挂图；屋顶装饰中大胆选用星空顶满天星灯带；以土坯花墙、拱门等划分空间格局，形成庭中卡座与包厢兼具的布局，配以古朴简约的木质材料桌椅。这种风格迥异的空间布局，凸显差异化，使顾客能感受到别样的文化体验，得到用餐和感受异域文化的双重收获。此外，将厨房改为半敞开式中央厨房，引入先进的互联网点菜管理和支付系统，创造一种用餐和聚会融为一体的复合型社交平台，突破了人们对"吃饭型"餐厅的认知。

现代市场环境下，饭馆的内在品质固然重要，但外在形象也不可忽视。他们打出了"星空顶·大巴扎"招牌，"星空顶"是为了突出饭店特色，"大巴扎"是寄托自己的创业远景。大巴扎，为撒拉语 BAZAR 谐音，意为大的庄廓、集市。

问起缘何起了这个名字，韩伟说，这里集合了撒拉族传统面点、烧烤、休闲美食，盖碗、面片、手抓这"老三片"也改头换面，以一种全新的形式闪亮登场，打造撒拉人家休闲美食"集市"。

新店开业伊始，得到无数食客青睐。推出的烤羊肉串、大盘鸡、辣皮子拌面深受顾客喜爱。一传十，十传百，"见异思迁"的顾客纷纷过来体验一把。

辣皮子拌面是一道极具特色的新疆面食，韩伟们在制作过程中不仅保留了本色本味，还迎合本地人口味，配以循化辣酱与花椒，做出具有本地特色的"新疆拌面"。

还有一道"看家菜"是红柳烤肉，顾名思义，就是用沙漠中的红柳树枝。红柳烤肉与竹签烤肉不同，讲究的是获得一种天然醇厚的木香味。新鲜的红柳枝在炭火的绵绵熏陶下，经红柳浸润后的牛羊肉别有一番滋味。

为了进一步丰富菜单，韩伟和后厨团队潜心钻研，不断推陈出新，创制出不少系列新菜品，"大巴扎"的菜品越来越丰富。无论是喜欢辣味的人，还是钟情于丰富口感的人，都能在这独特的口感风味中找到自己的所爱。

如今，"星空顶·大巴扎"已在循化立足，韩伟的品牌定位、经营理念、管理模式也被越来越多的人认可，咨询加盟的人逐渐增多。韩伟一直想要打造地道的本地特色美食，让"大巴扎"品牌化、连锁化的愿望也越来越近。但他依然保持求知若渴的进取心，一有空就从抖音等自媒体学习新的经营管理方式，潜心琢磨新菜品研发事宜。为了打造一流的团队，韩伟和合伙人强化员工培训，开展团建、餐品评比等活动，凝聚团队向心力。

像更多致富不忘家乡的拉面人一样，韩伟们也以自己的方式回馈社会。在疫情防控、抗洪救灾、灾后重建中，韩伟带领他的团队，捐资捐物，力所能及地承担社会责任。

在韩伟心里，梦想永远在延续。他最大的意愿是以"大巴扎"为基地，将撒拉族传统美食融进"大巴扎"菜谱，让再加工、再改良、再提升后的兼具新疆和撒拉族风味的美食亮丽登场。餐厅装饰方面，他想融入更多撒拉族文化元素，将"大巴扎"打造成地域民族特色浓郁的沉浸式体验撒拉族美食的新地标。

"大巴扎"的故事还在继续，具有远大抱负的韩伟早已跳出小富即安的小农意识窠臼，聚焦标准化、程序化、规范化服务模式，努力打造"精致风味烟火气""美食社交新空间""民族美食大巴扎"的新型餐饮品牌，让撒拉族美食招揽天下游客，让撒拉族美食名扬四海。

（马明善，循化县街子镇三兰巴海村人，循化帕赫庄园餐饮法人。）

产业发展

一碗拉面　飘出了乡村振兴的幸福味道

韩兴旺

20 世纪 80 年代末，不甘贫穷与落后的循化人背起行囊，靠一张炉子、几张桌子，做起拉面生意。从此，循化拉面人亲帮亲、邻帮邻，走出山门，一人带一户，一户带几户，几户带一片，经过近 30 年的艰苦打拼，闯出了一片天地，形成循化县经济发展版图上的新业态——拉面经济，成为保居民就业、保市场主体的重要载体，推动群众增收、脱贫攻坚的支柱产业。

循化县将拉面产业作为循化县产业发展的重要抓手，培育壮大产业规模，推动品牌连锁经营，组建了"青海撒拉人家"品牌运营公司，通过政府引导、市场主导、企业参与、拉面户行动，打造商业价值高、社会影响力强的"撒拉人家"品牌，推动构建农牧业生产、原辅料加工、物流配送、拉面经营等企业特色品牌，拉面产业附加值明显增加，综合效益显著。

撒拉小院里的"致富经"

上坊村"安馨之家"农家院毗邻闻名遐迩的骆驼泉、撒拉尔故里民俗文化园等旅游景点，门口那块"四星级乡村旅游接待点"的牌子尤为醒目。

"馓子、油香、八角糖包、包子、搅团、炒线辣椒、手抓土鸡、尕面片……"老板韩德明一边忙着招呼客人，一边如数家珍般讲解着。游客们盘腿坐在炕上，一边听着骆驼泉的故事，一边津津有味地品尝撒拉族特色美食。

"安馨之家"农家距离骆驼泉仅有 800 米，慕名而来的游客长年不断，赶上旅游季节，更是"一桌难求"。

乡村要振兴，产业要先行。近年来，街子镇依托乡村自然风光、乡土人情、农户庄廓及周边农田，发展以一家一户为经营主体的"农家乐"。韩德明的"安馨之家"就是一个"样板"。

和村里多数年轻人一样，韩德明曾常年在外开拉面馆，能时常在家陪陪老人孩子，是他多年来的心愿。他从正在兴起的撒拉族民俗文化旅游热潮中看到了商机。

家里有闲置的庭院，自己有多年的餐饮经营经验，妻子儿媳能炒菜做饭，样样条件都摆在眼前，还等什么？

2018 年，韩德明重新装修了北房，另建了三间西房，在原本光秃秃的小院里种了杏树、李树、牡丹、月季等花木，政府帮他修缮了厕所，重建了厨房，小院旧貌换新颜。

"安馨之家"农家院就这样开起来了。

说起自家小院的效益，韩德明不藏不掖，竹筒倒豆子似的打开了话匣子："这几年村里铺上了柏油路，环境越来越好。干净整洁的小院和地道可口的饭菜，吸引大批游客前来体验。自家的院子，自己人经营，开支少了，收入就多了，生意最好的时候，一个月能赚 2 万元左右。每到旅游旺季，我都会请邻居、亲友中手艺不错的妇女来帮忙，让她们在家门口也能挣到一份工资。"

2020 年，韩德明的"安馨之家"农家院被评定为"青海省四星级乡村文化旅游接待点"。

乡村致富的"食"力担当

信步在白庄镇扎木村干净整洁的村道上，映入眼帘的都是独具民族风情的小洋楼，门口停放着各色小轿车。随脚走进某一户，干净整洁、花团锦簇的院子，装饰考究的屋子，一应俱全的家电家具，热情的主人家端上来的果盘盖碗茶，让人不禁联想到这"小康之家"背后的那一碗拉面。

扎木村人吃苦耐劳是远近出了名的，他们还有闻风而动的商业敏锐性，是白庄镇第一拨外出开饭馆的村子。经三代人近 30 年的努力，现有 100 户 372 人在外经营拉面馆，占全村人口的近二分之一，户均年收入达 6 万元，拉面经济每年为村里带来近 600 万元的收入。扎木村成了名副其实的"拉面村"，闯出了一条依靠拉面产业走向富裕安康的发展之路。

韩乙四么力家原先是村里的贫困户。为了改善家境，他跟着村里已经出道的拉面人出去闯荡，三年后，他完成了从跑堂到面匠再到老板的"三级跳"。此后十几年，他的饭馆顺风顺水，挣下了一份光景，在县城买了楼房，在老家盖了新房，门前也停上了轿车，日子蒸蒸日上。今年年初，韩乙四么力积极响应"党员带头参加换届选举"的号召，在村"两委"换届中当选为扎木村党支部书记，书记、村长"一肩挑"。

回顾扎木村近几年依靠拉面经济带来的变化，韩乙四么力说："同过去面朝黄土背朝天的日子相比，现在拉面人的生活更加充实、满足，让人充满干劲。"

"撒拉人家"振兴路上干劲足

三兰巴海村位于街子镇三岔集镇以南 1 公里处，村内有闻名遐迩的骆驼泉、撒拉尔故里民俗文化园等旅游景点。

2020 年，三兰巴海村被确定为全省乡村振兴示范村，村党支部积极争

取到了省红十字会"博爱家园"基金及乡村振兴项目资金650万元，并将村集体闲置土地盘活利用起来，建成了占地面积800多平方米集餐饮、休闲娱乐、旅游服务为一体的村集体农家院项目。同时，不断完善公共文化旅游体系，积极改善人居环境，将民族餐饮服务与撒拉族民俗文化旅游有效结合。几年下来，三兰巴海村"农家院群"已经形成规模，成为循化县发展乡村旅游、开办农家院的标杆。目前村里有20家农家院，旅游旺季每天能接待800多位游客。2021年，全村旅游接待收入达到了180多万元，每户每月能挣1万元左右。

谈起今后的发展，党支部书记韩春林说："下一步对村内现有农家院进行优化升级，为游客提供专业化个性化餐饮服务，让游客得到更多更好的旅游体验。"

韩文良是三兰巴海村一名党员，同村里多数年轻人一样，一直在外地做汽车运输生意。近几年运输行业不景气，收入大大缩减，韩文良看到家乡特有的撒拉族民俗文化逐渐成为吸引外地游客的"致富法宝"，便离开方向盘，回家做起了农家餐饮，"撒家味"农家院就这样正式营业了。

他的农家院离骆驼泉景区不远，一到春夏，每天都有十几桌到20桌订单，一个月接近300桌订单，他坦言去年有30多万元收入。随着乡村振兴战略的深入实施，韩文良的产业蓝图也愈发清晰。他准备把这里打造成集住宿餐饮于一体的农家乐，带动更多人参与到乡村旅游中来。

（韩兴旺，撒拉族，青海循化人。热爱文学创作，在《青海日报》等省级报刊媒体刊发文章50余篇。）

特殊的"拉面银行"
——以金融"活水"助力拉面产业蓬勃发展

佚 名

在广袤的中华大地上，乡村振兴的浪潮正以前所未有的力度席卷每一个角落。作为这一宏伟蓝图中的重要一环，循化县的拉面经济以其独特的魅力和蓬勃的生命力，成为推动当地乡村振兴、促进群众增收致富的生动实践。在这一进程中，循化农商银行以其创新的服务模式和深切的金融情怀，扮演了至关重要的角色，成为名副其实的"拉面银行"。

金融赋能，拉面经济跑出"加速度"

循化县委、县政府深谙拉面经济的潜力与价值，将其视为精准扶贫、乡村振兴的重要抓手。循化农商银行积极响应政府号召，充分发挥金融输血的核心功能，将优质高效的金融服务精准送到每一位拉面人身边。2024年上半年，累计发放各类贷款 15.39 亿元，其中拉面贷款 9614 万元，余额达 2.79 亿元，为拉面产业的快速发展注入了强劲动力。这一系列举措不仅助力了拉面经济的"加速跑"，更引领其实现了"超速跑"。

创新服务，构建拉面产业金融服务体系

为更好地服务拉面产业，循化农商银行成立拉面产业工作专班，紧跟

客户需求，创新金融产品和服务模式。从"拉面循环贷"到拉面创业"备用金"，一系列特色金融产品的推出，不仅满足了拉面户多样化的融资需求，更降低了他们的融资成本和时间成本。同时，循化农商银行大力推行线上申贷、办贷等便捷举措，让数据多跑腿，让客户少跑路，真正实现了金融服务的科技化和便捷化。

机制保障，提升金融助力拉面产业能力

为了确保金融助力拉面产业的持续性和有效性，循化农商银行在机制保障上下了大功夫。每年单列拉面信贷计划，确保年均投放量保持在 3 亿元以上，并从贷款审批时限、贷款自主审批权等方面给足政策空间。此外，循化农商银行配备了 18 名专职客户经理"一对一"对接客户，"面对面"解决全县拉面户的融资需求，当天审批，当天放款，为拉面产业稳健发展提供了强有力的金融保障。

减费让利，为拉面产业减负纾困

面对疫情等不利因素的影响，循化农商银行主动作为，全力落实减费让利政策，为拉面产业减负纾困。以"稳贷、增额、减负、提速"的工作思路，在授信额度、利率、担保措施等方面让拉面户享受诸多优惠，授信额度上调至 50 万元，贷款期限延长至 2 年，利率下浮近 30%，三年让利金额达 820 余万元。这一系列举措有效缓解了拉面户的资金压力，推动了拉面产业的复工复产与"输血"资金的无缝对接。同时，为拉面经营户免收多项金融服务费，每年减免的各类费用达 30 余万元，成为大江南北循化籍"拉面人"的"暖心银行、亲民银行、普惠银行"。

勇挑重担，巩固脱贫攻坚成果

作为地方性金融机构，循化农商银行不仅关注拉面产业的发展，更以

巩固脱贫攻坚成果为己任。组建了"拉面金融服务队",先后两次深入深圳、广州、上海、杭州等地开展上门"送贷"服务,提供线上化"一次授信、随借随还、循环使用"的授信服务,现场累计授信497笔,8950万元,节省拉面户来回奔波费用400余万元,为广大拉面户提供了有力度、有速度、有温度的金融服务,以实际行动彰显了地方银行的责任与担当。同时,循化农商银行还研究制定了循化拉面产业"一揽子"金融服务方案,创建"拉面联动"服务模式,确保金融支持拉面产业的各项惠农政策落实到位、力度不减、连续稳定,引导拉面经营户做大做强做优拉面产业,推动拉面产业持续稳健发展。

展望未来,金融助力拉面产业高质量发展

展望未来,循化农商银行将继续发挥乡村振兴主办行的重要作用,继续秉持"服务三农、服务县域"的宗旨,将金融支持拉面产业摆在优先位置,精准掌握广大拉面人的需求,在简化放贷流程、加快审批手续、降低贷款利率、放宽授信期限等方面提供最优惠、最便利的政策。同时,以更加丰富的信贷产品加大对拉面产业链的综合服务力度,将铺面租赁、店面装修升级等上下游业务纳入金融服务范围,打造拉面产业链"一条龙"金融服务,为推动循化乡村振兴和拉面产业高质量发展贡献更多的"金融智慧"和"金融力量"。

此外,循化农商银行将积极探索新路径,当好产业振兴"引路人"。在金融服务的创新性发展和创造性转化方面积极作为、大胆探索,举全行之力深入推进金融支持乡村振兴工作。同时,加强与县品牌局、循化驻各地拉面办事处的沟通对接,精准掌握外省外地循化籍拉面户的经营状况和现实问题,确保金融支持拉面产业发展的各项惠农政策落实到位、力度不减、连续稳定,助推做大做强做优拉面产业,为循化拉面经济的高质量发展提供强有力的支撑和保障。

农行为拉面产业注入金融活水

佚 名

曾几何时，在青藏高原东陲的循化撒拉族自治县这块美丽、富饶、神奇的土地上，农耕文明与游牧文明在这里交织。虽然时代几经变迁，岁月时时更替，但生活在这里的撒拉、藏、汉、回等民族，都饱含着对当地特色面食——拉面的深深情怀。从刚开始的待客上品，到目前的大众食品，几乎每个家庭的一日三餐、五荤六素都少不了一碗小拉面。改革开放以后，循化人的小拉面从家庭餐桌走向了社会，从本乡本土走向了全国各地，并架起一条连接东亚、中亚、中东乃至欧洲的拉面之路，逐步形成了区域特色产业——"拉面经济"产业。这项产业经过当地三代人30多年的培育发展，已成为当地最具特色和市场竞争力的富民产业，也成为推动当地农村劳动力转移就业、实现农民增收致富的有效途径。这其中，也离不开循化农行人默默耕耘、长期支持的身影。

小拉面关系大民生。农业银行循化县支行作为循化这片土地上最早设立、土生土长的国有商业银行，多年来一直致力于服务"三农"，与循化县广大民众结下了千丝万缕的情谊，积极承担起服务"三农"政治责任，强化"强农""惠农""富农"金融服务措施，不断丰富服务内容，创新服务模式，拓宽服务渠道，一条支持"拉面经济"的金融洪流流淌在循化大地上。特别是党的十八大以来，农行循化支行在党中央、省市县党政和农总行、省市分行党委的坚强领导下，始终坚持以习近平新时代中国特色社会主义思想为指导，坚定贯彻党中央、国务院和省委省政府、市委市政府、县委县政府和省市分行支农、惠农、富农、强农的发展战略，把服务"三农"作为全行各项工作的重中之重，紧跟全县拉面产业提档升级步伐，为拉面人在外创业提供信贷支持，不断满足广大人民群众对金融服务的体验感、获得感和幸福感。

坚持不懈的信贷支持为拉面产业发展注入长流金融活水

多年来，农行循化支行始终坚持金融工作的政治性、人民性，始终以党建引领业务发展，以金融支持巩固脱贫攻坚成果与服务乡村振兴有效衔接为己任，把"惠农 e 贷"作为服务"三农"的利器和履行服务乡村振兴责任的窗口，以"拉面贷"等特色产品为抓手，充分利用县域拉面经济优势，在减轻拉面贷款户资金周转困难的同时，带动地方脱贫人口就业增收。强化政银协同，以"惠农 e 贷""拉面贷"等特色产品为依托，形成了"政策性财政资金'输血'惠农、农行信贷产品'造血'强农、低利率优惠政策支农"的模式，解决了拉面生产企业融资难、融资贵的问题，带动了当地脱贫人口就业增收。经过多年坚持不懈长流金融活水，目前循化人开的近 6000 家拉面馆遍布国内 200 多个大中城市，年实现拉面经济综合收入 20 亿元以上，拉面产业释放出巨大的脱贫致富和乡村振兴效应，让广大群众"闯了路子、换了脑子、创了牌子、挣了票子、育了孩子"。这碗特色小拉面真正成为广大群众的致富面、和谐面、幸福面。

在长期的金融支持中，处处体现出撒拉尔农行人的情怀和担当。2013 年以来，农行循化支行不断探索支持拉面经济新路子、新方法，领导班子多次带队到北京、上海、广州、深圳等地实地调研循化籍拉面经营户经营情况和融资需求，不断总结经验、完善金融服务模式、简化业务流程，强化银政银担合作，全心全意为拉面经营户提供高效便捷的金融服务；2015

年，与循化县人民政府、循化县黄河融资担保有限公司达成三方合作协议，由担保公司提供担保、财政贴息，发放"三农"惠农贷款，为我县拉面创业者逐步解决了融资难、融资贵的问题；2017 年，与青海海东轻工信用担保公司达成业务合作，进一步支持拉面经济提档升级，扩大经营规模；2019 年，在循化县东门广场举行了"拉面产业扶贫贷"启动仪式，继续支持拉面经营户产业升级；2020 年，面对突如其来的新冠疫情，认真贯彻落实党中央、国务院、省市县人民政府、监管部门和总分行党委各项决策部署和工作要求，统筹推进服务疫情防控和实体经济发展，持续加强与政府相关部门和担保公司的沟通协作，多措并举拓宽融资渠道，加大信贷投放力度，优化服务流程。在疫情暴发、市场经济低迷的特殊时期，积极履行社会责任，践行国企担当；2020 年 6 月 19 日，农行海东分行主要负责人和循化支行主要负责人赴湖北省武汉市出席了由海东市委、市政府组织的"青海籍在武汉拉面经营户复工复产慰问座谈会"，与循化籍 43 户拉面从业者沟通交流，详细了解武汉"拉面产业"经营现状和拉面经营户融资需求，利用"拉面产业扶贫贷"特色产品和优惠政策，进一步拓宽了金融支持拉面产业服务链，为武汉青海籍拉面经营户破解了融资难题，恢复了生产经营，推广了拉面品牌。通过展期、变更还款方式等措施，为疫情期间还款困难的拉面经营户提供延期还款服务，切实减轻了拉面经营户的还款负担，为拉面经营户持续经营注入了金融"活水"；2023 年初，为贯彻落实循化县政府《关于循化县开展"送政策服务上门，助拉面产业复苏"调研及重点企业产业链招商推介活动的通知要求》，由循化县地方产业品牌服务局组织我行到省外支持拉面经济发展。截至目前，农行循化县支行已累计投放拉面贷款 10 亿元，惠及农户 1500 余户。在县委、县政府的正确领导下，农行循化县支行始终坚持"党的银行、国家的银行、人民的银行"定位，将一滴滴汗水挥洒在为循化籍拉面经营户送"贷"上门的路上，让地方政府的惠民政策和利民项目落实落地，以实际行动为全县拉面产业发展贡献农行力量。

与时俱进探索创新，为拉面产业转型发展增添金融动力

"拉面产业贷"是农业银行专为广大拉面从业者量身打造的便捷高效的线上贷款产品，可以使用线上、线下两种模式发放，一部手机实现在线取款、在线还款，足不出户办理贷款。同时，循化支行通过"农户信息建档＋全线上化运作"双轮驱动发展模式，将农户贷款作为服务"三农"和县域数字化转型拳头产品全力推进，按照"小额、高频、扩面、上量"的发展思路投放农户贷款。

多方统筹协调发力，为拉面产业提质添砖加瓦

为进一步助推"拉面经济"发展，从 2014 年开始，农行循化支行与市县政府领导和相关部门人员，多次共赴省外海东拉面馆较多的北京、上海、苏州、杭州、厦门、广州、昆明等十几个城市进行了广泛调研，上门服务，详细了解拉面经营户的金融需求，积极探索金融支持"拉面经济"发展的新措施和新方法。2023 年，在县委副书记、县长何林的带领下，循化支行主要负责人及客户经理先后前往深圳、广州、上海、杭州、西安等拉面产业发展较为成熟的地区开展走访调研，了解掌握拉面经营者经营状况和存在的问题，针对拉面经营者在转型升级中普遍存在的资金短缺情况，本行工作人员从信贷政策、产品优势方面为客户进行了详细的宣讲解答，通过移动营销设备和线上渠道为客户现场办理拉面贷款等金融业务。持续优化劳动组合，利用网点弹性排班机制，将人员补充到客户经理队伍，开展农户信息建档和综合营销，主动深入拉面经营户开展工作调研，全面了解客户需求，有针对性地为客户提供一揽子金融服务。为助推"拉面经济"产业转型升级，农行循化支行多次向地方党政汇报金融支持拉

产业发展情况，不断巩固深化与政府相关部门的沟通合作，持续为循化籍拉面从业者提供金融扶持。通过多年深耕支持县域拉面产业发展，与中再集团、循化县地方品牌产业服务局、循化县黄河融资担保有限公司建立了深厚的合作基础。同时，在拉面产业客户融资成本上不断做"减法"，贷款利率执行人民银行公布的当期 LPR，切实减轻客户的融资成本。同时通过多种媒介积极宣传服务"拉面经济"的新举措和新思路，努力扩大社会效应。2015 年，《农民日报》和《人民日报》分别以《青海"小拉面"有了金融"靠山"》《一碗拉面"拉"活一个贫困县》为题对海东"拉面经济"劳务品牌进行了报道，引起社会各界的共鸣和呼应。2016 年初，"小拉面取得大收益""小拉面迎来新机遇"等"拉面经济"话题一度成为省市县政府关注的热点和"两会"代表讨论的亮点，在全国"两会"上得到习近平总书记的肯定后，青海"拉面经济"上升为国家"精准扶贫"战略中产业发展和转移就业带动贫困户脱贫的重要途径，得到积极推广。

时代在发展，科技在进步。农行循化县支行以习近平新时代中国特色社会主义思想为指导，深入学习贯彻党的二十大和中央金融工作会议精神，在省、市分行党委的坚强领导下，继续扛牢服务"三农"和乡村振兴政治责任，进一步强化科技赋能和产品创新，加大特色金融产品的宣传推广力度，持续对循化籍拉面从业者提供信贷融资支持，积极发挥服务"三农"领军银行作用。

一是持续优化服务手段，做好扩面提质。 在抓好风险管控的同时持续扩大"拉面经济"支持面，助推拉面产业提档增效、转型升级，助力"拉面经济"品牌建设。持续深化银政银企银担合作，强化科技赋能，着力解决拉面经营户"担保难、贷款难"问题，从加大信贷投放、支持店面升级、品牌打造和服务优化等方面入手，全力支持循化"拉面经济"发展。

二是明确工作重点，做强长效机制。 抓好拉面产业客户金融服务，充分利用线上渠道、自动审查审批优化业务流程，加快"拉面产业贷"产品推广力度，拓宽客户融资渠道，健全完善金融支持拉面产业发展长效机制。

三是强化分类指导，做优服务效率。对标监管要求，建立健全考核机制，在授信、评级、审查等方面继续执行差异化政策。深化银政对接、银担合作，进一步增强拉面产业客户贷款可获得性，持续做好延期还本付息政策接续和贷款期限管理，严格落实信贷融资收费和服务价格管理规定，为全县拉面产业高质量发展贡献农行力量。

小村大产业

佚 名

  位于县城东南约 17 公里处、距离镇政府约 5 公里的下拉边村，是一个有着 363 户 1636 个村民的村庄，其中脱贫户有 11 户共 44 人。下拉边村是白庄地区冬小麦良种基地，曾经是远近闻名的农业示范村，也是白庄镇最早寻求"拉面门路"的村子，因而在全县拉面经济创业版图中占有不可忽略的一席之地。

  从先前由于家中经济状况太差，前往外地拉面馆务工，再到后来自己做老板经营拉面馆，下拉边村的马牙亥牙以此改善了生活条件，夯实了物质基础，成了早期在村子里修上"别墅"的农户。目前为了儿女的学习，常年在外经营拉面馆。

  2002 年，一部分村民到北京等地开拉面馆，都或多或少挣到了第一桶金，尝到了在繁华大城市赚钱的甜头。第一批开拉面馆的人"衣锦还乡"后，产生集群效应，先期"开了脑筋"的人们陆续走出去。几年后，回乡的拉面人盖房的盖房、买车的买车，好不风光。更多人的脑袋被敲开了，都寻思着去上海、北京闯荡一番。经过十多年的发展，全村在外经营拉面店的有 127 户，每年带来 680 多万元的收入。而今的下拉边村楼房成群，俨然是个小集镇。

  下拉边村拉面经济能取得如此成效，除了共性因素之外，还有一个重要的因素就是得到了国家开发银行的资金支持，125 户均贷到 10 万元不等的创业贷款，使困于资金短缺难题而迈不出家门的村民得到"及时雨"。脱贫户马文忠就是沐浴在"及时雨"中的一户，两个儿子通过政府提供的贷款，在上海和深圳经营了两家拉面馆，为重度残疾的母亲提供了良好的生活环境，直至离世。如今，马文忠一家生活水平持续提高。

历届村"两委"多次举办"拉面匠""炒菜匠""农家乐"等培训班，培训餐饮技术人才。同时，化身为"红娘"，优化服务，带头跑银行，帮助有意愿开拉面馆的村民申请互助贷款。2023 年，全村从循化县农村信用合作社贷款 1800 万元，用于壮大拉面经济。所有贷款户诚实守信，均按时还款。

村民马松地格常年在外，最初以经营拉面馆起步，通过多年的从商经验投资了几家加油站，目前经济水平向好。如今重返故土，反哺家乡，为村里拓宽道路提供了经济支持。

走进盛夏的下拉边村，整洁干净的硬化路连通着各家各户，透过敞开的院落门望去，家家户户院内红花绿叶，迎面扑来欣欣向荣的现代生活气息。这一切变化，得益于从全国各地流向下拉边村的一股股拉面收入。

梦想从大山脚下延伸

佚　名

穷——只要提到白庄镇山根村，黄河沿岸村庄的人不约而同地说出了同样的一个字。

是的，20世纪90年代之前的山根村，如同它的名字一样，与光秃秃的大山连在一起，离"富裕"太远太远。而从1992年之后，这个村子就像被惊醒的孔雀，每一根羽毛都展开了。从此，穷村变金窝，踏着一碗碗拉面铺成的"村道"，一步步走出循化、走向青藏高原，奔向全中国。截至目前，全村在外经营拉面馆的户数达93户，占总户数的40%；从事拉面行业的人员达350人，意味着有近40%的村民在吃"拉面饭"。毋庸置疑，拉面经济成为这个村脱贫致富奔小康的主导产业。

有党引领，圆了致富梦

山根村主要种植小麦、马铃薯、辣椒等作物，村民大多以拉面、运输、劳务输出及牛羊养殖为生，30年前，村集体经济基本处于未"开发"状态。为了圆贫困群众的拉面致富梦，村党支部16名党员以支部为堡垒，以创建服务型党支部建设为载体，充分发挥党组织的引领作用，强化协调联络，引导在外拉面人积极参与村内各项公益事业，参与家乡乡村振兴，形成内外呼应的合力。2020年8月，村"两委"作出筹资修建田间道路的决定，省内省外拉面人积极响应，率先行动，共筹得资金6.13万元，使工程得以顺利实施。同时，支部发挥"中间人"作用，建立了"山根村拉面人"微信群，发布拉面创业、招工、信贷、开店咨询等信息千余条，为村里28户拉面人协调发放贷款430万元，切实解决了拉面人融资难、招工难、开店难等问题。其中，党员马维林、韩福英等人率先垂范，充分发挥党员先锋模范作用，多措并举，帮助村里拉面人贷款，提供拉面店实训岗位，传授开店经验，先后为全县40多个有意愿开拉面馆的困难户提供了帮助，使他们得以在全国各个城市立足。经过20多年的探索实践，山根村拉面产业采用"1+4"帮扶发展模式，即村党支部带领引导，鼓励先发展起来的拉面户帮助有创业意愿的，创了品牌的带动还在探索发展的，有经营能力无劳力的与有资金无劳力的结对开店，已致富的帮助尚未致富的亲戚开店，走出了全村联动发展的新路子。

产业加持，快走致富路

山根村当年的发展变化，得益于党的惠农政策，得益于拉面产业的强力带动。近百位拉面人家中有11户在西宁市买房，19户在循化县城买房，其余绝大多数在村里盖了新房。尚未开拉面馆的部分村民，要么在拉面馆务工，要么在别的拉面馆入股分红，以不同形式分享拉面经济带来的实惠。拉面人户均年收入达到6万元，小别墅、小轿车屡见不鲜，群众生活质量越来越高，生活环境越来越好。

山根村，家家户户都和拉面有关，家家户户都靠拉面经济创收致富，家家户户都走上了拉面致富路。

紧抓教育，拉面托起孩子的未来

20世纪七八十年代的山根村，找不到几个有文化知识的村民。拉面人开始走出大山后，思想意识发生了转变，脑子"焕然一新"。他们深刻认

识到唯有教育才是阻断贫困代际传递的根本之策，开始重视孩子的教育问题，想方设法靠近优质教育资源，让子女接受良好教育。他们一回到家乡、回到山根村，就在村民间传播先进教育观念。在他们的带动下，村人教育观念有了明显变化，送子女上学的积极性空前高涨，以前的"比吃比穿"转变成了看谁家孩子学习好，看哪家大人抓教育。山根村在"控辍保学"中取得优异成绩，各阶段在校学生数量逐年提高，越来越多的高中生、初中生不远千里跨省求学，突破"零"值，刷新了山根村没有大学生的历史。目前，高校毕业生就业人数已经过半，拉面人子女考入清华等名牌大学的喜讯极大地鼓舞了山根村乃至全县的"拉面人"。

如果，"拉一代"的孩子们成了"拉二代""拉N代"，那么山根村未来的拉面产业，必将是一个跟进时代，品牌化、科学化、连锁化、规范化的新兴经济产业。

精准脱贫，小拉面变成大产业

根据探索形成的"带薪在岗实训＋创业"模式，山根村党支部积极引导2名建档立卡贫困对象参加拉面技能培训，提升操作能力，将他们从"跑堂"实训成"拉面匠"，还为他们争取到5000元政策扶持资金。同时，村党支部立足市场需求，自主开办了多期拉面馆管理能力培训班，邀请拉面馆经营主讲创业故事，传授管理经验，破解拉面馆运营中的难题，让后来者少走弯路。值得一提的是，马维林、韩学渊等党员发扬开拓进取精神，创办了"青海雪域清真肉食品""坦布尔牛肉面"等具有浓郁民族特色的品牌，以品牌为引领，进一步规范了拉面馆经营模式，保障了经营规模，提升了拉面馆竞争力。

穷村变金窝，一条拉面路，条条致富道。在党和政府的关怀扶持下，如今的山根村依靠拉面产业全面脱贫，从大山脚下走出去的人们放眼世界，不断追逐自己的梦想。

韩福忠的品牌化之路

韩琦智

"我感到自己做的事情非常有意义，一碗拉面可以带动我们家乡青海海东市循化、化隆两县的经济，帮助到更多的家乡人，进而影响整个青海的拉面产业，再慢慢辐射到华北、华东乃至全国的相关产业链。"

出生在青海省海东市循化县——全国唯一的撒拉族自治县的韩福忠，是走出大山、走进城门的典型代表。回顾20多年的餐饮从业经历，谈起近几年企业飞速发展的势头，韩福忠如数家珍、倍感自豪。"下一步我的企业还将走出国门，把中华传统民族特色美食和文化带到全世界。"他信心满满地说。

韩福忠个子不高，身材结实，背挺得板直，眼神透露着果断和坚毅，无不透露着撒拉人的精气神。

创新与坚守

"去年10月，'阿溯儿牦牛肉拉面'民族快餐体验店开业了，在我看来，它必将领跑拉面行业阔步前行，成为一道亮丽的风景线。"韩福忠自信满满地说。新落成的"阿溯儿"牦牛肉拉面2.0版体验店宽敞明亮，兼具民族特色和现代气息。店里不仅能品尝到正宗的传统牦牛肉拉面，还有在其基础上创新的新口味拉面，以及来自青海循化的撒拉族传统民族特色

美食。同时，顾客还能够通过 5G 和人工智能高科技，便捷地从无人售货机上购买到有机牦牛肉、枸杞等青海特产。

韩福忠深谙企业经营管理和市场规律。他以与众不同的眼光看到拉面经济给人们带来的希望，也看到目前拉面行业面临的严峻考验，因而更加精准地把握市场机遇，以创新精神积极应对新变化、适应新常态、致力新突破。此次在餐饮店铺中融入科技产品，就是一个创举。

1996 年，韩福忠放弃原本在青海的产业到广东深圳，创办了自己的第一家拉面馆。他看好深圳市南山区深圳湾口岸处处暗藏的商机，以每月 1.2 万元的租金，租下了一间 50 平方米的店铺，当时这个价格相当于别人一年的租金了。而当别人一碗拉面卖四五元挣不到多少利润的时候，他的拉面却能卖到一碗 10 元。同行老乡到他店里参观，都一口咬定他开不了多久就会倒闭。然而事实却恰恰相反，仅仅过了 3 个月，他的拉面店利润就达到 50 万元。"装修个性化、产品质量好、员工素质高，我考虑的是一碗面到底能带来怎样的附加值。"后来，他这样解释说。

那时的多数拉面店都没有一个能叫得上名字，大多用"兰州拉面""西北拉面""拉面王""马记拉面"之类的通用门头，一切从简，没有品牌，更没有商标一说。韩福忠敏锐地注意到这个情况，因而店面生意一火起来，便率先提出品牌化经营的理念，并创办了深圳"雪域情"牛肉拉面，这个壮举也在当时的深圳拉面行业引起了不小的轰动。"雪域情"不仅统一了店名，同时也对门面形象、产品菜单、材料采购等拉面馆的核心要素进行了"三统一"。

走品牌化道路是韩福忠此前在长达 10 年的青海创办企业中积累下来的经营管理经验和发展远见。品牌化不仅给拉面注入了"谋生"以外的特殊意义，也为后来的品牌连锁化发展奠定了坚实的基础。

2001 年前后，越来越多的"两化人"（青海省海东市化隆县和循化县）走出青海、走向全国各地，以开拉面馆养家糊口，"男人拉、女人炒、孩子端、老人打杂，一个面馆一家人、吃喝拉撒有盈余"，这是早期拉面人的真实写照。此时，走在行业前列的韩福忠清醒地看到拉面行业发展中存在的瓶颈问题：首先是经营观念的滞后，参与市场竞争能力弱，根本无法与其他类型的快餐形成有效竞争；其次是品牌化建设滞后，早期的拉面人甚至根本不懂什么是品牌，更无法带动形成真正的品牌效应。

为了改变拉面馆普遍面向低端客户、毛利润低的局限，他瞄准大众中端餐饮消费市场，扩大店面面积，提升店面装修档次，增加菜品种类，提升菜品品质，摆脱以单一拉面为主的产品形式，引入现代餐饮管理理念和服务模式，将拉面馆定位为中餐厅，将原来的"雪域情"改为"撒鲁尔"品牌，以区域大餐厅带动周边小面馆。

2011年，韩福忠在西安对"撒鲁尔"品牌的产品体系进行提炼，确立了以撒拉家宴作为主要的经营目标，并在不长的时间内，凭着过硬的产品品质和优质的服务赢得了良好的口碑，使韩福忠布局全国连锁品牌化之路走出了最坚实的一步，再次验证了"区域大餐厅带动周边小面馆"模式的成功。紧随其后，韩福忠正式将拉面品牌定名为"韩鼎记牦牛肉拉面"。他说："我想把这个品牌作为拉面产业与城市饮食文化交流、融合和发展的平台，以这个优势去推广和运营青海的拉面产业。"

安徽省合肥市后街是著名的集餐饮、文化、娱乐为一体的园区。韩福忠的"岁尼阿费夫"民族特色餐厅就在这里。具有撒拉族特色的大门特别显眼，门口左右竖牌上写着8个苍劲有力的大字：大美青海，三江之源。三层楼、1300平方米的餐厅内部具有浓郁的撒拉族民族特色，遍布青海元素，拉面体验区、西北大碗茶、高原牦牛肉、柴达木枸杞展示区，无不显示出青海的高原之美，而店内土耳其风格的装修和随处弥漫的咖啡味道，又给"岁尼阿费夫"增添了别样的时尚气息和异域风情。

采访中，韩福忠一边给我看他手机里的视频，一边介绍说："在阿拉伯语里，'岁尼'是指中国，'阿费夫'是纯洁与干净的意思。'岁尼阿费

夫'是'撒鲁尔'品牌的转型升级，既能满足国人的饮食需求，也给国际友人提供了丰富的就餐选择。"

"我们撒拉族人具有顽强勇敢、永不退缩、开放包容的品格。一路走来，坎坷无数，荣誉诸多，但我从未敢忘记自己是谁，应该坚守什么。"韩福忠说话语速不快，但很有力，"我不想把自己定位成一个老板或者是商人，我更希望自己是一名撒拉族优秀文化的传播者、传承者，诚愿有更多的人了解我们的历史和文化，喜欢我们撒拉族精致的美食。"为了实现这个愿望，公司还制订了周密的文化传播工作规划，而在日常的经营中，文化传播更是公司的工作常态。借助餐饮终端平台，他们开展了形式多样的文化传播活动。比如，利用店内店外的墙面广告、桌面文化卡片、DM 单页折页、企业画册、电视、微信公众号等多种形式，推介青海文化和撒拉族文化。在即将开业的新店宣传中，他还专门开辟了一个体验功能区，动员全合肥市 12～18 岁的初中生积极报名，经过海选后，每周六、日两天邀请 10 个入选家庭到店里体验拉面文化，制作拉面，借此向他们传播拉面文化，介绍青海的风土人情、优质产品和旅游资源。

从深圳到西安再到合肥，时空变换，而情怀不改，"有先进文化内涵的东西一定是值得坚守和传承的，我会一直努力。"韩福忠这样说，也这样做。

除了积极开展文化传播之外，"韩鼎记"还特别热衷于社会公益事业。这从拉面馆的"墙上有爱"可见一斑，是他们传递正能量的具体践行。他介绍说，爱心人士在自己吃一碗拉面的同时，也可以以捐一碗面的形式为其他人提供帮助，捐一碗面就在墙上贴一个条。有需要的人就可以撕一张条吃一碗面；活动每月清零，如果有剩余的爱心条，"韩鼎记"就会邀请环卫工人来店免费吃面；要是不够了，韩福忠就自掏腰包补充爱心条，想方设法把撒拉族生来就有的淳朴和热情融入餐饮事业的每一个细节中。

责任与担当

值得一提的是，韩福忠在做好餐饮的同时，主动融入所在城市，成为当地民族团结促进协会的骨干，被推选为所在区政协委员，积极为构建和谐社会、推动拉面产业发展献计献策。在深圳，南下创办拉面馆的青海少数民族"拉一代"，由于观念、文化与生活环境的不同，加之语言沟通上的障碍，导致拉面馆之间或者拉面馆与当地政府管理部门之间出现了一些矛盾纠纷，引发了一些社会问题。看到这种情况，韩福忠自觉承担起促进民族团结的社会责任和构建和谐社会的担当，开办培训班，对"拉一代"进行政策宣传和法治教育，提高他们的自身素质和法律意识。积极与政府沟通，帮助解决拉面人子女上学、老人看病等实际生活问题。随着拉面行业规模不断扩大，从业人员数量激增，韩福忠积极配合深圳市、区、街道参与当地社会调解工作，主动参与调解涉及民族的社会问题，为青海拉面从业人员排忧解难，协助政府相关部门成功解决了诸多实际问题。韩福忠也因此获得诸多荣誉和称号，成为企业热心社会公共、公益事务的有力注脚。他还先后担任广东省伊协委员、深圳市伊协常委、深圳市清真寺管委会副主任兼社会外联安全组组长，因出色的工作实效获得广东省伊斯兰教协会"广东穆斯林团结进步积极分子"，深圳市统战部、市民族宗教事务局"拉面经济带头人"，深圳市南山区统战部、区民族宗教事务局"热心公益先进个人"，深圳市南山区统战部、区民族宗教事务局"共建和谐社会先进个人"等荣誉称号。

在合肥，他从 2017 年连续担任合肥市包河区政协委员，充分发挥少数民族委员优势，结合所在行政辖区现状，着眼于城市少数民族服务管理工作，以脱贫攻坚和城市融入为落脚点。三年间，撰写了近 20 篇提案和反映社情民意的文章，其中《关于"有社会担当的民族民间载体和流出地驻流入地劳务办事处是城市少数民族流动人口服务管理工作的有力抓手"》

和《关于"皖青两省共建民族餐饮创业孵化平台助力脱贫攻坚"》的提案得到当地政府和政协肯定并获奖。

作为"拉面经济"转型升级战略在安徽落地的务实先锋，"韩鼎记"借此既解决了自身发展的人才需求问题，同时又解决了地方政府安置就业和精准扶贫的双重任务，可谓一举多得，也因如此，他们的工作得到了国家民委的认可和赞扬。"韩鼎记"进军安徽市场的举措得到了循化县政府的政策性肯定，2014年，循化驻安徽劳务办事处成立，任命韩福忠担任办事处主任，"韩鼎记"也成为青海最具有就业安置能力的驻外办事处。截至目前，"韩鼎记"控股参股的所有产业中，青海籍员工已超过100人，并且随着公司全国连锁战略的积极推进，这个数字在不断刷新。"民族经济发展"和"城市民族融入"是城市外来少数民族治理的关键问题。在全力开展"拉面提档升级"工作的同时，韩福忠也不忘做些实实在在的工作促进拉面人融入城市。"虚拟民族社区"是他在20多年基层民族工作中探索出的一套切实可行的治理模式——把散居在城市各个角落的少数民族群众看成生活在一个社区的居民，构建一个覆盖整个城市的虚拟民族社区，并将社区划分成若干个与行政单元相似的网格，每个网格方圆2~3公里，有拉面店20~25家，在每个网格中选拔比较有公信力、有能力、有意愿参加社区事务的群众担当志愿者，把志愿者编入城市劳务办事处名下，由劳务办与各个网格的社居委建立驻点关系。如此这般，便能形成一个"以少管少、志愿服务、社区驻点、链接资源"的综合服务体系。"虚拟民族社区"在党和政府的主导下，根植城市流动少数民族群众，引导民族群众合法合规表达诉求，协助政府主管部门链接资源，跟踪解决民族经济、民族民生、民族公共关系等若干社会问题，不仅解决了民族同胞散居跨区、难以融入当地社会的问题，又弥补了基层民族事务行政乏力的实际困难。目前社区已有30多名志愿者，在兼顾自己生意的同时，在各自的网格中为少数民族群众服务，切实帮助办理少数民族孩子入学、调解纠纷、提供拉面信息等工作，此外，还协助各个社区完成外来流动少数民族群众建档立卡等。

现在，韩福忠最大的愿望，就是在党的新时代民族事务政策的指引下，把这种治理模式推广到全国各大城市中去，让散落在全国各地的各族同胞在推动拉面形成"连锁化"的同时，也积极加入虚拟民族的"连锁化"社区。相信，新时代背景下的城市少数民族能够更加安心地在城市中生活，日子也会过得一天比一天好。

（韩琦智，安徽撒鲁尔餐饮管理有限公司经理、安徽阿费夫清真餐饮管理有限公司门店店长、青海韩鼎记餐饮管理有限公司经理。）

"双椒"鎏金清水湾　为民族"添香"的"天香"

韩艳蓉

结缘"学子面"　焊定循化味

"天香"与拉面之间的情愫，最初始于远离家乡的莘莘学子。因客源稳定、资金投入小等原因，早期，有不少循化拉面人选择在大学院校附近开面馆。一碗经济实惠的拉面也成为很多来自青海、新疆、甘肃等有着相同饮食口味的学子的首选。为了占领竞争优势，尤其是从已呈包围之势的"兰州拉面"大军中突出重围，循化拉面人在不断提升拉面技能、提高服务品质、升级就餐环境的同时，将最后的抗争机会寄托在家乡味道上，选择以"循化线辣椒"作为争抢客源的最后武器，希望以味取胜、以味留人。

在认真比对、筛选后，一直以保真、保质、保本声名远扬的"天香"成为这些店家眼中的"头牌"。他们更加信任严格执行国家标准、拥有一类标准"质量管理体系 ISO9001：2015 标准认证证书"的"天香"，纷纷选用它作为辣椒面、大盘鸡、炒菜调味品等辣椒调味品，以保证面馆各类餐品味型的稳定。而"没有添加剂"这一特殊"标志"，让他们在面对"学生"这样一群特殊消费者时，用得足够放心。加之"天香"从来都是"循化产、循化发"，且根据不同要求，加工成粗细辣椒粉、辣椒碎、辣椒丝等，极大减轻了拉面店的加工成本负担，从源头上保证了辣椒等原食材的"家乡味"，也在无形中贴上了"循化味道"的标注卡。尤其是辣椒面，他们更加信任"天香"这个 30 年的老牌子、老企业，非"天香"不用。辣椒的品质决定了一碗面的味道，也让循化拉面有了明显的"辨识度"，长此以往，高校附近或校园食堂的拉面馆以配角——辣椒吸引消费者，留住了顾客。一勺被热油激发过的辣椒，挂在爽滑筋道的面条上，漂浮在醇厚浓香的骨汤之上，吸附在清新扑鼻的蒜苗之中，一口汤、一筷面，味道浑然天成，一碗拉面，尽是循化味道。就这样，"天香"从侧翼入手，在拉面产业链中本色出演，牢牢牵住了循化拉面馆本真本味的"牛鼻子"。时至今日，"天香"的"学子专供"辣椒订单量不断增加，甚至一个小拉面馆每月仅辣椒面的用量就超过 20 袋，较大的高校食堂辣椒面、花椒面的月订货量超过 50 袋，而且逐年增加……

学子，是循化的未来，拉面，也是循化的未来。当这些孩子起身离开餐桌的那个时刻，他们像充满斗志的战士，以"天香"辣椒作为平衡学业与思乡的心灵秤砣，继续奔向梦想。

辟开业之势　成开业之师

提起辣椒，很多人的脑海里竞相冒出来的是四川辣、成都麻、湖南辣、广西辣、重庆辣……在循化县奋力举起"两椒一核"的牌子、冲到特有农产品的产业赛道之前，谁也不懂"循化辣"的美。

辣椒是世界上具有良好发展前景的经济作物之一，对于循化地区来讲尤为如此。在循化，辣椒是每家每户餐桌上的必备调味品，是所有食物的"绿叶"，餐餐不可少、顿顿不可缺。循化线辣椒、花椒具有百年的种植历史。据寿登耄耋的老人们回忆说，早在他们年幼时，循化就已经种植线辣椒，尤其是清水湾一带，只要有一分地，家家都会种辣椒。一滴辣椒油，是那时候的人们对物资匮乏的无声抵抗，也是苦酸日子的唯一装点。太爷辈、爷爷辈循化人有种说法：循化藏着宝，辣椒、花椒值钱哩！早在 20 世

纪80年代，循化线辣椒已经小有名气，有内地厂商相中循化辣椒细长的外形、多香少辣的口感，想要大量采购。当时的青海外贸部门也曾有意向，想将青海牦牛绒和循化线辣椒出口到中亚地区。到90年代，省里决定拎着最具青海代表性的高原牦牛绒和循化线辣椒，以一黑一红为"省礼"赴国外进行产品展示交流，而且数量不少。但因为缺乏大规模种植能力、存储技能、加工技艺、产品附加值开发能力，加之缺乏商品意识，守着辣椒窝的循化居然拿不出只有自家才有的线辣椒。

这深深地刺痛了第一代"天香人"——老厂长韩胡才尼的心。但同时，他也敏锐地看到了线辣椒市场的空白，看到了艰难日子夹缝中透进来的一道闪耀的光芒，一抹艳丽的"辣椒红"。

而真正一脚将韩胡才尼踢进市场的，是一次展会。

20世纪90年代，一次偶然的机会，在省有关部门的组织鼓励下，韩胡才民第一次作为青海省代表团中的一员，受邀参加北京食品展销会。一路上，韩胡才尼都在想，自己一无经验、二无资金，甚至连一场大型的集市集会都没有参加过。之所以带着一箱箱瓶瓶罐罐辣酱，千里迢迢参加这样一个展销会，并不能只为了摆摊卖土货，而是要借助这样一个国际化舞台、全国性平台、全民性平台，找寻一个将青海特色优质农产品带入大众视野的机遇，打开循化特色经济作物——辣椒，这扇不曾为人窥见的"闺门"。

展销会上各色商品琳琅满目，辣椒相关产品也是争奇斗艳，其中更不乏来自新疆、贵州、云南的当时已声名远扬的辣椒产品，且种类丰富、口味繁多，辣椒种植者、加工商、经销商们在各自展销台前摩拳擦掌。但大家伙儿都被挂在韩胡才尼摊头的一串串高高挂起的新鲜辣椒所吸引，纷纷驻足围观。那是他精挑细选、精心保护带到会场的"循化线辣椒"。他们拿在手里细细观赏，只见那些辣椒，细长的椒身弯了三弯，到尖尖突然一拐，一个妖媚的钩瞬时挑起，火红的颜色饱满光亮，辣椒肉微微透光。凑近轻闻气味，辣而不辛、香而不辣，更像是辣味中夹带一丝淡淡如雨后青草般的清甜，大家不时发出赞叹的声音！看到此情景，韩胡才尼脑子里突然闪过一个念头：与其和强敌抗衡，还不如将宣传和销售捆绑为一体，顾客买一瓶辣酱，就送一根鲜辣椒，这样不仅能将辣酱卖出去，还能借此宣传青海、让大家了解循化。说干就干，他扯开了嗓子……一时，他的摊位前人挤人，谁也不挪步。展会第一天，他随身带过去的辣酱一售而空，他连夜联系在厂留守负责人，第二天就通过航空物流将一箱箱辣椒连带一串串新鲜线辣椒再次摆到了展销台上。

那是第一次，循化的"土货"坐上了"洋气"飞机，飞越千里赶赴"出世之约"；那也是第一次，循化借线辣椒之名与首都北京的亲近之约。

从那以后，对老厂长而言，辣椒不再只是挣钱致富的工具，而是一份未来的寄托，成为对美好生活奔忙的由头，他对循化辣椒未来的发展前景有了更为乐观的厚望。

乍一听如此"离谱"的想法，大家都劝他：循化线辣椒是好东西，但这几年病虫害这么严重，枝头上都挂不住几根，都干死了，还想办辣子厂，到时候你连一根辣椒都收不到。更有人听说他兜里那点可怜的办厂资金时，纷纷嗤笑说：一个讨饭的，还想端金饭碗，能耐！

其实，韩胡才尼的目标很小，小到别人都以为他是一时兴起、办厂子玩。但别人不知道的是，他的梦想很大，大到连未来半个世纪的路子都规划好了！

有了先天优势，还要有后天的努力。老厂长顶住压力，狠狠心，将自己这辈子当包工头干苦力攒下的3万元拿出来，加上从县里争取来的帮扶资金，走上了取生意经的道路。自家的两三亩地是一家人活命的根本，如果全都种上了辣椒，万一厂子倒闭了，一家老小的饭碗就砸地上了。于是，他盯上了山根下的那片旱地，那是属于村里大多数人家的自留地，每户一分或两分地，十户八户加起来才有一亩左右。农户们种粮费事费心，

加上山脚下交通不畅，浇水拉粪极为不便，主人家往往是扔了可惜，种了恼人。但这片地在韩胡才尼看来，却是宝贝，他跑遍村里每一户每一家，挨家挨户、苦口婆心地又是恳求，又是承诺，终于"征收"到了能够托起他梦想的一片土地……

地不多，但足以让他站立；地不平，但也足以让他站稳！

20世纪八九十年代的一些循化企业家，文化知识水平薄弱得像个体弱多病的孩子，办厂子、办企业全靠日常经验和"想当然"，与真正的市场几乎是隔绝的，更谈不上追着时代求发展。第一代"天香人"也是如此，几乎都是泥土里滚过、风雨里钻过、满山头跑过的，很多员工都是大字不识的乡人、村人。但就是这样，在没有辣椒市场经验可循、没有办厂子的老路子可走、没有资金本钱可依的情况下，韩胡才尼硬生生将"清水辣子厂"的牌子挂起来了，这也是循化第一家真正意义上的辣椒厂。这意味着，循化地区特有优质农产品第一次进入了加工行业，第一产业和第二产业融合的苗头已经初现端倪。

没有种辣椒的地方，老一代"天香人"就带着铁锹和锄头到山脚下开荒山、垦黄土，平整出一块又一块辣椒地；自己种的辣椒不够，老厂长腋下夹着一摞摞编织袋，挨家挨户上门收辣椒，与农户签约；没有厂房设备，他们跑政府、找银行，找钱找人找出路……

为了更好地顺应市场要求，尽快走出原地打转的"困境"，1993年，循化县天香两椒有限公司艰难落地。循化辣椒的"泥腿子"，踏上了改革开放的新地毯，也画下了"天香"雏形的第一笔。

小径漫风雨　大道满霞光

曾于20世纪90年代在全国农产品博览会上拿过"金奖"的循化线辣椒，从2000年之始，就逐渐声名远扬，尤其是油汪汪、红灿灿的各类辣酱，一时成为循化的代言、青海的名片。

秉承前身"循化清水辣子厂"的初心，在闷声搞了近10年的自我建设、发展后，循化县天香两椒有限公司立足更广阔的市场、更长远的发展，以"青海天香两椒有限公司"之名，于2018年以全新的面貌和姿态闪亮登场。总投资1250万元的生产加工车间、行政办公楼、产品展示销售中心等全套设施设备同时投运，年产600吨辣椒酱全自动灌装流水生产线同步落成，烘干、色选、粉碎、研磨和包装的全套智能全自动生产线同时开工……

那一刻，清水湾见证了一个本地"泥腿子"最为"洋气"的诞生时刻，自此，清水乡迎来了第一个现代化高端加工民族企业。

加工深一分，质量高一层，销路广一点，利润就能多一分。面对销路扩大以后，辣椒消费终端的不断升级的实际，"天香"狠下心来，主动打破过去主要服务小商小贩、零散销售、利润薄的老旧链条，将触角伸向更为广阔的领域。就像串门一样，对全国各地辣椒大省进行考察，从种植条件、市场需求、消费人群、产量产值等各方面进行分析，以西北地区为主销售方向，从商业价值、地域价值、成品价值等方面进行调研……就这样，一路走、一路看、一路学，等回到循化，不仅确定了"种什么、怎么种、种多少、在哪种"的主线路，也画出了一条专属于循化、适合于公司、看得到前景的辣椒事业规划蓝图。

有坚实的市场调查作基础，有深入的市场分析作支撑，"天香"公司一成立，就立即开设多条生产线，将辣椒、花椒两种特色农产品为最基础、最核心的原材料，涉足研发加工辣酱、豆瓣酱、辣面、辣椒丝、辣油、花椒、脱水蔬菜、火锅底料等产品，成为青海省最早规模化加工线花椒、辣椒系列产品的企业。

就这样，还未起跑的"天香"，就将家门口的第一个"金坛子"牢牢抱在了怀里，同时也做好了一飞冲天的准备。

2018年，"天香"迎来了一个转折点。为进一步适应时代化市场要求，

公司大刀阔斧，对原有的半自动加工生产设备进行升级，更新为全自动电脑设备，实现全生产线自动计量、自动封装、自动装箱。原本 40 余名车间工人需要倒班轮班干的工作，只需现有的 27 名员工指尖一点，手腕一松，一条生产线就活了起来，而视频监控、智能分封、远程控制等科技智能手段的运用，更是彻底将工人从以往人工称重、拿勺子分装、脚踏封瓶、靠眼检查等"体力活"中解放出来。生产线上，一瓶瓶辣酱、一包包调味料、一袋袋辣椒粉花椒面整整齐齐，列队"走到"质检员面前接受检验，不同岗位的工人穿着洁白的工作服穿梭在机器之间，像是灵巧舞动的小蜜蜂，轻松又愉快。经过四年的建设、实践和推进，彻底实现了"机械化换人、自动化减人、智能化无人"的"天香"，于 2022 年被认定为"青海省科技型企业"，这意味着，公司有能力生产更具精细化的产品，具备了一个现代高质量企业应有的科技能力。

此外，着眼近年来爆火的火锅市场，2019 年，"天香"又一次率先跟进市场经济发展，拓展辣椒加工产品品种，实施"天香"两椒火锅蘸料新产品精深加工及产品展示馆提档升级改造建设项目，开辟新的智能化全自动包装生产线。推出了 2 种主打健康、纯天然的高品质火锅底料和旅游休闲食品，3 种规格的新品一经面世，首年产量就高达 700 吨，经营期年销售收入 3272 万元，实现年利润总额近 80 万元，内部收益率、投资回收期、投资利润率等指标远高于同行业水平，也填补了循化县旅游休闲食品结构的空白。"天香"更是借助"清真食品"的特殊性，深度融入"一带一路"建设，为未来销往更远的中东地区、推向阿拉伯市场做铺垫、垫地基，再一次证明了"天香"高屋建瓴，对市场的超前研判能力、实践分析能力和精准投资能力。同时，开拓更为广阔的市场，凭着成熟的生产线、积累的生产经验和先进的制作技艺，"天香"中和南北口味的差异，研制出香辣脆、辣子鸡、风味豆豉、牦牛肉豆豉等新品种，进一步打开了南方市场的大门，走上了南方人的餐桌。

循化特有的"大红袍"花椒非常娇气，且不说需要三五年时间的呵护才能挂果，而且产量少，病虫害防治和采摘又十分困难，耗时耗人。但她却以果实鲜红、颗粒大、肉厚油多、麻味浓厚而深受青睐，每公斤的销售价格高达400多元。为了能拿到第一手高质量的原材料，"天香"始终坚持"原产地"原则，提前与花椒种植户达成采购意向，订单式采购，定下"娃娃亲"。在生产加工过程中，几乎不添加任何东西，确保花椒从树上到餐桌上都是一个味，都是原汁原味的循化味道。此外，30年前就已经是特优的明星产品——"牦牛制品"和"辣椒制品"，跟随"天香"的发展历程，历经改革发展、社会主义经济大发展、新时代中国经济腾飞三次浪潮之后，再次会面，以牦牛肉辣椒酱的新形象出现，展示了"天香人"不断创新、不断发展的时代精神。

在外包装上，"天香"将"消费市场是第一需要"的购销理念坚持到底，从细节入手，对消费群体进行差异化细分，针对不同需求和购买偏好，设计不同规格、不同风格的产品包装。尤其是针对消费者追求味道多样、质优价廉的需求，精心设计推出了"小罐"铝装产品，清新时尚的包装、浓淡相宜的味道，既保证了大玻璃瓶装的本色本味，还能让消费者不再有"碎了、漏了"的担忧，也符合年轻人追求的健康、天然、便捷，俨然成为包括旅游出行时的必备品。

当续故乡情　再续"天香"路

老一代无惧白发苍苍，新生代勇闯辉煌未来。子承父业，韩得林进入了辣椒行业，但他并没有直接坐到董事长的皮沙发上，而是从最基础的业务员干起，在基层摸爬滚打，干了整整10年后，于2010年才当上了"天香"总经理。又经历了5年的锻炼成长后，2015年才搬进了"天香"董事长兼总经理的办公室，以企业法人身份成为"天香"新一代的掌舵人。浸染了第一代"天香人"诚信勤恳作风成长起来的他，行稳致远，不仅继承

了"老本领",更有自己的"新琢磨",管理水平和作风够"辣",运营能力也够"麻"。他从全国全面脱贫、循化提前脱贫的奇迹之举,看到循化特优农产品经济要发展,不仅要兴企业,更要兴行业、兴产业。他深知现代企业管理方式和运营模式必须符合时代发展要求,也深信循化"两椒"必将迎来一个全新的发展前景,能开辟一条新的辣椒行业赛道,能走出一条新的辣椒产业之路,成为循化经济社会建设和发展中的中坚力量。于是,他带领全体员工,积极赶迎消费市场变化,将"天香"的企业发展规划与循化县域辣椒、花椒产业规划集合起来,与带动父老乡亲共同致富、清水乡整体发展贯通起来,充分考虑政策、产业、创新、资金、市场等所有元素,如同掘地三尺找寻黄金一样,挖掘线辣椒、循化花椒"土特产"的潜力,研究辣椒、花椒市场动向,捕捉发展态势,尤其对于市场销售火爆的辣椒、花椒产品,一瓶一罐都不放过,从口味、包装到销售、宣传方式逐个研究,反照"天香"自身的不足,而后精准出击,有针对性地调整产品和运用模式及营销手段。

掌握了地头到餐桌的辣椒、花椒全产业链和加工核心技术,等于掌控了辣椒的"一生",也就意味着"天香"的市场抗风险能力大大增强。韩得林拿出"三顾茅庐"的精神,拿出老厂长从全国各地辣椒生产厂商"偷学技艺"的韧劲,和贵州省老干妈集团搭上线,说服对方与"天香"联合研发火锅底料,高薪聘请贵州老干妈研究人员为"天香"做技术指导,自主研发以天然植物成分取代添加剂的技术,最大限度保证鲜辣椒的口感和营养,也更加符合现代人对于健康天然食品的追求。

随着线椒、花椒等循化"土货"逐步形成具有特殊形态和品质的农产品,产生了一定的品牌效益,带动了农民增收,带活了县域经济发展。身为循化县政协委员、循化县工商联民间商会副会长的韩得林,不失时机把握机会,顺着循化建设现代生态绿色产业体系的路子,带领"天香人"不断在线辣椒、花椒方面挖潜增效、提档升级,从源头原材料的种植,到初级产品和精深加工，再到销售，"天香"将农田、农村、农民，与农业、加工业、服务业结合起来，深挖线椒、花椒的潜在价值、文化价值、附加价值，提升"双椒"的产业效益，实现了"三产"融合。

行大道至简　如水润人心

"天香"的运营策略和经营理念，可谓大道至简，主打"淡然"。在他们看来，消费者和产品之间的关系，如同人与人之间的关系，要想长久稳定，应当是相互选择、长久信任，而非靠"抢"。因而不同于其他企业，"天香"从未担心过市场"饥饱"。市场需要多少，"天香"就按照市场缺口量化生产、定量生产，绝不强迫去"喂"市场；反之，"天香"生产多少，市场就能消化多少，不会出现饱和过剩现象。单以辣酱对比，欲与"天香"抢市场的其他企业和作坊，全年总产量仅为20万瓶，比起"天香"月生产量30万瓶、全年总产量超过600万吨的庞大市场相比，无论从产量和销售量上都根本无法与之抗衡、与之匹敌。这种默契，是"天香"、消费者和市场经历30多年的磨合、沟通、协商而达成的。

不论何时，优质原材料、优质产品是"天香"的生命线。在"天香"偌大的辣椒贮藏库房中，冒尖的"辣椒山"像喷发的火山一样，喷发着香气。晒干后的线辣椒上手抓一把，不用等指尖摩挲，就会发出"哗啦啦"清脆、干爽的声音。有经验的辣椒人仅听这声音，就能辨别出辣椒的质量："这个哗啦啦的声音，说明辣椒籽和辣椒壳已经自然分开，晒干后的辣椒肉更加鲜，要是做成辣椒面，不飞粉、不呛鼻，绝对是上乘制品。"库房前的空地上，有的工人站在筛选机盘，紧盯着飞速转动的机器，不时用手扒拉着辣椒；有的工人穿着严严实实的工作服，将一车又一车干辣椒送入筛选传送带。"这些辣椒都是经过挑选的，但我们还是进行二次筛选，才能送到加工车间，这样，坏的、瘪的、次的就不会进入加工环节，保证了辣酱品质。""天香"公司办公室负责人韩有光说。另一头，大小均匀、

干净无渣的辣椒像一条流动的红河，淌到早已备好的编织袋里。

随着循化线辣椒逐渐成为"明星产品"，"金名片"效应越来越大，加之原材料好取、制作简单、利润可观，循化本地一些食品加工企业、家庭小作坊，也跟风做起辣酱、辣椒面、花椒面等产品。一些食品加工企业也在生产线中加入辣椒产品，一些餐饮企业为了扩大营销渠道，转而生产餐饮相关产品，冠以"循化"之名，做起了辣椒调味品。也有家庭种植户，直接将自家地里采摘下来的辣椒，经过简单加工便直接摆到路边，零卖散卖。甚至一些辣椒生产厂家将目光转移到了循化以外的辣椒品种，选择产量高、肉质厚、杆径长的外来辣椒品种，甚至购进辣椒制成辣椒产品，然后以"循化线辣椒"之名贴牌卖出，从而追索更多利润。而在"天香"看来，这是对故乡的背弃，绝不可取。

为避免掉入类似不良竞争死循环，"天香"顶住各种降价潮、捆绑销售潮、降质保本潮等来自竞争对手和市场打过来的一记记重拳，转而每年拿出专项补贴资金，对全国各地所有销售网点产品补差价，以买产品送产品的方式，直接让利于销售商和消费者，将原本可以赚取利润的部分返还给客户。同时一如既往严把质量关，用更为暖心的"真心换真情"方式，既保证了产品质量，留住了新老客户，也彻底断绝了恶性竞争进入消费环节的渠道。就这样，几十年间，当其他"双椒"生产加工商还在价格战、原料战、销售战的混战中乱作一团时，"天香"早已剔除中间价格，一如既往，以优品优质、价廉经济牢牢俘获了新老客户的心。

在"天香"看来，世界各地哪里都有爱吃辣的人，对辣椒的品种、口感乃至色泽、形状，各有偏好，加之近年来，中国辣椒的海外市场需求不断扩大，只要将循化线辣椒的品牌立起来、产量搞起来、品种多起来、质量保起来，就一定能够俘获外国人的味蕾，打开国外市场。因此作出了一个更为大胆的决定：调整产品方案和营销规划。在充分考虑物流运输的基础上，计划立足境内外消费市场需求，进一步加大研发力度，投入更多的设备资金，为下一步推出便携式软包装开口即食型辣酱、易拉罐式牦牛肉酱、定制型火锅干料、烧烤干料、辣椒冰激凌、辣椒棒棒糖等辣椒产品做好准备、打好基础。

此外，针对不同消费群体，将市场和商超的营销区分开来，同品不同人，"天香"采用点对点式的营销模式，制定营销总战略，不同宣传渠道、不同销售方式、不同营销团队，最后合二为一，直冲销量销额总目标！

至此，"天香"公司以省内销售为主、辐射全国各地、布局海外市场的销售格局已经形成。

有为才更强　积力举辉煌

有了稳定的供应和销售端口做后盾，"天香"的企业品牌知名度和影响力声名鹊起，以循化线辣椒和循化"大红袍"花椒为原材料的"双椒"产品研发迅速开疆拓土，先后注册了"天香""雪域红""清水湾"三个商标，而且个个含金量极高。其中，"天香"商标已是享誉全国，漂洋过海，商超、销售点数不胜数，遍布各地；被确认为省级著名商标的"雪域红"旗下产品更是在全国"双椒"产业中一骑绝尘，也当仁不让地稳居循化辣椒市场前列，举起了一面行业引领之旗；"清水湾"商标产品蓄势待发，犹如已经上弦的箭，只等市场放出第一只信鸽，便应声出击，一举拿下循化乃至青海新的"双椒"产业的领先地位。三个商标呈合围之势，将"天香"公司牢牢锁定在顶端位置。

因地理优势、气候优势、环境优势，循化夏无酷暑，冬无严寒，气候宜人，不仅宜居宜人，更是高原特色农作物宜生宜长的天然花园。"循化线辣椒"这种只选择生长于循化的奇物，形似红袖，形如长线，仿佛一件红艳夺目的艺术品，观赏性、食用性都可称得上"上品"。但辣椒、花椒产品的制作技能必须得是"顶尖"，才能在市场竞争中立于不败之地，"天香"就是最好的例子。因娴熟的辣椒、花椒制品生产技术和工艺，不管是

在县级、省级还是在国家级展示展销会上，青海"天香"年年拿奖，国家级、西北片区、省级、市级各类奖项不计其数。是中华供销合作社青海供销社8个下属企业之一，列于青海省强企名企之队，成为循化"双椒"产业大军中的一员猛将，先后被认定为国家级农业产业化重点龙头企业、省级农业产业化龙头企业、省级专精特新"小巨人"企业。

2024年，"天香"信息和工业化融合管理体系顺利通过工信部门评定审核，取得青海省工信部"两化融合管理体系评定证书"，成为循化唯一取得"两化"认证的民族企业。这标志着具有明显可持续竞争优势、具备信息化新型能力、具有完备的管理体系的"天香"，已经迈入了以信息化带动工业化、以工业化促进信息化的全新之路，踏上了实现可持续发展的未来之路，走向规模化、专业化、品牌化、市场化的发展之路，实现"精准特新"的目标触手可及。

至此，不管在行业内，还是社会层面，"天香"的企业形象和信誉又升一尺，品牌影响力更高一丈。

观时代变化　跟时代之路

当今商业环境中，电商已经成为不可忽视的重要力量，"天香"也看到了时代要求和市场需求，将目光锁定在电商这个当今世界交易速度最快、前景最广、内容最多的新领域，实体与电商并肩前行，线上与线下协同发展。集中火力打通产品上行销售渠道，电子商务入驻京东、苏宁易购、华云数微、宝鼎、撸袖、青藏易购等平台。同时，按照市场需求，将产品质量放在第一位，重点选取竞争力强、区别于其他企业的"双椒"产品，稳定供应，开通电子门店和抖音"小黄车"直挂，借助头部主播和优质平台的广泛传播力量，真正做到农产品上行"出村进城"。实体销售方面，产品不仅远销京津冀，还占据了上海、广州、江浙等地偏好西北风味的小众消费者市场，同时，销售触角还深入抓取以西安、拉萨、兰州等周边市、青海省各市州县为主的西北大市场，毫无悬念地"抓住了"西北人的味蕾。

就在今年 5 月，"天香"赢得了一场漂亮的电子商务战。为进一步扩大销售渠道，"天香"将远距离销售和近距离输出通盘纳入营销计划，在此前与各大平台、优势平台继续合作的基础上，试水"直播带货"市场。邀请青海知名网红直播带货，仅仅两小时的下单量超过 1.3 万件，进账62.8 万元。网络新媒体强大的传播能力、宣传效应，让"天香"以最直接的方式看到了更为巨大的市场空间，初尝新媒体递过来的"喜糖"，"天香"隔天就连续直播三天，将这泼天的富贵全盘接下。为了不让客户因为"等"而影响"天香"品牌体验感，在厂员工全员出动、加班加点，核对订单、检查产品、打包装箱、联系物流……即便这样，他们也用了近 10 天时间，才将这 3 天的网络订单产品全部配发出去，仅一天的物流快递费竟高达近 4 万元。同时，随时关注消费者对产品、服务的反馈，对所有问题及时予以回应和解决，给消费者完美的体验感。此外，着眼于解决西北市场地偏、路远、运输成本高、物流配送难等实际问题，兼顾物流运输端口，"天香"不失时机地与中国邮政集团青海分公司签订了合作协议，借助其强大的速递物流网络体系，加强在厂商直发、基地配发、定点售发及电商平台、互联网等方面的物流合作，进一步拓宽"双椒"供应渠道，缩短市场与消费者之间的"时间距离"，推动"天香"不断走出循化、走出青海、走向全国，成为邮政循化网点的"大客户"。火爆的市场、热销的产品，加之高品质的"双椒"产品、近在咫尺的货源渠道，循化特有农产品集市的主播更是一口气和"天香"签订年销售额 100 万元的合同。

一个个直营销售点、一个个商超、一个个代收代发点……一盒盒、一瓶瓶、一袋袋"天香"排列整齐，满身"循化味"，一路飘香，走南闯北，将兼具高原地理特性、民族食材特色、地区饮食风味的辣椒、花椒，端到了"世界餐桌"上！

至此，"天香"内抓产品质量、外推企业品牌；近看产品研发、远定营销模式的企业发展战略和发展规划蓝图全面绘就。

不忘来时路　归时花满路

撒拉人有一句老话，"大马路上支不了锅，有了也白搭"，对"富裕"最简单直白的理解就是一人富了不算富，大家富了才是富。老一辈的"天香人"始终不忘大家都穷、户户都贫的艰难岁月，不忘全村人都凑不出10块钱时的难怅，不忘自己起家创业时的艰难，通过"国家级扶贫龙头企业＋合作社＋扶贫基地"的模式，使周围的清水乡近10个村庄农户实现就近就业，带动线辣椒种植户6500户，收购线辣椒1200吨，将老乡们带上了脱贫致富的道路。很多在外打工的乡亲，遇到停工期或者没有活可干的时候，找到"天香"讨一份工；有些岁数大、没办法或者不愿意出门务工的乡亲，在"天香"谋得一份差，既照顾了家庭，也和出门打工的人一样拿"工资"，更从心理和感情上得到了安慰满足，个人价值得到了更大体现。一家人，有的在"天香"做季节性工人，有的在生产线上当全职员工，有的则开着货车，将"天香"运出循化、走出青海，一大家人的美好幸福生活与"天香"绑定在一起，成了共同体。2022年，"天香"又通过"企业自筹＋奖补资金"的方式，将县乡村振兴局下达的40万元帮扶车间奖补资金足额全部投入公司乡村振兴就业帮扶工作，实施扩建辣椒精加工（香辣酥）新产品生产乡村振兴就业帮扶车间项目，带动7名员工实现就业增收、全面脱贫。因积极吸收就业，车间也分别于2022年、2023年被循化县、青海省两级乡村振兴部门认定为"乡村振兴帮扶车间"，是实至名归的国家级产业化扶贫龙头企业、省级扶贫龙头企业。

恰恰这样一件在别人眼里没有利益可图、"白养"村民的事，却是"天香"两代领导人最为骄傲的事。按他们的话说，"这是一件光彩的事！"

几十年过去了，老乡们的口碑越传越广，慢慢为"天香"铸了一个

"金杯"！这是"天香"独一份的财富。

作为青海省农牧业产业化省级重点龙头企业，"天香"因势利导，又一次当起了行业领头雁，于2021年7月，将县域内4个经营规模大的涉农企业、5家产能产值高的农民专业合作社和3个辣椒种植大户联合起来，组建成立了青海天香线辣椒产业化联合体，成为青海省第六批省级农牧业产业化联合体。联合体各经营主体自主经营，民主管理，将"公司＋基地＋农户"的产业化经营充分融到线辣椒的产业发展中，共同建立线辣椒种植基地，采取技术上统一指导，种子、地膜、化肥、农药等农资产品统一配送，购销合同签订统一组织的联合管理模式，在保证椒农利益的同时，也为辣椒种植户提供产前、产中、产后的一系列服务，用好每一分地，保证每一个经营主的权益，保障每一个椒农的利益，促进农业、加工业、服务业一二三产业互补。仅隔一年，青海天香线辣椒产业化联合体线辣椒种植面积就达5000亩，实现销售收入8324.32万元，带动一镇两乡20个村此445户种植户投身线辣椒种植，种植面积达到3000亩，带动脱贫户新增收入超过2.1万元，户均纯收入超过1.8万元。

从个人到种植大户，从合作社到联合体，在"天香"的带动下，周边村民种植辣椒的热情和积极性眼见地高涨起来。"辣椒价格年年波动，产量和质量也不确定。因此，我们保持自己基地种植规模的基础上，和本地一些辣椒种植大户签了供应协议，对他们而言，不用愁销路，对我们来说，保证了成本的稳定性，这对双方都是一剂'稳定剂'。"办公室主任韩有光介绍说。如今，"天香"下属合作社种植的近35公顷线椒，都直供到"天香"，此外，还要从当地种植大户、农户手中收购将近8万公斤的线椒、4000公斤的花椒，以满足生产需求。

终于，线辣椒像一位满载九里红装的闺秀，缓缓摘下"土"面纱，露出了"金色"的面庞，犹如她的名字，将一条又细又长的增收之路、致富之路、脱贫之路展现在世人面前。

爱人如爱尊　同福亦同富

从不拖欠薪资是"天香"的老派作风、老牌做法。疫情期间，不少务工人员返回家乡，待岗待业。但当时的循化，很多行业也因疫情原因，面临营运危机，很多企业连原有人员的工资都无法保障，更别说吸收接纳返乡务工人员了。在因疫致贫、因疫返贫人员不断增加的大环境下，同样处于"困境"的天香并没有四处诉苦，推诿怯懦，而是咬紧牙关，挺起民族企业家的脊梁骨，依旧站在全县稳就业、保民生的第一线，对全体员工作出了"绝不辞一人，绝不拖欠工资"的承诺，一下子稳住了人心、稳住了队伍。在营业收入下降、销量下降、盈利下降的那三年里，"天香"化身为妥妥的大网兜，一如既往将员工放在第一位，没有让一个员工回家，没有拖欠过一个员工的工资，反而按时足额将工资发放到位，以缓解员工的家庭经济压力，切实解决困难，用实际行动展现了一个现代企业的时代精神，一个民族企业的家国情怀，县委、县政府也因此大赞"天香"。

"天香"内部，一直遵循"让有为者大胆干，让能干者安心干"的用人理念，生产部、销售经营部、采购仓储部、财务部和办公室等部门分工明确、协作有序，管理人员、技术人员、一线员工、后勤保障人员等职工各负其责、尽心尽责。他们都是跟着"天香"干了10年之久的老员工，不论在哪个岗位，都一心一意、死心塌地守护着各自的"责任田"，如同守护着自己的家。随着公司利润逐年增长，员工的收入也水涨船高。即便是生产线普通员工，也能轻轻松松每月往腰包里揣上3000元，更不用说熟练工人、技术工人和管理人员等特殊岗位人员，在销售旺季甚至能突破5000元。

当傍晚来临、工作结束，他们这一天的辛苦化作愉悦幸福，揣在了兜里，谋划着孩子的学习、老人的养老、妻子的衣裳，还有自己的梦想……

一湾清水湾　满是黄金椒

循化原本就不多的优质耕地大多集中在沿黄地区，且形态零碎，难以推行农业机械化，导致农业生产成本高、效益低。近几年，县政府出资对清水湾黄河浸没区土地进行了平整，完成土质改造并规划将其打造成千亩线椒示范基地之一。"天香"一如既往拿出了迎难而上的姿态，将原本位于循化查汗都斯乡、清水乡、红旗乡的三个种植基地归拢起来，实施清水乡下滩村特色露天蔬菜基地项目，计划打造500亩特色露天蔬菜基地，开展土壤改良、新品种引进、蔬菜育苗、滴灌带铺设、种子和农药采购等建设工作。项目实施短短几个月时间，当地村民流转出去的土地，由"天香"统一种植线辣椒，自家地变成了基地，村民不仅能拿到来自政府的土地补贴，还能在自家地里打工，拿到来自"天香"的工钱，"地"和"人"合起来拿双份钱，村民乐开了花。早些年，整个循化地区种植线椒是个磨人又耗时的农活。浇水、盖沙、掏穴、种籽，再盖沙……一亩地五六个人花10天左右时间才能完成。而现在，种子育苗已经转变为幼苗移栽，基地全部实现辣椒种苗机械化移栽，一人一机，一天就包揽了20亩地的取苗、投苗、栽植、覆土、压实等所有工序的辣椒移栽任务。顺着机器的"脚印"望去，一窝窝苗株深浅一致、坑距均匀，实现了育苗标准化、移栽规模化。同时，基地将原本的开渠引水提升改造为水肥一体的膜下滴灌技术，为幼苗科技护身，辣椒成活率更是大大提高。为了保护距离不到10米远的母亲河，从选种、育苗、移栽、定植、田间管理、病虫害防治到最后的"尽收囊中"，基地所有作物不打农药，科学种植、自然成熟，将原产地、原材料、零添加、零污染的"两原两零"模式融合生态保护大局，将绿色、健康的理念贯彻到底。就这样，"天香"30年的种植经验在科技知识的加持下，实现全链条科学化管理。

基地采摘下来的新鲜辣椒，直线送达距离不到5公里的生产车间，经

鲜榨菜籽油、原炼牛油着色拌润后，与花生、花椒、牦牛肉等混合，制成味道多样、风味独特的辣酱和调味品等系列产品。同时，围绕蔬菜基地，打造了一个以10分钟车程为半径的辣椒旅游观光圈，将循化名特优集市、黄河沿岸旅游带和辣椒生产基地"圈起来"，将"双椒"生产线铺展到旅游业中，延伸到观光带中，重新定义特优农产品新的"生产线"，形成"赏、逛、食、购"为一体的新型旅游业态，为顺着基地通往中国四大天池之一的"孟达天池"之路，铺上独属于循化的经济味道。

眼下，线辣椒已渐入收获季，基地旁边游人如织。按照原先的规划，350亩的循化线辣椒撑破了白色地膜的掩盖，吐露出新的丰收希望，为平衡循化蔬菜市场、满足群众多样化需求而分出的54亩优良土地里，西瓜、西红柿、黄瓜、青菜等瓜类蔬菜竞相生长，争先恐后抢夺阳光和水分，一片油绿……项目基地负责人掰着指头算账："辣椒地每年收三茬，大致总产约3000斤，每斤青线椒、红线椒均按12元计算，一亩就能有36000元的收入，这不就是堆在眼前的金山银山嘛！"

项目的实施也拉动周边乡村150户490人以不同方式加入"天香"队伍，其中脱贫户5户16人更是受益匪浅，收入水平和生活质量节节提升。这重新点燃了清水湾周边村民辣椒种植的热情。在这条狭长的河岸里，他们重新看到了前辈耕耘、后代续笔的民族情感，看到曾经的那一片片旱地里，居然挖出了金子，那一块块即将被抛弃的沙地，竟然长出了红色的钞票。今年又有所增长的共170名季节性工人，散落在辣椒地里、蔬菜瓜果之间，脸上的笑容比果实还要丰满，这一刻，丰收以如此具象化的方式转变成了喜悦，红辣椒真的变成了金辣椒。

如今，已基本建成的蔬菜基地里，光的热量和水的柔情聚集一起。阡陌纵横的观光道将一整片的农田切割开来，像一块摆在河边的巨大棋盘，条条红色的塑胶道路有的直通黄河边，有的与田地缠绕交错，围着基地打转。两旁的大红色护栏和地里的绿色互相映衬，木质桥梁亭台横跨在水渠上……好一幅绝美的山水画卷。再过几天，这里将更加热闹，因为，青海省一年一度的"农民丰收节"将在这里举办，这是"天香"第三次举办独属于农田、农地、农人的"狂欢节"，她高高挂起海东"黄河彩篮"的现代菜篮子，让这里成了笑声、笑容、笑颜的集合地。

基于"天香"省市县三级名牌产品、名牌企业、著名商标认证的"尚方宝剑"，县里将保护地方品牌、发扬循化县"线辣椒地理标志"的重任交付给"天香"，特意将"循化特产集市"搬到"天香"辣椒蔬菜基地旁，依托大力加山至循化之间蜿蜒绵长的黄河沿岸"风景观光道"，和甘肃与青海两省的大通道循隆高速公路，摆摊式展示循化线辣椒，推动集观光、旅游、采摘、餐饮、购销为一体的新型旅游业态发展，让途经基地的游客踏入辣椒基地，抓一把泥土、闻一闻"椒"香、看一看清水湾。而在直播间里，消费者跨越空间的屏障，看成片的辣椒果蔬，感受黄河在循化段不一样的奇秀温婉。就这样，"天香"借助老牌企业的影响力，用活了政策、用好了平台，多向发力，推动线上线下、实体与虚拟同时发力，带动循化其他特色农产品"打包推广"，形成县域集体品牌。曾经只品尝过辣酱、辣椒面等相关产品的老客户，现在有了品尝循化新鲜线辣椒的机会，一下子聚拢到直播间里"云"挑选。他们亲眼看着辣椒从枝干上摘下、称重、打包，充分感受到身临其境的现场采摘体验。采摘后的线辣椒经分拣、称重后装箱，在田间地头就被物流商拉走，以最快的速度奔向网络"云"的那一端。这种线下实地体验式购买和线上互动式购买产生的重叠影响力，使循化特有产品的潜力和附加值再一次被放大，让循化"土货"走下世界屋脊的脚步更快，走向五湖四海的步子更大。而循化也以"天香"之名，带动提高循化线辣椒、花椒等地区特色农产品的公共品牌知名度，夯实品牌基础、产业基础、行业基础，从而打造循化农产品不可撼动的"特色"农特产品地位和销售市场。

曾经的黄河沿岸火红一片，种的全是辣椒。随着经济社会的快速发

展，大大小小的水电站鳞次栉比，横亘河面，不少土地被淹，原本种植辣椒的河岸也隐入河水之下，从此，河边失去了"艳色"。30年过去了，"天香"硬生生地将几毛钱的"土"辣椒，卖成了近10元的抢手货，将清水湾曾经的那一片火热，重新归还给了她。

再见一"面"情　重闻"双椒"香

2000年前后，那一拨赶上改革开放大好时机、满山春笋般开起来的工厂企业，借助经济高浪之势，上了致富飞船，但终究也在这股浪潮退去后，没能扛得住经济转型的阵痛期，下了船，甚至灰飞烟灭。当时的循化也一样，和"天香"差不多同一时期成立的老厂子、老企业，几乎一家不剩，全部"阵亡"……而今，韩得林是老厂长的独子，而"天香"，是他们的独苗，更是循化仅存不多的老企业。

"三弯一钩"是循化线辣椒的胎记。每一个弯都好似与环境搏斗、与风雨打斗过的痕迹，为最终成长为口味独特、色泽光亮饱满、形态修长丰腴的独特生命留下了时光的印记。如果跟随时代的足迹，为"天香"的创业发展之路画一条生命线，那么，她的30年春秋可谓是顺势诞生、艰难创业、借风发展、行稳致远的30年，恰似人生的婴婉之年、外傅之年、弱冠之年、立身之年四个阶段。从一开始的小作坊，发展到成立企业、形成产业，从成立合作社到组建联合体，从机械化操作到智能化加工，从小商小贩到遍布全国乃至走出国门的销售网络，每一步，都是"天香"在摸索和探索中孤独行走的背影，是在坚持和坚韧中努力前行的足迹，是在沉稳和果敢中抬眼前往的执着。时至今日，"天香"看未来、看前景、看市场，与其说充满希望，不如说更多是充满底气。从建立"清水辣子厂"之初的年收入2万元，到2023年，实有产值达到1400多万元、超过5100万元的固定资产；从10年前的年产值超过500万元，到10年后的超过1400万元。与资产价值同时翻倍增长的，还有天香的品牌价值、行业价值、产业价值……这些数据不仅透露了改革开放以来我国经济发展速度之迅猛，记录下了循化社会经济超越式发展的轨迹，更是民族企业从无到有、从弱到强、从慢到超的铁证。

发展至今，青海"天香"更像是一个民族企业的主战场、一个现代企业的战略室，两代辣椒人的梦想接力棒，在这里圆满交接，周边十村百户乡亲的致富梦，在这里起飞。迎接风雨30年之久的"天香"，如今成为青海省"两椒"加工规模最大、生产产品种类最多、产品市场占有率最高的辣椒、花椒加工企业，是全县为数不多的全年生产不停、销量不停、产销态势强劲、"产加销"规模都位居前列的企业，更以独占青海省市场60%份额的傲人业绩，成为高原特色、循化特质农产品的销冠王。

为了全面展示企业形象、品牌建设和全线产品，2021年，"天香"再投150万元，对西宁、循化共3处产品展示馆、展示中心进行改造。在升级后的公司总部核心展厅里，进门处的白色墙面上，鲜红色的"青海天香两椒有限公司"字眼托举起3个不同颜色的标牌，由国家工商总局商标局认定的"中国地理标记"、省级著名商标"雪域红"商标和国家认证的"清真食品"一字排开，是来自国家级、省级的认可，更加彰显了天香的"硬核"和"底气"。各种辣椒、花椒产品琳琅满目，摆满了展示架。公司办公室主任韩有光如数家珍：花椒初级产品有花椒粉、花椒粒，精深加工有花椒油；线椒初级产品有辣椒面、辣椒丝、辣椒段，精深加工产品有火锅底料蘸料、大盘鸡底料、辣酱……顺着他指尖所指，8大类近50种辣椒花椒系列产品，不同规格包装、不同口味风味、不同品类品种的辣椒、花椒制品像是一个个等待出征的将士，整整齐齐列队站在展示架上。丰盛的宴席，一套"天香"足以应付，蒸焖炖卤炸煎炒，样样适用；喜庆的日子，一盒精美的"天香"礼盒，也足以传达彼此的喜悦和祝福。而在旁边不远的生产车间，刚从生产线"滚下来"的各种辣酱尚留余温，便被迅速封装，"坐"上分装传送带，踏上了通往餐桌的"热辣之路"。

　　回到一碗拉面上，"天香"不少员工家庭是"拉面人＋天香人"的结合体。一个家庭里，青壮年外出开拉面馆挣钱，老人、妇女就在"天香"务工拿工资，从"天香"为拉面馆提供循化辣椒、循化花椒，为循化拉面行业"正本清源"，曲线式为循化拉面经济注入乡村富民产业。而"天香"为这些拉面馆专供的辣椒制品，没有舌尖的灼伤感，没有肠胃的刺痛感，以香而不辣的独特味型、鲜亮而油润的独有色泽、浓烈而不激烈的独特制法，使他们的拉面店从千巷百道、满街"品牌"的拉面店中脱颖而出，赢得消费者的青睐。

　　一个农民、一条农路、一个农村，"天香"的国之大者就是"三农"，你富、我富、大家富，"天香"的家国情怀就是"乡村振兴"。一方山水酿乾坤，一汪福水富一方，在循化县域层面实现辣椒、花椒"规模化种植、链条化发展、标准化生产、全国化营销"的发展进程中，"天香"紧跟大格局、大战略、大思路，提早实现了规模种植、初级加工、精深加工、脱贫致富、乡村振兴、创收增效为一体的辣椒、花椒全链条行业布局、产业格局。在涟涟波光中，"天香"特色蔬菜基地顺着清水湾的柔美腰身舒展铺开，漫天的辣椒香、蔬菜清香像是一面巨大的网，让整个清水湾"香"飘万里。黄河沿岸，干热湿风交杂吹动，撩动岸边的辣椒，种植季里的汗水已经变幻成收货季的笑颜，每一个"天香"人，眼看着那片土地从黄土色变成了鎏金色，眼看着清水湾的浅绿色波光映照成赤红的浪花，眼看着天香的"双椒"变成了青海、循化的"双骄"，成了民族的"添香人"！

求变思变　善作善成　何文清的创业之路

韩艳蓉

儿子娃，是父母宠溺的呼唤，也是撒拉人对家庭责任继承者的不二要求。刚踏出高中校门的何文清全然忘记了自己只是一名高中生，是一个适合骑着单车吹口哨的少年，而是将为父母分忧、为家庭担责作为唯一的追求，不顾父母反对，于2014年踏上南下开的列车，只身前往上海。一夜之间，从西北偏远的农村到繁华的国际大都市，何文清除了激动之外更多的是胆怯，蜷缩在"面一代"的身后，看着父辈们将一碗碗面端出去，腰包一天天鼓起来，精气神一天天足起来。他知道，原来这是一碗有"钱"的面。

天生傲骨，终将傲人！到2015年，何文清不再是当年书生气的少年郎了，生活将他打磨成了一个沉稳果敢的"老少年"，上海这座城和这里形形色色的人让他看到了生命的无限可能性。他果断离开了"面一代"们的庇护，南下深圳，开始追梦。

一个店铺几张桌，第一次创业，他打响了"生活之争"的苦战。

采购食材，起锅烧水，揉面醒面，熬制骨汤，准备辅材……日日夜夜的苦战鏖战，活生生把何文清锻造成了全年"一天不打烊、一日不休息"的斗士。

每一次揉面，他都能感知到面粉顺从或者反抗的情绪；每一次熬制汤

底，他都能看到牛肉健壮和绵密的交换。几粒蒜苗花、几片萝卜飘散在碗里，氤氲的香气在空气中缓缓绕舞，还未入口，已是满口醇香。

他将每一天的营业额作为区域消费者对青海拉面认可度的"试金石"，一颗心就像被架上了火炉、挂上了铁钩，每天都在忐忑中度过。为了扩大知名度，他又一连串推出网上订餐、扫码支付、线上线下同步走等各种营销手段，以覆盖更多消费群体。随着门店营业额波动期越来越短，店面消费者越来越多，网络订餐率越来越高，直至与周边其他面食店能够正面抗衡，形成争夺之势时，何文清悬着的心才稍稍放松下来。而这种状态，已经持续了不知多少个日夜，这期间，他全年无休，不给自己任何后退的理由，将全身心都给了他的最爱——拉面。

这碗面，是他创业路上的精神守护，也是他的第二次创业——精神之争。

凭借一碗拉面，循化拉面大军进了城、占了"地"、挣了钱，而当兰州牛肉面以摧枯拉朽之势席卷全国，青海拉面却跑不出"兰州拉面"的压制，开出一条"青海拉面之路"，更别说是"循化拉面之路"。这种现象，像一记皮鞭，抽疼了何文清的心。

"我们不能再走以前'一台炉、两口锅、三个人、四张桌'的老路，只有彻底自我改变，这碗'脱贫面'才能吃得久、端得牢。"他说着自己的心声，也道出了拉面人的心声。

无论前方是否有路，循化人，必须要打破"生"在循化、"长"在全国，却响在"兰州"的尴尬境地，必须要主动走进全国拉面这个满是饿虎的惨烈市场。而像他这样一个一无资金、二无经验、三无帮手的"三无"人员，要想"虎口夺食"，就必须拿出赤手空拳闯虎穴的胆量与气魄。也就是从这一刻起，他暗下决心：一定要在"拉面"的地盘上争出个名气来。

就这样，第三次创业，他踏上了创立品牌的道路。

他将"循化拉面"从"兰州拉面"的强势包裹中剥离开来，定位"高原拉面"，以"真手艺、真拉面、真功夫"凸显清真餐饮的本真性，以"牛肉拉面、干拌拉面、牛肉两面"坚守麦香肉香的本味。同时，立足西北市场，推出颇具地域风味，又有别于其他拉面店的风味特色餐食，让南来北往的客人尤其是在外的西北人心头顿暖。门头再也不是清一色的"绿"，而是更为雅致、端庄的湖蓝色，"青海拉面"的白色大字极简又不失大气，中英对照的"艾麦尔"像是呼之欲出的一种味道，引诱着食客推开明亮的店门。店内，从名片、订餐卡、打包盒、餐具到工装、工牌，采用清一色的蓝，给人干净又清爽的感觉……他的直营和连锁加盟店成为集展示大美青海形象宣传、和美循化经济活力、少数民族独特食材及民族企业独特餐饮为一体的"一店四样"拉面样本店……

"拉面，不管是实体店还是延伸产品生产推广，要想长久存活下去、发展下去，就必须走品牌道路。"何文清说。

于是，2015 年，何文清和几个有共同志向、梦想的伙伴一起开干，成立了青海艾麦尔餐饮管理有限公司。他们最初的想法只是生产本地调味品、牛肉面底料等简单产品，然后分销到全国各地的拉面馆。然而，随着市场的变化和企业的稳步发展，公司很快发展成为一家集牛肉面连锁加盟管理、电子商务、物流配送、清真调味品、牛肉面底料、火锅底料的研发、生产、销售为一体的全产业链综合性企业。更加让人意想不到的是，艾麦尔因产品味道独特、质优价廉、配送便利而广受青睐，很多食客吃牛肉面、买调味品只认"艾麦尔"，猝不及防的市场反应让何文清真真切切地看到了一个品牌的威力。

何文清取得了同龄人不能与之媲美的事业成就，但他意识到，要想端牢这碗面，就必须要将个人事业置于行业发展的大局中，重新定义"拉面财富"的概念，拿出匠人劲头、匠心劲道，从行业上自律，从产业上自救。于是，向来喜欢挑战的他并未止步于眼前的成就，而是一如既往，远

谋近干，看大做小，一遍又一遍以观察者的角度，看市场、看队伍、看店面、看顾客，并于2016年创办了循化艾麦尔清真食品开发有限公司，继续以地方特色区域、特色民族、特色产品资源为优势，开始深耕调味品市场，致力于研发清真食品用品等餐饮类项目。

而这，是他第四次踏上创业之路，这次，他迎来了产业之争。

波谲云诡的市场不断冲击着包括"艾麦尔"在内的众多民营企业，但也捶打练就了"艾麦尔"审时度势、随机应变的抗打能力，激发了他忍痛站起的不屈斗志。他犹如一台日夜不停的中控台，盯着目标市场和消费群体，以壮士断腕的勇气，正视行业竞争惨烈、实体店利润薄如刀的残酷现实，时时刻刻观局势、想对策，为"艾麦尔"创新发展谋路子，当好"侦察兵"。他带领团队积极参加省内外高质量、高规格的各种博览会、营销会等活动。在国际舞台上，立足于企业自身的产品特点和营销模式，他带领企业乘势踏入"一带一路"的开放之路、创新之路、文明之路，在阿拉伯国家这个清真食品消费群体最大的市场，寻找拉面产业行业的发展机遇和合作机会。他马不停蹄地游走在世界中餐联合会等高端餐饮协会组织的各种行业高峰论坛，深刻了解世界餐饮行情、食品行业、市场需求，为企业长远发展做足准备。他率领团队，远赴埃及参加中国青海拉面演示推介暨投资洽谈会，与当地企业家现场签订了合作协议。抓紧"丝绸之路"时代机会，赴迪拜参加青海拉面演示推介暨投资洽谈会，并将"艾麦尔"的牌子挂在了那里。在与当地企业家签订合作协议的同时，他也在心里默默立下了壮志——要在迪拜这个"世界财富中心"，创建"拉面致富中心"。而在国内，他利用参加青海省非公经济、民企双百行动等会议，及时了解和掌握与民营企业有关的利好政策环境；在各级各类博览展会上，省、市、县级领导亲临展台，高赞"艾麦尔"的创业成果；在公司的生产加工车间，政府有关部门人员现场指导、现场鼓励，为"艾麦尔"把脉支着……

他说："我们一直谋划着在国外开店的事，就是要让'一带一路'上的外国友人感受舌尖上的青海。"不久前，"艾麦尔"拉面店在澳门大三巴惊艳亮相，再次拉近了青海拉面与世界之间的距离。

撒拉族的先辈从黄沙之上走出了丝绸之路，上一代的撒拉人用车轮子滚出了青藏生死线。而今，到何文清这一代，他以面铺路，泼汤沉船，用手中的一碗面复活丝绸之路，以新时代撒拉之子之名，再次温暖这条跨越千年之路、财富智慧之路、共同富裕之路。

他站在时代前沿，带领"艾麦尔"率先打破循化清真食品以往"深闺待嫁"的传统做法，充分利用新媒体传播速度快、覆盖面广、跨区域影响力强等优势，积极扩大宣传渠道和传播平台，努力推广企业微信公众平台，加强与省内外媒体合作，全过程直播艾麦尔公益活动、慈善行动、全国各地品牌牛肉面店开业仪式、产品生产、物流配送等活动，企业整体形象、团队精神风貌、员工个人风采都得到了明显的提升。央视在青拍摄纪录片《青海拉面故事》，特意找到何文清，请他讲述用一碗面打下事业半壁江山的创业故事。在受邀参加海东市电视台摄制的"拉面经济"专题报道时，他被誉为展示海东农民群众"敢为天下先"的创业精神第一代创业者、带动特色劳务经济品牌的第一批"试水者"。在《循化民族企业发展集中展示》特别节目中，他作为开场嘉宾，讲述了他和"艾麦尔"那条充满艰苦、辛酸直到喜悦、辉煌的发展之路，也雕刻出一个敢想敢拼、诚信踏实的新时代的撒拉汉子形象。

何文清深知，作为新时代的民族企业，只有把自身发展融入国家命运、民族复兴的伟大征程中，企业才能基业长青。他带领餐饮团队总是第一时间出现在地震灾后现场、疫情抗击一线、防洪抗洪指挥部……一个灶台就是一座救援站，一锅热汤就是一座加油站，只要需要，无须张口，一杆红旗下是长长的队伍、长长的面，还有长长的情。一张张带有"艾麦尔"爱心公益字样的鲜红色卡片、一行行印着"从一碗面做起"的字样，

是艾麦尔餐饮管理有限公司主动承担社会责任、深情回馈社会的庄严承诺。喜事他操办、难事他急办、愁事他化解，家乡父老的事永远是大事。他积极参与省内各种公益活动，带头捐款捐物，看望孤寡老人和孤儿，与志愿者一同陪伴留守儿童，为残疾人集体婚礼上喜结连理的新人鼓掌。从第一家拉面店开业至今，近万碗爱心面是"艾麦尔"与父老乡亲"相爱"的实证，每一家"艾麦尔"拉面新店开业，第一批客人总是残疾人、老弱者、环卫工人。在循化举办的各类赛事现场、大型活动中，何文清总是出现在餐饮区，端上一碗碗汤浓面筋、肉香十足的拉面，让父老们享受"视觉盛宴"的同时，尽享美食，人民网、新华网、青海网络广播电视台、循化广播电视台、《循化新闻》、循化微信公众平台等媒体纷纷报道他的"面"是一碗有故事的面，是加了"心"的面，称他为青海人、循化人、撒拉人共同的"儿子"也不为过。

不管是创业初期还是稳步发展阶段，"艾麦尔"始终用短跑式的速度和激情、马拉松式的韧性和耐力，不断吸取优质资源，整合有效资源，对外积极加强宣传，对内强化管理，在实践中创新，在探索中发展，取得了丰硕成果。现今，"艾麦尔"公司餐饮连锁品牌效应持续放大，刨除高质量直营店之外，研发的调味产品及配方被3860家拉面配料供货商源源不断输送到广州、深圳、上海、杭州、西安、西宁等多个大中型城市，形成密集的配送网，公司经营性销售总额也从立业之初的500万元增长至现在的2550万元，各类人才组成的智囊团用前沿思维、实用技能为"艾麦尔"走出省、走出国、走向世界打开了一条"超车道"。

一碗"牛肉拉面"，使循化的经济社会格局发生了前所未有的革命性变化。曾经的老一代人靠从土地里要"面"生活，到他这一代，变成了离开土地靠"面"吃饭。近年来，他带动包括循化在内的贫困地区农村富余劳动力实现转移就业近千人，带动近50户家庭精准脱贫，为精准扶贫建档立卡户发放慰问物资更是常态。他积极吸纳当地群众就业，自营店优先招用贫困户、残疾人不下百人，曾在艾麦尔就业的近 20 户贫困家庭如今都已脱贫，更有人另起炉灶，开了拉面店。他打开公司大门，让更多想吃这碗脱贫面、致富面的家乡青年纷纷加入，在这个"全省青年就业见习基地"中学技能、长本事。旗下"艾麦尔"服务培训管理学校充分发挥自身优势，为下一代"拉面人"提供加盟店经营管理和拉面上岗技能培训等，而身为学校负责人的他，也因为务实能干、讲求效益，被学员称赞为兼具技术和智慧的导师。作为"艾麦尔"品牌方，他更是不遗余力，努力为各加盟连锁店提供优质调味产品的同时，亲自到店现场指导……

何文清说："以前我坐在下面听老师们讲怎么创业、怎么开店、怎么致富，现在我站在台上，成了创业指导培训师，也有越来越多的人在我店里接受培训，我会倾囊相授，带领他们和我一样实现就业、创业。"汤承载着面，麦香藏在面里，就这样，何文清用一根根面，在返贫之路上筑起了坚实的堤坝。

他深知作为现代企业，不可困于"器"疏于"道"，因而将企业自我发展、自我提高、自我革新作为激发内生动力的关键一步，将强品牌、强质量、强标准"三强"作为企业长远发展的要点，以一流的专业水准抓企业管理，以一流的敬业精神抓企业文化，以一流的服务意识抓服务营销，以勤奋细致的工作态度抓团队建设，做到专业化运营、精细化管理、特殊化定位、创新化发展，实现了单一实体店面单打独斗到拉面相关产品的链式突围。

他将艾麦尔定位为"成长型品牌"，并将实体店推广与拓展预包装产品并向发展，研发推出了有"速"有质、保鲜保醇、包装清新、设计独特的桶装速食牛肉面，产品与食客初次相见，便大有一"面"难见之势。在直播带货中，"艾麦尔"拉面系列产品仅一天的交易量就达到了 3300 单，这"泼天的富贵"他如愿接到了，当初"不论走多远，带一碗面"的情怀终已释然。

今年全国"两会"期间，有关部门在100多家成员单位中选定品牌影响力强、餐饮品质优、消费口碑高的"艾麦尔"进驻全国"两会"职工之家，这也是何文清和他的团队第二次为全国"两会"代表、委员们服务。一大碗香浓的汤、一根根筋道的面、一片片纹理分明的肉、一朵朵盛开的葱花、一滴滴娇艳的辣油……那碗里，静卧的是一件"作品"。短短几天时间里，一碗拉面让会场内外的代表、委员、媒体记者记住了青海味道，记住了循化味道。

会议圆满结束，他收到一封与会青海代表团的感谢信，信笺中，字字都是肯定与祝福，句句都是鼓励和期盼！

对他而言，龙年，圆满开局！

刀锋一般硬朗的面孔，是先辈留下的血脉印记，更是生活历练后的傲骨刚烈。如今，依托循化清真食品（民族用品）产业园，"艾麦尔"建立起集拉面原材料生产、配料加工、调料生产、物流配送、服务管理等为一体的闭环式管理运营模式，同时带动循化牛羊肉、辣椒、花椒、菜籽油等原料种养殖业的循环式发展。厂房内，清油、辣椒、面粉……各种原材料整齐有序地垒放着，机器轰鸣，各条生产线上，工人身着专业工作服忙碌不停，一台台小型货物运送车穿梭在机器之间，一批批产品雀跃着跑出厂房。一路连着辣椒、花椒、肉产品等原产地的种养植户，一路连着生产加工厂，一路走向全国各地销售基地的店面，三路并进，贯通购、产、销所有环节，构建起了一体化、整体化、全盘化的运营管理模式，形成了一条完整的产业链。

30岁，对大多数人而言，也许是起飞的好时光，也许是一道道难以逾越的坎。而刚过而立之年的何文清已经从曾经的"三无"人员，涅槃成为"有事业、有梦想、有方向、有未来"的"四有青年"。"面二代"这个曾经让他背负沉重的称号，如今成了一种鞭策的力量，变成了一种使命的召唤，也成了他最能拿得出手的身份。也正是这个特殊的称号，让何文清不断思考一个问题：未来，如何继续发展拉面产业，如何代代发展，直至"面N代"……

从最初的领500元工资到现在身价千万，从一间后厨走到国际餐饮舞台，从"跑堂"到跑世界，曾经那个在熊熊燃烧的炉火前拉面的少年，而今已站在熊熊燃烧的时代巨浪中，像雄鹰般拍打着翅膀、搏击洪流。未曾改变的激情、未曾熄灭的心火幻化为创业的薪火，搏击商海，不可御也！

"也非常感谢党和政府。"心中的感激转换为传递爱心的行动。他说，尽管自己不是党员，但他会努力向一名优秀的党员看齐，像他们一样，始终将身边群众放在心上，坚持将爱心面馆继续经营下去，尽自己所能，回报社会。

伊隆餐饮　火锅般滚烫的事业

韩玉清

20世纪90年代是一个充满活力、充满商机的年代。那时的撒拉人更多还在青藏线上从事客货运输服务，也有少部分撒拉人合伙成立股份公司投资发展乡镇企业。90年代末期，一大批明星乡镇企业如雨后春笋般诞生，"雪舟三绒集团""兴旺集团""伊佳民族服饰公司"等众多享誉省内外的民营企业，就是在这个年代发展壮大的。彼时，当众多化隆人南下开拉面馆时，鲜有撒拉人从事餐饮行业，在省城西宁市从事餐饮行业的撒拉人更是少之又少。1995年，韩学义主动辞去循化县五金厂厂长职务，离开他奋斗了20多年的县集体企业，走上了自主创业的道路。他先后投资了矿场，开拓了农场，兴办了地方扶贫企业，可到头来都被市场以各种"理由"打了回去。几经投资失利后，他最终选择了餐饮业，将西宁市作为发展餐饮业的起点。

20世纪90年代末期，火锅餐饮已经席卷大江南北，而青海，到1999年还没有一家清真自助火锅店。毫无餐饮经验的韩学义，在听取多方意见并实地考察之后，决定开一家集中餐与自助火锅为一体的餐饮店。韩学义与西宁市商业大厦沟通交涉，将原商业大厦一楼东侧店面租下来，改为餐饮店，将身上仅有的25万元资金全部投进去，对餐饮店进行改造装修。当年11月8日，由其女儿女婿韩维忠夫妇负责经营的伊隆商厦餐厅正式开张。之所以起名为商厦餐厅，是因为考虑到当时的商业大厦、大十字百货和西大街百货是西宁市最为繁华的大型零售商业场所，起名商厦可以蹭"明星店"的光。从开业那天起，伊隆商厦餐厅独特的撒拉族指甲面片和手抓羊肉独占鳌头，深受消费者喜爱。而作为当时西宁市唯一的清真自助火锅，更是获得了无数消费者的青睐。

第一次踏入餐饮行业，韩学义初战告捷。

经过几年的苦心经营，韩学义基本还清了创办企业时欠下的银行债务。而新的挑战又悄然而至。初尝胜利喜悦后的 2002 年夏天，突然得到了商业大厦将进行整体改造重建的通知，伊隆商厦餐厅不得不限期关门，另寻他处。经过深思熟虑，韩学义和韩维忠夫妇决定将"伊隆"迁至大众街石头城商圈内（原大众电影院）。从那天起，他们一边努力经营商厦餐厅，一边筹集资金，同时还紧张筹备大众街新店开业相关事宜，打算老店关门之日新店同步开张。

新店规模较大，沿街而立，位于大众街玉带桥清真寺对面，石头城隔壁，店面面积近 1000 平方米，投资超过 100 万元。在西宁市房价每平方米 1000 元左右的那个年代，一笔投资百万元，无疑是个大手笔，这也给韩学义和韩维忠夫妇带来了不少困难。

旧店关门日期一天天逼近，新店装修还未完工。为使新店早日开张，实现新旧业务无缝对接，每天从火锅店下班后，他们都会跑到新店协助装修，夜以继日地干。大干半年后，新店装修完毕，赶在 2002 年冬季到来之际，在亲朋好友们的翘首企盼中，大众街伊隆自助火锅城隆重开业。开业当天，火锅城门口排起了长队。

从伊隆商厦餐厅到伊隆自助火锅城，再到今天位于大众街杨家庄清真寺西侧的伊隆自助火锅城，伊隆自助火锅早已成为普通消费者经济又实惠的清真自助火锅之不二选择。而在此后的近 20 年里，伊隆自助火锅城不断提升服务水平，成了西宁市清真自助火锅的代名词。

　　韩学义从初涉餐饮业到成为省城自助火锅的领军人物，在经营管理上付出了巨大心血，从筹资到招工、从装修到开业，他全身心投入每个店面的所有工作中，一刻也没有松懈过。此后直营店的扩张，如七一路伊隆民族文化茶餐厅，再到大众街杨家庄清真寺西侧伊隆生态园及现如今的循化伊隆生态茶餐厅的选址、装修及经营等工作均由店面负责人具体负责，韩学义则扮演"顾问"角色。因为，他的企业已经完成了传代，有了赓续他的经营理念的接班人。

　　到今天，伊隆餐饮已经走过了整整 25 个年头。不管是过去的伊隆，还是现在的伊隆，不管是面馆还是中餐，抑或火锅，每一个伊隆店都留下了韩学义这个普通老百姓的传奇故事，承载着韩学义这个普通老百姓追求成功的梦想；每一种撒拉族特色菜品、每一处餐厅装饰装修都有着自己独特的风格。听股东们讲，每次踏进伊隆门店，或者驻足在店里某一个角落，总会在不经意间突然回想起从当初的伊隆面食馆走到今天的伊隆餐饮连锁店的点点滴滴，泪水与汗水、悲伤与喜悦、失败与成功交织在一起。哪里有什么成功学，光鲜的荣耀背后是一长串努力与辛苦、失败与痛苦的酸甜苦辣的人生交响曲。

在时间节点跳跃的企业

　　伊隆商厦餐厅是伊隆餐饮初入餐饮行业的第一家店，由于没有餐饮店管理经验，韩学义和女婿韩维忠起早贪黑，事事做到亲力亲为。起初很多食材都是他们在附近采购或者商家送货上门，不仅价格高，食材也不新鲜。经过一段时间的摸索以后，他们开始亲自去蔬菜批发市场采购。为保证食材新鲜，每天天亮之前就准时到达批发市场，每一次韩维忠都跟在送货的三轮车后面跑，跑完这家再到那家，直到采购完当天所有的食材，把三轮车送到市场口，才会长舒一口气。2000 年夏天，由韩学义妹妹妹夫（韩毛草）负责经营的湟光八一市场口伊隆面食馆正式开张。这是当时八一市场开张的第一家店，也是伊隆餐饮第二家直营店。空旷的市场基本没有人流，韩毛草始终提心吊胆，怕万一市场火不起来，自己的餐馆也跟着遭殃。他甚至在餐馆开张前想过，实在不行，就直接把装修好的餐馆转给别人。谁曾想，伊隆面食馆一开张就异常火爆，尤其是店里的撒拉族特色面食和手抓羊肉深受消费者欢迎。眼看生意越来越火，他们对起初的一间铺面进行扩张，先后兼并紧挨着他们的两家铺面，生意越做越大。2008年八一市场整体重建时，面馆已经营了近10年。这10年，老板韩毛草的大拇指和食指因为揪面片揪出了厚厚的老茧，伊隆品牌也被越来越多的消费者所熟悉。多年过去了，很多消费者依然记得伊隆面食馆里的诸多撒拉族特色美食，依旧忘不了奶茶、油饼、包子、指甲面片和手抓。"伊隆"留下了那个时代大众对撒拉族饮食的美好记忆。

2002年冬天开业的伊隆自助火锅城，首先在选址上已经赢了。靠近商圈的新店在消费旺季每天能出清50箱即1200斤牛羊肉卷，每天仅饮料消费就近80箱。在此后的近20年里，伊隆自助火锅城生意一直都很火。顾客们笑称西宁自助火锅只有伊隆自助火锅和其他自助火锅。老板韩维忠也在这里结识了众多来自全省各地的藏族同胞，他们一进门就会问"康定老板在不在"，每次见到"康定老板"后都会说"伊隆自助火锅是我们自己的火锅店"，更有藏族同胞笑称"不到伊隆自助火锅城就不算到西宁市"。当年，湟光八一市场的伊隆面食馆因市场改造而关门，随之而来的是众多伊隆老客户钟爱的伊隆包子、伊隆面片、伊隆撒拉族土火锅等诸多菜肴退出了大家的视野。在几经考察后，2014年初，全新的伊隆民族文化茶餐厅在七一路龙华雅苑小区旁落地开张，拥有十多年餐饮管理经验的韩忠义和韩玉祥两位"老伊隆"人负责管理经营。在这里，伊隆餐饮再次将广大新老客户喜爱的伊隆包子、伊隆面片、伊隆手抓、土火锅等众多撒拉族特色美食搬上了餐桌。开业伊始，顾客便络绎不绝，尤其是伊隆茶餐厅精致的特色民族菜品及优质的服务深受新老顾客喜爱。伊隆民族文化茶餐厅继续

将撒拉族特色美食发扬光大。

七一路伊隆茶餐厅生意异常火爆，加之广大顾客对撒拉族美食的钟爱，他们的信心更大了。2016 年初，在股东韩忠义的提议及牵头下，位于化隆宾馆正对面、杨家庄清真寺西侧的伊隆生态园大众街店隆重开张。新店面积 2000 多平方米，店内装修别具一格，人造景物自然逼真，环境舒适典雅，消费者获得餐饮和休闲的双重体验。

同年，因大众街石头城伊隆自助火锅城合同到期，韩学义他们又一次将新店搬到自家伊隆生态园隔壁，两店并列，形成中餐和火锅相得益彰的规模效应，使消费者有了更多选择。新店面积接近 1200 平方米，为中式复古装修风格，典雅大方。依旧主营清真自助火锅，同时顺应消费者需求，新推出地方特色面点及各类地方小吃。此外，新店一如既往选择循化产辣椒面以及化隆产小磨坊菜籽油等上乘食材，为客户提供优质食材。

2023 年 10 月，经过近一年的精心准备后，由韩维忠和韩毛草负责筹备和经营的伊隆循化店——伊隆生态茶餐厅在循化县城开张经营，其佳美实惠的菜肴以及周到热情的服务受到食客的普遍赞誉。

一起富才是"走大道"

从 1999 年到 2024 年，伊隆餐饮已持续经营 25 年，从一家火锅店到一家面食馆，从美食城到拥有 8 家规模茶餐厅连锁店的餐饮企业，从夫妻店到有 300 多名员工、每月发放工资 100 多万元、年工资总额超过 1200 万元，在一次次跨越中，韩学义他们创造了属于自己的辉煌。

在这 25 年里，伊隆餐饮帮助 100 多个家庭脱贫，近 20 户家庭圆了在西宁落户、在西宁求学的梦。

更具有"财富"价值的，是伊隆餐饮始终坚持的以商业经营模式秉承和发扬民族餐饮文化的愿望得以实现。20 世纪 90 年代末期，当很多地方企业处于低谷、撒拉族群众收入不高甚至没有收入时，韩学义第一个转变观念，撸起袖子带着家人干得热火朝天。当很多撒拉人穷得揭不开锅，却拉不下脸面在本地开饭馆，更不愿意在本地打工时，韩学义和家人们率先丢弃观望思维，用自己的双手改变了命运。而今天，撒拉人开的民族特色餐厅和拉面馆遍布全国各地，撒拉人也早已转变了观念，融入轰轰烈烈的创业大军当中，每一个撒拉人正在为实现伟大的中国梦努力贡献自己的一份力量。

正如品牌创始人韩学义所说的那样，伊隆餐饮成功的意义不在于开了几个店，而在于真正实践了"转变观念"这个口号，真正使口号变成了号召，变成了"军号"，率先走上了致富道路。

现在，越来越多的撒拉人冲破思想束缚，走上了新时代的筑梦之路。未来，更多的"韩学义"、更多的"伊隆"，将会在新征程上开辟新的道路！

（韩玉清，循化县工信局职工。）

来自骆驼泉边的"青岛高原之舟"

——记青岛高原之舟鲜品贸易有限公司总经理韩牙古白

马索里么

黄河之水天上来，奔流到海不复回。从白头的巴颜喀拉山发源的黄河，千里蜿蜒，穿过草原，冲过峡谷，淌过戈壁，在众山中宛若一只潜伏大地的巨龙，庇护着华夏民族，让中华神州绵延长祚，使华夏文化文脉相承。

在山宗水源的青藏高原上，有一处高原江南，静静地依偎在中华母亲河旁，那便是循化撒拉族自治县。黄河从化隆境内流向循化，在公伯峡缓下来，高峡出平湖，然后转了个弯，流向积石峡。从化隆境内流向循化的第一站，是当年西路红军落脚的地方，至今还有红军战士修的清真寺和小学，这里是充满红色印记的地方，也是英雄曾经战斗过的地方，这地方就是查汗都斯乡，是本文主人公韩牙古白的故乡。

韩牙古白，1978 年出生在查汗都斯乡，这个黄河转弯的红色之乡。黄河九曲连环，就像是人生的道路一样，曲曲折折，塑造着生活在黄河两岸人的性格。他，从小长在黄河边，春夏秋冬，黄河变瘦变肥。黄河这一点一滴的变化，深深地影响着他的性格，令他不管遇到什么样的困难，都能山重水复，峰回路转。黄河教给生活在两岸的撒拉人一个颠扑不破的真理：永远不要绝望，永远不要放弃，永远相信未来。

他把黄河的教导深埋于心，外化于行，从小到大，他都记得自己是黄河浪尖上的撒拉人，是永远都闪着光芒的撒拉尔的后裔。撒拉人，对于祖先的来源，有一个美丽的传说。这个传说在民间口口相传，流传至今。理解了这个传说，也就能理解他创业 20 多年来为什么能成功，为什么能做出自己的选择。

他对自己 20 年的创业生涯，有个十分形象的说法：三起三落。这"起"是创业之巅峰，"落"是创业之低谷，不论是巅峰还是低谷，现在回首往事，都当成一种独一无二的经历，是人生不能复制和不可或缺的经验。对于自己的半生创业史，他感喟万千，有过辉煌，有过黯淡，唯一不变的是对未来的期待，是家人对他永远不变的爱意。

1998 年，他 20 岁，第一次离开家乡。在北京开拉面馆，学会了拉面和烧烤，挣了一点钱后，因家庭的缘故回到了循化。第二年，拿着在北京挣的钱，离开骆驼泉边，来到果洛藏族自治州玛多县，开了一家拉面店。玛多县，藏语意为"黄河源头"，海拔大部分为 4500～5000 米，春夏短促，秋冬漫长。艰苦的条件没有让他退缩，反而让他看到了商机。气候不服，语言不通，客观困难确实存在，正是因为这些困难，挡住了很多想在这里做餐饮的人的脚步，而他留了下来。水土不服，他想尽办法克服；语言不通，他积极向藏族群众学习。人若有志，天必助之，他超人的意志、过人的胆略、谦逊的态度、热情的服务，为他赢得了庞大的顾客群体。第二年，他在玛多县开了第二家拉面店。努力是有回报的，他在玛多的倾力付出，使得他挣下了人生的第一桶金。

2000 年，党中央、国务院实施"西部大开发"战略，让偏远的西部迎来了一次史无前例的开发大潮，公伯峡水电站正是其中一例。听到这个消息，他坐不住了，立马转让了两个开得红红火火的拉面店，回到了故乡查汗都斯。

来自四面八方的建设者，络绎不绝地朝着公伯峡赶来了，开始了一场

轰轰烈烈的建设热潮。他看中的正是这一点，于是便在公伯峡开了一家"撒拉尔美食城"，这是他下了大力气、花了大价钱开的一家美食城。前期，事情按照他的预想进行着，饭店每天欢声笑语，人头攒动，他的钱包也一天天地鼓起来。但是随着工程的推进，人慢慢少下来，看着一天比一天少的顾客，他陷入了沉默。他期待着奇迹的出现，希望往日的红火再次出现，但奇迹没有发生，幸运之神这次并没有光顾他。他错过了最好的转让期，现在想转让别人出的价也出奇的低。最后无奈，为了亏损得少一点，只好低价转让了美食城。这一年，他25岁。

公伯峡一程，让他第一次感受到创业的不易。年轻的他，似乎并没有受到失败的影响，甚至他都没有想到这就是失败。年轻就是这点好，有敢于再来的勇气，有干事拼搏的激情，有倾尽所有的豪气。2001年，他南下山东，在荣成市开了一家青海拉面馆。这时的他，已经积累了一些经商的经验，按他自己的说法，这些经验还不能上升到商业的高度，就是做一些小生意的经历。在这里，他再一次发挥出了撒拉人的优秀品质，诚实守信，勤劳勇敢，不屈不挠，敢闯敢拼。他的骨子里就有一种倔强，别人能做的我为何不能做？别人能做好的我为何做不好？凭着一股不服输的劲头，他日复一日地把好质量关，尤其对卫生有天生的偏执，每天面馆营业前的第一件事，就是全员打扫卫生，卫生打扫干净后，自己才吃饭，准备迎接一天的客人。只有干净卫生，顾客才能吃得放心、吃得香甜，这是他对顾客的承诺。

功夫不负有心人，他的付出逐渐有了回报。很多客人是看着他家干净的玻璃窗来的，有些客人是冲着他家始终亮堂的大厅来的，有些客人是闻着肉香和面香来的，来着来着，大家成了常客，每周总要吃上几顿才算心安。有一位顾客，吃惯了他家的面，算是常客里的常客。有一次去外地出了一周的差，回来的第一件事，就是冲到店里，要了一碗加面的韭叶拉面，点了酸菜和海带豆腐皮的小菜，美滋滋地喝了一口特制的养颜红枣茶。这个顾客后来对他说，他那天连家都没回，第一件事情就是来到店里，吃一碗热气腾腾的拉面，他在外地每天早晨醒来的第一件事，就是想吃一碗他家的拉面。这样的顾客不算少数，要是他有事关了几天门，就有顾客打电话询问。

他爱荣成，最大的原因是这里的人，荣成的人，重情重义。他的成功，可以说是荣成的顾客们助推起来的，通过他三年的努力，觉得一个店不能满足他的发展需求了。他冷静下来，此时，高原的家乡，那奔腾不息的黄河，总是出现在他的脑海之中，他知道，脑海深处隐藏的还是那根刺——公伯峡的那个美食城。那是他人生中的第一次失败，也是他遇到的第一个挫折，正是这次挫折，让他真正地长大了，成长为一个男人了。这次，他冷静了下来，没有一拍脑袋决定扩大规模，而是决定先作市场调研。他走出饭店，走向市场，把目光转向人群、商圈、学校和工厂等，哪儿人流量大，他就往哪儿去；哪儿有希望能成一家，他就往哪儿钻。他在市场调研的过程中，发现了另一个商机。在蹲守拉面店的过程中，他发现店家的一个苦恼，就是牛羊肉配送的问题。配送的铺子和人不固定，而且肉的质量也是良莠不齐，在新鲜牛羊肉配送方面，没有一个固定的供应链，而是各自为战，零散供应。这时候他的脑海中诞生了一个想法，这个想法让他在未来大获成功。

通过市场调研，他深刻了解了市场，也获得了一些发展的思路，于是他一口气新开了两家拉面店。一样的装修、一样的配置、一样的服务，他开启了属于他的连锁店时代。

2004 年，他 28 岁，从这一年开始，他积累的经验、观察社会的眼光、敢于改变现状的勇气，都给了他极大的助力，让他在扩大规模的过程中如鱼得水，顺遂异常。他感觉到一种变化正在到来，这种变化让他兴奋，他善于应对的就是变的局面，在变局中他能够找到自己的位置。他从店门口一棵棵大同小异的树中找到灵感，从外观相同的小区楼房中看出商机，虽

然世上没有两片完全一样的树叶，但总是从彼此中看出相似，那就是一片连着一片，最后呈现出生命的旺盛。他想，如果我就像这树叶一样，一个饭馆接着一个饭馆开，最后是不是也能蔚为大观呢？说干就干，在他的字典里，"干"是一个能解决任何困难的动词，也是他一直以来的制胜法宝。他亲自设计店名 LOGO、店面装潢风格、汤水比例分配，事无巨细，把自己能想到的都认真地落实。他的脑海里就想着一件事：转型。现在的市场，已经不是刚开始的一间门面、几张桌子、夫妻二人的时候了，那样的店虽然能生存，但绝无挣大钱的可能。说白了，就是前期投入资本，后期依靠资本，能挣钱靠的不只是勤劳，还有品牌。

他的这个想法，在他几年后的大转型中起到了很重要的作用。他所打造的"青海拉面"品牌，逐渐打开了一方市场，在拉面界有了一定的影响力。他的连锁店一度开到了 12 家，一个店平均一天的营业额是 3000 元，年收入可达 100 万元。开创品牌的成功，让他看到了一条全新的路，那就是走品牌引领之路。这时的他，不再满足于当个年入百万的老板，看到跟自己一样的拉面店老板不时为新鲜清真牛羊肉的运送而苦恼，没有一个完整的产业链，没有固定明晰的价格，没有令人放心的货源，于是他从 2006 开始拓展业务，向新鲜清真牛羊肉配送进军。他开始这条路的第一件事情还是创立品牌。2008 年，他的"三江源牛羊肉"品牌注册成功，他一边经营着拉面馆，一边开始清真牛羊肉配送。

2013 年，他的事业到达了第二个高峰期。到了高峰，也就意味着遇到了瓶颈，如果不审时度势，很有可能会滑向低谷。从这一年开始，他发现虽然产业庞大，但收入并没有预想中的那么高。经过认真思考，他发现市场已经发生变化了，人工工资、菜蔬、肉类等成本上升，而他的经营模式和价格却没有随之变化，在营业额不下降的情况下，最后的净收入还是下降了。

遇到问题，就分析问题，这是他从商海浮沉中学来的。现在一手抓饭店，一手抓牛羊肉配送，一来摊子铺得太大，二来分身乏术。经过深思熟虑，他决定缩小布局，逐步将拉面店转让出去，不再经营拉面店，专营牛羊肉。2013 年底，他把所有的拉面店处理完之后，开始扩大牛羊肉配送的规模。

2014 年，在生意上已经达到顶峰的他，看到了故乡循化的发展空间，决定回循化投资发展。

回到循化后，他踌躇满志，开了牛羊肉配送的分公司，经营花之林茶餐厅，还投资了一家宾馆。他想在循化大展身手，为家乡的发展尽绵薄之力，但事与愿违，一个冷冰冰的现实击碎了他的梦想。花大价钱装修的宾馆，并没有给他带来源源不断的客人，回应他的只是焦灼的空气。2014 年到 2015 年，光在宾馆一项上的损失就达 1000 多万元。逐渐地，他发现亏损的不仅是宾馆，还有牛羊肉店和餐厅。他不得不思考，到底是什么原因导致的亏损，为什么他一直信奉的"大投入、大收获"，这次却不灵了？他沉下心来想了一周，终于想出了一些端倪，亏损原因总结起来有三点：第一，对循化的人流量估计不足，循化地处偏远，本县人口不足 20 万，人口集中度较低，旅游开发度不高，对外宣传不够，旅游旺季也就三四个月，景区承载能力不强。循化的餐饮和宾馆基本趋于饱和，他又是新进市场的人，其实并不熟悉循化的市场。第二，宾馆和餐饮更新快，同质类、同性竞争大，外来人口少，消费量不大。第三，雇佣的员工较多，人员工资多。这是他在循化投资遭遇滑铁卢的直接原因。

遇难则思变，变则通，通则达。2016 年，他稍作调整，从谷底爬起来，重整旗鼓，二次创业。这一次，他还是回到青岛，他的基础在这儿，他的辉煌也在这儿。这一次，他收心了，自己给自己说了一句话："干专业的事儿，干自己擅长的事儿。"于是便在青岛专门经营高原之舟"三江源"牛羊肉公司。

专营一事，用力则成。他以青岛为中心，销售网遍及大半个中国，建

立起完整的产业链和供应链。他成立了一个有20辆配送车的车队，清真牛羊肉直营店15家，团队共有200余人，每年盈利达1000多万元。截至2024年，15年间，他解决了1000多人的就业，所发工资达上亿元。目前，三江源牛羊肉店配送的日销售额100多万元，2023年实现3亿元，2024年计划达到5亿到8亿元。在专营牛羊肉配送的同时，开拓鲜鸡的配送，投资200多万元建立养鸡场。同时，打造清真民族超市，投资了一家撒拉族美食茶餐厅。

"我们挣的是社会的钱，应该尽自己所能回报社会。"他淡定地说，"钱挣多少才算够呢？人的价值不能用钱来衡量，所以做公益是我挣钱的目的之一，也是我生活的一部分。"2021年新冠疫情暴发后，封城期间，青岛滞留的穆斯林群众很多，拉面店所备的存货缺乏，他一马当先，免费为大家提供了价值30万元的水饺、鸡肉等生活必需品。他每年为家乡的学校捐赠3万元左右，让学生买书包、买校服；每年还为村庄提供5万元左右的米、面等。做一件好事容易，难的是一直做好事，积少成多。截至目前，他为社会捐款的金额达400多万元。此外，他坚持自己的牛羊肉长期不变价，宁愿低于市场三四元供应。我问他这样不是在做赔本的买卖吗？他回答说："只要群众高兴，得到市场的认可，对我来说就是得到供应链了。"不在乎一时一地的损失，着眼于长期的市场回报，这就是他走向成熟的表现。

他跋山涉水，一步一个脚印走到今天，对未来多了几分考虑。他清楚自己的企业目前已经变大变强，但这强大后面是管理困难等问题，规模大、日销量大，同样困难也大。为了解决企业的难题，他决定企业未来向集团化公司发展，一步步走向制度化、知识化、科学化的现代企业，要聘请专业的管理人员、财务人员、销售人员等，把家族企业变成专业公司他说要从一座高峰冲向另一座高峰，而不是重蹈覆辙，到了高峰就掉向低谷。

对未来他有三点展望：继续做好为拉面人的服务；给循化带来低价牛羊肉的福利；把青藏高原的牛羊肉带给沿海群众。他的公司只有一个目的，那就是服务好每一个拉面人。让大家都吃上放心、低价、好吃的牛羊肉，就是他的奋斗目标。

他一生三落三起，每次都从困难和坎坷中爬起来，爬起来的同时，他看清了脚下的路，明白了为什么会摔倒，再走下一步路时，经验和经历就成为他遇到坎坷时的垫脚石。青岛和循化，虽然相隔千山万水，但一条母亲河连起了两个地方，黄河在青海发源，在山东入海，而他的一生也在黄河的几个点上串联起来。骆驼泉水清冽甘甜，养育了撒拉儿女的精神和肉体，他，生长在骆驼泉边，到青岛成立高原之舟鲜品贸易有限公司，这个撒拉儿郎打拼下自己的天地，正在创造属于自己的传奇。

投箸进京　归来寻根撒家味

韩进军 口述　韩艳蓉 整理

23 岁，对大多数人来说本该是在梦想中憧憬未来的芳华岁月，但我除了一身还算强壮的体魄外，什么都没有。那个年代，村子里几乎看不到家境宽裕的门户，各家的日子都是紧巴巴的，娶媳妇更像是"娶"了一身债。父母日渐苍老，而我身后还拖着 5 个弟弟妹妹。我没想过什么是未来，什么是梦想。新娘进门两个月后，我便打点起简单的行囊，跟着同村老乡，踏上了北去的列车。

从未出过循化县的我，第一次站在北京街头，看见那么多人、那么多车、那么多灯、那么多饭馆，感觉一切都是虚幻的、不真实的。面对陌生的城市，我感到从未有过的孤独与无助。在这人生地不熟的北京城，我该从哪里开始？我该拿什么履行撒拉家历来奉行"长子即父"的生存职责？

走出家门的时候，每个人都认定自己能衣锦还乡、荣归故里。然而，到了最后，往往连回家的车票都买不起！我也是如此，每月工资全数寄给家里，自己不留分文。即便这样，我日复一日洒下汗水挣来的钱，也仅够远在千里之外的一家老小糊口。

老板的饭馆在北京城郊接合部，我最初的工作是洗碗工兼跑堂。洗碗水要到很远的集中取水点用大号水桶拉运回来。到了冬天，往往是碗还没洗净就结冰了，那绝对是一件费力费事也费时的活……

在饭馆，我永远都是干活最踏实的一个，也是不会和老板顶嘴、不会惹老板生气的一个。就这样，从洗碗工到跑堂，从配菜师傅到拉面匠，我用了三年时间，赢得了雇主的信任和认可。

20出头的我，正值弱冠之年，无梦无念！

原本以为，我会一直这样干下去，每个月等着领工资，然后第一时间跑到邮局，把钱寄给老父老母，想象着他们拿到钱后的欢喜之情和弟弟妹妹们兴高采烈的面庞……

命运给每一个人的机会是平等的。三年后的一天，我遇到了生命中的一位"贵人"，一个带我脱离苦海的大哥。

北京的夏天酷热难耐。厨房里，油烟的温度、一整天滚烫的大口面锅和火星四溅的炉火，热得几乎让人窒息。已经是掌勺大厨的我，有一天做好一桌子菜后，来到前厅透透气。还没走到前厅，一声熟悉的乡音突然传入耳间，我循声望去，看到一桌客人边吃边对桌上的饭菜赞不绝口。原来是几位从循化老家过来要去朝觐的客人，思乡之情一下子涌上心头，我上前打招呼问候。其中一位中年大哥很健谈，他仔细询问了我的一些情况，当他得知我给别人打工三年没有回家时，感慨地说：小伙子，你真能下得了苦啊！

此后几天，他们一日三餐都吃在老板的饭馆。正是这短短几天的交往，让我对这位大哥有了相见恨晚的感觉。临走前，他语重心长地说：小伙子，你这样干下去，这一辈子也就这样了，拿工资养家人！我看你人稳重、实诚，干事认真能吃苦，如果你愿意，我在你身上做个投资！

听到这个消息，我一下子愣住了，当再次确认眼前这位相识只有几天的大哥没有和我开玩笑，确信这是事实后，我第一次觉得生活还是有希望的，日子还是有盼头的！

为了能争取到大哥允诺的创业资金，我骑着一辆自行车，开始了"紫禁城每日游"！在近三个月时间里，我俨然成了一个"老北京"。然而，偌大的北京城，要找一个合适的店面谈何容易！为了找到一处投资少、客源

足的店面，我从城东到城西，从市中心到五环外，东直门、西直门、宣武门……白天，我马不停蹄地寻找合适的店面，晚上，我一遍又一遍地计算着转让费、装修费等各种费用，甚至连梦里都是一串串的数字、一连串的烦恼、一大堆的问题。

对我来说，苦和累都不算什么，眼下什么都可以不要，最重要的是抓住机遇，抓住大哥承诺的那一笔足以改变我命运的 2 万元。"三年"成败，在此一举。

功夫不负有心人！三个月之后，当一张印着大大的"拉面馆"的牌匾挂起来的时候，我知道自己已从百万北漂一族和千万打工仔的队伍中跳出来，走上了创业者的道路。那一年，在大哥的安排下，我终于再次见到了我的"新娘"，将家安在了北京！

30 出头的我，正值而立之年，有梦在前！

为了尽可能多赚点钱，我和妻子阿乙霞的拉面馆几乎是 24 小时营业的。我包揽了和面、拉面、炒菜、收拾店面这些重活，妻子围着洗碗池打转，忙着收钱、配菜、给客人倒水端饭……下午客人稀疏的间隙里，我俩又赶紧把烤肉炉抬出来，为晚上的烧烤做准备。北京是座不夜城，大半夜也有上完晚班来吃饭的客人，为了能挣到那几块吃夜宵的钱，我和妻子等到最后一位客人离开、街上漆黑一片，才收拾完烤肉摊，打烊收工……

那几年，妻子陪着我，几乎没有在半夜 3 点之前休息过。而早上 5 点刚过，我又要早起到菜市场赶早市，为新的一天准备食材，妻子也要跟着我起床，开始收拾店铺，点火烧水。我俩就像两个沉重的陀螺，不停歇地转动着……

这是我的第一次"投资"，本钱是时间和岁月！

饭馆开得时间久了，客人也越来越多，但此时我却渐渐怀念起家的味道来，甚至渴望能在掌勺之余，让饭菜带上自己民族的味道。

一咬牙一狠心，我便把自己辛辛苦苦置办起来的饭馆转让掉，带着妻子回到家乡。那时的我们，儿女成双，已经是四口之家！

我一直以为，一路走来，所有的艰难，都是因为没文化造成的。自己因为错失了受教育的机会，必须用最直接的体力劳动来换取利润，这是我一直耿耿于怀、无法释怀的一大憾事！而现在，自己事业家业已经取得双丰收，再也不能让民族餐饮像我一样走老路，不能让令食客惊艳不已的民族美食也没文化！

我想走"私房特色"饮食文化路子，便尝试以撒拉之名作为重新打入饮食行业的引线。

二次创业伊始，我就做好了吃苦受累的准备。想不到特意推出的定制私房菜居然一蹿而红，赢得食客们的争相追捧。仅三年时间，就在西宁市开了六家撒拉家宴。从午宴到晚席，从商务宴请到友人聚餐，从婚宴喜宴到满月席成人礼，我成天奔波在各个门店间。每一天，每个24小时我几乎是掐着分秒挤时间。撒拉人历来有"择善而食，择洁而食"的饮食原则，为了满足食客们对民族餐的"私人化"需求，对饭菜的品相质量，从食材到成品我都要亲自把关，有时还专程回老家循化搜寻食材。从应季菜品到调味调料，从小麦面粉到牛羊肉，甚至连炒菜用的菜籽油、自家腌制的酸菜都要专门从循化拉运过来。这一切，都是为了还原"味根"。一桌桌纯正的"撒拉味道"，也逐渐让"家宴"的名气随着饭菜的香气扩散开来。不知有多少次，因为食材供不应求、因为无法错峰接待，即便是熟客，我也不得不婉言谢绝。

这是我的第二次投资，本钱是"撒拉味道"！

为了生计而疲于奔命的时光悄然走远，如今的餐饮市场，食客们想吃得"深一点"，吃得"透一点"。从食材到味道，从食相到摆盘，从烹饪方式到烹调技术，人们对饮食有着近乎偏执的挑剔。我作为一名餐饮业国家级评委，对"历久愈显弥香"深有体会，也知道只有老味道才能够守护现代人的精神原乡。为了让自己的民族饮食有个商业依托，能打一场漂亮的

"品牌"战役，2016 年，我兼顾收益丰厚的家宴事业，注册成立了"撒家膳餐饮文化管理有限公司"，就想为民族餐饮开辟一处看得见、摸得着、品得上的暖巢。借助于厚重的民族历史，以"撒家膳"为据点，将撒拉人喜爱的庭院搬到了闹市中央。金红的温婉镂雕花窗、七彩交融的中亚风格装饰、清清喷涌的小泉、袅袅婷婷的青雾花草，无一不是撒拉"家"。

身为撒拉尔，我是骄傲的，但我生怕别人不知道我的骄傲之源，就把一幅幅老照片贴在墙上，把族人生活中最美的瞬间定格在墙上，将自家店内特色菜品背后的美丽传说挂在墙上，用一连串的经典文化符号贴上民族文化标签。

我和妻子都是撒拉族饮食文化的非物质文化遗产代表性传承人，我俩都是又会"吃"又会"做"的撒拉人，"撒家膳"每一道饭菜我们都要亲自参与、亲手制作，就是为了让菜品在改良中进步，在创新中发展，在保护中延续。既要保持撒拉人对面点精致细腻、肉品鲜嫩入味、菜品独特各异的饮食品格，也要借助其他民族的烹饪技艺，将蒸、炸、煮、烙、烤等制作手法发挥到极致，做到可古可今！我俩共同的愿望，就是让撒拉人一桌家宴堪比国宴，让食客们在面对撒拉族饮食时看不够、闻不够、品不够、尝不够，让大家大为惊叹，知道什么是真正的"膳"，让食客们听一听菜品背后的故事、蕴含的神话传说，见识撒拉膳的独特魅力，留恋撒家文化的情怀。

如今的餐饮市场竞争激烈度远远超过了其他行业，想要传承和发展民族特色家宴餐饮，就要拿出"敢与天下争"的勇气，在竞争中不断提高影响力和知名度。撒拉族饮食中，每一道菜品都是精品、上品，对此我深信不疑。在历次青洽会、地方美食大赛、饮食文化节等各种节会上，撒家膳的特色菜品，例如油枣、莲花糖包、牦牛骨、手抓羊肉、大油香和各类包子都曾获过奖，几乎包揽了青海地方特色名小吃、地方金牌小吃的各类奖项。撒家膳也被授予青海省餐饮协会常务理事会单位，获得了地方美食推广示范店、特色餐饮名店等殊荣。特别推出的撒拉家宴，摘取了"中国菜——青海地域主题名宴"桂冠。

在我看来，再简单的家常饭菜，都包含着撒拉人的思想感情、传统信仰、世俗风尚、生存法则、道德伦理等方方面面，体现着我们民族特有的精神价值、思维方式和文化意识。这种独特的民族性、地域性、历史性，是撒拉人急需保护传承的活的"历史"遗产。我作为一名民族职业饮食人，保护和传承民族文化责无旁贷。从事这个行业已经快20年，我深知饮食界老字号的分量，"撒家膳"如果能赢得这一名号，不仅能够引领撒拉族饮食行业，还能提升撒拉族饮食文化自信。2018年，我依托撒家膳餐饮公司，把喂养了撒拉后代800年、凝聚了撒拉先人近千年生存生活味道的油炸面点"沐岑"推送出去。

沐岑中不仅包含了撒拉族的集体乡愁，也代表了撒拉族面食小吃的特中之特，一经亮相，便在40多家参选单位中脱颖而出，以年轻态老字号的独特魅力被冠以第三批青海省"老字号"！

我爱人阿乙霞代表撒拉族，入选西宁市非物质文化遗产代表性传承人。

这是我的第三次投资，本钱是"撒家膳"！

我是厨子，就要把饭菜做好；我是匠人，就要把饮食做好；我是撒拉人，我就要把民族餐饮做好；我是企业管理人，就要把撒家膳做好做强。唯有如此，才不负"撒拉家宴"的美誉。

人家常说我该停下来歇一歇了，但他们哪里知道，我还有一个梦想，那就是将来有一天，就像《循化志》中说的那样：撒家膳，面筋、肉鲜、汤美、茶劲，用家宴创民族品牌，一品可知撒拉味道。到了那一天，我这个"撒拉族饮食文化推广专业委员会会长"才算实至名归了！

驼铃叮当　古道飘香

马福成

在我心中，源自青海深厚底蕴的"驼铃叮当"，不仅仅是一个品牌，更是一曲跨越千年的青海之歌、一部融入世界的文化之歌。承载了高原的辽阔与神秘，汇聚了民族的智慧与匠心。在古道上，那叮当的驼铃声，如同历史的回响，穿越时空，诉说着过往的辉煌与变迁。而今，这品牌已踏上国际化的征程，以其独特的魅力，带着青海的香气，飘向五洲四海，让更多的人领略到了高原风物的韵味与风情。驼铃叮当，不仅是一个品牌的传奇，更是中华饮食文化走向世界的一个缩影，向世界展示了中国饮食文化的博大精深与无限魅力。

2010 年 5 月一个阳光明媚的初夏日，我怀揣着梦想，踏上了创业的道路。我深知，把青海拉面系列转化成清真食品提供给更多消费者，不仅仅是一种营销，更是一种信念、一种文化、一种精神的传承。因此，我对于自己的产品，有着近乎苛刻的要求。

我精心选址，将公司扎根在循化清真食品（民族用品）产业园。这片占地 20.98 亩的土地，仿佛是我梦想的舞台，一期 1400 平方米的厂房，便是我实现梦想的重要基地。在这里，我倾注了全部的心血和汗水，注重每一个生产环节，力求做到尽善尽美。

从创立之初，我们就始终坚信，只有用心做出的美食，才能赢得消费者的口碑，因而秉持着"品质至上、诚信为本"的经营理念，致力于为消费者提供最优质的清真食品，潜心钻研、精心制作，每一个产品、每一道工序都倾注了我的心血与汗水。从原材料采购到生产工艺的制定，再到产品包装和销售，我亲自把关，用精湛的技艺、严格的管理，把每一个环节都做到最好。我相信只有这样，才能生产出真正符合清真食品标准的优质产品，才能赢得消费者的信任和喜爱。

在发展过程中，我们不断创新、勇于尝试。在传承传统工艺的同时，结合现代科技与时尚潮流，推出了一系列独具特色的产品。同时，积极拓展市场，与各地经销商建立良好的合作关系，让驼铃清真食品走进千家万户。

一路走来，我们也遇到了种种困难与挑战。但凭借团队的团结协作和坚韧不拔的精神，我们逐一克服，不断前行。如今，驼铃清真食品已成为行业内的佼佼者，赢得了社会各界的广泛赞誉。

回首过去，感慨万分；展望未来，信心满满。起初，公司犹如一只雏鸟，羽翼尚未丰满，但我心中的梦想如苍鹰一般，时刻想要展翅高飞。我深知，在这风起云涌的市场浪潮中，若想崭露头角，必须拥有独树一帜的产品和臻于完善的产业链。于是便带领团队，犹如一群勇敢的探险家，不断涉足未知的领域，研发新的产品。我们坚信，只有对每一个细节的苛求，才能铸就出卓越产品，因而从原材料的甄选到生产工艺的雕琢，每一个环节都犹如艺术家对作品的精心打磨，力求达到完美的境界。时光荏苒，在不断发展中，公司如同一棵苗壮成长的大树，逐渐枝繁叶茂，二期4000平方米的厂房内，各条生产线犹如紧密协作的交响乐团，奏响了公司繁荣的乐章。如今，公司已拥有创新的源泉——专用研发室，品质的守护者——化验检测室，人才的摇篮——培训及课题研究办公室。这一系列完备的设施，如同璀璨的明珠，镶嵌在公司的版图上。

不仅如此，我们还构建了从产品原材料收购、研发、人员培训、生产

到销售的完整产业链，宛如一条生机勃勃的生态链，紧密相连，相辅相成。这使得公司能够敏锐捕捉到市场需求变化，并为其他创业者提供广阔的研发空间和精准的检测场所，带动餐饮创业者共同书写着创业的华章。

在这充满挑战与机遇的时代，我们砥砺前行，不断超越自我，用汗水与智慧，书写属于驼铃清真食品的辉煌传奇。让每一个品尝过我们产品的人，都能感受到那份源自青海大地的深情馈赠。

我深知品牌建设的重要性，为了在激烈的市场竞争中崭露头角，先后成功注册了 6 个商标。其中，"驼铃叮当""呜吧呜吧""干森呐"等商标，不仅是公司形象的象征，更是产品品质的保证。它们如同一面鲜明的旗帜，在消费者心中树立起了值得信赖的品牌形象。

在团队的齐心协力下，公司如同一艘稳健前行的巨轮，驶向辉煌的彼岸。公司有 70 名员工，他们是公司的中流砥柱，也是推动业绩增长的引擎。2022 年，公司总资产达到了令人瞩目的 2600 万元，这一辉煌成就如同一座璀璨的里程碑，铭刻着我们的奋斗历程。

如今，"驼铃"产品已然成为青海的一张亮丽名片，声名远扬，畅销全国。而在这辉煌成就的背后，凝聚着全体驼铃人的辛勤努力和执着追求。起初，企业犹如在迷雾中前行，面临诸多艰难险阻。资金的匮乏、技术的短板、激烈的市场竞争，如同沉重的大山，压在创业者肩头。然而，我们并未被困境所击溃，而是凭借坚定的信念和顽强的毅力，脚踏实地，砥砺前行。

为提升产品质量，我们不惜投入大量资金，潜心研发技术，并对每一个生产环节都严格把控。经过不懈的努力，我们的产品在口感和品质上都有了显著的提升，逐渐赢得了消费者的认可。与此同时，我们也高度重视品牌建设和市场推广，踊跃参与各类展会和比赛，持续提升品牌知名度，积极与其他企业开展交流合作，开阔了视野，也汲取了许多先进的管理经验和营销策略。

　　历经多年的拼搏与奋斗，我们取得了一系列令人瞩目的辉煌成就。企业被认定为青海省第五批专精特新企业、商务厅应急保供骨干企业；获评科技型企业；获评循化县优秀市级龙头企业、市级重点龙头企业；顺利通过全国信用、质量管理体系、环境管理、职业健康安全管理等各层级体系认证；在"丰收节"上两次拿下金奖；在历次举办的各级拉面技能大赛中分别获得优秀组织奖、个人押面第一名、个人调汤第一名等奖牌；在中国面食博览会上，成为最受欢迎的面食品牌；入围第十届中国创新创业大赛；获得青海省工信部创客中国暨创青春大赛银奖；在青海省农村创新创业项目创意暨农村青年创新创业大赛中获得第一名；积极参加青海工信部创客中国大赛并屡屡获奖；车间被授予东西部协作扶贫车间、循化扶贫工坊等"金字牌"。

　　驼铃清真食品有限公司不仅在当地声名远扬，成为家喻户晓的知名企业，更在行业内树立了良好的口碑。同时，我察觉到，青海的拉面深受全国各地民众喜爱，但目前市场上的拉面产品种类有限，市场竞争力不高。于是，我心中萌生出生产加工多种类多口味产品的想法，期望能够打造出一系列别具特色的拉面产品。经过一番精心筹备，我们的"驼铃叮当"系列产品正式诞生。

　　首先推出的"驼铃叮当"袋面六兄弟，我们选用牦牛肉、芹菜、葱、姜、蒜、番茄、南瓜、胡萝卜等食材，依照传统方法悉心烹制，炒制出营养丰富的牦牛肉酱料。还用数十种调料研磨出鲜美香醇的粉料，搭配原生态酿造的老醋和烘干的新鲜蔬菜，只需用开水冲泡 5 分钟，就能嗅到浓郁的牦牛肉汤香气。同时，为了满足消费者多元化的需求，又精心打造推出了"驼铃叮当"桶面六兄弟，口味与袋面别无二致，为消费者带来了便捷。此外，"必基米基艾慕萨"干拌面三兄弟也横空出世。这款产品甄选牦牛骨汤、牦牛肉等食材，精心炒制出美味的酱料，搭配非油炸面条和自锁扣的健康饭盒，不仅方便快捷，更彰显高级质感，一经面世，便凭借其

独特的风味和卓越的品质，赢得了众多奖项和推荐。

然而，我并不满足于现有的产品线，深入钻研传统拉面制作工艺，精心挑选当地天然食材，持续不断地创新和改进，推出了不同规格和口味的干拌面。其中，260 克干拌面被消费者戏称为"爸爸面"，而 210 克干拌面则被亲切地称为"妈妈面"。不仅如此，我还研发出自热干拌面，让人们在任何时候、任何地点，都能轻松愉悦地享受到热气腾腾的美食盛宴。

随着研发力度不断加大，公司的产品线日益丰富多彩。目前，"驼铃叮当"品牌系列的方便面、酸辣粉、自热米饭已经投入市场，"必基米基艾慕萨"品牌系列干拌面、自热干拌面和臊子、拉面调料、拉面升级酱等，也已为食客们献上了一场味觉盛宴，而"艾慕萨"品牌拉面馆更成为美食爱好者的聚集地。产品种类多达 38 种，从香辣可口的方便面到酸爽诱人的酸辣粉，从方便快捷的自热米饭到口感丰富的干拌面，在满足不同消费者口味需求的同时，体现了我们打造美食文化的执着追求。

为了开疆拓土，进一步扩大市场，我采用多元化的销售策略，直销、分销、代加工、网购、直播等销售渠道齐头并进，产品遍布青海、甘肃、江苏、海南、福建等省份，甚至远销马来西亚、泰国、沙特等国家和地区。同时，为了迎合不同地区消费者的口味偏好，我与团队悉心钻研，调制出了适合南方和北方的拉面调料。这些调料别具风味，不仅简化了制作流程，还让拉面更加便捷美味，令人回味无穷。

在我们的不懈努力下，企业如滚雪球般不断发展壮大，产品越来越受到消费者的青睐和认可。我的梦想正一步步成为现实，不仅让更多人领略到了青海美食的魅力，也为当地经济发展贡献了一份力量。

在深入探索食品行业的道路上，致力于拉面系列产品研发生产的同时，对最前沿的每一家拉面实体店，我都倾注了无尽的心血。除了对食材和调料的精心打磨，在店面设计中融入了地方元素，让每一个细节都承载传递美食文化，力求为顾客打造一个既惬意又整洁的用餐环境。在我看来，店面不仅仅是用餐的场所，更是文化的载体。因此，我注重每一个细节的打造，从灯光、色彩到家具摆设，都营造出一种浓厚的文化氛围，使顾客在品尝美食的同时，感受到来自雪域高原的文化韵味。

作为"驼铃叮当"的创始人，我深知创业之路的艰辛与曲折，深知创业的不易，因而，敞开胸怀，毫无保留地将自己的专业建议和经验传授给初涉拉面行业的人们，为那些怀揣梦想的创业者传授连锁经营方面的管理经验，提供系统的拉面培训和专业指导，分享成功经验，让后来者少走些弯路。对内部员工更是如此。我始终相信，只有当"驼铃叮当"大家庭中的每一个人都能共同进步，共同发展，才能创造出更加辉煌的未来。因此，我们顺应时代变化，立足市场要求，研发出更多适合创业者的培训课程和实用工具，带领他们在实践中探索，在工作中提升。

我也深知，要想在竞争激烈的食品市场立足，必须不断创新和提升。为此，带领团队研发了香辣、红烧、麻辣和酸辣4款拉面升级酱。这些高品质佐料丰富了拉面的口感，增加了顾客对不同口味拉面的体验感。每当看到顾客放下碗筷时脸上露出满足的笑容，我感到无比欣慰和自豪。

我更深知，在竞争日趋激烈的商业世界中，一个企业要想取得更大成就，并不仅仅取决于产品品质，而是为消费者着想的责任担当。我始终心怀感恩，主动履行社会责任，努力为当地农民创造就业机会，积极投身扶贫工作，在家乡和驻地遇到灾难困难时，带头捐款捐物，开展献爱心活动，支持慈善事业，积极参与社区活动，用实际行动回报社会。此外，我们还为岗察乡雪灾、新冠疫情中坚守岗位的医护人员、公安干警，以及那些急需帮助的贫困家庭，第一时间送去温暖。

疫情期间，我们挺身而出，在帮助家乡受困群众的同时，还为武汉、北京、上海、深圳等地身处困境的循化籍拉面务工人员送去爱心，并在每个包装箱上贴上我们最真诚的祝愿："非常时期，非常牵挂。县委、县政府绝对不会忘记你们，祝愿大家平平安安！"

不仅如此，我们还关注弱势群体，无论是捐款助学，还是扶贫济困，我们都尽己所能，为需要帮助的家庭送去温暖与关爱，点燃孩子的希望。

"驼铃叮当"如同一棵生机勃勃的大树，不断吸收着新鲜的血液。我们积极拓展培训机制，为更多有志之士提供施展才华的舞台。新鲜血液的融入，不仅为"驼铃叮当"注入了活力，也拓宽了我们的眼界和思路，推动企业不断发展。

我站在祖先们曾经远涉的古道上，回望那远去的驼影，聆听那渐行渐远的驼铃。驼铃叮当，来自青海。在辽阔的荒漠之上，驼铃声声叮当，宛如岁月的低吟浅唱，穿越千年的古道，承载着厚重的历史与文化。古道两旁，一碗碗拉面香气四溢，那是风沙中混杂的草木芬芳，也是过往商旅留下的生活印记。这驼铃与古道，见证了无数的商旅往来，也见证了文明的交流与融合。每一声驼铃，都在诉说着一个古老的故事；每一缕香气，都在描绘着一幅生动的画卷。

"驼铃叮当"，这个充满爱与智慧的名字，正带领着越来越多的创业者走向成功之路。展望未来，相信我们的驼铃之声将传播得更远、更响亮。

（马福成，青海循化人，青海驼铃清真食品有限公司法人、总经理、股东。）

久有凌云志　创业当慷慨

——记循化县融兴商贸有限公司总经理马德良

马索里么

　　积石山巍峨，黄河水东流。山河沉默，岁月转序，唯有这片土地，一代代地承载着人们的梦想。生活在黄河边的撒拉人，将好商的传统延续至今，又恰逢一个千年难得的好时代，碰撞出了耀天的财富火花。

　　每一个向往美好生活的撒拉人，都是充满着凌云斗志的斗士。这条路上，纵有荆棘丛生，坎坷当道，也凭借一股慷慨之气，吼一声"哎西热亢"，脚步沉稳地往前冲，绝不会退缩回头。悠悠黄河水啊，绵绵的积石山，见证着热土上撒拉儿女的奋斗。

　　马德良，1970年12月生。第十三届、十四届县政协委员，循化县融兴商贸有限公司总经理。

　　20世纪60年代，在温饱边缘上挣扎的人们想方设法寻求生存出路。在那样的困苦年代，人多地少的拉边村显得格外拥挤。为了糊口，马德良的父母离开故园，迁居到黑大山西麓的一面山坡下，在被人们称为东山的一个迁移村，艰难地打发日子。马德良就出生在高高的东山村，在山风与寂寥中度过了他的少年时代。

　　1978年的春风吹散了东山上的阴霾，马德良一家也感受到了阳光的温暖。那一年，他们结束了"穴居"生活，如愿返迁拉边村。世殊时移、物

是人非，原先的良田早已转入他人之手，仅有的一小块田地根本无法承载一家老小的未来。出路在何处？希望在哪里？这一回，思考家庭命运的不是年迈的父亲，而是年轻的马德良。

好在，马德良和许许多多有梦的年轻人一样，赶上了一个可以编织梦想的好时代。在竞争白热化的时代做一名追梦人，需要的不仅是一腔豪情和一身胆气，更需要缜密的思路和勇敢的行动。该从哪里起步呢？一亩三分田里只能刨食度日，搞副业拼的是力气，做生意需要本钱，跑运输也不是长远之计。涉世未深的马德良在思谋着、盘算着。说起来，他的血液中还是流动着经商基因，他敏锐地从初闯北京、上海的循化人身上嗅到了一股金钱的气味。当更多人依旧围着老婆孩子热炕头时，他早已义无反顾地把目光锁定在遥远的上海。

马德良心里自小就埋下了要离开土地、干成一件大事的"非分之想"，如今创业之门洞开，怎么也得尝试一把。他从别人手里借了5万元，又从信用社贷款10万元，来到陌生的上海。那时候举家外出，真有点破釜沉舟的意味，豪气中带着几分悲壮。面对人车熙攘的繁华都市，他有一种被淹没的感觉，孑然独行，孤立无助。但他是个从不向困难低头的硬汉子，心想，既然来了，就要闯出点名堂来。

很快，他租了一间阴暗潮湿的地下室，买了一辆破旧的自行车，只身穿梭在上海的大街小巷，实地考察、了解拉面馆行情。一个多月下来，开饭馆的事毫无着落，囊中却告急了。他深知，人生的成败就那么几步，这一步既然迈出来了，就绝不能走回头路，再苦再难也要挺下去。绝处逢生，需要的是坚忍的耐力。做好了吃苦的准备，他在一家拉面馆找到了一份洗碗工的工作，吃住总算有了着落。

都市上海盛景处处，古迹繁密，但马德良无心于游山玩水，只想尽早有一间属于自己的门店。他一边打工，一边留意打理面馆的细枝末节。几度寒来暑往，几度花开花落，眼明手巧的他，在经年累月的磨砺中，不仅对运营拉面馆的诸多环节了然于胸，而且手头也有了一笔可观的积蓄。这时，他再也按捺不住创业的激情，在朋友的资助下，在一家商场地下盘下了一间铺面，点燃第一缕灶火，捆起第一碗拉面，开始了真正意义上的创业。商场人流量大，食客多，面对食客的众多要求，他开始研究食客的喜好，研发适合当地人的拉面口味。功夫不负有心人，在他的研究和实践下，食客的赞誉多了，非难少了，存在的各种障碍少了，人与人之间的温情多了。

　　创业不易，他早早体会到了这条路上的艰辛。面对未来之路，他也做好了失败的准备，有了从头再来的心理预期。因为对可能要面临的困难有了充分的预期，他反而没了后顾之忧，轻松上阵。对生活的热爱和干事创业的激情，支撑着他一天天坚持下来。每天，他第一个起床，先把饭店的卫生收拾一下，他觉得只有卫生过关了，才能让食客看着舒服、吃着放心。做完卫生，他开始准备一天的食材，熬汤、和面、熬制辣椒油，每一道工序他都用心去做，争取让每一个食客都能乘兴而来，尽兴而归。等食客来的时候，店面干净温馨，拉面汤的味道氤氲其中，让等待的食客垂涎欲滴。功夫不负有心人，他的努力让他看到了希望，也收获了真金白银，挣下了人生的第一笔财富。

　　拉面作为一种快餐，符合现代人的快节奏生活方式，深受南来北往游客及各地市民的青睐。只要经营得当，收入来得直接，回报周期短，风险也比较小。马德良始终没有放弃钻研和思考，他敏锐地发现了年轻人的饮食喜好，劳累了一天，都想着在家美美地吃一顿，但又不想做饭，于是热衷于点外卖。马德良于是开拓了外卖业务，果然业务量猛增，营业额也一天比一天高。那些经常来店里吃的年轻人开始了网上点餐，在家美美地吃着拉面，既填饱了肚子，也得到了休息，一举两得。马德良凭着诚信、热情和好手艺，把一碗碗拉面转换成一沓沓钞票，几年间就赚了个盆满钵满。

在外闯荡 10 年，马德良收获的不光是金钱，更为金贵的是练就了一身胆气和成熟的经营理念。随着年岁的增长，少年的青涩渐渐褪去，多了一些冷静和沉稳。他没有陶醉于初获成功的喜悦中，盖几间房子、玩一辆轿车远不是他梦想的全部，就像越抻越长的拉面，他的梦想也越来越大。

在外闯荡多年，他对干事创业有了自己的理解：要干就干别人没想过、没干过的事情。循化县自然资源禀赋较差，人口流动少，市场容量小，商业空间狭窄，想要在家门前办企业难上加难。马德良思索着、探寻着，就像多年前坚定地把目光投向上海那样，他又以敏锐的商业眼光捕捉到了农村商贸物流业潜在的商机。

终于，一个大胆设想在他脑子里酝酿成熟了。

循化作为传统农业县，至今没有一个专业化农贸市场，这个短板制约着农牧业生产与现代市场的衔接，与现代农牧业产业化经营、市场化运作的发展要求极不相称，建立农贸市场是迟早的事，关键是要抢占先机。机遇等待着有准备的人。马德良捷足先登，率先迈步。在县委、县政府的支持下，经过两年筹划，建成了占地 50 亩、投资 1265 万元的白庄镇农贸综合市场，并于 2011 年 3 月 20 日正式投用。农贸市场集合了农产品、小商品的收购与批发，另设综合管理中心及肉食水产大厅。预计年销售收入1500 多万元，实现利润 100 多万元，安排就业 70 人。

办一个农贸综合市场的意义，不仅是从中获得的现实利益，更为重要的，是一个市场所发散的辐射功能，是对一个地区种养业结构调整的带动效应。作为一名政协委员，胸怀壮志的马德良明白，他的所有努力，不只是实现自己的理想，同时连带着更多人的梦想。

创业路上，马德良走过一程又一程，而今，他迈着稳健而从容的步履，又一次站在新的起点上，闯入循化的房地产开发行业。无悔的青春，在创业中闪光；脚下的道路，在奉献中延伸。

这碗拉面是金贵的，马德良就是靠拉出一碗碗这样的面走出闭塞的村庄，走向美丽富饶的城市，走向富裕美好幸福的生活，走向充满希望和机遇的未来；

这碗拉面是沉重的，马德良为了生活背井离乡，想通过这一碗碗拉面改变生活面貌，演绎出了无数动人的故事；

这碗拉面是普通的，它貌不惊人，就跟我们平常的家常面并无二致，同样需要做面的所有工序。

这碗面就是这样充满多重意义，正因为如此，才会更加令人喜欢。

拉面，是梦想的启航；创业，是梦想的开始。只有行动起来，才会在奋斗之路上留下足迹。要是面对未来没有信心，没有行动，那么什么事也干不成，更别说迎接成功了。一碗拉面带来的不仅是金钱，还有开阔的思想、丰富的人生经验。正是有了"一碗拉面"的助力，马德良的人生之路才能如此精彩，如此丰富多彩。

循化之歌　面般绵长

韩亥米都

拉面与循化的不解之缘

在黄河的臂弯里，循化县以其独特的拉面文化，诉说着与这片土地的不解之缘。循化的拉面，不只是一道美食，它是撒拉族人民情感的纽带，是历史长河中的一叶扁舟，承载着梦想与希望，穿越岁月的波涛，将温暖送入每个拉面人的心田。

晨光初照，循化的大街小巷便被拉面的香气所唤醒。这香气，如同家乡的呼唤，穿透了时空，唤醒了记忆，唤醒了对美好生活的渴望。20 世纪 90 年代，一群怀揣梦想的撒拉族群众，带着从父母辈传承下来的拉面手艺，走出大山，将这份家乡的味道带到了全国各地。

自此，循化的拉面故事便开始了。

这一碗碗拉面，不仅滋养了循化人的身体，更温暖了他们的心灵。无论身处何地，循化人总能通过这一碗拉面，找到归属感，感受到家的温暖。拉面，如同一条情感的丝线，将循化人的心紧密相连，让他们在异乡也能感受到家的温馨。

在循化，拉面已超越了食物的范畴，它是一种文化、一种精神、一种生活态度。循化人用拉面编织着自己的生活，用拉面诉说着自己的故事。这一碗拉面，如同循化人民的生活，绵长、温暖、充满情感。让我们走进循化，聆听这一碗碗拉面背后的故事，感受循化人民的情感，体会他们的生活，理解他们的文化，共同见证这一段改变命运的拉面传奇。

拉面产业的起源与发展

在循化的版图上，对更多改变生存处境的人来说，拉面不仅是一种食物，更大意义上是一种理想。理想的种子深深植根于这片土地的每一个角落，在改革开放的春风里生根发芽，开花结果。

循化拉面的"源头"——

相传，在很久以前，一位撒拉族牧羊人在黄河边草地上，用牧羊棍将面团反复拉伸，直至细如发丝，煮制后配以简单的调料，便成了一道美味的佳肴。这便是传说中的拉面之源。随着时间的流逝，经过一代代循化人的改良与创新，这道简单的面食经过一番现代改良，逐渐演变成了现在我们熟知熟见的模样，成了循化人餐饮品类中不可或缺的一部分。

从家庭作坊到产业链的演变——

起初，循化拉面只在小餐馆充当配角，每家每户都有自己独特的制作技艺和配方。然而，随着一批批循化人走出大山，将拉面带到了全国各地，循化拉面的声名开始远播。加上政府的引导和支持，循化拉面产业开始由小到大，从小餐馆向规模化、产业化发展道路。直至现在，从原料的种植、采购，到生产、加工，再到销售、服务，一条完整的拉面产业链逐渐形成。

循化拉面产业的黄金时代——

进入 21 世纪，在政府的大力扶持下，循化拉面产业发展迎来了黄金时代，如雨后春笋般在全国各地涌现，逐渐形成了拉面产业。这份产业如同一棵茁壮成长的大树，深深扎根在循化这片肥沃的土地上，枝叶伸展到了全国各地。这棵大树的每一个细胞，都蕴含着循化拉面人的智慧和汗水，承载着他们的梦想和希望。对循化而言，拉面产业不仅成为循化县的支柱

产业，更成为撒拉族人民脱贫致富的"金饭碗"。

拉面经济的兴起与影响

循化拉面，如同一条穿越时光的河流，承载着经济转型的机遇和人民的希望，滋养着这片古老而充满活力的土地。

拉面带来的经济转型突破——

随着拉面产业的兴起，循化县以农业为主的经济结构发生了深刻变化。拉面产业不仅带动了当地种植业、牛羊肉养殖等相关产业的发展，还促进了物流、旅游、餐饮服务等第三产业的繁荣。在经济转型大潮中，这一转变，不仅成为推动地方经济发展的重要引擎，为县域经济发展注入了新的活力，也为当地群众开辟了新的收入来源。

拉面带动的就业潮——

拉面产业的蓬勃发展，为受困于劳动力过剩的循化县提供了更多就业途径。许多原本外出务工的循化人纷纷加入拉面行业。他们在拉面行业的上升渠道是，先当跑堂，然后当面匠，再当老板，由此数千个家庭、数万人掀起了一股自主就业潮。这不仅有效缓解了当地的就业压力，也促进了社会稳定和谐。更为重要的是，这些人通过自己的努力，不仅实现了个人价值，为家乡的发展贡献了力量，也让许多循化人找到了归属感和自豪感。

拉面对乡村振兴的促进作用——

在乡村振兴大背景下，蓬勃兴起的拉面产业不仅带动了农村经济增长，还在某种程度上涵养了农村文化。许多拉面店在传承传统拉面制作工艺的同时，积极挖掘和传播撒拉族传统文化，使之成为吸引游客的一大亮点。可以说，循化拉面产业在弘扬民族文化中发挥了独特作用。此外，拉面产业的发展还带动了乡村基础设施的改善，提升了农村生活质量。如今，循化的乡村，因为拉面产业的兴旺而焕发出新的生机和活力。

循化的拉面，就像一位智慧的长者，讲述着这片土地的故事，传递着人们的情感，推动循化在乡村振兴道路上不断前行，书写着山乡巨变的辉煌篇章。

政策扶持与产业升级

循化的拉面产业，如同一棵沐浴着政策春风茁壮成长的树苗，展现出蓬勃的生机与活力。政府的引导与扶持，如同阳光雨露，滋养着这棵产业之树，使其枝繁叶茂，开花结果。

政策导向：引导与支持——

循化县政府在促进拉面产业发展中扮演了至关重要的角色，抓住拉面产业发展的关键机遇，及时制定出台了一系列扶持政策，在资金、技术、异地服务等方面给予大力扶持。同时，还积极搭建平台，组织拉面文化节、拉面技能大赛等活动，扩大了循化拉面的知名度和影响力。

技能培训：提升拉面技艺——

为提升拉面产业整体水平，县政府通过与专业机构合作，采取老带新、一对一传授等方式，开展拉面师傅培训、拉面经营管理培训等专业化技能训练。这些短平快实用技术培训不仅培养了一大批土生土长的拉面匠，也给拉面业主经营好店面提供了新理念、新方法，为拉面产业长远发展奠定了坚实基础。

品牌化与连锁化：开启拉面产业新篇章——

在政府引导下，循化县拉面产业逐步走向品牌化、连锁化。一批有远见的拉面师傅，开始创办自己的餐饮公司，注册自己的品牌，有的还开设品牌连锁分店，将循化拉面引向更广阔的市场。品牌化、连锁化的现代经营模式展现出很强的市场拓展力，将小而散的循化拉面产业推向了规模化发展道路，市场竞争力骤然提升，为循化拉面的品牌化、集团化发展探索出一条新路。

国内外大市场是循化拉面人纵横捭阖的重要舞台，政府的强力引导与扶持是拉面产业全面开花的重要前提，循化人勇往直前的探索精神是拉面产业转型升级的不竭动力。循化拉面产业，正以崭新的面貌迎接更加美好的明天。

文化传承与创新精神

循化拉面不仅是一道美食，更是一种文化的传承与创新，是传统与现代交织、古老与创新共舞的饮食文化。

拉面文化：传统与现代的融合——

循化拉面文化根植于撒拉族深厚的民族文化土壤中，拉面制作工艺世代相传，历久弥新。到现今，循化拉面在沿袭传统风貌的基础上，以开放的姿态博采众长，融合了许多现代饮食文化元素，形成独具特色的拉面文化，焕发出新的生命力。

保护与发展：传承与发扬之间的平衡——

在追求经济效益的同时，循化人更加注重拉面文化的保护与传承。无论是政府部门，还是拉面从业者，都能处理好保持循化拉面的"个性"与融入大市场之间的关系，始终坚持在发展中保护、在保护中发展。县政府通过牵头建立拉面文化博物馆、开展拉面文化节、举办拉面技艺大赛等活动，给拉面文化注入新的时代元素。每一位拉面师傅都是一位创新者。他们不满足现状，大胆尝试，根据不同地域饮食习惯，创出了许多底色为"循化"的风格各异的拉面。有的在拉面中加入当地特色食材，有的创新制作工艺。多样化的风味，更大程度上满足了现代人的口味需求，也让循化拉面文化更加多元、更加丰富。

文化自信：拉面走向世界——

循化拉面文化，不仅滋养了循化人民的生活，丰富了中华饮食文化内涵，也可以说是循化人民文化自信的体现。拉面人深知，他们经手的拉面不仅是循化的味道，更是中国的味道，是世界的味道。他们的这份自信，冲破了地域文化界限，这也是越来越多循化人自信满满地把拉面馆开到"一带一路"共建国家的原因。一碗面犹如一扇窗，拉面人从这里瞭望世界；一个面馆如同一道门，拉面人从这里走向世界。

面对挑战与未来展望

循化拉面产业，如同一艘在时代浪潮中航行的船，既面临着市场的挑战，也撞上了时代的发展机遇。

市场竞争：拉面的挑战与机遇

随着全国拉面市场的飞速发展，循化拉面产业也迎来了激烈的市场竞争。一方面，消费者对餐食的口味、质量、服务要求越来越高；另一方面，新兴的餐饮业态和外来快餐品牌给传统拉面产业带来了不小的冲击。然而，挑战与机遇总是并存的。循化的拉面师傅们，凭借拉面文化的广泛影响力，凭借自己精湛的拉面技艺，不断创新，提升品质，优化服务，将挑战转化为机遇，赢得了市场认可和消费者青睐。

未来蓝图：拉面产业的新征程

展望未来，循化拉面产业正站在新的历史起点上。在政府的引导和支持下，循化的拉面师傅们顺势而为，应时而变，以更加开放的视野、更加创新的思维，绘制着拉面产业的新蓝图；以标准化、品牌化、国际化的发展思路，秉承工匠精神，把一碗面做到极致，推动拉面产业的转型升级，走向全国、走向世界。

我始终坚信，未来道路上，循化人将继续用一碗碗拉面连接过去与未来，架起通往世界的桥梁，书写拉面产业助力乡村振兴的新篇章。

结语：拉面人的心愿

每一碗拉面都承载着拉面人对故乡的深厚情感。这一碗拉面，是循化

人民追求美好生活的见证，也是憧憬未来的印记。它是苦难的记忆，也是新生活的展现，更是未来的希望。我和所有经历过酸甜苦辣的循化拉面人一样，封存那些宝贵的创业经历，珍惜当下拥有的美好，祝愿家乡发展进步，祝愿祖国繁荣昌盛！

（韩亥米都，1990 年生，青海循化人。2012 年从商至今，现在重庆市经营 6 家面馆。）

看拉面市场　谋长远之路

马德全

大家都知道，以前做餐饮门槛较低，但赚钱快，只要手头有点小本钱，夫妻两口子出去就能开一个小饭馆。几年下来，不仅基本生活需求能满足，大多数人还能买车买房。青海省化隆县和循化县"两化"地区，老百姓靠走出去开拉面馆脱贫致富的不计其数。

近年来，由于餐饮市场竞争越来越激烈、餐饮业门槛越来越高、消费市场越来越年轻化、食客要求越来越高等原因，老一代或者新进入餐饮行业的"两化"人，尤其是少数民族同胞经营的店铺，满足不了当下消费市场的需求，生意越来越淡，面临着关门闭店的境况。

这个问题需要反思。为什么近些年尤其是这两年拉面馆倒闭得越来越多了？以前出去开拉面馆，个个都能赚得盆满钵满，都回家盖了房子、买了轿车；而现在出去开拉面馆，大多数人还不起信用卡、还不起贷款。拉面创业的失败率为什么变得这么高？这是包括拉面人在内的我们需要深思的。

首先，需要搞清楚源头问题——是什么原因让原来赚钱的店现在却赚不了了。在我看来，是因为现在拉面馆三大成本，即租金成本、人工成本、食材成本越来越高了。此外，拉面馆越来越多了，顾客越来越少了，生意更加难做了。尤其是疫情时期，拉面行业基本进入了"寒冬"期，有

的已经彻底"休息"了。当时就连西贝莜面老总贾国龙都说他的现金流撑不过三个月。这么大的企业都感受到了压力，更何况那些普通的拉面人呢？

餐饮行业的"激情冷却"，我们不难从公开的餐饮企业财报中得以一窥。近年来，多家上市餐饮企业的营收不是下降就是亏损。而抗风险能力低、餐品单一、服务不够的拉面行业，面对市场挑战、顾客挑选、行业竞争的时候，失败率偏高是必然的。

同样是逆境，有人倒闭，有人却逆势增长。引申到拉面行业，关键就看遭遇风险和突变时，餐饮主体能否自救，能否快速转型寻找新的增长点。我们要看到，过去一两年，全国餐饮行业发生了很多变化。

变化之一，本土品牌越来越多，且越来越强，纵观餐饮流量，本土化且主题明显的餐饮流量越来越高，吸引了越来越多的消费主体——年轻人。

变化之二，非主流餐饮开始变成主流。近几年，全国各地出现一个普遍现象，那就是一些被边缘化的、小而散的餐饮店逐渐火热起来，比如麻辣烫、烧烤、小吃等，在新媒体引导下，逐渐受热捧甚至从一线蔓延到四五线城市，引入大商场和餐饮中心，挤占了西餐或中式高端餐饮位置，形成了主流。

变化之三，越来越多的人，跨界跨行涌入餐饮这个传统而古老的拉面行业，逐步淘汰老"拉面人"。原先那种小规模、小投入、小服务的拉面模式已经无法在竞争日趋激烈的市场立足，更无法在与一些品牌化、正规化、连锁化的新型拉面餐饮店的竞争中争得一席之地。

看清了这三个变化，就能找到问题根源，才能积极主动地为后续发展做好准备。

很多拉面馆也清晰地看到，开门等客人的那个年代早已经过去了，现在得逼着自己寻找新的谋生渠道，这条路就是线上流量。只要掌握了线上流量，就可以做外卖，可以引流到店。也有很多拉面馆主不愿意开通外卖，认为平台抽点太高，这也激发拉面人再一次创新，推出自己的小程序或短视频团购，以取代外卖。

短期来看，外卖只是一个自救方式，不是长久之计；长期来看，线上线下"双主场"才是未来拉面的趋势。市场从来不会去说服人，只会淘汰人。拉面的未来也在"线上化和数字化"。目前很多老牌拉面店面临的一个尴尬局面，就是堂食味道好，餐品质量高，服务也很好，所以不知道怎么转型。说到底，不是他们不想做，而是不会做。

面对现代科技潮流，想要数字化成为增收的推手，拉面经营主的思维和理念转变至关重要。这就意味着，餐馆老板要有前瞻思想，能够看到短视频对未来餐饮业的助推力，从而让传统餐饮从线下转到线上，提前赢得市场。其次，打造专属个人IP，把人的价值发挥到最大。作为互联网平台，抖音、快手两大短视频运营商可以打通餐饮企业同城数字化区隔，拉面行业也可以采用同样的路径，通过短视频打造专属个人IP，以获取更多同城流量。

开拉面馆什么最重要？味道还是营销？这个问题，从"面一代"问到了"面N代"。老一辈或者拉面前辈们说是味道最重要，新生代拉面管理者或者打工人觉得营销才重要。

那么，到底什么最重要呢？

当你想开一家拉面馆的时候，认为味道最重要，这就离不开炒匠和面匠，选择自己人掌勺。这个阶段，也就是所谓的菜品至上阶段。要在以往，靠味道实现买车买房梦倒是可以，但是在未来，或许只能维持生活。

当你想开两三家店的时候，认为管理最重要，这时离不开的不只是炒匠、面匠，店里每一个工作岗位的员工都不可或缺，任何人的流动都可能产生工作漏洞，需要花精力修补。这个阶段，就是浅层的所谓"人本至上"阶段，认为员工才是生意的核心，而在实践中全然不是这样。

当你想开10家以上店的时候，认为标准最重要，万事离不开规则和标

准。这个阶段，是"标准"至上阶段。一条标准之下，谁都能当炒匠，谁都能做面匠，谁都能做管理。此时，只要不断完善、优化标准，挣钱就是一件容易的事了。

当你想开30家以上店的时候，认为精神最重要，激发内在动力，任何人都想跟着品牌一起干、一起发展壮大。这个阶段，靠的是通过人格魅力和领导智慧吸引资本和人才。只要有足够的实践经验、表现能力，拉面馆经营主也能成为生活中的"影帝"。

那么，未来拉面馆经营主该如何经营、实现致富呢？在我看来，拉面馆也像人一样，不同的发展阶段有着不同的经营模式和赚钱方法。第一步，赚拉面的钱。死抓产品和服务，一桌一桌培养顾客，一碗一碗赚钱，这是拉面人最基本的谋生阶段。第二步，赚技术的钱。以精致的菜品制作技术让店具有名气，吸引更多的消费者，等到产生一定的行业效应后，卖技艺、招学员，让独家技艺产生最大的经济价值。第三步，赚运营的钱。当生意稳定后，做代运营、培训、教学、餐饮经营管理、运营相关的课程，增加行业经验的同时，提升自身在行业中的知名度和美誉度，把自己的品牌和店面做成拉面行业的"黄埔军校"。第四步，赚加盟的钱。做特许连锁，这是所有成功拉面馆的运营模式，也是拉面馆依靠品牌实现个人财富陡增的大好时机。第五步，赚资本市场的钱。当运营模式、团队、供应链等诸要素稳定之后，准确判断自身价值，投入资本市场进行运作，实现从"小老板"到"企业家"的身份转变。

一个拉面馆经营者，如果在他的"拉面生涯"中能够走好这五步，在未来的拉面市场必将有他的身影，拉面产业中必将有他的品牌，拉面故事中必将有他的传奇经历。

（马德全，1990年生，撒拉族。发布拉面产业实战运营方法短视频数百条，积累拉面粉丝数十万，服务拉面品牌上百家。）

石榴花开

用拉面架起民族团结的桥梁

韩 兰

在循化县积石镇西沟村坐落的狭长的山谷中，富有撒拉族特色的民居顺势建在山坡上，韩维林就出生在这里。15 岁时，他就前往牧区，整日与牛群、羊群为伴，还需辛勤地拾牛粪，只为挣取那每天不足 15 元的微薄工钱。为了扛起家庭的重担，他早早地就开始承受生活的种种磨砺，饱尝了无数的艰难困苦。也正是极为艰苦的生活环境，锤炼出了他钢铁般坚毅的意志、至善至美的善良品格以及醇厚质朴的优良人品。

韩维林从小就目睹村民们为了生活而努力奋斗，他也在心中暗暗立下志向，要凭借自己的双手为家人创造更好的生活条件。初中刚毕业，便毅然决然地踏上了充满艰辛的创业道路，从最基础的工作做起，不断积累经验和财富。他就像一颗倔强的种子，在这片充满希望的土地上生根发芽、茁壮成长。

艰辛走上创业之路

1990 年，20 岁出头的韩维林决定到外面去闯一闯。可对于这样一个贫困的家庭而言，外出打工的成本实在太高。他说："当时，父亲到亲戚朋友家东拼西凑借来了 400 块钱，这就是我当年外出打工的全部费用。"

这个从来没有走出过循化县城的"尕撒拉"来到了自己魂牵梦萦的祖

国首都北京。一年半之后，白手起家的韩维林有了2000块钱的积蓄，在几个同伴的帮助下，他开始做起了路边烤羊肉串的生意。又过了四五年，他终于在北京开了一家小饭馆，凭借着对拉面的热爱和精湛的技艺，在餐饮界闯出了一片属于自己的天地。他不仅将撒拉族的美食文化发扬光大，还积极带动村里的乡亲们一起发展，共同走向富裕的道路。

在他的身上，既有着撒拉族人民的勤劳质朴，又有着对美好生活的执着追求，他的善良和担当感染着每一个人，成为村里人的骄傲和榜样。而在他的人生旅程中，还有着许多不为人知的感人故事和艰辛付出，这些都如同点点星光，汇聚成了他璀璨的人生画卷。

开辟民族团结窗口

2005年，韩维林在济南开起当地第一家撒拉族餐厅。因为饭菜可口、经营规范、诚实守信，餐厅的生意越来越好。拉面店就像一个家庭，店里既有循化的撒拉族，也有当地的其他民族。

有的乡亲听说韩维林在山东生意做得好，就拖家带口来投奔他。韩维林不仅免费给乡亲们提供吃住，免费教给他们拉面技术和经营之道，还借给乡亲们开店的本钱。据统计，循化县目前有70多户、500多人在济南从事拉面行业，其中直接在韩维林帮助下开拉面店的就有30多户、200多人。

济南是一座多民族和谐共居的城市，拉面店主来自五湖四海。韩维林凭借其在行业内有口皆碑的良好声誉，顺理成章地被推选为拉面协会济南地区的负责人。韩维林说："我们的工作重点就是为拉面从业人员提供服务，帮助他们更好地融入当地，解决行业内部可能出现的问题，促进邻里和谐，实现共同进步。"在济南市拉面行业协会的推动下，一家家拉面店不仅成为拉面从业人员的致富平台，也成为民族团结进步的窗口。在山东从事餐饮经营的悠悠十余载岁月里，他始终坚守诚信经营、合法经营的原则。他积极主动地协助当地政府去化解各类矛盾纠纷，全力以赴地推动民族团结事业的蓬勃发展。为了团结拉面行业的力量，实现有序竞争、共同发展，大家推荐韩维林担任济南市拉面行业协会负责人。协会是自发组织成立的，工作人员没有报酬，办事凭的是责任感和满腔热情。

韩维林致力于为拉面从业人员提供服务，帮助他们更好地融入当地，解决行业内部可能出现的问题，促进邻里和谐，实现共同进步。在济南市拉面行业协会的推动下，一家家拉面店不仅成为拉面从业人员的致富平台，也成为民族团结进步的窗口。韩维林的努力取得了显著成效，越来越多的拉面从业人员从中受益，他们心怀感激，更加积极地投入工作和生活中。

这些拉面店以美味的拉面吸引着众多食客，同时也传播着民族文化的独特魅力。顾客们在品尝美食的同时，也能感受到不同民族之间的和谐氛围。许多人因为这些拉面店而对少数民族文化有了更深入的了解和认识，促进了各民族之间的文化交流与融合。不仅如此，拉面行业协会还积极组织各种培训和交流活动，不断提升拉面从业人员的技能水平和服务意识。他们相互学习、共同进步，推动着整个拉面行业的蓬勃发展。一些优秀的拉面店还成为当地的美食名片，吸引着外地游客前来打卡，为当地的经济增长做出了贡献。

在韩维林和济南市拉面行业协会的持续努力下，拉面行业与当地社会的联系愈发紧密。他们积极参与社区活动，为困难群众提供帮助，用实际行动践行着民族团结和社会和谐的理念。邻里之间的关系更加融洽，整个城市都洋溢着团结、友爱、互助的良好氛围。

2012 年，韩维林听闻，邻居中有一位名叫林玉珍的汉族老太太，已75 岁高龄，家中仅有女儿和外孙女三人相依为命。令人痛心的是，林奶奶的女儿常年遭受着智力障碍的折磨，年仅 13 岁的外孙女尚在上初中，家庭生活陷入极为艰难困苦的境地，一家三口只能依靠政府给予的低保金来勉强维持温饱。

韩维林目睹这般令人辛酸的情景，内心不禁涌起阵阵波澜，感慨万千。他毫不犹豫地拿出自己辛苦积攒的 1 万多元积蓄，无偿地借给了林奶奶，并且还在他个人经营的面馆隔壁，帮助她租赁了一个铺面，让她经营食品商店。自此以后，林奶奶的生活逐渐有了起色，铺面的生意也日益红火起来，时至今日，林奶奶一家三口的生活已基本上能够实现自理。

无论走到哪里，外来务工人员遇到的最大难题之一，就是子女上学问题。入学手续十分烦琐，孩子上学需要五证齐全，可不少人都是亲戚朋友合开一家店，拿不出证明，孩子就上不了学。他来这儿的时间长，有几个熟人，办事情总比那些家长方便，就这样，济南市的宗教局、民宗委、教育局、街道办……他挨着一家家跑。两个月之后，手续简化了，一张暂住证就能入学。据不完全统计，每年韩维林帮 60 多个务工人员的孩子走进校园。近年来，他帮忙送进学校上学的务工人员孩子有 200 多名。韩维林说："我们务工人员来这里打工挣钱，为了什么？不就是为了孩子吗？务工人员的孩子上学一个也不能落下。"这些年来，来山东济南开拉面馆的人越来越多，而只要他们找到韩维林帮忙，他总是伸出援手且帮到底。在他的拉面店里，只要是来吃饭的学生，不管藏族还是汉族，他总是喜欢把他们聚在一起，给他们开个老乡会过节，搞得热热闹闹。每逢重要节日，店里都会举办盛大的庆祝活动，各民族同胞欢聚一堂，共同感受节日的喜悦和民族团结的温暖。

随着时间的推移，韩维林的善举和他的拉面店越发声名远扬。许多其他城市的人们也听闻了他的事迹，对济南这座城市充满了向往，同时也对这种民族团结的美好氛围心生敬意。越来越多的人因为韩维林的故事而来到济南，他们或是来体验这种独特的民族和谐氛围，或是想要在这里开启自己的创业之路。而韩维林也毫不吝啬地分享自己的经验和资源，帮助他们更好地融入这个城市。

那些曾经在韩维林店里参加过老乡会和节日庆祝活动的学生们，也在心中种下了民族团结的种子。他们毕业后走向社会的各个角落，将这份温暖和团结传递给更多的人。有的学生成了民族团结的宣传使者，通过各种方式讲述着自己在韩维林店里的美好经历，鼓励更多的人去接纳和理解不同民族的文化和习俗。

在济南，各民族之间的情谊愈发深厚，大家相互尊重、相互帮助，共同为城市的发展贡献力量。韩维林的拉面店也成为这座城市民族团结的标志性场所，见证着无数温暖人心的故事和情谊的延续。无论是本地居民还是外地游客，只要走进这家拉面店，都能感受到那浓浓的民族团结之花绽放的芬芳，也让人们对未来充满了更多美好的期待和憧憬。

荣誉满身赢得社会认可

2015 年 5 月，山东省人民政府授予韩维林"全省民族团结进步模范个人"称号，同年，青岛市政府授予他"全市民族团结进步模范个人"称号。

2017 年，韩维林作为全国少数民族参观团的一员，受到党和国家领导人的亲切接见。

2017 年 7 月，韩维林被评为海东市民族团结进步先进个人。

2017 年 12 月，韩维林获得海东市民族团结十大感动人物提名奖。

2019 年 4 月，韩维林在循化首届"艾麦尔杯"最美拉面人评选活动中荣获特别提名奖。

2019 年 5 月，青海省就业办公室授予韩维林促进青海拉面产业发展"优秀拉面务工人员"荣誉称号。

荣誉满身、赢得社会认可之后，韩维林并没有停下前进的脚步。他深知这些荣誉不仅是对他过去努力的肯定，更是对他未来的激励和鞭策。他更加积极地投身于促进民族团结的各项事业中，用自己的行动去影响和带动身边更多的人。他频繁地参与各类公益活动，为少数民族群体提供帮助和支持，努力改善他们的生活条件和发展环境。

在工作上，韩维林继续发挥模范带头作用，不断提升自己的专业技能，致力于推动拉面产业进一步发展壮大，为更多人创造就业机会和增收渠道。他还积极与其他地区分享经验，促进跨区域的交流与合作，为民族团结和共同发展搭建起更坚实的桥梁。同时，他也注重对年青一代的培养和教育，将自己的经验和理念传递给他们，让民族团结的精神在年轻群体中生根发芽、茁壮成长。在他的努力下，越来越多的人感受到了民族团结的力量，共同为构建一个更加和谐、繁荣的社会而奋斗着。

韩维林把目光投向了更深层次的领域，开始深入思考着拉面行业的转型升级。近30年来，拉面经济已经实现了三次转型，即将面临再次提档升级。韩维林认为，像自己当初那样在老乡的帮助下学技术、借资金、开小店，是拉面经济最传统的形态。循化县组织外出务工人员学习拉面技术与经营方法，为大家提供开店的小额贷款等支持，建设"撒拉人家"公共品牌，使拉面经济发展实现了重大突破。近年来，青海省大力发展拉面经济，打造拉面经济产业链，创造了巨大的经济效益和社会效益，未来，规范的连锁经营、现代的生产加工、确立行业标准，是大势所趋。

展望未来，韩维林说，将更好地发扬敢闯敢拼、自强不息的精神，在全国范围内开设更多的拉面连锁店，不仅提供美味的食物，更要打造成为各民族文化交流的重要平台，通过美食和文化的交流，让更多的人了解和喜爱不同民族的特色，促进各民族之间的团结与融合。他还将积极推动拉面行业与其他产业的深度合作，共同开拓市场，创造更多的就业机会，让各民族的兄弟姐妹都能受益。

他说："我们要让民族团结之花在拉面行业中绽放得更加绚烂，让每一个人都能感受到团结的力量和温暖。"而他，也将继续在这条充满爱与希望的道路上坚定地走下去，创造更多的辉煌与成就。

（韩兰，女，20岁，撒拉族，在校大学生。）

"最美拉面人"韩进财

韩娅婷

青海高原东部的循化山川秀美，水草丰茂，是黄河上游的一颗璀璨明珠。这里有一种独特的美食——撒拉人家牛肉拉面，以其独特的制作工艺、精湛的烹饪技艺和鲜明的地域特色，赢得了食客们的喜爱。发展到如今，这碗牛肉拉面已不仅仅是一种食物，更成为一种民族饮食文化，一种家乡情感的寄托，一个创业故事的发生地。

故事要从 2008 年说起。家在循化撒拉族自治县的韩进财，背上行囊，怀揣着一个撒拉人家牛肉拉面梦，只身一人坐上了南下的列车，来到广州，准备投身拉面行业。作为中国的南大门，那时的广州已经是一个经济、文化较为发达的城市，拉面市场已经非常成熟，并且已经具备了多元化特点。不仅有传统的西北风味，还有广东本地风味，还融入了国外的多种风味。而西北拉面店通常以兰州拉面、青海拉面等为主，这些拉面以其独特的制作工艺和风味受到消费者的喜爱。同时期，广州拉面市场竞争非常激烈，这也倒逼很多拉面店通过不断提高服务质量、创新拉面品种、改善就餐环境等措施来吸引顾客，拉面价格和质量都有所提升。加上电子商务的发展，线上订购拉面服务也逐渐兴起，为消费者提供了更多便利。但就在如此火热的市场热潮中，循化人开的拉面店却寥寥无几，形成了一个巨大的市场空白。韩进财敏锐地发现了这个商机，发现了撒拉人家牛肉拉

面的发展前景。于是，他用身上仅有的 5 万元开起了一家拉面馆。而这一开就是 16 年，一碗拉面的故事也由此续写开来。

16 年，一碗面。韩进财的拉面创业路可谓筚路蓝缕，以启山林。回忆往昔，韩进财说："一碗好的拉面，需要精湛的技艺和独特的配方，创业亦是如此，需要拉面人深入了解市场需求，把握创业机遇。要想在拉面行业里闯出一条路，就要对美食热爱，对创业执着，要坚持品质至上，从选材到加工、从口感到品质，每一个环节都要精益求精，只有这样，才能在拉面餐饮竞争中脱颖而出，赢得消费者的青睐。"创业之初，韩进财的初心就是让撒拉人家牛肉拉面走出家乡，借着一碗面，带动家乡兄弟姐妹富起来，这也是他的"大梦想"。16 年的经营中，他吃苦耐劳，诚实守信，从无到有，再到拉面生意蒸蒸日上，客满座满。在他心里，开拉面馆的目的已经不仅仅是盈利，更是对家乡饮食文化的传承和发扬，是对美食的热爱，是带动更多的人致富奔小康带来的快乐和满足。在他的影响下，来广州经营拉面生意的循化籍拉面人越来越多，大家一起创业、一起致富，在追求个人美好生活的同时，也为助推家乡的拉面经济发展汇聚力量，助力家乡脱贫致富。仅在 2010 年，广州市循化籍拉面店就达到了 80 多家，务工人员 400 多人。

韩进财说："因为有来自政府和社会的支持，我们的拉面创业才会这么顺利。现在我们的致富梦已经实现了，拉面人就应该投身社会公益事业，积极反馈社会，为社会带来正能量。同时，我们还要通过不断提升拉面品质，提高服务质量，让消费者真正品尝到美食，也感受到我们的热情和真诚。"

由于语言上的障碍，撒拉族老乡在广州办理拉面店营运相关手续中、在日常与当地市民沟通中有较大困难。为了促进民族和谐、地区稳定，更好引导撒拉族同胞早日融入当地生活中，2010 年，韩进财被循化撒拉族自治县就业服务局任命为循化县驻广州劳务办事处副主任。自此，他担负起了宣讲、贯彻党的民族政策，传达家乡有关劳务输出有关文件规定，循化籍广州务工人员的组织管理、协调服务等工作。为了高质量完成任务，他追根溯源、排查摸底，全面掌握所有循化在粤拉面馆及务工人员，并建立了详细台账，以便往后更加扎实开展组织管理工作。他的努力付出和真真切切的工作成绩得到了县委、县政府、广州市民宗局及广大群众的肯定与认可，并于2013年提任为循化县驻广州劳务办事处主任。打开韩进财的工作台账，截至2017年9月，他记录了遍布广州各个区域190多家循化县在粤拉面馆的详细资料、900多名务工人员的个人资料，牢牢将"老乡"锁定在他的台账里、他的心里。感恩大爱广州，真情回报社会。在任期间，韩进财先后组织在粤拉面人参加各类慈善活动15次，协助循化子女入学45名，组织拉面人参加当地同各级部门举办的培训学习28次，积极协助街道办、城管、食监、环保等部门处理各种生意纠纷、调解日常矛盾，为促进民族团结发挥"中间人"作用。2018年，韩进财当选为广州市海珠区民族团结进步协会第七届理事会理事，同年4月，被该协会聘为为期三年的人民调解员；2021年，任第十六届广州市海珠区政协委员；2023年连任广州市海珠区民族团结进步协会第八届理事会理事至今。

风雨同舟，守望相助——随着拉面经济的不断发展，全国各地的循化籍拉面人逐渐增多，生意逐步扩大。为了更好地回馈社会，循化籍拉面人通过多种方式，传递爱心、展现暖举。其中，广州撒拉人家拉面人更是无私无畏，在举国抗疫中，在邻省抗震中，在广州公益中，处处展爱心，事事讲感恩，与国风雨同舟，与各民族同胞守望相助，展现了现代拉面人的感恩情怀和民族精神。

人间有情，携手同心战疫情——疫情期间，韩进财的海珠区拉面小店生意十分惨淡，没有了往日堂食时的火爆场面，只能靠零星的外卖订单支撑，店里一下子清闲下来了，但韩进财却没有闲下来。2022年10月，韩进财与办事处工作人员商量后一致决定，免费为疫情防控一线的工作人员

送爱心午餐。牛肉拉面、饺子、臊子面、羊肉泡馍、炒饭……为了让坚守在防控一线的工作人员吃得卫生健康、营养丰富，韩进财每天精心准备，变着花样为大家做餐、送餐。龙朝晖、米文刚、徐明等店里的员工在精心做好外卖单的同时，还抽空轮流帮忙送餐，清点餐数、打包装车、分发食盒，大家顾不上休息，放下厨具当上了外卖骑手。干着从没有干过的活，看着一份又一份送出去的爱心餐，就这样，韩进财和拉面店的大家伙儿一起守护家园，虽然辛苦，但干劲十足。凤和社区的疫情防控人员小印感动地说："感谢少数民族兄弟的爱心午餐，让我增添了坚守一线的力量，让我明白不只是我们在战斗！"

疫情期间，广州循化籍拉面人没有止步，没有被疫情困住爱心的脚步，从驰援武汉到助力广州海珠区抗疫，拉面人一直在行动。

爱心汇聚，助力积石山——2023 年 12 月 18 日，甘肃省临夏回族自治州枳石山县发生了 6.2 级地震，给当地人民带来了巨大的损失。在灾难面前，韩进财又一次和全国各地的救援队伍、志愿者们一样，迅速行动起来，用自己的方式加入这场惊心动魄的救援行动中。从发出倡议发动捐献爱心，韩进财带头捐款并带动广州市循化全体拉面人员为地震灾区捐款29800 元，并于地震发生当天带领几位拉面爱心人士连夜赶到故乡循化，奔赴重点灾区现场，站在灾区一线发放救灾物资和爱心慰问金。那一刻，循化籍拉面人与家乡父老的心在一起、行在一起，韩进财用实际行动告诉乡亲：身离家乡，心不离故乡。

热心公益事业，关爱环卫工人，共建和谐美丽家园——2019 年 1 月 29 日，广州市海珠区民宗局、街道办领导、街道环卫工人等大约 50 名干部群众，一同在海珠区撒拉人家拉面店里举行了一场特殊的公益活动——"关爱环卫工人 冬日送温暖"活动。现场韩进财为可爱可敬的城市美容师们递上了一碗碗热腾腾的牛肉拉面，用最贴心的举动、最简单的方式让环卫工人感受到了被关爱、被关心、被尊重，顿时，一场充满温情的正能量在街道上弥漫开来。在韩进财心里，举办这场活动源于感恩，他在广州工作生活多年，是广州人民的大爱接受了他、包容了他、成就了他，他希望通过开展公益活动的方式，促进各民族之间更加友好相处，也希望以此带动更多的拉面人积极参与社会公益事业。活动结束后，韩进财向环卫工人人们深深致敬，他说："没有你们，我们的城市不会如此整洁干净；没有你们，我们的日常生活不会如此美丽和谐；没有你们，这座城市将黯然失色。感谢你们——城市的美容师！我代表青海拉面店从业人员向你们致敬！"

敬老献爱心，温暖满人间——敬老爱老，是韩进财多年来坚持的最为重要的社会公益事业之一，也是他多年来未曾改变的爱心暖举。带着撒拉族同胞慰问海珠区敬老院的老人们，组织40多名撒拉族、回族群众慰问白云区老人院的老人们，积极参加广州黄埔区少数民族义工队成立仪式暨新春敬老活动，参加广州松鹤敬老院献爱心活动……韩进财将一碗碗牛肉面带到敬老院、养老院，现场熬制肉汤、现场制作手工拉面，让拉面师傅奉上了一场场酣畅淋漓的手工拉面技能表演，让老人们饱了眼福，又饱了口福，博得老人们和现场工作人员的阵阵掌声，纷纷夸赞他们高超的拉面技能和发自内心的爱心举动。

韩进财说："百善孝为先。老吾老，以及人之老，幼吾幼，以及人之幼。在赡养孝敬自己的长辈时也不应该忘记其他与自己没有亲缘关系的老人，在抚养教育自己的小孩时也不应忘记其他与自己没有血缘关系的小孩。"他将自己对尊老爱老的理解带入日常生活中，只要在自己能力可及的范围之内，他都会不遗余力地推展敬老活动。只因为他认为这是正能量、是好事，好事就得多做！

提起自己与一碗拉面的故事，韩进财感慨万千。他说："我是拉面人中的普通一员，像我这样的拉面人在全国有很多，我们走出大山入城门，由此脱了贫，致了富。我们的思维改变了，接受了当地的先进生活工作理

念，提高了生活质量，同时把西北少数民族的美食文化带到全国各地，让大家了解青海，了解循化，了解撒拉族。"

这是一碗拉面的故事，是一份情感的传递，更是一份对美好生活的追求。正如韩进财所言，一碗拉面虽小，可是拉面背后的故事却不是小事。它事关拉面人的创业梦，事关一个家庭的幸福梦，事关贫困地区的脱贫攻坚梦，事关社会和谐稳定和祥和梦。

勤劳致富是千古不变的真理。韩进财的"拉面梦创业路"无疑是勤劳致富的先进典范。是无数拉面人，让一碗热腾腾的拉面成为都市生活中不可或缺的美食。在韩进财看来，未来之路依旧可期。拉面人要做的依旧是踏踏实实做实事，勤于思考、善于学习，争取将这份事业做大做强做深做优。同时，还要坚持中华民族一家亲的理念，多交流、善融入，多回馈当地社会，多带动家乡群众创业，多尽大家庭责任，为社会带来更多经济效益，在改变自己命运的同时，也为家乡拉面文化的发展做一份贡献，实现更大的人生价值。

（韩娅婷，女，撒拉族，青海循化人，现经营广州市海珠区撒拉人家中国牛肉拉面店。）

情暖长安："西安好人"马光英

王靖媛　刘子平

马光英是从青海循化撒拉族自治县清水乡大寺古村走出去创业的一名撒拉族拉面师傅，他通过自己的努力拼搏，追求美好的生活。尽管刚过50岁，却是不少西安市民眼中的"马大叔"。后来，故乡的亲朋好友在得知他的先进事迹后也亲切地称他为"马大叔"。这是一个暖人肺腑、动人心魄的亲切称呼，也是对马光英这位"西安好人"的最好赞誉。

现实生活中的马光英，是一位心地善良、为人正直且能吃苦耐劳的地道农民，打小就是村里的好孩子和老实人。据他回忆说，他所生活的循化撒拉族自治县是全国唯一的撒拉族自治县，但在2000年以前还是一个国家级贫困县。这里自古以来就山大沟深、交通不便，人均耕地面积非常少。尤其是他们清水乡，尽管有清水河、黄河蜿蜒而过，但是这里的黄河受山势限制变得又窄又深，巨大的水流冲刷着河岸，使河岸与水面形成10米的落差，只有极少一部分岸边田地能浇到水，老百姓只能望河兴叹。

当时的大寺古村土地少得可怜，人均仅0.4亩，所以即便是亩产千斤，也不能够满足一个劳动力一年的口粮。而马光英家中人口多、劳力少，生为长子的他早早就挑起了养家糊口的重任。为了维持家中老少10口人的生活，马光英在13岁那年，苦苦乞求村中几位有外出打工经验的年轻人带他到青海果洛藏族自治州海拔3000多米的草山上去挖虫草，那时，撒拉人把

外出打工称为"搞副业"。

他清楚地记得，那时从循化老家出发，辗转化隆、西宁、湟源、共和、花石峡等地，前后花了六七天才到达目的地。出门前母亲为他备制了一口袋杂面干馍馍和些许的炒面作为第一次外出期间的伙食，他下定决心要用自己的双手来改变家中的贫困光景。接近两个月在风雨中早出晚归，马光英人生第一次打工赚到了63块钱。当他将除去各种开支所剩下的26块钱交到父亲手里的那一刻，他就知道自己已经完全长大了。

接下来的三四年时间里，马光英除了继续到牧区去挖虫草，还跟着身体残疾的老父亲在甘肃临夏积石山县等地做一些贩卖花椒、核桃等家乡土特产品的小买卖，直至成家。积石山是横亘于循化撒拉族自治县与甘肃临夏大河家地区的一座大山，即传说中"禹贡导河积石"中的"积石山"，这座自身贫瘠的山体并未给生活在这里的人们带来多少物质上的实惠，却培育了这里的撒拉族男人们坚韧不拔的毅力和顽强向上的品格。正如马光英一样，成家后的他虽然刚刚成年，却已经是个真正的男子汉了。这时他肩膀上的压力又多了一分，于是他下定决心到西宁去找一份收入高一点的活计。

当时正值青海经济社会大力发展时期，许多撒拉族年轻人受雇为大车司机，到青海各地运送各种建筑材料、货物等。于是马光英也毅然决然地加入大车司机的行列当中。这份工作在那时确实很吃香，相比村里的庄稼人，收入多了好几倍，付出的劳动量却少了许多。这份工作也让马光英家的经济状况改善了不少。他驾驶着一辆"康明斯"穿梭于青藏公路，也几乎跑遍了青海的各个县区。但是开大车除了出去几个月不能与父母、妻儿团聚外，频发的车祸也让手握方向盘的司机们手里捏着一把汗。

马光英对这段难忘的经历仍旧记忆犹新，他深情地回忆说："开大车的时候特别苦，那时候不像现在这么方便，一路上的饭馆特别少，所以要在家里做白饼子作为干粮，一袋子装100斤。到了吃饭的时候就把车停到路边，随便烧点开水就着白饼子就是一顿饭。后来由于开大车事故频发，一年内仅循化县里就有好几个年轻人命丧车祸，于是我和家里人就决定另谋出路。"

赋闲在家，只有支出没有收入肯定是不行的，在一番思考后，马光英跟着村里的几个年轻人组成一个团队，开着手扶拖拉机奔赴新疆去淘金。这一路坐在手扶拖拉机上颠簸得很厉害，旅途很是辛苦。到了采金点，采金的劳动强度也不是一般人所能承受的。好在一年挖金子的几千块工钱尚能支付家里的开销，又想到终身残疾、卧病在床的父亲，马光英不得不咬牙坚持着。一次偶然的机会，马光英听说化隆人开拉面店特别赚钱，同村的几个小伙子也印证了这一说法。于是，"开拉面店"这一想法开始在马光英心中萌芽。他想，学做拉面至少是一门手艺，现在国家政策也鼓励人们发展经济，来来往往的外乡人肯定要到饭馆里吃饭。有了自己以前开大车的经历，于是他决定要到大城市去闯一闯。

从新疆回来后的马光英尽管自信满满，但毕竟未接触过拉面这一行业，心中感到很迷茫。在撒拉族传统家庭里，男女分工非常明确，男人外出谋生，女人在家做饭，料理家务，所以男人一般是不会做饭的。但正如家乡的一句俗话说的：上山的牛儿怎能再回头呢？于是他向在郑州开店的一位老乡求助，这位老乡爽快地答应让他先在自己店中学习拉面、调汤等一些基本技能。老乡无私的帮助让马光英十分感动，也为他多年后成为"西安好人"埋下了伏笔。及至马光英学会了如何拉面、选料、调汤、进料后，便勇敢地贷了2万元小额贷款，开始了他的拉面创业之路。

马光英辗转多地，最后在南京信息工程大学气象学院旁边租了一个门面房。学校后勤部门在了解到马光英的情况后，考虑到学校没有清真食堂，便让他在学校食堂开设一个清真餐窗口，马光英欣然应允。"那时候不像现在，当时做饭烧的都是煤，有时候没做几碗饭煤就烧完了，后面的学生就吃不上饭。而且那时候学校对饭菜价格有明确规定，我们的拉面小

碗卖3块，大碗三块五，但是卖3块钱对我们来说几乎是没有利润的。我们是做清真餐的，所用的肉必须是符合清真要求的牛羊肉，不能随随便便在市场上买。而当时在南京市区清真牛羊肉非常不好找。因为这些客观原因，导致实在无法经营，所以没干几年就不在那边干了。"马光英回忆道。

后来，马光英来到上海闵行区，开启了他拉面之路的第二站。在艰难的经营过程中，他逐渐适应并熟悉了周围的环境。尤其是在做饭、炒菜方面，他慢慢摸清了上海人的饮食习惯，如煎鸡蛋要做得又嫩又软，炒菜要做得偏甜，等等，逐渐吸引了不少的食客。当村子里的乡亲们知道马光英在上海开拉面店收入不错，便纷纷前来寻求他的帮助，并在上海闵行区租房子开了几家店。

马光英也乐于帮助乡亲们，尽自己所能为前来求助他的乡亲们谋得一处经营面馆的位置。他回忆说："十几年前，我们附近好几个村子里的人都说，'找房子，找马光英。他人品不错，有求必应，每个人过去他都帮忙开饭店。'对我们农民来说，上海那个地方房价很高，在住房方面特别困难，当时村子里的人刚来的时候没有地方住，我就让他们住在我租的房子里，房间不够就打地铺，我的小房子里面每天都住着五六个人！"而且，"他们刚来的时候手里的钱不多，也不愿意花钱，我就对他们说'没事，钱不够我先帮你们垫付'，这边有这么多开拉面店的老乡，每家每户借5000元钱就够了。这边开拉面店一个月随随便便都能挣一两万元，所以5000元钱对他们来说还是能拿得出来的。这样，租用拉面店的十几万块钱很容易就能凑齐，等他们慢慢将店面开起来，挣到钱以后再慢慢还。"

这些乡亲中的很多人和马光英一样，刚到大城市的时候各方面都很窘迫，"从老家初次来到这么大的城市，他们往往手足无措，不知道怎么办好，加上之前没有接触过拉面行业，不知道怎么做拉面，缺乏管理经验，也不怎么会经营。我就让他们先在我的店里实习，什么时候把拉面的基础技术都学会了，什么时候再自己出去干。我经常对他们说的一句话就是：

'在家靠父母，在外靠朋友，不管是哪个村子，出来都是老乡，要互帮互助！'"就这样，马光英前后总共帮助村里的二三十户人家在上海开起了拉面店。

在上海开拉面店的七八年时间里，这个寸土寸金的国际大都市房租水涨船高，导致拉面小店经营越来越困难。同时，考虑到在上海的住房以及孩子上学等因素，马光英于2018年离开上海这个生活了8年的大都市，来到了西安。

虽然又转移到了一个陌生的城市，但他早已积累了丰富的经营拉面店的经验。他用自己的10万元积蓄和借来的32万元钱，开始在西安市灞桥区纺正街经营现在这个50平方米的拉面馆。但由于当时对这个地区的情况了解不够，拉面馆刚开业不久，西安地铁6号线开始施工，马光英店门前的整条道路被封闭，几乎没有行人来往，店里自然也就相当冷清。但是为了孩子们能在西安好好上学，他咬紧牙关坚持着没有关门。但是，屋漏偏逢连夜雨，到了年底，新冠疫情又突然发生，对马光英这个以小店维持全家8口人生计的外来户来说真是雪上加霜。随即，武汉宣布封城，西安也进入了城市封控、全面疫情防控的阶段。

有一天，在规定的时间里偶然一次外出购物，马光英发现整个灞桥区购物特别困难，生活物资非常紧缺。当时，武汉疫情最为严重，困难就更可想而知了。于是，他突然萌发了一个念想，决定以自己的一己之力增援武汉，家人对他的这一决定也都给予支持。马光英随即前往灞桥区政府申请去武汉支援。灞桥区的干部告诉他："现在全国各地都在管控，一路上关卡重重，恐怕你到不了武汉，而且你万一在途中被感染了怎么办？你的家人怎么办？你真有心做好事，在当地同样可以做。"受此启发，马光英顿时想到："对呀！我人在西安，怎么没想到为西安疫情防控做点事情呢？"

说干就干，马光英马上联系同在西安开拉面店的30多个老乡，大家你

1000、我800地凑了近3万块钱，通过各自的渠道进行捐款捐物，并先后到莲湖区红十字会、西安市第九人民医院、大兴医院、火车站站前分局等地为战斗在抗疫一线的干部群众送去爱心钱款。

有一天，马光英通过家里的阳台观察到，小区门口防疫点执勤的干部一日三餐都是喝着冰冷的矿泉水、啃着干巴巴的方便面。马光英当时心里很不是滋味，想："他们冒着被感染的风险在防疫一线全力守护我们老百姓的生命安全，但是好几天连一口热饭都吃不上，这怎么行呢？我还得再做点什么！"于是，提供免费"爱心餐"的念头便产生了。马光英随即和家人商量，经家人一致同意后便联系到了社区党支部书记。书记一听很支持他的想法，马上向街道办报告。街道办立刻联合市场监管局，全力支持马光英的"爱心餐"计划。"爱心餐"的第一批"顾客"是来灞桥区支援的50名医护人员，马光英为他们精心准备了236份拉面。然后，又给临时住在灞桥友谊宾馆的56名外地群众送餐400份。就这样，"订单"越来越多，从香王、灞桥、纺织城高速路卡口到城管中队等，"爱心餐"义送行动一波接着一波。

"为了照顾大家的口味，我们尽量做到既有拉面又有米饭，一天两次（午饭和晚饭），平均每天送270份，最多的时候连续3天每天送340份。刚开始几天是连做带送，一家六口忙得不可开交。后来工作人员看我们实在太辛苦，就改成每次我们做好后，他们安排人来取餐。这样，我们先后坚持了40多天，与一线防疫人员共同战斗，度过了一段艰难而又难以忘怀的时光。"马光英回忆道。

由于长时间站立，加上连续的高强度工作，马光英的妻子原有的腰椎间盘突出症加重了，颈椎病也犯了，致使整个人已经无法站立起来。到医院一检查，医生说她第四、五节脊椎严重突出。当时，马光英的女儿还在坐月子，但实在没有其他办法，只好让还没出月子的女儿来接替她妈妈的工作。

马光英说："有一些老乡看到我老婆的身体状况，就批评我说：'你的老婆都成残疾了，你还献爱心，你得到了什么？'我说：'人吃五谷杂粮，谁还不得病？有病就治，我们谁也不埋怨。可是，国家有难了，全国人民都在跟疫情战斗，我们能为防疫尽一点绵薄之力，全家人都很开心。'"马光英知道，困难确实是有的，但绝对不能放弃，是自小就养成的坚定毅力和真挚的家国情怀支撑着他继续前行。

幸运的是，通过一段时间的治疗，他的妻子得到了较好的救治，病情基本稳定下来。"现在我老婆腰里打上了钢板，用6颗钢钉固定着。但是我想说的是：人间自有真情在。我老婆在唐都医院治疗期间，院长听说了我做'爱心餐'的事迹，直接给我减免了一半的手术费。这更让我感受到西安各民族同胞是一家的亲切感。西安没有把我们当外人，我们都是一家人！"马光英高兴地说道。这也更加坚定了他将"爱心餐"继续做下去的决心。

2021年春节马光英在自己店里请灞桥区环卫工人免费用餐

2021年春节期间，马光英发现环卫工人平常中午没地方吃饭，就联系城管中队把全纺织城近200名环卫工人请到店里免费用餐，菜单上的菜随便点，保证大家吃饱吃好。此举得到了城管部门的高度肯定，环卫工人更是被深深地感动了。

2021 年 1 月，马光英无私奉献的精神和不求回报的爱心得到了社区干部群众和灞桥区领导的赞扬。西安市委宣传部、市委文明办授予马光英"西安好人"的称号。

马光英"西安好人"荣誉证书

马光英的爱心并没有止步，他也没有因此而感到骄傲和自满，而是继续用这一份人间真情温暖更多需要帮助的人。凭借在西安市的人脉关系和"西安好人"称号，马光英帮助老家人解决了不少看病难的问题。他说："老家那边看病难，有的时候好几天挂不上号，医疗设备、医疗手段等也不先进，所以村子里的很多人都让我在西安帮他们挂号。他们知道我，也了解我的为人，都说'西安有个光英大哥。他对那边很熟悉，什么人去他都愿意帮助'，然后就这样一传十、十传百。每年都过来很多人，我在西安帮他们挂号、带他们看病。"马光英自豪地说道。

马光英不图回报，只愿将爱心继续传递下去。"当时一位来自化隆的老乡患了肝硬化，在西宁抽腹水抽了三次都没好。有一天我在饭馆里面，他儿子给我打电话，说他是化隆的，他父亲来西京医院门口等了四天都没能看上病，问我能不能帮帮忙。尽管我们互相不认识，但我还是立即让他们到唐都医院，因为唐都医院有个张主任专治肝硬化，并马上联系了张主任。张主任知道我是'西安好人'后，当天便安排患者住院，在进行了系统检查后，为患者进行了精心的治疗，之后全部问题都解决了。后来他儿子送我一只羊作为感谢，我说我不拿，我是奉献爱心的，我拿了你的东西，我的爱心就没了。就这样，我婉言谢绝了他们的好意。"马光英深情地回忆道。

说起这些，马光英有一箩筐的故事："那是2022年，循化县白庄镇上科哇村的一位老乡突然给我打电话，说他老婆腰疼，已经在家躺了一个多月了，翻身都翻不了，在老家的医院看了但还是疼得厉害。那段时间我妈妈身体有点不舒服，我刚好在老家，我就过去看了他老婆的情况。看完后我对他说：'你老婆这个病看起来比较严重，我现在帮你联系西安市红会医院，你直接带你老婆去西安看病吧。'他说他从未去过西安，自己带老婆去心里不踏实，问我能不能陪着去。我听后二话没说直接答应。然后我们就开车到了西安。过去以后，他老婆连住院做手术一共8天时间就出院回家了，过程非常顺利。现在他老婆什么活都能干了。从那之后他们就在村子里宣传开了，那一个村的人全部都知道去西安看病的话找'西安好人'马光英。"马光英不无自豪地说道。

马光英帮助老乡就医的不止这两家。只要老乡开口，马光英就会尽力提供帮助，甚至连果洛藏族自治州的藏族同胞也给他打电话求助。近几年，马光英先后帮助了五六十位青海老乡在西安就医，患者及其家属都对他甚为感激。

同时，为了解决循化老乡到西安看病时的地域文化和语言差异这一大难题，马光英毅然当起了老乡们的翻译，帮助每位老乡将其病情详细地描述给医生，也将医生的治疗建议准确地传达给老乡们。有时为了使医生与老乡之间能得到及时的沟通，马光英一整天都待在医院里。

此外，在解决流动人口孩子上学方面，马光英也为老乡们提供了许多帮助。"在西安灞桥区，我把我的荣誉证书拿过去，说我是那位被评为

'西安好人'的拉面店老板，我们的老乡在附近开拉面馆，孩子上学遇到了困难，看能不能帮忙解决一下。他们一听说我是'西安好人'，就马上协调教育部门和就近的学校，帮助解决了孩子上学的问题，到现在我已经帮助二三十个孩子在这边入学了。"说到这里，马光英的脸上挂着微笑，仿佛孩子们的笑容此刻正映在他的眼前。

孩子是父母最大的牵挂，孩子的教育、抚养等问题有时也会成为老乡开拉面馆的顾虑。"2023年，我让一位家庭条件很一般的老乡来西安开店，并在唐都医院的后门那里为他们找了个店面。但这位老乡说他自己过来开拉面店不是问题，但如果他在外面开店，两个孩子在家里没人带，问我能不能把孩子转到西安的学校里。当天我就拿着我的'西安好人'荣誉证到附近学校的招生办向他们说明情况，招生办的人马上说：'像你这样的好人过来，能不接受吗？'并立即开会研究。由于那个学校没有外面来的学生，所以孩子吃饭是个问题。他们说：'学校没有清真食堂，你们在这附近开店的话，中午饭你们就自己给孩子送过来或者让孩子回去吃。'招生办这边说好后，我马上叫我那个老乡过来，办理了拉面店的一应手续。现在他们家每年收入十几万元，他的两个孩子也在这边上学了。"马光英笑着说。

就这样，马光英一边帮老乡们在西安开店，一边帮他们的孩子解决上学问题。算起来，经他帮助被安排到西安上学的学生已有几十个之多。

因为经常在外面忙来忙去，颇有将自家的拉面馆生意当成副业的迹象，家里人对马光英略有抱怨。好在他的两个儿子已经完全能经营好自家的拉面生意，所以他才有空继续去帮助别人。"有的时候我的老婆都骂我：'你真像个别人的奴隶，你待在自己饭店里的时间还没有待在外面的时间长。每天过去给别人帮忙，你能得到什么好处？'我说'好处自然是有的，人家都说你是一个好人，对你说一句好话，那不就是好处吗？非要给你一点钱，或者其他什么东西，那才叫好处吗？'"面对妻子的指责，马光英并不感到生气，对他来讲，一句感谢的话就足以让他得到慰藉。他继续说道，"有一次我和我老婆回老家，村里的人知道后，纷纷请我们去他们家里吃饭，有的时候一天'不得不'吃四五顿饭，在老家整整一个月几乎没有在自己家里吃过饭。后来我对老乡们说再不要请我们吃饭了，心意我们领了，但是不管用啊！"说到这里，马光英哽咽起来，他深知老乡们的热情就是对他最好的表彰。因为他用自己的实际行动和一片真情对待着身边的每一个人！

然而，马光英所做的远不止这些。作为一名在大城市创业的撒拉族成员，他时刻心系西安市的民族团结事务。"循化撒拉族自治县驻西安办事处主任觉得我们拉面店在经营方面存在一些管理不善的问题，于是他把我叫过去，告诉我们应该怎么经营、怎么跟这边的人交流、怎么给他们提供更好的服务，等等。然后将我选为联络员，把这些信息和建议传达给其他拉面店。这在很大程度上帮助我们这些少数民族流动人口了解如何与内地大城市融为一体，也使我们明白：只有各民族紧紧抱在一起，才能互利共生、共同成长。"马光英说道，"我现在是灞桥区少数民族联络员，已经参加过好多次有关民族团结方面的会议了，每次参加完会议，我就把当天会议的内容全部转达给我们的老乡，告诉大家应该怎么做。"

谈到"西安好人"的荣誉，马光英说："'西安好人'的称号使我感到压力很大，因为这些事都是我自愿去做的，没想过要什么回报，更没有想过要什么荣誉。我只是听从我的内心，做了一个普通老百姓力所能及的小事。我有两个儿子，也是做餐饮的，我经常跟他们说：啥时候政府有困难，我们就啥时候去支援，这是咱们做人的本分。今后，我仍会继续努力，只要有需要，我会在公益事业的道路上一直走下去。现在，我们店里已经向环卫工人开放了免费饮用茶水的服务。下一步，我计划在经营状况稍微好一点以后，我们店对全国的军人以及全西安市的环卫工人开放半价拉面窗口。"

　　马光英用行动践行着中华民族朴素的奉献精神。一路走来，无论面对何种困难，他都无怨无悔。他是孩子的父亲、妻子的丈夫，但他始终铭记自己也同样是社会的一份子。他的一碗碗拉面、一份份真情真实地谱写着新时代"爱国、敬业、诚信、友善"的社会主义核心价值观和民族团结之歌！是热烈的家国情怀、真切的民族情感、朴素的真情担当推动马光英一步一步走到今天。对马光英来讲，受助者脸上的笑容就是对他最好的回报。

　　大爱无疆、不求回报，于细微处见精神。马光英是西安市的骄傲，是故乡循化的骄傲，是撒拉族的骄傲，也是我们大家学习的榜样！

　　（王靖媛，女，河南焦作人，青海民族大学博士研究生。刘子平，青海民族大学民族学与社会学学院教师。）

一万个焜锅馍馍的民族团结情

佚　名

"家乡的焜锅馍馍和糌粑，温暖了我们奔忙在外的心，非常感谢家乡党委、政府对我们的关心，我们一定勇敢面对疫情，在党委、政府的关爱下渡过难关。"在上海市的海东市循化撒拉族自治县籍拉面人阿和麦在朋友圈表达着自己的感激之情。

这位拉面人所说的焜锅馍馍和糌粑都出自文都藏族乡无数"卓玛姐姐"之手。

"家乡人民牵挂着你们，大家的心都在一起……"2023 年 4 月，面对上海严峻的疫情形势，循化县委、县政府时刻牵挂着在上海的循化籍外出务工人员。4 月 15 日，文都乡党委、政府在县委、县政府的统筹安排下，号召 17 个农村党支部，发动群众连夜加班赶制了一万多个"焜锅馍"，收集了 3000 公斤糌粑。

"我做 10 个，我们村做 300 个……"在各村党支部号召下，家家户户的妇女迅速行动起来。

今年 79 岁的吾毛吉是一名拥有 56 年党龄的老党员，一大早他将自己做好的 6 个大焜锅馍馍送到乡政府院子。"疫情面前没有民族之分，我们都是循化人，我们循化刚刚赢得了疫情防控的胜利，我们也想给在上海抗击疫情的老乡送点温暖。"吾毛吉说，"我 23 岁入党，亲眼见证了老百姓

在党的关怀下过上了幸福日子，政府牵挂着远在上海的乡亲，循化各族群众也牵挂着他们。"

虽然不会用智能手机，但老人做起焜锅馍馍来却是一把好手。听邻居在微信群里通知大家做馍馍要送给远在千里之外的同乡时，她连夜赶做了馍馍。

"村里的党支部书记说上海有很多撒拉族的老乡在开拉面馆，老乡们脱了贫，还带动了不少藏族群众发家致富，开起了藏家乐，村里要做馍馍给远在上海抗疫的乡亲们送去，我也要出一份力。"64 岁的卓玛吉是文都乡拉兄村人，她说，虽然馍馍不是什么贵重的东西，但希望收到馍馍后，家乡的拉面人能够鼓足信心渡过难关。

两位老人的所思所想所做正是循化县委、县政府和文都乡党委、政府"以人民为中心"的生动体现。面对疫情，循化县各族干部群众不仅奋战在疫情一线，用实际行动彰显了各族群众团结一致战胜困难的磅礴力量。

一车车"卓玛姐姐"做的"爱心馍馍"，从全乡 16 个行政村汇集到乡政府院子内，到处弥漫着清香和爱的味道。一万个"爱心馍馍"外脆内软，绽开如花，色泽金黄，香味扑鼻。乡党委书记牟再民说："我们与上海虽然相隔 2000 多公里，但全乡 9000 多名党员群众仍然情系循化籍在沪乡亲，亲手制作'爱心馍馍'，希望能为上海抗疫尽一份心、出一点力，相信在全国各族人民的大力支持下，我们一定会胜利！"

经过三天三夜的制作，跨越 2500 多公里，一万多个焜锅馍馍、3000 公斤糌粑于 4 月 18 日清晨顺利抵达上海。这份带着家乡味道的物资有序地发放到了循化籍外出务工人员的手中。

"感谢县委、县政府和循化的所有父老乡亲，你们的物资我们收到了，非常感动，谢谢你们！"看到文都乡连夜赶制焜锅馍馍的消息后，一封封感谢信不断在各大社交平台传递。

民族团结，根植于孩子们的心灵，4 月 21 日，一条"焜锅馍馍""糌粑"延续和加深了"许乎"情谊的视频从上海传来，一个感受到家乡温暖的7岁小女孩，用稚嫩的语言表达着对家乡人民的感激之情，她在胸前用双手比画出了一个爱心，划过的爱心传递出的是民族团结之心，是"糌粑"和"拉面"的情谊，更是代代相传的民族之情。

一个个焜锅馍馍不远万里，传递的是温暖和信心，也是循化县各民族"你中有我，我中有你，谁也离不开谁"的民族团结情。

不忘家乡　融入他乡

韩牙四尼

　　清亮的肉汤、翠绿的香菜、深褐色的牛肉，覆掩之卜是醇香的面条，香气缭绕……牛肉拉面，早已超越美食的界限，成为青海饮食文化的独特象征。

　　我——韩牙四尼，来自青海省循化撒拉族自治县。在这里，面是最为寻常的食物，而和面、拉面几乎是每个人必备的技能。长长的拉面，一头连着魂牵梦绕的故乡，一头连着无法割舍的那座城市、那条街。滚烫的大锅好似沸腾的生活，每一个碗里盛满了拉面人对美好生活的向往。

　　当下，兰州拉面已经火遍大江南北，受到无数食客的喜爱。因为喜欢吃面，也热爱拉面，因此，和家人商量后，我决定创业，开一家属于自己的拉面店。希望以拉面为桥梁，让更多的人了解青海美食，了解青海饮食文化，了解青海循化这个美丽的地方。

　　我和妻子背井离乡，辗转了多个城市后，最后选择落脚在浙江省湖州市长兴县。我的创业之路就此开启。长兴县位于浙江省北部，长江三角洲杭嘉湖平原，太湖西岸，浙、皖、苏三省交界处，物产丰富，经济活跃，市场发达。在这个山清水秀的鱼米之乡开面馆，可谓天时地利人和。

　　为了让消费者吃到正宗的青海牛肉拉面，我们特意从循化老家聘请了员工，我亲自下厨，手把手地将自己所有的手艺传授给员工。制作牛肉面需要面粉、牛肉以及几十种香料。虽然长兴本地也能买到菜牛，但为了保证口感正宗，我们宁愿舍近求远，坚持选择来自青海的正宗牦牛，以体现青海拉面的独特风味。

我深知，只有好的环境、好的服务、好的口味才能赢得更多顾客的青睐，因此，除了注重面条的口感、牛肉的本味，我还十分注意店内的环境卫生和食品安全。功夫不负有心人，经顾客的口口相传，我们的青海牛肉拉面和店内其他美食得到了长兴本地人的认可，被长兴县人民政府雉城街道办事处评为"美丽商户"。

在我看来，青海牛肉拉面不仅是宣传青海的名片，更架起了南方北方各民族之间的"彩虹桥"。

我和妻子来到长兴后，从一开始的人生地不熟到慢慢融入当地社会，再到把长兴视为"第二故乡"，都是在长兴人的热心帮助下一步一步走过来的。对长兴人的感激之情，我始终挂在心头，总想着要为他们做点什么。2020年，我们抓住社区庆祝重阳节的机会，开展了"百碗拉面送亲人"活动，为驻地老年朋友免费送拉面。2022年4月，长兴再次陷入疫情困境，我们想到了高速公路卡口辛苦值班的工作人员，便想方设法联系到了兰州拉面代表团，为一线值班人员送去了牛奶、水、大麻花等食品；还特意做了最拿手的手抓饭，给高阳桥社区卡点人员送去，为此我被评为2022年度长兴县雉城街道最美敬业防疫人。这份荣誉是对我莫大的肯定，激励着我们一家开展更多公益活动。

因为一碗拉面，我和家人走出了青海；通过一碗拉面，我们在长兴安了家。拉面是一座连接四海的友谊之桥，无数陌生人在一碗面的温馨中把彼此确认为同胞；拉面是一条致富奔小康的金光大道，梦想有多远，脚下的路就可以延伸多远。拉面天地广阔无边，祖国处处是我们的家。我们坚信，只要用心做好面，愿把异乡当故乡，用爱心传递温暖，我们的拉面店必将在天南地北开花结果。

（韩牙四尼，循化县白庄镇乙日亥村人，目前在上海经营青海拉面馆。）

藏汉面缘

沈海存

古有司马相如和卓文君的《凤求凰》琴声传情，今有我的藏族母亲和汉族父亲的一碗拉面一生缘。

我的母亲央宗卓玛，是草原牧民的女儿，白色帐篷是她的家，青稞糌粑是她的食物，自由奔跑的牛羊是她的玩伴。草原上的风雨造就了她坚傲的骨气，骑马放牧的生活造就了她泼辣的性格，蓝天白云的抚摸造就了她阳光的外表。她艳丽似草原上的馒头花，自由似草原上的灰蜥蜴，坚强似草原上的芨芨草，善良似草原上的白月光。

那年那月那日，我的母亲央宗带着生病的外公，恰巧想在父亲打工的那家小面馆吃一碗面。一段藏汉爱情由此拉开序幕。

"老板，我的阿爸病了，能不能给我赊一碗拉面？"一个高挑的藏族姑娘操着生硬的汉语，搀扶着一位面色蜡黄看上去很虚弱的藏族老人，撇开八字脚站在面馆的门地中央，大眼睛扑闪扑闪的，大声央求小面馆老板。

"我的面馆生意淡得就像煮了八茬的老茯茶，再赊面给你，我们只好喝东风着放西风屁了！"小面馆老板坐在门店一边，短胖的双腿一抖一抖的，陷进满脸横肉里的小眼睛在姑娘身上打转。

藏族姑娘不屑地看了一眼矮胖老板，二话不说，搀扶着老人拔腿就要走。

"丫头,你等一等!"响亮的声音从里间传来,说话间,一个约莫25岁、身形高大健硕、相貌堂堂的小伙子从小面馆厨房走出来。

"郑哥,先给这个姑娘的阿大吃上一碗拉面,咕噜磨(钱)从我的工资里扣下!"小伙子转身央求矮胖老板。

"那成嘛!做一碗拉面来!"矮胖老板伸出短粗的脖子,朝厨房里的老板娘喊道。

藏族姑娘感激地望了望小伙子,轻声说了声:"挂珍切(谢谢)!"

小伙子朝她摆了摆手,用眼角余光瞥了一眼姑娘苗条的背影,就抬脚走进厨房做面。不一会儿,他就将一大碗热气腾腾的拉面端上了桌,还撒了一把绿莹莹的香菜,香味扑鼻。

"快让你阿大趁热吃吧,我看你阿大脸色不好哩,想必病了!"

"我阿爸病了,我带他来这里看病,今天早上走得急,忘记带咕噜磨了!"姑娘感激地看着眼前英俊的小伙子,眼神里透着一丝草原姑娘特有的野性。

"没事没事,这碗拉面算我请你们的,快吃吧!"小伙子的真诚让姑娘不禁多看了他几眼。

日子一天天过去,就在小伙子快要淡忘这件事的时候,藏族姑娘和她阿爸又出现在了小面馆。

"老板,再来两碗拉面!"说话间,姑娘依旧透着一丝野性的眼神朝面馆里间看。

"你今个子(今天)带咕噜磨了没有?"矮胖老板肥硕的身子像夹在门缝里了,沙哑着声音问姑娘。

"哎哟,芝麻掉进针眼里,哪有那么巧嘛,本姑娘今个子带足了咕噜磨哩!"姑娘提高了声调。

"狼喜欢吃肉,藏民爱吃糌粑,你们两个好吃拉面,有点意思!"矮胖老板看这个藏族姑娘泼辣大方,语气中带了些调戏的味道。

"你说对了，本姑娘就爱吃个拉面！"

姑娘的大眼睛朝面馆里间看了几眼，不再搭理矮胖老板。

其实，姑娘一进门小伙子就看到她了。此时他手下的面团子，左揉是馓子，右拧是麻花，但顷刻间变成了细溜溜的面线子，扔进沸水白浪，上下激烈翻滚后，一筷头捞进白瓷碗里，浇上汁子，撒上芝麻大小的几点肉渣子和几片香菜叶子，滴上几滴红格格的辣椒油，那香味让一旁的老板娘也禁不住咽了咽口水。

"又见到你和你阿大了，赶紧趁热吃！"小伙子笑盈盈地将两大碗香喷喷的拉面放在姑娘面前。

"今个子还你的咕噜磨来了！"藏族姑娘大方火辣地盯着小伙子。

"不用还了，不用还了，我这个人，性格像大脚婆娘的鞋样子般大大咧咧！"小伙子笑着说。

姑娘朝小伙子莞尔一笑，低下头去和她阿爸一起吃面。

"今个子你咕噜磨多得很，以后常来吃拉面啊！"郑老板手里攥着带有姑娘手温的钱币，小眼睛直愣愣地盯着她。

恰巧老板娘从里间走出，看到自己男人色迷迷的眼神，"啪！"一记响亮的耳光打在了他满是麻子坑的胖脸上，"你这个老不死的，老娘天天辛辛苦苦做拉面，给你挣下了票子，让你过上了舒坦日子，你在这里耍心眼子！"

"你这个婆娘把我冤枉了，水清着照月亮哩，尿泡尿着照个家（自己）哩，你看我的样子，能耍啥子心眼子嘛！"郑老板捂着被打红的半边脸，低声下气地说。可一转头，小眼睛仍瞟向藏族姑娘，这一瞟不要紧，他简直不敢相信自己的耳朵！

"你这个人干散子很，我俩当个尕联手哈，你看成不成？"只见姑娘站在厨房门口，盯着小伙子逼问。

小伙子面红耳赤，看上去快想要找个地缝钻进去了。

"哈哈哈，这个丫头的脸皮，厚得像拖拉机轮胎哩，尕联手是随便当的吗？"老板哈哈大笑。

"我们藏民就是这样，吃糌粑子甩大鞭子唱'呀啦子'，敢说敢做敢当！"姑娘转头堵住老板的话头，他一下说不出话来了。

姑娘不搭理他，那双火辣辣的大眼睛继续盯着小伙子，快把小伙子给灼痛了。

生哈的英俊长哈的好，

你就像草原上的骏马。

干哈的好来种哈的善，

央宗我今天就奔你着来。

我俩遇见着想当联手，

就看你答应不答应！

此时太阳正挂在天际正中，宛如大火球般炙热，姑娘干净清亮的歌声从小面馆飘向街头，引得路人驻足围观，更让小伙子手足无措，怔怔地站在一旁，看着眼前的姑娘。

"今个子尕元子真是踩上狗屎运了，尕元子，看你那尻样儿，连个丫头也不如，快回话哩！"一旁的老板使劲搓着手掌心，朝小伙子大喊。

"我……今个子太突然了，你把我问住了！"小伙子低头搓弄腰间的围裙。

"我的名字叫央宗卓玛哩，没有阿妈，这是我阿爸，今个子我一来给阿爸看病，二来还你的咕噜磨，三来问问你答不答应当我的联手。说实话，那天我回去后，心里放不下！你快给我回个话！"

一头是央宗姑娘的咄咄逼人，一头是尕元子的腼腆羞涩，看热闹的人们开始起哄，"小伙子，快答应哈，这么漂亮的姑娘，到哪里找去哩！哈

哈哈……"

"尕元子，还不快点哈个头来作哈个揖，天赐的缘分哪!"郑老板也按捺不住了，那手掌心搓得像要掉一层皮，大声朝小伙子喊。

　　　　生来是打工的命哪，

　　　　日子像苦蒿的根哪。

　　　　阿大和阿妈都没有哪，

　　　　我就是个流浪的人哪。

　　　　地当铺着天当被哪，

　　　　一人吃饱了没烦恼哪。

　　　　央宗姑娘的情意深哪，

　　　　就怕你跟着我受苦哪!

　　　　就怕你跟着我受苦哪!

尕元子的心怦怦乱跳，脸儿红得像天边的彩霞，他鼓足勇气，边唱歌边走到姑娘身边。姑娘顿时眼泪汪汪。

　　　　我的马儿需要个新主人，

　　　　我的牛羊需要个新牧人，

　　　　我的藏獒需要个新靠山，

　　　　我的心儿需要个好归宿，

　　　　我的阿爸需要个好木化（女婿），

　　　　我的草原需要个亮太阳。

　　　　就是你了，

　　　　就是你了啊!

听着央宗清亮嗓子奔流而出的金子般的话语，尕元子满眼的泪蛋子像掉线的珍珠哗啦啦直流。他 7 岁没了阿大，阿妈丢下他们兄弟三人改嫁，从此他们过着衣不遮体、食不果腹的日子，替人干活、寄人篱下，受尽了白眼，只为吃饱肚子。今天，这个好看的藏族姑娘说出这样一番话，着实让尕元子感动得稀里哗啦。都说藏族姑娘的爱情好比天上的太阳，热烈、奔放、滚烫，让人无处躲闪。

"尕元子哎，快给个话嘛，别像个木头墩子一样啊！"郑老板再也按捺不住了，快步走上前，一手拉着尕元子的手，一手牵着央宗的手，将两人的手握在了一起。看热闹的人顿时嘘声一片，响亮打口哨的、大声喊叫的混合在一起。

"尕元子，这么好的运气怎么就不落到我的身上！"

"尕元子交上桃花运了！"

"尕元子，以后别做拉面了，跟上尕联手，上草原放羊去！"

……

两个青年人的手紧紧地握在了一起，他们的心也紧紧地连在了一起。尕元子羞涩且深情地望着央宗姑娘，央宗姑娘的眼神仍旧那么泼辣大方，直勾勾地盯着尕元子，仿佛世界上只剩下尕元子一人！

一旁围观的老板娘悄悄过去，一把抓住了郑老板的手，心想：这个丫头胆子大，像母老虎一样霸道，像母豹子一样多情哩！今个子我也抓一回男人的手，看能不能堵住他贼眼！这一抓不要紧，郑老板猛地转过身，狠狠瞪一眼自家婆娘，甩开手，骂了一句："你这个婆娘，也要起时髦了，没羞！"

老板娘很窝火，"哼"了一声，狠狠回瞪一眼男人！

这时，人群中有人喊："既然两个年轻人成联手了，选日不如撞日，我看，今天就让他俩按汉民的习俗拜哈个天地了，结成个夫妻嘛！央宗的阿大，你看咋样！"

"我们藏民有一句话，叫'跑快的骏马靠铁掌，藏民的木化（女婿）顶个儿'，只要我家央宗看上就行！"央宗阿爸说得很痛快。

此时，微风轻拂着尕元子和央宗幸福的脸庞，湛蓝的天空下飘着几朵棉花云，祝福着这对有情人……

后来，尕元子跟着心爱的姑娘去了无垠的大草原，央宗细软的皮鞭天天打在他身上，他却心甘情愿、乐在其中。央宗的马儿有了新的主人，牛羊有了英俊的牧人，藏獒有了新的靠山，央宗的阿爸有了可靠的木化（女婿），央宗的天空又升起了明亮的太阳！

当然，这个拉面匠尕元子就是我的父亲，藏族姑娘央宗就是我的母亲。

一碗拉面，成就了一段美好的藏汉爱情。

再后来，我们来到这个世上，我的父亲尕元子带母亲央宗去了有耕地的村庄，父亲仍天天做他的拉面，我的藏族母亲也学会了给孩子们做拉面。孩子们喜欢吃母亲做的拉面，是因为母亲做的拉面里有一股子母亲的泼辣味，有一股子酥油奶茶的浓香味，还有一股子大草原的草香味和牛粪味。

每当父亲给孩子们讲起一碗拉面的故事，我母亲嗤之以鼻，眼角飘过一丝不易察觉的得胜者的浅笑，终于把藏了一辈子的秘密说出来了："哎哟哟，人活一辈子，谁家的日子不像一碗弯弯绕的拉面！当年我假装好吃拉面，就是想让你阿大跟我走，到大草原当个放羊娃！"

母亲俏皮地瞪一眼父亲，然后莞尔一笑，依旧把几十年前的热辣留给父亲。

就这样，父亲和母亲的爱情在一碗拉面中牢牢扎下了根，一碗拉面在我们这个藏汉混搭的幸福家族里牢牢扎下了根。拉面像一根长长的线，一头拴住了有关大草原、牛羊、藏獒、酥油糌粑的所有记忆，另一头拴住了父母亲赐给孩子们的"曲折是必然、汤水是历练、香味是赏赐、红绿色是希望、吃进肚子里皆是养分"的拉面哲学，还有浓浓的乡愁和血浓于水的亲情，让我们受用一生。

品不尽的酸甜苦辣，道不尽的人生往事，悟不尽的高天厚土，欲说还休，欲说还休，好一碗有故事的拉面！

（沈海存，青海省作家协会会员。）

情满珠江

十里大山

———

久居他乡亦故乡。2024 年是韩四力毛安居花城广州的第 12 个年头，也是他的家庭和事业更上一层楼的新起点。

继十余年默默无闻坚持做"爱心拉面"后，韩四力毛夫妻因热心于慈善、爱心赋公益的感人事迹于 2021 年 3 月意外在网上"走红"后，同年 12 月获得了"白云好人"荣誉称号。两年后，即 2023 年 12 月，韩四力毛被推选为广州市白云区民族团结进步协会第二届理事会理事。这不仅意味着这位来自青海省循化县的撒拉族年轻小伙将要承担更多社会责任和工作使命，也意味着除了继续经营好自己的"高原精品拉面店"外，还要花费更多时间和精力去呵护民族团结之花，去回馈让他们圆了致富梦的第二故乡。

既有跌宕人生，便有"冷暖人生"的故事。查汗都斯乡阿河滩村撒拉小伙韩四力毛，亦有他鲜为人知的故事。

1996 年，为改变贫困家境，年少的韩四力毛离开了养育自己 16 年的故乡，远赴西藏、新疆，开始了打工生活。闯社会，练人生，坚强的他始终相信父母亲教导的"只要遵纪守法，靠勤劳的双手就一定能过上幸福生活"的金科玉律，凭着不知道什么叫累的身子骨和旺盛心气，当过淘金娃，做过工地学弟，干过小店杂工，也在餐饮店当过小工……十几年眨眼而过，工作换了一个又一个，时光慢慢耗去了他当初的激情。没有学历、没有技术，不管走到哪里，他能找到的活，都是最简单粗暴的工作——拿体力换钱。更让人难过的是，就算拼了命去干，拿到手里的钱也只能勉强养活自己，当初立下的"改变家庭命运"的誓言变得越来越触不可及，甚至遥遥无期。

历经磨难的韩四力毛下决心要换个赛道。他看到周边不少人跟风跑大车，也听说搞货运收入不错，甚至有人在千里青藏线跑出了一条"黄金运输线"。他想，跑运输哪怕比打工好一点点，也要去试试，就算失败了，最起码能经见一些世面，比现在也坏不到哪里去。2000 年，在父母的支持下，他参加驾驶技能培训，如愿拿到了驾驶证。没多久，在亲友们的帮助下，他购置了一辆大货车，开始在西藏阿里、新疆南疆等边远地区跑长途运输。

此后，他便踏上了"漫漫"求富之路。

几十万元车贷犹如一座无形的大山，几千公里长距离运输，可能出现的意外每时每刻都悬在他和家人心头，车轮上赚钱的营生需要的是胆魄和细心。他把这种压力转化为车轮上的助推器，不惧辛劳、不畏苦累，风餐露宿、没日没夜，付出的辛劳比同行多十倍百倍。在青藏黄沙漫漫的长路上，他唯一的梦想始终未曾改变：努力，再努力，让家人早日过上丰盈充实的好日子。

然而，如同前十几年的打工生活一样，经年累月地跑运输，到头来依旧是最原始的"体力活"，除了让家人日夜担心，并没能换来想象中的富足生活。甚至常年在外奔波而无法陪伴家人、照顾双亲，使韩四力毛在思念中又心生一份愧疚，这种难以释怀的歉疚感像虫咬般啃噬着他的心，使他再也无法将心力投入曾经寄予厚望的"财富之路"。尤其是有了自己的小家庭后，他面临着经济、精力、时间的"三重压力"，常年颠沛流离、

跑来奔去的营生已经不允许他长此以往。

好在，多年的历练不仅锻炼了韩四力毛吃苦耐劳的性格，也开阔了他的眼界，加上他坚守着对美好生活的追求，使他对自己和家庭的发展有了清晰而长远的规划。

父母逐渐年迈，未来还有孩子要抚养，这些实际问题摆在小夫妻眼前，他们不得不考虑更远的未来。思来想去，韩四力毛决定再去学习一门贴身的新手艺，待到自己闯出门路后，带领兄弟姐妹们一起勤劳致富奔小康。

2005年秋天，韩四力毛又一次告别家人远赴江苏扬州，投奔表哥的拉面店，开始从"学徒"干起。为了表示自己坚定的学艺决心，他主动提出只要管吃管住就行，不要工钱，免费帮工的唯一条件是教会他学拉面，直到他可以独当一面、独"站"灶台。

天道酬勤，年少时吃苦耐劳的本性从未改变过，他像脚底下安了钢球似的，从早忙到晚。眼里看着，心里记着，手上练着，仅用半个月时间，就学会了拉面技术。他手下快、手法熟，拉出来的面筋道，弹性十足，连师傅都忍不住夸赞他是一把拉面好手。韩四力毛不仅拉面功夫深厚，还出了名的敦厚老实，更是一个知恩图报的人。学得拉面技术真传后，他并没有撇下表哥转身就离开，而是继续留在表哥店里，认认真真、本本分分当好跑堂，哪里有活赶紧帮忙，哪里缺人及时补上。两个月后，表哥找到他的"替身"，他才带着妻子和哥嫂离开。他们来到长江与京杭大运河交汇处的扬州，盘下他人生中的第一家"拉面店"，开门迎客，正式开启了自己的"拉面店"创业生涯。

拉面店经营有多辛苦、日常运营有多烦琐、堂前后厨有多忙乱，就算开过店的人，也无法道尽其中苦酸，但这也是很多像韩四力毛家这样的贫困家庭走出大山、摆脱贫困的动力和奔头！开店之初，一家人奔着同一个目标，朝着同一个方向，向着"勤俭持家、劳动致富"的梦想日夜操劳。

大家干劲高涨、奔头十足，比一些同行更加努力，以可口实惠的饭菜、热情的服务、周到的消费体验吸引了大量食客。为了满足城市各类消费群体的不同需求，按照韩四力毛的建议，合伙人同意实行24小时营业。这是对体力和耐力的双重考验，应一时之急可以，长此下去怎么受得了？对此，他们调整店面人员力量，夜班2人一组、白班4人一组轮番上阵，既能保证人员的休息，又能吸引"夜间消费"，从而将一个店面的潜力发挥到极致，最大限度地消弭店面的租金压力。

深夜一碗面，暖了无数城市打工人的心，也让韩四力毛的拉面店日见起色。

二

创业之路并非一帆风顺，在坎坎坷坷和起起伏伏中，韩四力毛的儿子、女儿相继出生，喜悦和压力接踵而至。这是生命的延续，也是生活给予他的希望，他更有干劲了，期望有更好的经济条件，让家人过上更加美好的生活。

2007年，在堂哥的支持下，韩四力毛带领家人来到广州市海珠区，独立经营自己人生中的第二家拉面店。虽然前期恰好赶上广州亚运会，大量人流涌进花城，给他带来了机遇，拉面店生意一下子好起来了，而且发展势头一路向好。但好景不长，席卷亚洲的金融风暴波及广州，店面生意急转直下，直至关门歇业。此后几年，韩四力毛又得益于族亲的支持，像只远飞的鸟儿，先后在西宁、洛阳、玉树、大连等地寻求发展机会。

与人为善、热心助人是撒拉族与生俱来的民族特质，韩四力毛将这种特质体现得淋漓尽致。无论在最艰难的打工阶段，还是在漂泊异乡的谋生阶段，他始终不忘民族本性，给河南、河北等洪涝灾害地区主动捐款。2010年青海玉树抗震救灾中，他以"一家人"的强烈心愿，主动参与抢险服务工作，尽自己的微薄之力。

三

缘分有时就是一场满怀期待却又不期而至的美妙际遇。2012 年 6 月，兜兜转转，韩四力毛携家人又回到心心念念的广州，在白云区斯文井社区安定下来。总结之前创业的经验教训，经过深思熟虑，他和妻子再次将"高原精品拉面店"的门牌挂了起来。开业没多久，他们店的拉面因原汁原味、价格公道、物美价廉而吸引了越来越多的食客。他们尽量做到"小店多样"，让不同口味的消费者有选择余地，可变的是尽力满足不同需求，不变的是贴心、舒心、安心的服务。夫妻俩还达成共识，对环卫工人、残障人士、60 岁以上的退伍老兵和务工少数民族等低收入客户一律按半价收费。

真心换真情。他们的用心换来了街坊邻居的认可，老顾客渐渐多了，生意日渐红火，收入逐日丰盈，他们的家庭经济条件也有了明显改观。

俗话说得好，在家日日好，出门时时难。在多年的奔波打拼中，韩四力毛经历了太多的艰辛，特别是在与人交流和沟通中，作为一名来自西北的少数民族汉子，他连普通话都说不流畅，因而面临的困难比其他人更多。幸运的是，在"一家亲"的大中华，他们一家人总能得到许许多多陌生人的真诚鼓励和热心帮助。他们对辖区领导、社区干部群众，以及家乡各级领导、循化县驻广州办事处人员数年如一日对自己费心费力的帮助始终铭记于心。作为回报，他们时时擦亮依法经营、诚信做事的底牌，关心身边需要帮助的街坊邻居、社区困难群体和其他少数民族困难群众。

四

创业路上，韩四力毛最大的感受是自己这一代人生逢盛世，国家、社会给了他奋斗的平台、成功的机遇。他们感恩自己赶上了好时代，让他们这样一个普普通通的少数民族家庭也有机会创造财富，实现个人价值。有念于此，夫妻俩更加坚定了回报国家、回报社会的决心。

在日常的经营服务中，细心的韩四毛力发现，在城市里，除了环卫工人、送水送煤气师傅和其他务工的低收入人群需要关心外，还有一些向往大城市的年轻人，他们在追求梦想的过程中，往往会遇到不同程度的困难，而在遭遇困境的时候，如果得不到及时帮助，可能会走上错误的人生道路，进而毁掉一个人的一生、一个家庭的前景。他想，如果这个时候能及时提供力所能及的帮助，哪怕是送上一碗热气腾腾的拉面，或许能让他们感受到这个社会的温暖，从而重拾信心，慢慢走出困境。

他之所以会有这种想法，是因为他也曾是"被雨淋湿的孩子"，别人"递过来的这把伞"，给了他再次创业的动力。那是 2002 年，跑长途运输的韩四力毛遇到了一次"一面之恩"。那年，他从西藏阿里送货到青海格尔木市，等货安全送达后，老板却恶意拖欠甚至拒不支付运费，连一路的油费、路桥费都是他从牙缝里抠下来的血汗钱垫的。为了拿到运费，他不停地找老板，反复催讨，但终究还是没能拿到辛苦钱。当时年仅 25 岁的他举目无亲、身无分文，在饱受饥饿之苦之后，不得不跑到银行将存折里仅有的 20 元取出来，但这无异于杯水车薪。他饥肠辘辘、彷徨无助地在一家面馆门口徘徊许久，不敢进去，也羞于开口讨饭……后来他回忆起这段往事，动情地跟妻子说："当时我没勇气走进店里，也不知道怎么开口，店老板看出了我的窘境，主动叫我进去，免费端给我一碗面……唉，现在回想起来，幸亏遇到了好心人，帮我渡过了难关。现在咱有条件、有能力了，一定要回馈社会，关爱他人。"

恰到好处的帮助，又不触碰到受助人的伤痛，这是朴实的韩四力毛一直在秉持的原则。念念不忘，必有回响。2015 年 7 月，韩四力毛陪父母到甘肃省临夏市旅游时，在一家面馆看到一面"爱心墙"。他顿获灵感，激动不已。回到广州，他立刻在自己的"高原精品拉面店"墙面显眼处腾出

一片空白，设立"墙上有爱"园地，并在墙上贴了一些拉面小票的贴纸，中间部位是一行醒目的大字："你饿了，要是口袋里没钱，那就用墙上的小票吃一碗爱心面吧。"他拿出4000元作为爱心拉面基金专款。遇到困难又不愿张口寻求帮助的人，就从墙上摘下一张小贴纸，递进取餐口，不多时，小窗口里就会递出一碗热气腾腾、分量十足的拉面……几年下来，爱心墙上贴满了粉红色心形贴纸，那些祝福、鼓励的暖心话语成了述说人间真情的诗言。

近10年来，夫妻俩默默坚守着"送人玫瑰、手有余香"的信念，将自己辛辛苦苦赚得的3万元经由一碗碗拉面，转化成春风般的爱心，温暖了一颗颗无助的心。他们不求回报、不为名利，让这份贴心细致的爱如同冬日里的暖阳，温暖而不耀眼，使他们与素昧平生的食客之间达成了一种守望相助的默契。

五

2021年3月的一天，韩四力毛夫妻俩如常在店里忙碌着，这时走进一位手拿相机的年轻人，他径自走到"爱心墙"，认真看完后，平静地对韩四力毛说："我来广州已经四五天了，还没找到工作，也没钱吃饭，能不能吃一碗免费的拉面？"韩四力毛心想，可能又是一位饥肠辘辘的求助者，二话没说，立马做了一碗热气腾腾的牛肉拉面端过去。但小伙子却不着急吃面，而是拿着相机，从不同角度拍摄店里的实景，还好奇地跟他聊起"爱心拉面"。吃完面后，小伙子动情地说："这是我吃过的最好吃的拉面，因为里面有善良和爱心，我会记一辈子的。"为表示谢意，他要为夫妻俩和孩子们拍个合影，留作纪念。韩四力毛怕拒绝会让小伙子感到不舒服，便叫上家人，配合小伙子进行拍摄。小伙子将一家人的合照打印出来，装进相框后送给韩四力毛，这才开开心心地离去。

不承想，没过几天，很多撒拉族同胞、老乡朋友甚至远在老家的家人亲戚们纷纷打来电话，说夫妻俩已经"火出圈"了。原来，到店里"寻求帮助"的那位小伙子是个拥有几十万粉丝的抖音网红"志刚在郑州"，他听说韩四力毛夫妇多年默默无闻坚持做"爱心拉面"的事迹后，前来实地探访。后来，韩四力毛才发现，小伙子在送给夫妻俩的相框里悄悄放进了100元，并留言道：广州有你真好，青海人为你感到骄傲。

韩四力毛突然"走红"后，广州电视台、《信息时报》、《南方日报》、《羊城晚报》、白云融媒体等媒体先后对他们进行采访、宣传和报道，这打破了他们只在自己店里团团转的相对宁静的生活，让打小受"右手给予的不让左手知道"传统教育熏陶的韩四力毛不知如何应对，深感不安。不少市民和网友来到店里，想一探究竟，也有很多人表示要捐款支持。夫妻俩的本意只是想尽一点自己力所能及的义务，不想出名，更不想被关注……

好在社区居委会、办事处领导给他们出主意，提醒他理性看待此类事情，鼓励他坚守初心，带动更多爱心人士参与公益事业。夫妻俩商量决定，接收部分爱心人士的小额捐款，融入爱心拉面基金。真是无心插柳柳成荫，"爱心拉面"影响力与日俱增，他们开店的意义变得越发重要。

不少同在广州的撒拉人纷纷咨询"爱心拉面"的具体做法，与韩四力毛有交往的其他少数民族朋友也表示要向他学习，一起加入回馈广州、关爱社会的"爱心拉面（爱心饭馆）"公益行动。更让韩四力毛感动的是，一位11岁的小朋友在抖音短视频上看到"爱心拉面"故事后，也想尽自己的一份力去帮助别人，特地由父母带着来到店里，捐了50元，并用稚嫩工整的字迹，在爱心贴纸上写下自己的祝福。

真正的守望相助，是更有价值的爱的传承。

一个深秋的傍晚，一位60多岁的老大哥拖着沉重的行李箱，在店外徘徊许久，最终，他好像下了很大决心似的，走进店里寻求帮助。吃完一碗面后，老大哥拿出证件，告诉韩四力毛，自己是一位退伍伤残军人，从花都来的，一会儿还要步行到广州火车站去投奔老乡，因肚子太饿，刚好看

到了"爱心拉面"墙，就进来寻求帮助。等他离开时，韩四力毛想，既然大哥吃不起一碗面，也不会有坐车的钱，就又给了他20元零钱。

房东范彩金老人是一位待人友善的本地汉族老太太，得知韩四力毛夫妇是来自西北的少数民族，便仔细询问撒拉族的风俗习惯，她觉得尊重少数民族习俗是大事，见到街坊邻里就不忘提个醒。老太太自己也有不少困难，但她得知夫妻俩坚持做"爱心拉面"的事迹后，对他们高看一眼，处处给予方便。疫情期间她主动减免半个月房租，还把每年递增的续租租金减去一半。这份情谊，韩四力毛记在心里，把它转化成自己的爱心动力。老人年事已高，家里没有其他劳动力，韩四力毛就将老太太当作自己的亲人长辈一样来照顾，老人家里的重活、体力活他能揽则揽、能干则干，尽自己所能减轻老人的劳累之苦。就这样，他们两个家庭，像一家人一样彼此照顾、守望相助，房东和租客，两个民族的同胞在一日三餐的烟火中，像石榴籽一样紧紧抱在一起！

六

通过媒体报道梳理，韩四力毛夫妻俩热心慈善公益事业的事迹逐渐被大家所了解。尽管他做公益不事张扬，但我们还是忍不住晒一晒他的"爱心榜"。

他们的"爱心拉面"坚持做了近10年，帮助了2000多位受困人士。截至目前，受韩四力毛影响和鼓舞，已经有4位撒拉人在自己经营的拉面店建立"爱心墙"，"爱心拉面"的社会影响力不断扩大。

2012年起，韩四力毛坚持为环卫工人、水电煤气工和辖区保安等需要帮助的人群免费提供热水、充电和空调房歇脚休息服务。2021年4月，韩四力毛参与辖区慈善公益活动，慰问环卫工人；7月，到清远市鱼水村小学慰问山区留守儿童和孤寡老人。

2021年12月，因坚持"爱心拉面"事业，默默守护"爱心港湾"，韩四力毛当选"白云好人"。2022年7月，了解了韩四力毛的"广州故事"后，循化县县长何林带领县拉面、就业及县驻广州办事处等部门负责人亲临"高原精品拉面店"慰问考察。因志愿工作成绩突出，2023年度广州白云区岭南志愿者表彰大会给他颁发了"好邻居友善合作奖"。2023年9月，因积极参与"羊城慈善月"慈善捐款活动，韩四力毛获得多部门联合颁发的"爱心证书"。当年12月，韩四力毛当选为广州市民族团结进步协会第二届理事会理事。

面对政府和社会各界给予的荣誉，韩四力毛夫妻俩总是谦虚地说："是广州这座城市给了我们劳动致富、成就事业的机会，广州就是我们的第二故乡，今后我们还要将"爱心拉面"做下去，坚守住"爱心墙"这个温暖人心的阵地。"

谈到面馆的未来，韩四力毛夫妻俩信心满满；对儿女们的未来，他俩更是寄予厚望。受父母言传身教影响，儿子韩瑞踏实稳重，如同父亲一样，从踏入拉面行业那天起，专心学艺，用心操持店里的生意，也用实际行动支持父母的慈善公益和"爱心拉面"事业。女儿韩媛就读于同仁艺体实验学校初中二年级，担任班长，不仅学习成绩优异，也是老师的得力助手，更是韩四力毛的骄傲！

黄河岸边播撒的爱心种子在珠江边开花结果，韩四力毛的善行义举显示了中华民族大家庭的亲和力，必将在铸牢中华民族共同体意识的伟大事业中绽放光彩。

（十里大山，原名石阳慧，苗族。桂智无纺布（广州）科技有限公司副总经理，广州市民族团结进步协会副秘书长、广东省贵州毕节商会副秘书长。）

一碗拉面温暖感动一座城

——记循化县拉面创业人马志华

韩原林

　　一篇题为《爱心拉面的幸福味道》的诗文于 2019 年 12 月 23 日刊登在山东统一战线的公众号上，其中一张照片令人动容：以一面国旗为中心，由拉面人和各民族同胞手持小国旗组成的心形图，照片上下方各置一横幅，内容分别是："各民族要像石榴籽一样紧紧抱在一起"和"民族团结一家亲，同心共筑中国梦！"普通的拉面人、普通的场景，但不普通的爱国情感的表达如此让人感动！而这篇诗文书写的内容就是"一碗拉面感动一座城"的主角之一马志华。

　　马志华，1976 年 1 月生，回族，青海省循化撒拉族自治县积石镇瓦匠庄九社人。2006 年 6 月起，他在威海经营拉面馆，是当地清真爱心拉面活动发起人。他积极团结广大拉面人，主动为威海循化籍拉面人化解矛盾纠纷，为民族团结稳定做出了积极贡献，被推选为威海市伊斯兰教协会常委。他率先发起为环卫工人免费提供爱心拉面倡议，带领当地 500 余名穆斯林、104 家清真餐饮店，为 1786 名环卫工人提供免费拉面。人民网、新华网、光明网等媒体相继头版报道，中央电视台早间新闻播出。马志华在人生的创业之路上走出了精彩的三部曲：艰苦创业，立足面馆；乐善好施、守望相助；感恩威海、回报威海。

艰苦创业　立足面馆

马志华出生在青海省海东市循化县黄河畔一个普通的家庭，家中有 9 个兄弟姐妹，他排行第六。父亲因病很早过世，母亲常年卧病在床，姐姐幼时生病没钱医治而成聋哑人。因家境贫困，小时候的马志华经常吃不饱饭。18 岁的他无奈背起行囊外出打工。但因没有文化和技能，只能通过摆地摊、收旧货、当工人等苦力活来维持生活。那时候的他，最大的愿望就是自己能吃上一口饱饭，能给家里生病的母亲攒下点医药费就很知足，哪怕再苦再累都愿意去做，也会尽力去做。然而，几乎毫无社会生存技能的他生活始终没有起色，只能勉强维持温饱。

随着成家、孩子的出生，马志华面临的生活压力越来越大。终于，在朋友们的劝说下，他准备到内地试试开拉面馆，看这条路能不能行得通。

2006 年，在家里亲戚朋友的筹款帮助下，加上自己借来的钱，马志华来到了山东省威海市，懵懵懂懂地开始探索自己的拉面馆创业之路。

"看到整洁、干净、美丽的威海市，和我们家乡的城市有着鲜明的对比，我觉得我和这个美丽的城市有缘，也会深深爱上这座城市"，回想起抵达威海的那一刻，马志华至今感慨万分。也就从那一天起，他暗暗下定决心，一定要在这里闯出一片天地，打拼出属于自己的事业。

提起创业之初时的情景，马志华至今难忘。"在找店面的时候，有一次我路过小商品批发市场，发现这里人流量大，快餐需求旺盛，拉面出餐快、翻桌率高，我立刻选定了这个位置，也如愿租到了心仪的店面。"经过简单装修后，马志华的拉面馆终于开业了。为了留住回头客、吸引新顾客，他坚持量大实惠、服务至上，尤其在牛羊肉等食材选择上，毫不含糊，保证食品安全、餐饮安全，不仅赢得了当地穆斯林顾客的夸赞，也得到商场内商户和周边人的认可，就餐的人也越来越多，日营业额从最初的300 元增加到现在的超过 1000 元。经过两年多的苦心经营，拉面馆生意渐

入正轨，开始盈利，马志华不仅还清了所有欠款，还有了一些积蓄。就在这时，有位刚到威海的老乡找到他，想从他手里接过正在经营、生意红火的拉面馆。看到无依无靠的老乡，马志华想，毕竟自己在威海已经熟门熟路，也有了一定的经验，不怕从头再来。不像老乡，刚到威海，人生地不熟，想谋条生活之路是何等艰难之事。于是和家人商量后，忍痛割爱将拉面馆让给了老乡，而自己，又开始大街小巷找店面，重走第一次的创业之路。最后，他在温泉镇黄金顶小区找到了一间合适的店面，开起了饭馆。

由于地点偏远，那时的温泉镇人还不是很多，店面刚开时，生意不太好，来吃面的人很少。一天，饭店门口来了一位浑身脏兮兮的流浪者，在店门前徘徊不走，堵着大门影响顾客进出，马志华虽然很无奈，却不忍心驱赶他离开。眼见这名流浪者实在可怜，马志华便在他面前放了一只凳子，端来一碗拉面让他填饱肚子。此时，恰逢温泉小学开家长会，这名流浪者蹲在凳子前吃拉面的场景，被来来往往的学生、家长以及老师看在了眼里。从那以后，店里的生意一下子好了起来，前来吃面的人络绎不绝。后来不管在哪里开面馆，生意都不错，不少同乡人都向马志华取经，他总是笑着说，大概是因为做了善事，生意才会好起来。从那以后，马志华明白，给予是快乐的，付出是幸福的，在生活中有很多有困难的人等着我们去帮助，有很多人需要我们的关心，善有善报，要懂得奉献，才会有幸福的收获。

马志华说："我们在威海开拉面馆，得到了威海市政府及各有关部门的帮助，在办理营业执照、子女就近入学等方面，政府相关部门都给了我们很大的便利，我们在得到政府帮助的同时，也应该在力所能及的范围内为社会做点贡献。我们穆斯林信奉的《古兰经》里也教导信众，要乐善好施，无论乞讨的是穆斯林还是非穆斯林，我们都要付出爱与真心。"

2013年下半年，马志华在高区西涝台市场开了拉面馆，同时也买了房子。作为来威创业的外乡人，他从未忘记自己初来乍到时的艰难，同样，他也始终记得，是社会和政府给予他们的帮助，让他一步步走到了今天。"威海是一座友善而文明的城市，这里改变了我，也改变了我的孩子。我希望自己能够为威海这座文明城市尽一份力。"

乐善好施　守望相助

马志华说："在西涝台村，有个智力低下的老人，没有子女和老伴，经常活动在我饭馆周围，因为常年不洗澡，身上一直有异味，许多人见了他都绕着走。有一次，我见他在我饭馆门口，就让他到我饭馆里吃碗面，老头非常高兴地吃完面，对我露出满意的笑容，从他的笑容里，我看到了感谢，看到了满意，更看到了幸福。我告诉店里员工，从此以后，无论我在不在店里，只要这个大叔到咱们饭店门口，就给他下一大碗拉面，让他吃饱再离开，一直持续到现在。周围的邻居知道后，都纷纷对我竖起大拇指，肯定我的行为。

"2014年5月29日，环翠区里口山发生山林大火，威海全市人民都积极地投入扑救山火的行动中，大家纷纷有力出力，有钱出钱，整个社会纷纷为扑救山火的官兵送水送饭，保障后勤供应。我知道后，想着我们拉面馆群体也应该贡献我们的一部分力量。经过了解，着火区域火情急，非专业人士不能进去扑救，于是我们放弃了成立灭火队上山灭火的想法，改为给灭火官兵送饭。我联系了高区、环翠区、经区的清真拉面馆业主，让高区拉面馆业主往张村里口山送饭，环翠区拉面馆业主到仙姑顶送饭，经区业主到羊亭送饭，矿泉水、凉面、炒面、盖面、盖饭种类不限，每家最少出10份，不设上限。我们找了几个有车的拉面馆老板，每天10点到各饭馆取餐，分头及时送到前线灭火官兵的营地，保证他们按时吃饭。

"在送餐的同时，联系到张村镇镇政府，镇政府工作人员告诉我们，在里口山灭火的济南某部队，有20多个回民官兵，没有清真餐供应，就餐困难。我及时联系哈工大清真餐厅及周边清真拉面馆，加班加点赶制盒

饭，及时地保证了他们的饭菜供应。从5月30日中午至6月1日中午，在我们老乡的支持下，分别向仙姑顶、张村里口山、羊亭贝草夼、北观村4个救助点的消防灭火人员配送了午餐和晚餐，共计饭菜1800余份，矿泉水500余瓶，参与送餐的清真餐厅、拉面馆共计38家，参与人员达100人之多，有力地保障了一线救火官兵饮食供应。在我们送餐的时候，《直播威海》栏目记者采访了我，对我们的支援救火行为表示肯定和感谢，很多威海民众通过电视了解到我们清真拉面馆的献爱心活动。虽然我们没有参与到一线灭火，但是能给前线灭火官兵送餐，保障他们的餐饮供应，解决他们燃眉之急，我们心里特别高兴、自豪。"

感恩威海　回报威海

在马志华的一生中，家乡循化和创业城市威海这两个地方对他而言有着特殊的意义。他说："家乡循化是生我养我的地方，塑造了我坚韧不拔、迎难而上的人格；威海是在我创业之路上接纳我并创业成功的地方，是一座温暖的城市。回报社会从身边做起，'感恩威海、回报威海'的念头始终萦绕在心里。一碗拉面，到底能做什么？我始终在考虑这个问题。"

马志华注意到，在党和国家的各项惠民政策的逐步实施下，没解决温饱问题的人几乎没有了，而作为城市的美容师——环卫工人，无论在严寒的冬日，还是在炎热的酷暑，始终工作在一线，起早贪黑，为我们城市的整洁干净辛勤地工作，但是他们却经常吃不上一口热乎饭，带着自己的干粮，凑合着吃饭。环卫工人是威海这座美丽的滨海小城真正的奉献者，没有他们的辛勤付出，就没有这座城市的干净卫生。当环卫工人辛苦工作之后，能就近吃上一碗热腾腾的拉面，他想：这就是我所能想到的力所能及的回报。

让环卫工就近吃上一碗热腾腾的拉面，这件事在马志华心中酝酿了很久。2016年9月，马志华将清真爱心拉面的想法开始付诸行动，但个人的力量是有限的，为了让更多的环卫工人获益，他积极鼓励开拉面的老乡、广大穆斯林加入。先组织高区一部分经营兰州拉面的老乡商讨，没想到，大家对马志华的想法非常支持，纷纷表示愿意加入为环卫工人献爱心的队伍中，大家纷纷表示，每个店门口都有环卫工人辛勤工作的身影，不论冬夏，环卫工们都主动给他们清扫店门口的垃圾，大家表示无以为报，可以奉献爱心拉面，让他们歇歇脚，吃碗热腾腾的拉面。

马志华说："我们决定先在高区试点，如果试点成功后，发动全市的清真兰州拉面馆参与到献爱心的活动中。经过报名筛选，首批高区20户清真拉面业主参与到献爱心拉面活动中，献爱心活动在2016年11月27日正式启动，我们成立了爱心拉面协会，制定了爱心拉面协会章程，规范了献爱心流程，统一制作了标牌，保证让献爱心活动持续地规范进行下去。每个月我都会到爱心拉面业主店里走访，了解为环卫工人献爱心活动是否有困难，有没有问题需要解决。大家都纷纷表示，每天献几碗拉面根本没有压力，能为社会奉献爱心，大家都表示非常快乐。

"2017年，在经过高区一年试点成功后，我发动全市有能力的拉面馆参与到献爱心的活动中，将献爱心拉面活动推广到全市。经过大家的支持，全市总计104家清真拉面馆报名参加献爱心活动，参与的穆斯林共500多人，奉献爱心拉面近9万碗，爱心拉面受益的环卫工人1786人。威海市域各新闻媒体，驻威的中央、省级有关媒体都给予宣传报道。《威海晚报》、威海电视台还对我率先发起的爱心拉面活动进行连续跟踪报道，各类订阅公众号、微博微信、客户端等新媒体也都给予极大的关注，《中国民族报》头版刊发图片及文字报道，新华社也专门派出记者进行实地采访报道，2018年1月13日，登上了央视早间新闻。短时间内在威海小城形成'一碗拉面温暖一座城，一碗拉面感动一座城'的感人浓厚氛围。

"为了使这个活动持续稳定地进行下去，我定期走访爱心拉面业主，同时将印有我电话号码的爱心拉面就餐卡发放到环卫工人手中。因为涉及

的两方群体都是文化水平不高的人群，我担心他们遇到问题不能妥善沟通解决，就要求他们在就餐过程中如果遇到问题，及时给我打电话，由我来协调处理，保证献爱心活动持续稳定地进行下去。在爱心拉面业主的配合支持下，使爱心拉面活动持续进行了两年多，形成了一个为环卫工人献爱心的爱心拉面品牌。

"自2006年6月来威海以来，在努力创业的同时，积极团结广大穆斯林，主动联系拉面馆调解矛盾纠纷，不论白天晚上，有人给我打电话，我都第一时间赶到现场，化解双方矛盾，为威海民族团结、社会稳定贡献力量。每当我帮助了他人，晚上睡觉就会觉得特别踏实。我始终记得是党委政府给予的帮助，让我摆脱了初来乍到的艰难，感恩威海，回报威海，是我念念不忘的初心。在十多年的创业过程中，我认真履行职责，在穆斯林中间积极宣传党和国家的民族宗教政策、法律法规，思想上时刻与党中央、各级党委、政府保持高度一致。党的十九大、全国'两会'及上合峰会期间，在穆斯林礼拜殿值班值勤，认真做好市伊斯兰教界安保维稳工作，在威海伊斯兰教界未发生一起不稳定事件。我积极组织清真餐饮业主参加政府组织的消防、食品安全等各项培训，将各项政策普及到穆斯林群体中，让大家形成在威创业、遵纪守法、爱国爱教爱威海的意识并变成自觉行动。

"同时积极为在威海的穆斯林服务，先后帮助50多名困难穆斯林创业开店办手续、安置打工岗位、协调子女上学、解决生活困难等；定期走访拉面店，看望在威海创业的穆斯林，了解他们的思想动态和创业、生活现状，帮助解决实际困难，先后为社会公益慈善事业捐款近3万元；协助党委政府在扩大穆斯林中开展争创"清真餐饮示范店"活动，让广大穆斯林群众守法规范经营，改变了我市清真餐饮业脏乱差的现象，提升了清真拉面馆的整体形象。"

马志华说："最近，我正筹划组织爱心拉面业主，准备带着案板和炉灶，到儿童福利院敬老院去，为孩子和老人们现场做拉面，让他们现场尝一尝刚煮出来的爱心拉面……能为社会做点事，我感到很自豪，钱挣得多少只是数字，对社会有贡献，才是人生价值的体现。我坚信，活动有期，爱心无限，通过开展各种形式的献爱心活动，为威海这座文明城市奉献我们广大穆斯林的爱心。中华民族一家亲，同心共筑中华梦，建设精致城市·幸福威海，我们穆斯林兄弟一个也不能少！"

（韩原林，撒拉族，循化县第二中学教师，中国作家协会会员，鲁迅文学院第 37 期中青年作家高级研讨班学员。先后在《北京文学》《星星》《民族文学》《安徽文学》《散文诗》等报刊发表诗作，出版《清水湾诗笺》《生命之恋》《渡口归人》3 部诗集。）

从拉面到大学，一碗面的逆袭

佚 名

在这里，我们自豪地展示部分出身拉面家庭，以非凡毅力和不懈努力成功考入大学的优秀学子们。每一行名单，都凝结着他们的勤奋与汗水；每一所校名，都见证了他们从平凡到卓越的华丽蜕变。让我们一同分享这份喜悦，感受一碗面所承载的光荣与梦想！

马成龙	清华大学
马 超	清华大学
韩德功	复旦大学
沈 强	上海交通大学
韩美丽	北京师范大学
马国才	苏州大学
马俊杰	吉林大学
韩学林	山东大学
马艾有布	上海同济大学
马优明	中央民族大学
马欣玉	武汉大学
李丽美	中南大学

马文军　　暨南大学

马　林　　西南民族大学

韩雪莲　　青海师范大学

韩　冰　　西安培华学院

韩福旺　　郑州大学

何永良　　无锡太湖学院

马晓君　　昆明文理学院

海雪梅　　中南民族大学

海雪莲　　西安医学高等专科学校

韩希芸　　西北民族大学

马媛媛　　华中师范大学

韩学龙　　西南民族大学

韩　瑞　　青海大学

海雪莲　　西安医学高等专科学校

马艳琼　　新疆伊犁大学

韩国智　　天津理工大学

韩　晓　　青海民族大学

杨文灏　　青海大学

陈启贤　　西安思源学院

韩　莉　　青海大学

韩美丽　　西北民族大学

马玉芳　　青海师范大学

马忠良　　重庆大学

马福星　　兰州理工大学

马文涛　　辽宁科技大学

马　倩　　青海大学

陕海波　　沈阳化工大学

陕慧云　　青海民族大学

陕慧雯　　山西财经大学

韩　雪　　河北外国语学院

韩儒真　　青海师范大学

韩　芳　　北方民族大学

陈奇双　　山东大学

马小梅　　青海师范大学

韩学龙　　中央民族大学

韩忠德　　青海大学

韩忠良　　北方民族大学

张学梅　　甘肃民族师范学院

索海霞　　兰州博文科技大学

马　艳　　西南民族大学

韩美丽　　西北民族大学

韩建国　　陕西师范大学

马晓娟　　中国石油大学

后　记

　　时代脉搏，铿锵洪亮。2024 年，我们迎来了中华人民共和国成立 75 周年、青海解放 75 周年、循化撒拉族自治县成立 70 周年，三喜聚首，盛世风华。《一碗拉面的故事》记录了循化各族儿女为改变贫困面貌，横跨黄河、勇闯天下的动人故事，是循化故事、青海故事、中国故事的精彩篇章。几万拉面人是新时期"山乡巨变"的参与者、推动者，他们用舞动的双手编织属于自己的幸福生活，用朴素的家国情怀反哺家乡、回报社会，沿着绵延不绝的拉面之路走向"一带一路"，用"许乎"文化的火把点亮铸牢中华民族共同体意识的灿烂灯塔。所有的故事都从一碗碗意蕴悠长的拉面中溢出，拉面有多长，故事就有多长……

　　《一碗拉面的故事》一书的诞生，源自省委主要领导对拉面产业的批示要求和深情嘱托，源于县委、县政府对发展拉面产业的战略眼光和长远谋划。书中讲述的都是普通劳动者不平凡的故事，鲜活生动、感人至深、催人奋进，那是几代拉面人在异乡土地上发光发热、在陌生城市里默默耕耘、在时代大潮中建功立业的最好见证。

　　本书在编纂过程中广泛征集了文字史料和图片资料，力求通过图文并茂的方式，真实还原循化拉面产业发展历程。特别约请了县内外有关人士撰稿，同时向媒体和社会各界广泛征稿，接收了众多参与和见证循化拉面产业发展进程的各族各界人士的稿件。这些在拉面产业第一线采撷的真实

故事情感真挚、情节曲折，展现了在广阔舞台上创业打拼的循化拉面人群像，丰富了建设现代化和美循化伟大事业的精神图谱，弥足珍贵。

通过这本书，我们希望传达出循化拉面人艰苦奋斗、勇闯天下的精神以及为家乡和民族博得好形象的励志之铭，让更多的人了解循化、了解拉面文化，架起循化与世界之间互联互通的一座桥梁。愿拉面人沾满汗水的故事带给广大读者更多思考与启示以及战胜困难的信心与勇气。

在未来的日子里，我们期待循化拉面产业能够继续发扬光大，为循化县的经济社会发展贡献更多力量，期待更多人加入这个充满希望的行业中来，共同书写拉面产业助力乡村振兴的辉煌篇章。

衷心感谢中国投资有限责任公司和中国再保险（集团）股份有限公司20多年来见证并参与支持循化拉面经济的蓬勃发展！感谢参与编纂本书的学者、作家、记者、编辑、摄影师以及所有提供素材的各族各界人士。感谢中国文史出版社对本书出版的大力支持，也感谢责任编辑李晓薇付出的辛勤劳动，在本书编辑过程中认真负责，精益求精，敬业精神与专业素养令人敬佩。

愿《一碗拉面的故事》成为这个时代闪光的符号，成为我们共同的记忆与骄傲。

由于编者水平有限，加之时间仓促，书中缺点失误在所难免，敬请广大读者批评指正。

马国祥

2024 年 7 月

（作者系循化县地方品牌产业服务局局长）